Julia Kristeva

Les Samouraïs

Gallimard

Julia Kristeva, née à Sofia, travaille en France depuis 1966. Elle a été membre du Comité de rédaction de la revue *Tel Quel*. Professeur de linguistique à l'université de Paris VII et psychanalyste, elle est l'auteur de nombreux ouvrages sur la littérature et la clinique psychanalytique.

*La mémoire est comme
le courage militaire, elle
n'admet pas d'hypocrisie.*

STENDHAL.

Il n'y a plus d'histoires d'amour. Pourtant, les femmes les désirent, et les hommes aussi quand ils n'ont pas honte d'être tendres et tristes comme des femmes. Ils sont tous pressés de gagner et de mourir. Ils font des enfants pour survivre, ou bien quand ils s'oublient en se parlant comme sans se parler, pendant le plaisir ou sans plaisir. Ils prennent des avions, des R.E.R., des T.G.V., des navettes. Ils n'ont pas le temps de regarder cet acacia rose qui tend ses branches vers les nuages coupés de soie bleue ensoleillée, frémit de ses feuilles minuscules et diffuse un parfum léger transformé en miel par les abeilles.

Olga se sent désormais chez elle sous l'ombre odorante à peine visible. L'arbre existe depuis plus de vingt ans déjà, depuis qu'elle est dans ce pays, ce qui veut dire qu'en un sens elle a son âge, ou plus exactement son amour a le même âge que l'acacia. Hervé est là aussi, dans le hamac sous les pins parasols, il écoute le Quatuor n° 50 *de* Haydn : *triolets, rythme de valse accéléré, rapidité unie et lucide comme lui et l'Océan face à lui.*

Comment suis-je sûre qu'ils sont là, sous l'acacia devant l'Atlantique ? Je les connais à peine, je les croise à Paris, des patients qui sont de leurs amis me parlent d'eux... Je vois donc bien la scène. Ils sont ensemble parce qu'ils sont séparés. Ils appellent amour cette adhésion mutuelle à leur indépendance respective. Cela les rajeunit, ils ont l'air adolescents ; infantiles, même. Qu'est-ce qu'ils veulent ? Être seuls ensemble. Jouer seuls ensemble et se passer parfois le ballon, histoire de montrer qu'il n'y a pas de chagrin dans cette solitude-là.

Mes patients me confient des maux d'amour et s'arrangent pour en souffrir. Alors que ces deux-là lèchent leurs blessures comme des animaux de la forêt et repartent sereins.

Le temps de l'amour plonge dans nos goûts jusqu'à ce que les cinq sens nous submergent de douleur ou de ravissement. On dit que l'amour dure quand les aventuriers parviennent à panser leurs plaies, que la peau se recompose, qu'on recommence à se regarder l'un l'autre tel Narcisse dans l'eau. Cela demande beaucoup de patience, un sacré culte du temps. En amour, il faut soigner le temps.

Pas la durée, qui n'est qu'une retombée de l'art d'aimer. Mais cette magie qui transforme l'espace d'une perception, d'un malaise ou d'une joie en l'instant d'un don. Don de mot, geste, regard. Juste un petit bruit pour te signaler que je te prends avec moi, que nous sommes bien, tous les deux, là, sous l'acacia et le pin, dans ce vertige de fleurs, de vagues, de quatuor, de migraine, de mal au dos. Ainsi naît la sensation du temps. Une fois donnés, ces instants sensibles s'enchaînent en actes infimes. Émergés du néant, ils se nouent et nous portent. On voit bien qu'il n'y a pas de temps sans amour. Le temps est amour des petites choses, des rêves, des désirs.

On n'a pas le temps parce qu'on n'a pas assez d'amour. On perd son temps quand on n'aime pas. On oublie le temps passé lorsqu'on n'a rien à dire à personne. Ou bien on est prisonnier d'un faux temps qui ne passe pas.

L'amour de la mort, le désir de mort est le secret sur lequel nous fermons les yeux pour être capables de regarder sans voir, de dormir et de rêver. Si nous ne fermions pas les yeux, nous ne verrions que du vide, du noir, du blanc et des formes cassées.

Alors, je ferme les yeux et j'imagine l'histoire d'Olga, d'Hervé, de Martin, de Marie-Paule, de Carole et de quelques autres que vous connaissez ou que vous auriez pu connaître. Une histoire à laquelle je suis mêlée — mais de loin, de très loin.

Première partie

ATLANTIQUE

1.

Elle déposa les deux valises de cuir râpé feuille morte sur le comptoir à bagages, effleura du bout des lèvres les joues humides de papa-maman, fit à Dan un clin d'œil qu'on trouva amoureux, escalada sans se retourner la passerelle du Tupolev, passa trois heures et demie dans l'avion sans songer à égrener les minutes — la tête vide, rien que la saveur au tanin du thé dans la bouche — et atterrit dans un Paris gris, boueux. Les flocons ne cessaient de tomber et de fondre. La Ville lumière n'existait pas, les Français ne savaient pas déblayer la neige. La déception fut totale, elle la sentit au sel dans sa gorge. Évidemment, Boris ne l'attendait pas à Orly, et elle n'avait que cinq dollars en poche. Il n'y avait pas de quoi rire. C'était la catastrophe.

— Me permettez-vous de vous accompagner jusqu'à l'ambassade avec la voiture de service ?

La grosse femme de dignitaire qui voyageait à côté d'elle s'enrobait d'une voix suave pour cacher sa laideur. (Depuis quand ? Depuis l'enfance, depuis qu'elle se savait incapable de plaisir, depuis qu'elle avait senti combien il était humiliant d'appartenir au pouvoir...) Olga permettait, bien sûr, cela ne ferait que différer l'embarras. Les fauteuils en skaï jaune étaient eux aussi de service, le papier peint délavé était de service, les tableaux de jeunes peintres d'avant-garde accrochés aux murs étaient aussi exécrables et de service — toute l'ambassade était laide et de service, inutile et froide. Vingt-deux ans de vie *là-bas* s'étaient cristallisés en quelques proverbes, eux aussi de service, quoique sans intérêt. « En cas de difficulté, envisager le possible... envisager le possible... envisager le possible... » La phrase lui piquait les nerfs à coups d'épingle et le froid du salon de service commençait à la déprimer. « Envisager le possible... envisager le possible. » Nul visage, pas de cible.

— Albert Lévy ? Vous ici ! Je vous croyais à New York. Vous êtes de passage à Paris ? Pour quelques jours ? Vous repartez ? Vous ne connaissez probablement pas Olga Morena. Olga, permettez-moi de vous présenter...

La voix suave de la dignitaire la sortit de la panique placide qui l'engourdissait. Elle permettait encore, bien sûr, d'autant plus qu'elle le connaissait, Albert Lévy ; enfin, du moins l'avait-elle lu.

— Pas possible ! Vous ? Ça alors..., fit le petit homme sec et vivace qui se tenait devant elle comme ces plantes de rocaille qui résistent à toutes les intempéries.

Il venait de publier un recueil d'articles sur le dégel — plutôt quelconques, les articles, mais passionnés, exigeants. Dans un long compte rendu, Olga avait naïvement dit tout le bien qu'elle en pensait. Le lendemain, elle avait été assassinée, de même que Lévy, par la plume orthodoxe du critique de service. Ses parents s'étaient mis de nouveau à avoir peur et à écouter avec anxiété le bruit de l'ascenseur au petit matin — n'étaient-ce pas les « services » qui venaient les embarquer pour quelque interrogatoire ou pour un camp, sait-on jamais ? Mais non, on les oublia.

Il ne fallait rien lui expliquer, à Albert Lévy. Les yeux grands ouverts d'Olga, qui le perçaient dans la pénombre jaune de l'ambassade, auraient pu laisser croire à quelque invite érotique. Mais son regard n'était que curiosité excitée, mêlée d'une peur étourdie.

— On va d'abord dîner, puis vous pourrez vous installer chez Véra, mon amie correspondante à Paris, si vous n'y voyez pas d'inconvénient.

Elle n'en voyait pas. Elle avait envie de faire confiance à cet étrange visage dont les lèvres malicieuses démentaient la permanente mélancolie du regard. Elle ne devait plus le revoir. Des années plus tard, elle apprendrait par hasard qu'il était mort de vieillesse, d'ennui ou bien des deux.

Ainsi, il ne lui avait fallu qu'une dizaine d'heures pour atterrir sur l'ironie complice de Lévy, sur la timidité bourrue de Véra. Sympathie : le sentiment le plus fade qui soit, mais inaltérable comme un paravent chinois. Mot usé qui ne veut plus rien dire. Elle n'en trouvait pas d'autre, il lui paraissait le plus juste pour ici et maintenant. Un de ces mots ternes qui finissent par s'imposer, non pas faute de mieux, mais parce qu'on est à bout de simplicité, écrasé par une tendresse verrouillée. De ces mots qui lèvent des choses élémentaires, comme un frisson au creux du ventre lorsque fleure le parfum de pain grillé, de lait chaud, ou encore ce goût corsé et sûr de thé tanné dans la cuisine de Véra... Dehors, Paris, la Ville lumière, continuait de fondre sous la neige inconsistante. Elle pouvait se liquéfier tout entière. Olga n'était pas pressée. Elle n'était plus pressée, pour l'instant.

Elle l'avait mis entre parenthèses (Dan) ; comme par une césarienne elle s'en était séparée (de ses

parents). Elle n'en avait aucune conscience ni sensation (d'être brutale ou avide). Disponible. Vide. Le
détachement des astronautes. Des orphelins. Des étrangers (des étrangères). Des libertins et libertines qui se
permettent tous les jeux parce qu'ils s'éprouvent
détachés, hors du monde, durs et ascétiques, pages
blanches offertes à toutes les expériences (jusqu'au
jour où en sera consumée la mémoire). Sa mémoire se
mettait en sourdine. Elle était prête à la traduire. A
trahir. Agilité du corps et de l'âme en apesanteur.

*
* *

Ivan engloutissait avec appétit l'argot parisien dans
son indéracinable accent slave. Il venait de traduire
un recueil de poétique contemporaine pour la très
célèbre collection *Maintenant*, d'Hervé Sinteuil, aux
Éditions de L'Autre, et se considérait non sans raison
comme un personnage à la mode.

— Tu es folle d'avoir compté sur Boris, il est
entièrement francisé. Tu réalises : te prêter de l'argent ! Ta bourse ne commence que dans deux mois ?
Mais t'es vraiment dingo, tu sais, de te lancer comme
ça dans le vide ! Enfin, tu rembourseras Véra peu à
peu... Tiens, sers-toi, c'est du canard au gingembre.
Extra, non ? Tu connaissais pas ?

Il était généreux, Ivan, hospitalier, avec son restaurant chinois, son savoir, ses informations. Un peu
acide, peut-être, comme freiné par une ambition sans
élan.

— Donc, je te l'ai dit, pas la peine de perdre ton
temps à la Sorbonne, c'est ringard, archi-ringard, tu
connais le mot ? Moi, je vais à l'École d'études
supérieures, chez Armand Bréhal, le prof le plus chic
qui soit, un artiste, tu vois, un musicien du concept.

L'autre jour, il a fait parler Hervé Sinteuil sur Mallarmé, tu connais pas ? Sublime. Mais puisque tu dois rentrer un jour *là-bas* et que tu es quand même marxiste... enfin, plutôt... je crois..., je te conseille d'aller voir Edelman. Mais tu fais comme tu veux... Prends du riz, ne sois pas timide comme ça. Ici, tu acceptes tout ce qu'on te propose, et surtout tu travailles, tu travailles beaucoup. C'est notre seul avantage, le travail, les Français n'en fichent pas une rame... Donc, pour toi, je ne vois qu'Edelman...

Va pour Edelman ! Grisonnant, ventru, souriant, la chemise ouverte, évidemment sans cravate, il tutoyait tout le monde et ne cessait d'en découdre avec l'existentialisme, au profit de la raison dialectique revue et corrigée par l'expérience de Pascal, l'aliénation, le Nouveau Roman.

— Qui êtes-vous ? Olga comment ? Tu viens de *là-bas* ? Demain à cinq heures, chez moi...

Les gros flocons fondaient sur ses joues chaudes, comme une tranche de glace à la vanille sur la langue. Les branches nues des marroniers n'en retenaient aucune blancheur mais brillaient, grises et noires : des anguilles sorties d'un étang. Sur le trottoir, une purée sale s'entassait, imprégnait les semelles des belles bottines faites pour la vue, pas pour la marche, que Véra lui avait achetées. Le boulevard du Montparnasse montait vers l'Observatoire, invisible sous la brume ; les voitures éclaboussaient de boue les passants. Les femmes regardaient d'un air désolé leurs manteaux maculés ; les enfants essayaient en vain de faire des boules de neige qui se liquéfiaient sur-le-champ ; les hommes ne prêtaient attention qu'à leur désir (comme d'habitude). Avec son escalier de marbre blanc et son tapis rouge, l'immeuble d'Edelman offrait un abri confortable, guère discret, à une bourgeoisie plus

pressée que jamais de rentrer chez elle pour se rassurer
devant le feu de cheminée et les meubles de famille
qui n'ont pas de prix par un sale temps pareil.

Elle rencontra Fabien Edelman dans l'escalier ; il
avait oublié leur rendez-vous, il s'excusait, mais cela
ne faisait rien, il avait un petit moment, ils allaient
prendre un café tous les deux. Il lui tendit la main,
qu'il avait grande, chaude et molle comme une pelle
en pâte à modeler confectionnée par un enfant, et
l'entraîna dans la pâtisserie voisine où on servait des
consommations.

Edelman parlait beaucoup, Olga ne comprenait pas
tout.

— Impossible de se désintéresser du monde, impossible de trouver du repos dans le monde. L'homme a
besoin d'une totalité — Dieu, Avenir, Structure, Autre
(appelle-la comme tu voudras, cela revient au même)
— sur l'existence de laquelle il faut parier...

(C'était bien ça : impossible... Tout l'intéressait, et
pourtant, elle aimait aussi le repos... Quant aux
totalités, lesquelles étaient-ce, déjà ? Il fallait voir...
Elle avait *besoin*, sûr, mais de quoi ?)

— ... Les jansénistes, qui exprimaient au fond la
spiritualité de la noblesse de robe alors écartée du
pouvoir, l'ont bien compris. De l'arrestation de Saint-
Cyran et de la retraite du premier solitaire, Antoine
de Maître, à la première représentation de *Phèdre*, le
message est clair : impossible de réaliser une vie valable
dans le monde...

(« Comment vit-on à Paris ? » écrivait maman,
faisant subitement l'élégante. Ils contestent. Ils trouvent que c'est « impossible ». Ils parlent bien et ils
mangent bien. Tant d'éphémère beauté qui disparaît
dans les toilettes luxueuses parfumées à la lavande !

Est-ce qu'elles sont à la lavande, dans cette pâtisserie, ou bien à l'ambiance bosquet sauvage ?)

— ... Certes, seul le jugement divin condamne l'homme à la tragédie. Or, aujourd'hui, Dieu est absent, sans que disparaisse pour autant la soif de communauté et d'univers. Pascal a vécu cela le premier. *Deus absconditus. Vere tu es Deus absconditus.* Dieu est caché. Que fait alors Pascal ? Il parie, et nous avec lui, sur une certitude qui est cependant incertaine. L'avenir, la gloire, la structure, une roulette, le hasard — on ne sait jamais, mais on est embarqué. Eh bien, voilà : le cœur du tragique, c'est ce paradoxe-là. L'homme ne peut ni l'éviter ni l'accepter.

La tasse de café penchait maladroitement entre les pelles d'Edelman, risquant à tout instant de se renverser. Il avala machinalement un sandwich au saucisson, puis un autre au fromage.

— La tragédie, c'est tout simplement le paradoxe. Telle est mon interprétation.

(Avec les clowns aussi, on se tord de rire devant le paradoxe. C'est justement dans les farces qu'on se farcit de ces paradoxes !)

— ... « Deux infinis, milieu. » « Rien ne peut fixer le fini entre deux infinis... » Est-ce un appel à la modération ? Non, au déchirement du paradoxe !

— Un peu déprimant, non ?

Elle sortit son appareil photo. Elle ne supportait pas l'idée que cette belle nourriture si bien présentée aille s'engouffrer sans laisser de traces dans les toilettes. Elle-même ne pouvait avaler une miette. La photo protège de la disparition. La photo : une arme contre les toilettes. Plus de déchets, on sauve tout pour l'éternité. A moins qu'au contraire les déchets ne remontent jusqu'à l'éternité ? Tragique ? Comique ? Paradoxale, la photo. Flash. Photo.

— Tu filmes les objets ? C'est donc le Nouveau Roman qui t'intéresse. (Décidément, Edelman n'était pas lent.) Le Nouveau Roman n'est qu'une vision tragique gouvernée par la marchandise qui a pris la place de Dieu. Histoires de choses. Dieu est plus que caché, Il s'est résorbé dans la société de consommation, et de là Il nous regarde, et la vie n'est plus qu'un spectacle de marchandises sous le regard de la marchandise divinisée.

— «Notre état nous rend incapables de savoir certainement et d'ignorer absolument.» (Olga avait enfin su prouver sa culture, tout en prenant plusieurs photos des éclairs au chocolat, praliné et vanille, qui gisaient intacts : elle ne pouvait toujours pas porter une miette à sa bouche.)

— En conclusion, reprit le philosophe, je trouve que tu as de l'avenir. On va prolonger ta bourse, tu vas travailler sous ma direction.

(Elle n'avait fait que photographier, n'avait rien dit. Le silence est-il toujours d'or ?)

— Tu n'as pas fini tes éclairs. Ah ça non, il ne faut rien laisser aux capitalistes ! fit Edelman en engouffrant les gourmandises crémeuses. Je t'attends donc avec ton projet de thèse. Quand tu veux, tu m'appelles, d'accord ?

(Drôle. Pathétique. Adorable.)

— Merci.

— Et n'oublie pas : nous sommes tous *embarqués*, Pascal avec son Dieu probable, Marx avec l'Avenir de la société sans classes, toi avec ta thèse. Seul le libertin croit qu'il peut choisir de ne pas parier. Mais il faut parier ! Cela n'est pas volontaire : on est embarqué !

Elle pensa que le libertin ne s'en tirait pas si mal. Il fallait voir s'il en restait encore, des libertins. Pas sûr.

Les étudiants d'Edelman, une foule énorme, beaucoup d'étrangers, avaient plutôt l'air d'apprécier la solitude janséniste. Mais en parlant. Chacun parlait seul, lancé à la vitesse grand V dans une sorte de conjuration retirée du monde. Parlait seul, aggloméré aux autres. Et continuait de parler seul dans les petits cafés de Saint-Michel, tout en s'empressant d'offrir des pots à la nouvelle venue. Heinz, Roberto :

— Tu sais, chez nous, personne ne parle plus. Edelman dit que c'est parce que nos parents étaient nazis. Le silence est une idéologie, il a raison ; il dévoile le non-dit idéologique de l'idéologie.

(Elle continuait de photographier les schweppes, les théières, les kirs.)

— Dis donc, tu ne serais pas un peu japonaise, à mitrailler sans arrêt avec ton appareil ?

Ils la faisaient rire. Les prendre en photo, c'était son retrait à elle, son désaccord avec le monde. Tragique ou comique ? Paradoxe.

— Dis-moi, Heinz, tu crois qu'un intellectuel est nécessairement en retrait du monde ? (Roberto continuait sur son autoroute.) Moi, je pense que nous sommes au cœur même de la machine à penser, nous la contestons jusqu'à ce qu'elle casse ou qu'elle change.

Elle posa son appareil et les considéra avec amitié. Ces fiévreux étaient contagieux. Ils s'agitaient. Des particules accélérées. Ils parlaient de la durée en secondes, minutes et heures, ou bien en années, décennies, siècles. On pouvait penser qu'ils vivaient hors du temps, car le vrai temps est fait de jours, de nuits, de mois, de saisons. Leur temps à eux était fragmenté ou infini, et c'est de là qu'ils s'insurgeaient contre le reste, la durée des conformistes.

★ ★

Chez Bréhal — elle y alla quand même, pour
embêter Ivan —, la salle était encore plus bondée.
Elle ne pouvait entendre la voix du maître que depuis
le couloir, une voix lente, au vibrato lascif.

— Je n'ai jamais entendu un homme aussi séduisant,
confia une blonde en jeans qui se haussait sur la pointe
des pieds pour tenter d'entr'apercevoir l'idole. Je crois
bien que je l'aime.

— On aura tout vu ! répondit à la cantonade un
petit lunetteux tout pâle et tout maigre, dépositaire
ironique et blasé de quelque secret. Vous feriez mieux,
mademoiselle, de goûter plutôt la *cuisine du sens* que
préconise Strich-Meyer, car c'est Bréhal qui la fait,
cette cuisine, et vous y assistez en direct, figurez-vous.

— La ferme, Cédric, on n'entend plus rien !

— Ta gueule, Martin ! Carole, tu me passes tes
notes de la semaine dernière ?

Bréhal parlait de *Sodome et Gomorrhe* : il découpait
le texte de Proust phrase après phrase, mot à mot,
prenant plaisir à entrechoquer les fragments de ce
passage bien connu qui décrit le narrateur dans l'attente navrée de l'insaisissable Albertine : « *Moi aussi
j'étais pressé de quitter M. et Mme de Guermantes au
plus vite. Phèdre finissait vers onze heures et demie. Le
temps de venir, Albertine devait être arrivée.* » Un sens
inattendu s'en dégageait peu à peu, qui n'avait trait ni
à l'homosexualité ni aux perfidies de la hiérarchie
mondaine, mais à l'oreille douloureuse du jaloux : « *Un
bruit d'appel* » — « *Tristan* » — « *le bruit de toupie du
téléphone* » — « *la trompe d'un cycliste* » — « *la voix
d'une femme qui chantait* » — « *une fanfare lointaine* »...

Épousant les inflexions des mots de Proust, la voix

de Bréhal imprimait leur beauté sur les visages tout écoute des étudiants, puis tissait des correspondances à l'aide d'un vocabulaire érudit mais gracieux, pour y déchiffrer l'anamorphose amoureuse du narrateur devenant une femme superficielle. Enfin le souvenir sonore devenait surface colorée — « *la rose carnation d'une fleur de plage* » —, mais c'était toujours la métaphore d'une seule et même sensualité, celle du narrateur irisé d'amour.

Ainsi, disait Bréhal, l'amour serait le temps devenu sensible. Pas du tout une affaire d'organes, ni même d'esprits en feu, mais un pacte de mots basculant en souvenirs perceptibles. Des paroles qui se rappellent avoir été des perceptions de sons, de couleurs, de parfums. Proust amoureux invente une histoire pour faire revivre au narrateur épris d'Albertine ce transport de l'esprit et des sens qui est le véritable élément de la passion. Proust se souvient-il d'Albertine, de Méséglise, de son enfance, ou bien des correspondances de Baudelaire ? Métamorphose mystique de tous les sens confondus en un...

Les normaliens tassés en rangs d'oignons étaient fascinés.

— Il réinterprète Aristote, que dis-je, il le réinvente, il l'incarne ! chuchotait le lunetteux Cédric. C'est mieux qu'une illustration du cours de l'an dernier sur la *Poétique*. Bréhal est en train de créer la véritable poétique amoureuse...

Olga commençait à être troublée. Cette broderie appliquée autour de la musique de Proust pouvait évoquer la tapisserie d'une vieille fille savante. Mais non, on y découvrait les mots manquants d'une passion qu'on avait vécue sans savoir la nommer, ou qu'on n'avait jamais même soupçonnée.

Au séminaire suivant, elle se trouva à côté d'une

fille pâle en noir, l'air d'une religieuse pénitente aux joues enflammées, qui notait chaque parole de Bréhal.

— Je m'appelle Carole. Tu viens d'arriver ? Cela ne fait rien, tu t'y retrouveras tout de suite. Bréhal paraît un peu technique, mais, en réalité, il fait de la littérature, et tout le monde comprend la littérature. Cela me change de l'anthropologie, un peu anonyme, je dois dire.

Rien qu'en écoutant Bréhal, on avait l'impression de devenir *quelqu'un*. Étaient-ils d'accord ? Était-elle d'accord ? La question ne se posait pas : tous étaient séduits. Comme par un entretien philosophique, une indiscrétion réglée, une politesse qui ne prétend ni fonder, ni transmettre. Mais quoi ? Tisser les désordres des individus au gré d'un libertinage dont l'expression parfaite ne pouvait qu'emprunter à la rhapsodie. Ce cours était bien une sorte de rhapsodie.

Impossible de prendre des photos. Plus tard. Cet homme portait en lui une excentricité domestiquée. Il ne semblait pas croire à son existence propre, il la déplaçait dans les textes des autres. Olga sentait obscurément qu'une délectation ainsi partagée ne deviendrait jamais aveu autobiographique. Et que cette soustraction (sa discrétion) avait un goût de mort. Bréhal, fragile et serein, maître gratuit.

Elle était attendrie comme lorsqu'on découvre qu'une inquiétante étrangeté n'est au fond qu'une habitude familière, mais infantile et inavouable. Parfum d'un coffre à jouets. Ou frôlement de la paume ouverte sur le sein lorsque le sommeil profond bascule en sensuelle clarté. La voix de Bréhal transformait les mots souples ou tarabiscotés en toucher amoureux. Elle avait envie de l'aborder. Évidemment, il ne fallait pas, elle ne pouvait pas.

— Quelle délicatesse, non ? (Ivan jouait le steward

— à moins que ce ne fût le pilote — de l'avion Bréhal.) Viens, je te présente !

Le quartier Saint-Michel était glauque, les rares réverbères faisaient l'effet de lucioles transies dans le brouillard. Les voitures roulaient à toute allure, les gens se pressaient, volubiles. Brusquement, elle se sentit fatiguée et seule, seule à pleurer.

Elle ne pleurera pas, elle ira se faire une beauté.

Le miroir de Véra lui renvoya des cernes encore plus creusés que d'habitude sous ses yeux en amandes. Ils s'envolaient en biais au-dessus des pommettes saillantes et, lorsqu'elle maigrissait, transformaient l'ovale de son visage en triangle. La fatigue accentuait son air oriental : n'étaient ses cheveux couleur écureuil et cette peau aux reflets rosés, on l'eût prise pour une Chinoise. Elle enfila son tailleur émeraude, la laine souple caressa ses seins, laissant deviner leurs volumes durcis. Elle allongea ses cils, appuya un stick bordeaux sur ses lèvres : ça pouvait aller. La pelisse modèle cosaque était à la mode à Paris cette année-là, une chance. Elle desserra le ruban noir qui maintenait sa queue d'écureuil au sommet de son crâne, enfonça jusqu'aux yeux la toque de fourrure blonde, cependant que ses cheveux fauves s'échappaient sur les épaules avec des reflets grenat. Elle avait l'air sympa, mais franchement folklo. Elle résolut de ne pas s'en apercevoir, car elle détestait le genre folklo.

— C'est Noël, on va à Notre-Dame. (Véra aimait les décrets.)

Idée stupide, car, ce jour-là, la cathédrale était livrée aux touristes. On remarquait les Français de souche au chic circonspect de leurs habits, qu'un œil naïf aurait pris à tort pour de la pauvreté. Tous suivaient le spectacle d'un air distrait ou absent. Garder sur la pellicule ces visages opaques, déshabités. Flash. Photo. Flash. Photo. Eux aussi enveloppés de papier glacé : des paquets-cadeaux. Elle n'avait vu que cela, des paquets-cadeaux, à Passy, à Denfert, à l'Étoile, à Jaurès. Les paquets-cadeaux Prisunic ou Cartier, Chaussures André ou Chocolat Sévigné, bas de gamme ou haut de gamme, se promenant dans les rues et exhibant leurs surfaces apprêtées, intouchables. Cadeaux pour qui ? Justement, pour personne. On a oublié de les distribuer. Personne n'en veut et ils ne veulent de personne. Ils se montrent parce qu'ils existent. Un point c'est tout. Pour personne. Photo. Flash. Comment disait Edelman ? Aliénés ? Réifiés ? Des paquets-cadeaux suivant poliment des trajets automatiques, dans des attitudes molles de vieux imperméables.

La messe de ce soir était molle, elle aussi, un show raté. Mais les étrangers raffolent des traditions : elles donnent l'illusion d'appartenir à quelque chose que les indigènes sont justement pressés d'éviter, ficelés dans leur papier-cadeau. Toutefois, dans le brouhaha des indifférents (flash, photo), quelques fidèles avalaient avec componction leur hostie en se tenant le bas-ventre avec un air pénétré de femmes enceintes. Photo. Flash.

Fatigue ou vertige, tout se mit à tourbillonner. La nef, les accents de l'orgue, les visages : noyés. Seuls les vitraux tenaient bon. Olga scruta le kaléidoscope de la rosace avec une obstination éblouie pour ne pas s'évanouir. Son regard s'y accrocha. Comme il lui arrivait souvent lorsque ses jambes vacillaient, elle fixa une idée : cette ville boueuse qu'habitaient des paquets-cadeaux pour personne comportait aussi de minuscules îlots, des rosaces ; des artisans méticuleux découpaient, coloriaient, assemblaient des surfaces, donnant une vie polychrome à cette grisaille. Ils avaient noms Cédric, Heinz, Carole, Roberto, Martin, Edelman, Bréhal...

Ces gens dont elle venait de faire la connaissance débordaient d'un enthousiasme austère mais incroyablement intense. La passion qu'ils mettaient à étudier, à discuter, à creuser les mots et les textes, à confronter des avis subtilement divergents et profondément complices, faisait d'eux une espèce surprenante. Olga n'avait jamais imaginé qu'ils pussent encore exister. Au Moyen Age, oui. Dans les pays totalitaires, nécessairement car, sous la compression politique, les idées prennent la valeur d'une foi. Mais ici ? Se doutaient-ils de leur étrangeté ?

Elle était frappée et, pour tout dire, déboussolée par la proximité immédiate qu'ils lui témoignaient. Plus qu'une acceptation, une sorte de parenté spontanée. Comme s'ils avaient vécu ensemble depuis l'enfance. Peut-être, après tout ? Elle était prête à le penser. Puisqu'ils avaient lu les mêmes livres. Inattendues, quand même, ces portes ouvertes des studios, des chambres de bonne, des séminaires, des laboratoires, des instituts. Cette curiosité pour ce qui se passait *là-bas*, les « erreurs staliniennes » impressionnant moins que la « vague de fond », le « vent d'Est », comme ils disaient, qu'ils avaient grande tendance à mythifier. Dangereux naïfs ? Ils créaient des idoles à partir des « origines de la Révolution » ou des « avant-gardes esthétiques », sans doute pour mieux les opposer aux paquets-cadeaux de chez eux. Cédric, Heinz, Roberto, Martin, Carole lui donnaient l'impression de retrouver en elle ce qu'ils auraient aimé être si leurs familles n'avaient pas été si rétrogrades ou si défavorisées. Et de souhaiter que la France devienne le plus avancé des pays de l'Est. Alors qu'elle-même enviait leur libre accès à toutes les mémoires, toutes les bibliothèques, tous les pays, tous les sexes, toutes les consciences : avantage exorbitant dont ils paraissaient à cent lieues d'apprécier la valeur.

Chassé-croisé bizarre qui transformait néanmoins ce petit territoire situé entre l'École d'études supérieures, l'Institut d'analyse culturelle et Saint-Germain, où trônait *Maintenant,* en un port cosmopolite et pourtant uniquement français, peut-être même exclusivement parisien par sa rapidité, sa désinvolture, son allégresse.

Olga sentait bien que c'était là un espace clandestin aménagé par ses nouveaux amis comme un défi à toutes les normes possibles. Une utopie passagère cernée d'incompréhension, d'indifférence, d'hostilité qui explosaient brusquement : ainsi l'affaire Bréhal-Jobart, le maître des Modernes descendu en flammes par la Sorbonne ; ainsi les regards soupçonneux, vagues ou méchants des gens de son quartier quand ils venaient à la croiser... Quant à cette entente des intellectuels : une trêve fugace ? une aberration qui ne pouvait durer ?

Elle pensait à cela, et la fièvre ne cessait de la transporter des séminaires aux vitraux, des rosaces aux séminaires. Bréhal, Edelman, Cédric, Martin, Carole, Heinz, Roberto : à chacun son vitrail pour sauver la nef qui flottait ou, plutôt, coulait. Car leur exaltation trahissait la conscience somnambulique d'un naufrage. Des rosaces et des livres contre le naufrage, la misère. Laquelle ? La sienne ?

Tout allait trop vite, et cette entente d'esprits en fuite avait quelque chose de factice. Chacun croyait révéler une part inouïe de soi dans les études, chacun s'y oubliait aussi. La corde tendue de l'intelligence au-dessus d'un abîme de malaise, de confusion. De solitude. Elle la palpait, elle la sentait palpiter en deçà

et au-delà de la beauté parfaite des puzzles multico-
lores, des textes relus, défaits, pensés.

La lumière des cierges et la pluie neigeuse remplissaient ses yeux de petites étincelles, les brûlaient d'un
sommeil contracté. Les larmes essayaient de brouiller
ses vitraux secrets. Plus de photos ni de flashes.
Depuis longtemps, elle avait appris à pleurer les yeux
secs, il suffisait de fixer une forme ou une phrase, et
la force nouée remontait en surface. Un masque
volontaire cachait le chagrin qui continuait à s'étioler
au-dedans, invisible et délicieux. Elle s'endormit avec
lui.

Au Rosebud, presque vide à dix heures du soir, la
lumière cyclamen du globe central posé sur un socle
en noisetier ne flottait pas encore dans l'habituel nuage
de fumée. On pouvait respirer l'odeur de pin des
banquettes cirées, les parfums poivrés d'une poignée
d'énergiques jeunes filles attablées à côté, qui avaient
naturellement horreur des fragrances sucrées et s'as-
pergeaient de Vetiver.

— Un quart Perrier pour l'instant, dit Bréhal. Et
pour vous ?... Deux quarts Perrier.

Il la regarda de nouveau avec cette étrange douceur
qui s'achevait en indolence, comme si, craignant d'être
ridicule, il s'interdisait de verser dans une sorte de
tendresse maternelle.

— Vous étiez passionnante, précise, bien entendu,
c'est indispensable, mais avant tout puissante, je dis
bien : *puissante*. Un bulldozer ! C'est vrai, Olga, vous
êtes un bulldozer. Eh bien non, je ne me moque pas,
ne croyez pas ça. Contrairement à ce qu'on peut

imaginer, pour moi, aujourd'hui, ce mot est le meilleur des compliments.

Il portait le même genre de costume gris éclaboussé de marron qu'il devait posséder à une dizaine d'exemplaires. Selon qu'elle était blanche ou jaune ou bleue, la chemise stricte ternissait ou égayait ses yeux pâles mais vifs. Le nez découpé en ouvre-boîte penchait asymétriquement à gauche et lui donnait, au gré des circonstances et des jeux du visage, un aspect simplet ou insolent. Le regard et la bouche affichaient sans frein le plaisir — ou, très facilement, l'ennui — qu'il éprouvait à écouter les autres.

La toux secouait le corps en cascades sourdes, irrépressibles. Un corps qui avait dû être malade et qui, affaissé, sans articulations sous la coupe soignée des costumes, semblait n'avoir jamais servi, sinon à quelque plaisir solitaire sans fatigue. Il était plutôt mince, malgré les bajoues et le ventre qui commençaient à s'alourdir. Mais son allure dégageait un calme rassurant, et le rythme de sa démarche était si mesuré, si élégant, que tout en lui suscitait l'attachement.

— Non, ce Perrier est trop froid. Garçon, enlevez-moi les glaçons, s'il vous plaît!... Eh bien, le corps et l'histoire, ce sont aussi des textes, reprit-il après une longue inspiration qui réprima l'accès de toux. Pas question de les laisser à la porte de la grammaire, on va braquer les microscopes dessus comme vous l'avez fait sur le style même. C'était *juste,* au sens musical du terme...

Olga fut ravie de l'entendre employer à son endroit cette expression favorite, qu'il répétait quand il était satisfait.

— Oui, oui, je dis bien *juste,* au sens musical du terme. Que le roman descende du carnaval... remarquez, on s'en doutait, à cause de Rabelais..., mais que le dialogue soit une ironie, signe d'entente impossible, de totalité brisée, ça, c'est fort. Vous dites en somme que l'ironie de Platon est romanesque, et que le roman est ironique, indécidable. Vous pensez bien que ça me plaît...

— Comme le dialogue entre une femme et un homme : simple ironie, pas de communauté, un roman ?

Où allait-elle chercher cette coquetterie ? Elle en fut la première gênée, car elle avait horreur des femmes qui draguent les hommes qui n'aiment pas les femmes. N'empêche : trouble obscur chez Olga. Bréhal, lui, rougissait, embarrassé par la manœuvre du bulldozer qui semblait ne pas vouloir se tenir à sa place.

— Vous croyez ? C'est amusant... Vous devez savoir de quoi vous parlez. Moi, je considère les textes, et je vous dis que votre conférence, ce soir, a fait un tabac. Oscar veut vous inviter à Boston.

— On ne peut pas enseigner aux États-Unis tant qu'il y a la guerre au Viêt-nam !

— Vous savez, pour ma part, je trouve les États-Unis fatigants. Quant à la morale politique... Je préfère penser (avec Proust) à la beauté du plaisir — coupable, cela va de soi. Cette guerre est intolérable, une mythologie est encore en train de s'effondrer : l'infaillibilité américaine, les U.S.A. garants des libertés contre les régimes totalitaires, *et cetera*. Vous verrez, leur armée va se retirer battue, et ils vont avoir pour des années une gauche maussade et combative, mais incompétente et marginalisée. On va nous traiter d'esthètes et on ressortira les idéologies, toutes vieilles et hors d'usage. Je vous dis cela, mais, vous savez, ce n'est pas sûr que j'y voie très clair. En réalité, je trouve la politique casse-pied.

— Edelman pense qu'il faut y aller et prendre l'impérialisme de l'intérieur.

— Fabien a toujours été optimiste, mais j'ai peur qu'il en fasse trop. Il ne se ménage pas assez. Ah, voici Sinteuil. Hervé, vous n'étiez pas à la conférence d'Olga, on va vous raconter ça...

— Mais je n'étais tout simplement pas invité. Un J & B, s'il vous plaît, avec glace, dit Sinteuil en s'installant près de Bréhal et en examinant distraitement Olga de l'œil du connaisseur.

Il lui faisait face, souriant avec une politesse appuyée mais indifférente. Son visage rond mettait en valeur le nez bourbonien (« Non, à la Sade », rectifia-t-il en riant quand ils se connurent mieux), signe de sensualité surveillée, parfois comprimée jusqu'à la froideur. C'était un jeune homme plutôt grand, corpulent, dont l'aspect physique ne trahissait en rien l'intellectuel d'avant-garde, le « pape de Saint-Germain », disaient les journaux, mais évoquait davantage un médecin posé et rusé consacrant ses loisirs au tennis et au golf. Tout lui semblait prétexte à ironie, quand ce n'était pas à un rire bruyant, agressif, insolent, mais jamais vulgaire, même quand il laminait son interlocuteur.

— Alors, il paraît que vous avez lancé un bulldozer sur les plates-bandes du structuralisme ? Ah ! Ah ! Ah ! Bréhal est ravi d'avancer avec une femme sur les terrains minés de Strich-Meyer et de Lauzun.

— Ce qui est amusant, avec Sinteuil, c'est qu'il voit la guerre partout. (Bréhal entrait dans le jeu.) Non seulement il n'a pas tort, mais cette vision martiale du monde le met en forme. Pourrais-je dire qu'elle vous excite, cher ami ?

— Dites toujours !

— On parlait du Viêt-nam. Peut-on se « désenga-

ger » au point d'aller travailler aux États-Unis, d'après
vous ?

— Oh ! là ! là ! La vieille lanterne de l'engagement
chère à ce bon Dubreuilh, qui ne veut toujours pas
désespérer Billancourt. Mais cela fait longtemps que
le désespoir a emporté les belles âmes et toutes les
armées du salut, à commencer par la sienne, au point
que ses amis sont devenus aphasiques, tandis que nous,
on laboure avec votre Olga des millimètres de phrases
et de mots pour trouver un peu de plaisir — bref, du
sens — à ces stéréotypes qui nous font parler autour
d'un verre, par exemple. Pour réinventer le rituel, la
conversation notamment, ou pour restaurer la saveur
des mots, comme vous dites. On en est là, Armand,
vous le savez bien, et cette révolution infinitésimale
est peut-être une impasse de fourmi, mais moi, voyez-
vous, j'y tiens : c'est mon truc.

Olga avait remarqué son interview dans la revue
des étudiants communistes, *Rouge*, où Sinteuil déve-
loppait en long et en large la même idée. Que la
transformation de la société est une supercherie si elle
n'est pas transformation des individus. Que les individus — il disait « les sujets » — sont des « êtres
parlants », et que c'est leurs manières de dire qu'il
fallait commencer par transformer. D'où le rôle révolutionnaire de la littérature, de l'avant-garde en particulier ; ce n'était ni de l'ésotérisme ni de l'art pour
l'art, mais une « opération chirurgicale » d'une finesse
inouïe dans les tissus les plus fins du corps social, les
tissus de la parole, du style, de la rhétorique, des
rêves. « Sinteuil flirte avec les communistes, commentait Cédric, le normalien lunetteux du séminaire de
Bréhal. — Mais non, il ne fait que reprendre une idée
surréaliste, rétorquait Heinz. — Et futuriste, ajoutait
Olga. Les poètes modernistes, en U.R.S.S., ont d'abord

cru être des associés naturels de la révolution. — Tout cela pour finir dans les camps staliniens ! ne désarmait pas Cédric. Aujourd'hui, il faut aller plus loin. — Mais Sinteuil n'est pas aussi naïf que tu crois, relançait Martin. Je te conseille de lire un peu mieux *Maintenant...* »

Le Rosebud s'enfumait de plus en plus et les jeunes filles aux parfums poivrés d'à côté avaient laissé place à un couple qui s'embrassait avidement sur la bouche sans perdre pour autant un mot de la conversation voisine. Le discours friable de Bréhal se laissait bousculer par le vif courant d'air qui accompagnait partout Sinteuil, s'engouffrant par les portes entrouvertes des questions, tourbillonnant, désinvolte mais ne perdant apparemment jamais le nord.

— Je viens de lire votre manuscrit sur *Le Cousin Pons* de Balzac. Un chef-d'œuvre ! (Sinteuil était déjà ailleurs, il enveloppait Bréhal dans la joie de sa lecture, lui faisait découvrir des paysages insoupçonnés de son propre livre.) *Primo*, Pons, le collectionneur gourmand — vous savez que le prototype de Pons fut un des grands donateurs du Louvre (la note en bas de page s'adressait à Olga). Pons, c'est l'artiste humilié, vous et moi. Nous adorons des mots et des styles comme Pons se passionne pour l'éventail de Mme de Pompadour, prétendûment peint par Watteau. Est-ce que je dis que nous sommes tous des pique-assiettes ? On nous considère comme des parasites. Qui ? La France éternelle, la France balzacienne des boutiquiers et de l'argent. J'ajoute : les éditeurs, les critiques, les universités, les académies, les partis veulent que ça serve — de l'*u-ti-le* ! Alors qu'ils font leur beurre de nos petites collections de phrases et ne ratent pas une occasion de marquer qu'on les gêne, qu'on ferait mieux de disparaître... *Secundo*, la passion frigide entre les deux

artistes lutins, Pons et Schmucke : superbe ! Votre
chapitre sur « les deux casse-noisettes » : « *une signi-
fiance psychique aux riens de la création !* » Comment,
cette phrase ultramoderne est du Balzac ? Personne ne
le croira. La subtilité de ce couple, en contrepoint à
la sottise de la famille ! « *Le pauvre chef d'orchestre
avait beaucoup étendu la signification du mot famille* » :
c'est ça, on a toujours tendance à trop *étendre* la
signification du mot famille et à se prendre pour un
« cousin », au lieu de s'en tenir à la solitude du
collectionneur. Et pourquoi donc collectionner ? Pour
s'opposer à la collectivité, pardi ! « *Contracter la manie
de collectionner les belles choses pour faire opposition à
la politique qui collectionne secrètement les actions les
plus laides.* » Là, vous faites de la politique ! Si, si, ne
vous défendez pas !

Depuis la banquette voisine, un blond artificiel à
l'allure trop jeune pour son âge, joues poudrées, lèvres
peintes, essayait désespérément d'attirer l'attention de
Bréhal. Il y réussit.

— Attendez-moi ici, je vous retrouve après, lui
glissa le maître du coin de la bouche.

Feignant de ne pas comprendre, Sinteuil continua :

— *Tertio*, quel talent d'entendre ces oppositions —
qui traversent les vagues sociales de la monarchie de
Juillet mais aussi du gaullisme, d'où l'actualité du *topos*
(cela encore à l'intention d'Olga) — jusque dans les
sons des mots ! Personne n'avait songé à faire de
Balzac un musicien. D'un côté, les z qui coupent :
« maison », « cousin », « parasite ». De l'autre, la gamme
assombrie en s - sh - k : Pons, *Sch*mucke : les
amoureux, la source de l'art, le feu souterrain de
l'opposition. Et l'ambiguïté des deux tendances réunies
dans le surnom qu'on donne aux deux amis : les
« *casse*-noisettes », $k + s + z$. Du reste, on y est dès le

titre : *Le Cousin Pon*s, *k* + *z* + *s*. Anagramme de
Balzac, d'ailleurs, si l'on compte le *c* pour un *k* :
Balzak-kas-noazet... Ah ! ah ! ah ! Balzac cabaliste,
musicien du sens !

Sinteuil s'amusait. Avec une mémoire imbattable et
un sens plastique de l'imitation, il faisait le critique,
le professeur, l'étudiant, l'écrivain, Bréhal, l'anti-Bré-
hal, le super-Bréhal, le plus-que-Bréhal, tour à tour et
à la fois. Brillant, futile, profond, agaçant, scintillant,
d'un entrain irrésistible.

— Ah, Hervé, il n'y a que vous pour lire comme
ça ! Je ne savais pas que j'avais dit toutes ces choses.
(Affectueuse perfidie du sourire.) Au fait : un ami,
c'est un lecteur.

Il était content.

— Avez-vous pensé au titre ?

— Eh bien, justement, je cale.

— Pourquoi pas *Balzac en toutes lettres* ?

Sinteuil traça les lettres sur un paquet d'allumettes :
C/S/Z.

— C'est abrupt, incompréhensible, hésita Bréhal.

— Cela se comprend si l'on accepte de vous lire.

— Vous avez raison, il faut signaler d'emblée que
j'invite le lecteur à déchiffrer le texte jusqu'à la
musique des lettres. Titre adopté ! Vous avez du génie,
vous savez...

Olga suivait ce menuet de compliments, plutôt
sonnée. Étrange manège de constats secs et de révé-
rences dont les danseurs s'échappaient incidemment
par l'ironie d'un mot ou d'une intonation.

— Et la revue, ça marche ?

— Ça peut aller. Chacun fait ce qu'il peut.

Sinteuil prit brusquement l'air mystérieux et absent
des personnes paralysées ou de ceux qui tiennent
absolument à garder sans partage une pensée qui vient

de les traverser. Son visage était comme coupé en deux. Silence.

— Chacun fait ce qu'il peut, répéta Bréhal pour enjamber le vide.

— Oui, Maille est notre délégué dans le monde : il fait les dîners, les cocktails, les premières, tout ce que je déteste ; maintenant il fait Lénine ! Jean-Claude, notre freudien de choc, est jusqu'au cou dans la psychanalyse, on va ensemble aux shows de Lauzun. Hermine vient de s'installer à Florence, elle veut traduire Lucrèce et Pétrarque, rien que cela, il faudra du temps ! Quant à Brunet, il tient le centre, toujours intraitable.

— Et vous ?

— Oh ! moi, rien ! (Le rire l'emporta de nouveau au-dessus du dialogue et de lui-même, puis il redescendit.) J'écris, je lis, j'observe. Des petites choses.

— A propos, j'ai oublié qu'Olga voulait vous poser quelques questions. Mais il se fait tard, maintenant...

Sinteuil se tourna vers la jeune fille.

— Je pars demain de bonne heure pour Venise. Mais, si vous voulez : dans quinze jours à mon bureau, dix-sept heures, d'accord ?

Il lui sourit avec insistance et disparut presque en courant, non sans avoir donné deux-trois tapes amicales, accompagnées d'un rire survolté, sur les épaules de Bréhal.

— A bientôt, travaillez bien.

— Je vous appelle à votre retour.

2.

Il plongeait son regard dans sa grande bouche (la bouche d'Olga) aux lèvres larges, charnues. Non, on ne pouvait pas dire qu'elle était sotte... Elle (Olga) sentait ses cuisses s'ouvrir et eut envie de se blottir contre lui. Décidément, est-ce qu'il l'aimerait un jour ?

— Avez-vous été vraiment amoureuse ? C'est moi qui pose les questions, maintenant, rangez-moi cet appareil photo. Je dis *vraiment*... (Hervé.)

— Je peux vous raconter ce qu'il vous plaira. (Olga.)

— Alors, allez-y ! (Hervé.)

— Mais je vous découvre... (Olga.)

— Mais je vous suis... (Hervé.)

— Il n'est pas nécessaire d'être deux pour aimer. On dit ça, mais il suffit en fait d'être très excité. Cela contamine l'adversaire, qui devient un partenaire. (Olga.)

Il ne cessait d'explorer ses lèvres.

— Et de ne pas s'arrêter en route, mais de laisser se développer jusqu'au bout... (Olga.)

— Jusqu'où ? (Hervé.)

— Il n'y a pas de bout. Toujours cela peut être encore plus agréable ou encore plus douloureux, éthéré ou terre à terre. Mais voilà, je sens le moment où c'est terminé. Pas mort, non, mais, au-delà, ce serait la mort. (Olga.)

— Vous êtes comme ça ? (Hervé.)

— Peut-être plus. Je l'ai été, en tout cas. Peut-être que j'ai envie de me brûler. Après tout, je n'ai rien à perdre. Une femme, vous savez, c'est comme les prolétaires dont on parle *là-bas*... Une femme n'a que ses chaînes à perdre. (Olga.)

— Vos chaînes ? (De nouveau ce rire complice ou insolent. Vexant, éveillant.) Avez-vous lu *Histoire d'O* ? (Hervé.)

— *Histoire de quoi* ? (Olga.)

— D'O, comme Olga. Non ? Pardon, c'est un jeu de mots. Facile, j'avoue. (Il ne s'excusait pas, il jubilait.) Vous le lirez un jour. Il y a des femmes qui ne jouissent que dans les chaînes. (Hervé.)

— Avec moi, ce sera la guerre. (Olga.)

— Alors ce sera la guerre ! (Hervé.)

— J'ai lu vos livres, je les trouve plutôt tendres. Érotiques, mais tendres. Des chaînes ? Je vois : des chaînes morales, la torture spirituelle — est-ce qu'on peut dire cela ? Quoi qu'il en soit, je n'ai pas envie d'embrasser du papier. (Olga.)

— Vous n'avez jamais fait l'amour avec un écrivain ? (Hervé.)

— Si, des hommes que je connaissais et qui, en plus, écrivaient. Vous, vous n'êtes qu'un tas de photos et de papiers. Sinteuil, c'est un pseudonyme, non ? Une cachette pour Hervé de Montlaur. Sinteuil est un pur esprit qui s'accroît... (Olga.)

— C'est ça, exact ! J'ai une écorce, et je suis aussi une pierre. (Hervé.)

— Sous les carapaces, il y a des chairs vulnérables. (Olga.)

— Certes, et plein de femmes. (Hervé.)

— Je n'aime pas les femmes, j'adore les hommes. (Olga.)

— Vous n'aimez pas les femmes ? On croit ça... Et pourquoi donc ? (Hervé.)

— Sans doute que je me trouve la meilleure. Et si lui ne le sent pas, si elles ne le voient pas, ça tourne à la guerre. (Olga.)

— Va pour la guerre ! (Hervé.)

— Vous la ferez tout seul. Moi, je rentre. (Olga.)

Désarmante, avec sa queue d'écureuil, sa nuque de petite fille sage. Il saisit les cheveux grenat et posa brusquement un baiser à leur racine, sur la peau qui sentait le géranium.

— Mais, dites donc, ça va un peu vite, non ? Pour qui vous prenez-vous ?

Elle s'arracha à lui et s'engouffra dans le dernier métro, à Duroc.

Il disparut, elle l'évita, puis ils se retrouvèrent au Rosebud et passèrent la nuit à se serrer l'un contre l'autre et à s'embrasser sur la bouche devant la Carlsberg et le Perrier posés sur la table de bois ciré. Puis une autre nuit à s'embrasser encore, avides, comme s'ils n'avaient jamais fait ça avant, et à parler, à parler et à s'embrasser. Puis une autre nuit encore, et une autre, sans cesser de s'embrasser. Puis il disparut de nouveau.

Après dix jours de silence :

— Allô ! ici Hervé Sinteuil. J'espère que je ne vous dérange pas ?

Elle n'écoutait que les effets moirés de sa voix, qui prenait au téléphone une douceur sans faiblesse et

pouvait à l'improviste retrouver ses accents bruts,
secs : de la soie grège. Il lui racontait la vie de la
revue, je ne sais quel conflit opposant Bréhal à
Scherner, auquel il se trouvait mêlé. Elle pensait que
Sinteuil était tout en frontières : d'un côté, cette
surface survoltée, sociale ; de l'autre, une attention
presque enfantine, ou féminine, qui s'entendait dans
la respiration freinée, la voix travaillée jusqu'à paraître
d'une civilité naturelle ; et puis, ailleurs, volets fermés,
barrière, l'antre du solitaire, nul n'y accède. Qu'enfer-
mait-il dans cet enclos ? Des aventures, des liaisons
secrètes, quelque dépendance sexuelle inavouable ? Ou
peut-être simplement l'histoire qu'il était en train
d'écrire ; peut-être ne pensait-il qu'à cela, à rien
d'autre ? Peut-être n'y avait-il après tout que l'enclos
de son écriture : pas de dehors, rien que l'enclos.
Détaché de tout le reste, ce qui lui donnait cet air si
gai, mais au second degré, c'est ça : *détaché*.

Ce soir-là, Véra, partie en reportage, ne rentrait pas.
S'il voulait, Olga pouvait préparer un dîner froid, il
l'avait toujours invitée, elle en était confuse. A ce soir,
donc.

Onze heures du soir. Évidemment, personne. Ç'aurait été trop simple. Il fallait s'y attendre : un pas en
avant, deux pas en arrière. Le nouveau Laclos, le
metteur en scène de ces modernes et minables liaisons
dangereuses, a dû estimer qu'il était vulgaire de
s'avancer si facilement en terrain adverse. Elle remit
du vert sur ses paupières en amandes : cela faisait
moins triste, plus insolent.

Le saumon en rouleaux entourés de tranches de
citron s'effondrait sur le plateau au milieu de la nappe
bleue. La glace fondait dans le seau, mais Olga avait
remis la bouteille de vodka au frigo. Il ne viendra pas.
Elle ne l'attendra plus. C'est pourtant clair : elle

passera sa vie à l'attendre, il en ira toujours ainsi, il sera éternellement en retard, ou ne réapparaîtra pas des nuits entières, et elle restera là à l'attendre de l'autre côté de la frontière. Bon. Pourquoi pas, après tout ? Les frontières, elle ne cessait d'en jouer, peut-être qu'elle n'était faite que de ce mystère des passages, territoires fuis de ce *là-bas* qu'il ne connaîtra jamais, qu'il ne soupçonne même pas. Eh bien, ils s'attendront comme deux étrangers, pourquoi pas ? Elle attendra, cela ne fait de mal à personne d'attendre. On appelle ça de la patience, forme élémentaire de la culture.

Non, il exagère, il faut arrêter ce jeu tout de suite. Un peu de saumon, goûts d'algue et d'iode mêlés à la douceur d'un mamelon rose. Exquis, surtout lorsqu'il est gorgé de vodka givrée. Les saumons adorent s'enivrer dans les glaciers... Elle s'endormit sur le sofa.

L'interphone :

— C'est Hervé.

— Quelle heure est-il ?

— Deux heures. Je suis désolé.

Il l'embrassait à pleine bouche, sa langue léchait la sienne, fouillant les parois de ses joues jusqu'à la gorge, il aimait ce goût de saumon citronné, ces seins qui se livraient à ses lèvres, ces cuisses qui s'ouvraient à ses mains. Il l'attira vers la table, reprit son souffle, aspira du bout des lèvres, puis croqua une rosette de saumon orange, retrouva le goût de sa bouche à elle, lui redonna la pulpe fumée, ils la mangèrent ensemble, ils se mangeaient ensemble en roulant sur la moquette anthracite trop dure pour leurs corps ouverts et humides.

Non, pas ici, où sommes-nous d'ailleurs, sur quel territoire de petits-bourgeois calfeutrés ?

— Si on prenait l'air ? On va boire quelque chose.

Il l'entraîna dans la nuit violette de ce printemps,

elle ne discernait plus rien, serrant sa main droite posée sur le volant de la vieille Ford tandis que, de la gauche, elle caressait sa cuisse, son sexe. Ils s'arrêtaient en évitant les cercles lumineux des réverbères et continuaient à s'embrasser et à se caresser, à bout de souffle. A Montparnasse, le Palladium était désert, les prostituées en faction ne les regardèrent même pas. Ils s'assirent, toujours serrés corps contre corps, bouches confondues, doigts mêlés.

— Une Carlsberg et un Perrier.

Ils buvaient, ils s'embrassaient, l'électrophone diffusait un disque de Duke Ellington et son orchestre (de 39 ou de 40 ?). Les trompettes s'élançaient appelant au dialogue les somptueux trombones ; les saxos étalaient un fond voluptueux mais syncopé que perçait la clarinette ; le rythme saccadé emportait les toits, languissait en tango, s'étirait comme un cri de mouette ouvrant le jour, fermant le jour, ou comme une fille provoquante qui, brusquement, éclate en sanglots... Et le piano entretissait cette humeur grave d'une dentelle en fil de soie, d'un rire pensé, étincelant et gai, qui entraînait les mains et les jambes des deux amoureux dans une pulsation vertigineuse, lucide, ne perdant pas une seule note. Puis de nouveau reprenait la berceuse qui sait se répéter sans vous assoupir, on se coulait dans les timbres mêlés de Rex Stewart et de Cootie Williams (cornet et trompette qui s'épousent), avant que les doigts de Duke sur le piano ne piquent l'épais velours des cuivres, bois et vents — ponctuations d'éveils. « ... *Downtown in Boston, Massachusetts* » — une voix noire achevait la présentation. Le barman remit le même disque, les trompettes s'élançant et tournoyant, harcelant le cornet, appelant les somptueux trombones, tandis que ces deux, là-bas, conti-

nuaient à s'embrasser, seuls sur la banquette du
Palladium désert.

Puis ils rouvraient les yeux et se regardaient de très
près, fixement, jouant à voir qui tiendrait le plus
longtemps sans broncher. Au premier clignement, le
rire ; et de nouveau on s'évanouissait sur les lèvres de
l'autre.

— Viens, c'est très bien. On ne peut pas rester
comme ça. Tu verras...

L'hôtel voisin était étrange, pas de réception, personne en vue, sauf une femme fardée qui la considérait
avec méfiance.

— Mademoiselle a quel âge ?

— Elle croit que tu es mineure. Joli compliment,
non ? Ne vous inquiétez pas, madame, tout va bien...

La chambre sentait l'eau de rose. Tapissée de glaces,
elle lui révéla sa peau en feu, les mains d'Hervé
dénouant ses cheveux et faisant glisser son fourreau
de velours noir. Il voulait tout voir, son propre sexe
tendu, la courbe de ses seins à elle, l'ouverture de son
ventre entre les cuisses, ses lèvres d'en bas, ses jambes
fines, fuselées. Voir, couvrir de baisers, pénétrer, voir,
couvrir de caresses, pénétrer, voir. Tandis qu'il la
prenait doucement, sans perdre une lueur de ces
images que le cube miroitant de la chambre lui
renvoyait sous tous les angles, dans toutes les postures,
elle se laissait pénétrer et planait, flottait, palpitait,
yeux fermés, ne voyant rien, toute en dedans, embrasée
comme jamais, nulle part, là toujours.

C'était un rêve de mer bleue, lisse et luisante, elle
sentait la fraîcheur ensoleillée des vagues sur les
muscles des bras, des cuisses, elle brassait les masses

souples qui lui caressaient le visage et les cheveux, elle avançait, non, elle sombrait, les vagues se faisaient lourdes, traînantes, c'était une mer démontée, écume battue, l'eau bleu-noir l'emportait, visage au loin, trop loin, elle n'arrivait pas à l'atteindre, il ne pouvait plus l'aider, Hervé.

— Tu m'appelles ? C'est un rêve. Dors, dors, il est encore trop tôt...

Elle entendit sa voix, eut honte (comme on a honte en rêve, violemment, confusément) de lui avoir montré qu'il ne la quittait jamais, jamais plus, et essaya de se rendormir, collée à son grand corps chaud, serrée par ses cuisses de footballeur, leurs jambes étroitement mêlées. Les cils entrouverts, elle vérifia qu'ils étaient bien dans sa chambre à lui. Le jour filtrait déjà à travers le store rouge-orange, les coussins et le couvre-lit de velours vert reposaient en désordre au pied de la bibliothèque, le sang doré du soleil baignait le grenier, on se serait cru à l'intérieur d'une grenade juteuse pleine d'un suc rosé, lumineux. Elle reposa sa bouche dans son cou, huma son parfum de lait et d'ambre — homme ou bébé ? la nuit exaspérait le débat —, et replongea de nouveau.

Il avait mis des mois à lui ouvrir son sanctuaire. Longtemps elle n'avait pas eu le droit d'accéder au *grenier*. Ils ne se quittaient presque pas, mais c'étaient toujours les restaurants, les hôtels, puis il disparaissait des nuits et des journées entières, l'abandonnant, distrait ou amusé, après la passion.

— Comme tu me fais jouir ! Jamais je n'ai joui autant. Entièrement, pas avec un organe ou une partie du corps, mais totalement. En fait, je t'aime, rappelle-toi.

C'était signe qu'il ne serait pas avec elle ce soir-là. Il marquait son territoire, empêchait qu'elle envahisse

tout, coupait cruellement les ponts dès qu'il se sentait
à découvert. Surtout, qu'elle n'aille pas croire que tout
est arrivé, qu'elle l'a eu ! Loin de là : chacun chez soi !
Au moins, était-il sûr de l'aimer ? De plus en plus, car
il rêvait d'elle et se réveillait avec son nom sur les
lèvres. « Ça ne trompe pas, se disait Hervé en se
moquant du bonhomme romantique qui se rasait dans
la glace dressée devant lui. Attention. »

Brusquement lui revenaient ces intonations sauvages
qu'elle avait par moments, pas un véritable accent,
non, mais une de ces mélodies de nulle part qui vous
déchirent le tympan, trahissant on ne sait quelle
brutalité. Méfiance ! Et cette façon de se plonger dans
les livres, de parler une langue savante, les incisives
tachées de rouge à lèvres. Attention ! Pourtant, voilà
une femme avec laquelle on peut faire l'amour et
parler, malgré ce rouge à lèvres sur sa grosse incisive
supérieure. Elle pense à tout mais ne se voit pas, avec
sa dent tachée, sale, absurde. Et ce parfum capiteux,
du musc, sans doute, acheté dans une de ces boutiques
indiennes à la mode kitsch : envie d'ouvrir la fenêtre...
Étranges, cet air un peu sévère d'icône byzantine, ces
paupières mystiques. Fragile comme une petite fille
qu'on aurait cru menacée de quelque mal exotique,
avec son français chantant et ses yeux embués, mais
qui vous dépliait brusquement un corps de gymnaste,
flexible, élancé, plein d'arrondis, avec l'innocence
d'une adolescente vicieuse. Double, pour le moins
double, elle ne sait pas qu'elle l'est : puérile et
dissimulée. « Mon vieux, tu es simplement aveuglé par
l'inconnu Mais pourrais-je être amoureux d'autre
chose ? Bien sûr que non, la preuve. Quand même, me
faire le coup de l'*inconnue*, à moi, ça n'arrive pas tous
les jours ! » Hervé se découvrait attendri, ce qui ne

convenait pas à un libertin, mais lui allait très bien
pour le moment.

« Cette situation est absurde » : voilà ce qu'il se
disait en définitive. Il savait se cadenasser, soudain ne
lui posait plus aucune question, n'entendait pas les
siennes, feignant d'ignorer son travail, alors que, la
veille, il n'avait eu de cesse de l'encourager. Avec lui,
c'était la douche écossaise ou le catch. Olga se sentait
naufragée.

— On te voit tout le temps avec Sinteuil, lui lançait
Carole à l'Institut. Tu peux faire confiance à quelqu'un
d'aussi... comment dire... personnel, insaisissable ?

— Mais je ne lui fais pas confiance, je l'aime ! Si je
lui faisais confiance, je serais fichue. Je le suis... En
fait, je l'aime parce que j'ai changé : je *me* fais
confiance, j'apprends l'autonomie, tu vois, la face
sereine de la solitude. Et quand il est là, on partage.
L'échange par intermittence. Les intermittences du
sexe et de l'esprit. Alors que j'avais toujours imaginé
la passion comme une dépendance.

— Qu'est-ce que c'est d'autre ?

— Avec lui, c'est l'indépendance. Tout le monde la
veut, mais, quand on l'a, ce n'est pas si évident...

— Surtout pour une étrangère. Tu as besoin de
pouvoir compter sur quelqu'un.

— A qui le dis-tu ! Il me faut tout apprendre :
comment m'adresser à la boulangère, comment ouvrir
un C.C.P., m'affilier à la Sécu. Là-dessus, inutile de
compter, comme tu dis, sur Sinteuil. Je ne sais pas s'il
est lui-même au courant.

— Je suis là, moi.

— Je sais, je ne t'embêterai pas trop, merci. Après

tout, je suis peut-être faite pour ça, l'indépendance me convient. Ça me fait travailler. Pleurer. Prendre des initiatives. Qu'Hervé soutient, d'ailleurs, quand il s'en aperçoit. C'est un féministe, tu sais, au fond. En tout cas, les conséquences de son comportement sont féministes, même si ses intentions ne le sont pas.

— Ou tu es très forte, ou tu es complètement maso !

— Ou encore : jamais l'un sans l'autre. En réalité, j'aime faire des expériences dans les diverses matières que j'observe ; je tâche d'être spectatrice plutôt qu'actrice en toutes les comédies qui se jouent...

— Tu parles comme Descartes.

— Peut-être. J'aurais préféré parler comme la marquise de Merteuil, qui, elle aussi cartésienne (à mon sens), prenait plaisir à observer et ne voyait, dans les diverses sensations de douleur ou de plaisir, que des faits à recueillir et à méditer. Je te fais remarquer qu'elle a su déployer ainsi sur le théâtre du monde les talents qu'elle s'était donnés et qu'on lui connaît. Tu sais, toutes les liaisons sont dangereuses, quand on veut bien s'en apercevoir.

— Comme tu veux. Bonne chance. Tu m'appelles !

Distant, secret, fuyant, imprévisible. Il avance, recule, recule encore, suit son rythme, mais cède, non, adhère au plaisir qui sert son travail. Donc, logique pour lui, étrange pour l'autre. Si on ne se dresse pas comme un barrage contre ce courant, son flux peut constituer une surprise : agréable.

— Il paraît que Véra quitte son poste et Paris. Eh bien, il est temps que tu t'installes chez moi.

Il annonce cela entre deux bouchées de steak bleu

— « vraiment bleu, si vous voulez bien » — comme s'il s'agissait de remplacer la Vittel par de l'Évian. Olga manque de s'étouffer mais enchaîne, impassible :

— Tu crois ? Peut-être. Très bonne idée, après tout. Quand ?

— Ce soir. Voici la clé. A tout à l'heure. Débrouille-toi.

Il ne voyait même pas que c'était toute une affaire de déménager. Cédric et Carole étaient là, heureusement.

— Désinvolture d'aristocrate, maugréa Martin en montant les valises.

Olga pensait : oui, avec, en plus, la crainte que la vie quotidienne n'en vienne à détruire cette trame inquiète qui les unissait et les excitait. Elle ne dit rien ni à Hervé ni à Martin. Tout lui paraissait si multiple, incompatible. Le tout était incompatible avec lui-même.

Elle vint donc habiter à l'intérieur de la grenade qui filtrait le soleil du matin, grenier labyrinthique aux multiples cellules où elle aménagea, sous les toits, son bureau à elle. Elle huma de nouveau le lait et l'ambre, et reprit son rêve bleu, les vagues la berçaient et l'emportaient, la mer noire ou l'océan démonté.

Ils dormaient encore, mais leurs corps s'étaient enlacés, il sentait ses seins durs se coller contre sa poitrine, il avala sa bouche, chercha avec ses doigts le creux de son ventre, l'ouvrit, le caressa et le pénétra en tournant doucement, loin, très loin, elle gémissait, il dormait toujours, il se réveilla peu à peu en haletant, éclatant au fond de cette jeune femme qui était maintenant la sienne, à présent ils étaient tous deux renversés, sans mémoire, coulés dans leurs sexes.

Il aimait sa jolie tête, la paix qui satinait ses pommettes, plus étirées après le plaisir : « Ne bougeons pas. » Puis il apporta le plateau de croissants avec le café noir et le thé au lait qu'elle aimait savourer lentement, souriante et muette.

— Ne dis rien, reste tranquille, repose-toi. Moi, je continue mon histoire.

Il écarta le plateau, prit sur la table de nuit le cahier où s'entassaient les lettres minuscules de son manuscrit en cours, et, sans transition, glissa de leur étreinte à cette écriture serrée, rêveuse, prose ajourée dans le jade, qui était sa sensualité à lui, indécente et sobre.

Elle déchiffrait les caractères bleus sur la page, et son cerveau alerte discernait la musique des phrases et les allusions aux mythes antiques qui venaient rallumer leur sens dans ce lit. Il était question d'une « épilepsie passagère » qu'on dit si rare chez les femmes (cette rareté la surprenait toujours), qui se dérobe aux mots, refuge ultime du sacré, mais qui n'est en fait qu'un « peu profond ruisseau », car celui qui s'y perd est simplement un timide éjecté de la ritournelle des mots, du rigodon, du rire... Telle était bien l'idée d'Hervé : toute croyance commence par la croyance au mystère féminin, mais certains ne se laissent pas faire, parce qu'ils savent le dire.

Elle sauta quelques lignes par trop microscopiques, puis reprit son déchiffrement.

Tiens, cela sonnait familier : « S'il venait en France une génération d'hommes qui eût encore plus de finesse d'esprit qu'on n'en a jamais eu en France et ailleurs, il faudrait de nouveaux mots, de nouveaux signes pour exprimer les nouvelles idées dont cette génération serait capable : les mots que nous avons ne

suffiraient pas... Il s'agirait quelquefois d'un degré de
plus de fureur, de passion, d'amour ou de méchanceté
qu'on apercevrait dans l'homme... » Était-ce d'Hervé
ou bien extrait du *Cabinet du philosophe* ? Et ce culte
des formes qui avait sous sa plume des allures de
Diderot : « Qu'aperçois-je ? Des formes. Et quoi encore ?
Des formes. J'ignore la chose. Nous nous promenons
entre des ombres, ombres nous-mêmes pour les autres
et pour nous. Une fantaisie assez commune aux
vivants, c'est de se supposer morts, d'être debout à
côté de leur cadavre et de suivre leur convoi. C'est un
nageur qui regarde son vêtement étendu sur le rivage... »
Il lui semblait remonter aux sources de ces lignes
compactes, s'y retrouver comme dans un miroir.

Mais son corps continuait à vibrer, sa main descendit
sous le drap, trouva le sexe tendu et se mit à le
caresser, et il ne cessa pas d'écrire tandis qu'elle le
caressait, et il écrivit jusqu'à ce qu'elle vînt plaquer sa
bouche sur le sexe chaud, sous le drap, pour le garder
longuement, délicate et avide.

Brusquement, il se leva. Treize heures. L'heure où
il fallait absolument qu'il téléphone. Elle comprit qu'il
entendait arrêter le jeu, souligner la comédie, reprendre
sa liberté. Eh bien, elle reprendrait la sienne aussi.

Dans le long miroir de la salle de bains la regardait
une tête si désolée qu'elle se pinça la joue, fit une
grimace gamine et referma le verrou, là, de l'intérieur.
La mousse du bain était bien chaude et le boulevard,
en bas, plein de monde bruyant dans le feuillage des
marronniers. Tout lui sembla clair, et la clarté n'est
jamais triste.

3.

L'Institut d'analyses culturelles occupait un vieil immeuble repeint en gris-violet, éclairé par la lumière gris-mauve des néons. Ses bureaux tapissés de moquette gris-mauve pâle étaient bourrés de caisses et d'étagères d'un gris-mauve encore plus pâle, où s'entassait la culture mondiale mise en fiches. On pouvait y apprendre la logique de tout ce qu'un esprit naïf et superficiel avait tendance à considérer comme illogique : l'I.A.C. avait mis en formules les règles universelles qui gouvernent les alliances matrimoniales, les mythes, et jusqu'à la littérature la plus sophistiquée. Olga, qui travaillait depuis quelques mois dans la section littéraire, considérait que les couleurs de l'Institut étaient une réussite, car, selon son humeur, le chercheur pouvait sombrer dans la grisaille de l'uniformité, sournoisement suggérée par cette vision du monde que l'Institut propageait, ou se laisser aller à son penchant pour la dissection et scruter, non sans perfidie, les reflets indécidables des exceptions humaines en marge d'une logique universelle qui ne s'en trouvait que mieux confirmée.

— Tu as vu ce papier ? (Martin s'était engouffré

dans son bureau en lui tendant une circulaire.) Infect !
Il se croit tout-puissant, ou quoi ?

Une note de service du professeur Strich-Meyer, le
directeur de l'I.A.C., attirait l'attention du « personnel » sur les dépenses excessives et citait l'exemple, à
ne pas suivre, de « Mlle Olga Morena, qui a eu la
négligence de ne pas éteindre la lumière lundi dernier
lors de la fermeture ».

— Que ce soit mesquin, radin, ça m'est égal. On
connaît le caractère du bonhomme et on s'en fout,
continuait Martin. Mais ce qui est intolérable, c'est ce
ton d'autorité supérieure, de mépris pour le « personnel ». Pourquoi pas les « domestiques » ? A-t-il jamais
fait une note pour commenter ton travail, le mien,
celui de Carole, des autres ? Tu peux courir ! Nous,
on est là pour faire le ménage ! Que chacun se tienne
à sa place de subalterne dans la hiérarchie dominée
par Sa Majesté Strich-Meyer. Un jour, ça va sauter,
je te le dis, la colère gronde partout !

— Tu as raison. (Olga s'évertuait à le calmer, en
éprouvant malgré tout une confusion coupable à la
suite de cette mise à l'index inattendue et manifeste-
ment stupide de la part du patron.) Mais il y a pire
que lui. Au moins, dans son travail, il essaie de
respecter les autres, c'est bien lui qui a réhabilité les
« sauvages ».

— Toi alors ! Même quand il te tape dessus, tu
trouves encore le moyen de le défendre ! D'abord, il
n'est pas sûr qu'il ait réhabilité les « sauvages », comme
tu dis, il les a peut-être tout simplement récupérés :
ils sont comme nous, c'est-à-dire *comme lui*, et c'est
lui qui nous le dit avec son élégante condescendance.
Mais laissons ça. Même si ton estime était justifiée, je
trouve scandaleux qu'un esprit de cette envergure se
comporte dans la vie courante comme le pire des

petits chefs. C'est même plus scandaleux qu'avec des patrons dont on n'a rien à espérer. Tu comprends, c'est indigne de lui, et c'est injuste envers toi.

Là-dessus, elle était bien d'accord. Cependant, Martin avait aussi des raisons personnelles de s'agiter contre Strich-Meyer. Depuis des années qu'il préparait sa thèse sur *Le Travail et la mort dans les mythes des Indiens wadanis*, on n'en avait jamais vu la moindre ligne. Trop exigeant avec lui-même, ballotté d'une théorie à l'autre, du marxisme à Hegel, de Freud à Lauzun, et, bien entendu, fasciné par la rigueur rabbinique de Strich-Meyer, Martin était le mécontentement personnifié. Excessif, soit, mais lucide, le plus critique de tous, vif, décapant, intransigeant, on ne pouvait être plus dandy et plus égalitaire, plus ésotérique et plus populiste : mélange instable qui explosait de plus en plus souvent contre les *boss* et les « patrons ». Les nuances gris-mauve de l'I.A.C. devenaient alors incendiaires.

Le téléphone interrompit cette mini-révolution . La voix de Dan. Il avait écrit qu'il viendrait peut-être, mais de là à le savoir à Paris, à l'autre bout du fil ! Ravie, embarrassée, Olga était toute rouge. Martin se leva.

— Ciao, on en reparlera !

— Où es-tu exactement ? (Elle essayait de parler à Dan, de l'imaginer, de revoir les traits autrefois familiers : comment était-il, déjà ?)

— Au Panthéon, à l'hôtel des Grands Hommes.

Il ne manquait plus que ça ! L'humour maladroit des étrangers. La lourdeur involontaire des métèques. Elle les connaissait et les fuyait intérieurement, humiliée mais complice quand un gentil ours de *là-bas* lui renvoyait cette image en pleine figure.

— Bien. J'arrive.

Elle lui refusa le cadeau du rire attendu, mais oublia sur-le-champ la note de service et se précipita au rendez-vous.

Dan se dégagea vite de la parenthèse où elle l'avait tenu enfermé depuis leurs adieux à l'aéroport et l'enveloppa d'une tendresse familiale, animale, comme le câlin d'un chat qui fait venir des larmes aux yeux des solitaires.

Dan. Non, elle n'avait pas oublié le corps blond et massif, les cheveux de paille, les yeux qui auraient dû être bleus s'ils n'avaient été décolorés par tant de lectures, devenus invisibles derrière les grosses lunettes de myope. Ses joues qui piquent, ses mains de fille, ses épaules affaissées mais confortables. Il n'avait jamais pratiqué d'autre sport que les échecs, qui l'ennuyaient au demeurant et dont il renversait le jeu, hilare, à chaque fin de partie perdue, c'est-à-dire tout le temps. En revanche, il connaissait toutes les langues et avait lu l'essentiel en anglais, allemand, français, russe, espagnol, italien, depuis la nuit des temps jusqu'à nos jours. Glouton culturel, il avait absorbé tous les grands écrivains, philosophes, poètes, et, tel un homme des Lumières égaré dans quelque obscure contrée hors de son temps, il restituait aux ignorants qui l'entouraient son érudition sous forme de paraboles sceptiques. Olga lui devait tout ce qu'elle savait sur Shakespeare et Cervantès, Browning et Emily Dickinson, Mallarmé et Faulkner. Leur amour était un amour de bouches et de regards : ils lisaient les mêmes livres dans le même lit, ils en parlaient, s'embrassaient, discutaient, parfois ils allaient jusqu'au bout, comme on dit dans les livres, justement, presque sans s'en apercevoir, avant de s'en retourner de nouveau aux livres.

La petite chambre des Grands Hommes était trop

étroite pour ce grand garçon qui approchait la quarantaine et dont le pesant volume de montagnard, taillé à la hache, cachait totalement la finesse spirituelle. Cet encombrement ajoutant à leur malaise, ils eurent du mal à se retrouver. Des corps crispés, des sexes qui s'imaginent impatients, mais restent insensibles. Il était émotif et accueillant, mais elle s'aperçut qu'il lui était impossible de faire l'amour avec un frère si bon. Il manquait à ce corps ovale et à ces gestes de mère non pas une force, car Dan était robuste, mais une distance : la faculté de se rendre insaisissable. Olga comprit que son plaisir à elle était désormais ailleurs : érotisme d'étrangère qui jouit d'être aux aguets. Dan cherchait en vain la confiance assoupie de la petite fille qui, par innocence jeune, sororale, lui abandonnait la mousse de son ventre, ses seins et ses lèvres. Le corps d'Olga lui parut minci, plus léger que jamais, mais d'une légèreté impénétrable, en écaille. Bon, ce n'est pas grave, on verra plus tard.

— Ton livre est sorti ?

Elle s'empressait de retrouver le terrain facile de leur intimité.

— *Hagakuré ou l'Art de la guerre ?* Oui, je te l'ai apporté, ça vient de paraître, je me demande encore comment. La censure a dû se laisser tromper par l'apparence : on l'a pris pour un conte japonais revu et corrigé pour les besoins de la vulgarisation.

La couverture exhibait une de ces innombrables estampes japonaises à fleurs de cerisier qui symbolisent pour les initiés la beauté et la précarité de la vie, mais dont la fadeur laisse insensible le profane.

Olga se souvenait parfaitement de cette légende, elle avait été la marraine de sa genèse, comme des autres essais de Dan. Il s'agissait cette fois de Jocho Yamamoto, samouraï devenu prêtre au Japon à la fin du XVIIᵉ ou au début du XVIIIᵉ siècle. Ses propos, recueillis par un disciple et connus sous le titre *Hagakuré,* étaient devenus le code moral, guerrier, littéraire, pratique et bien entendu mortuaire de toute la tradition des samouraïs. Cependant, cet homme, qui avait proclamé : « Je découvris que la voie du samouraï est la mort », ne se tua pas. Lui qui avait décapité son cousin lors de son suicide rituel (tel était le rôle du second) se soumit à la nouvelle législation qui interdisait le suicide sur les terres de son seigneur Nabeshima, et se retira du siècle pendant deux décennies, pour mourir en 1719 à l'âge de soixante et un ans. « Caché dans le feuillage », discret et délicat, auteur de poèmes *haïku* et *waka,* spécialiste de l'art rhétorique, qu'il mettait sur le même plan que les arts martiaux, cet homme d'honneur avait été homme d'action et pensait que seule la mort nous pousse à agir. Les Japonais avaient ressorti sa morale de kamikaze pendant la dernière guerre, et leur bravoure fanatique n'avait pas manqué de rendre à tout jamais suspect le vieux maître. Dan aggravait le cas du samouraï en l'associant à la morale de la violence dans *Zarathoustra.* Cependant, l'enseignement qu'il tirait de cette parabole — car la réalité historique du maître oriental était transposée dans un monde imaginaire — lui était toute personnelle.

En définitive (c'est du moins ce qu'Olga en avait retenu), une énergie inconnue nous habite, qui nous fait agir mais qui, lorsque les circonstances nous freinent, se retourne contre nous et nous rend impuissants, efféminés, décadents. Dès lors, ceux qui agissent doivent s'engager à fond dans cette voie, ne pas calculer au profit de leur vie, mais la dépenser jusqu'à la mort. Le suicide volontaire n'achève pas, mais accomplit l'action de l'honnête homme.

La virtuosité du penseur et du poète, son habileté
dans les arts martiaux, sa délicatesse au service de la
cour, du seigneur, voire simplement lors d'une beu-
verie, forment un tout, un cercle qui ne s'accomplit
que par et dans la violence de l'acte suprême qu'est sa
propre mise à mort.

Dan se doutait bien que cette étrange éthique se
nourrissait de quelque plaisir morbide, puisqu'elle
enracinait la jubilation des actes les plus futiles dans
la douleur qu'ils étaient capables de provoquer. Mais,
dépourvu de toute perversité, il avait abandonné cette
direction érotique que, quelques années plus tard,
Mishima allait révéler au monde médusé, à partir
justement des textes du vieux maître Yamamoto. Dan,
pour sa part, avait entrepris une méditation bien à lui.

Son essai était semblable à une fleur hybride, conçue
par un génie inspiré mais malhabile, incapable de
construction et d'éclaircissement, comme tant de fables
germées sur les terres slaves, qui enflamment ou
énervent, mais qui, coincées entre la clarté de l'Ouest
et le souffle de l'Est, restent inconnues et sans
conséquences, jusqu'à ce qu'un folkloriste venu d'ailleurs les découvre un beau jour comme des curiosités.

Loin de se suicider, et quel que pût être le légitime
prétexte à ce manquement, Yamamoto se mit donc à
parler. Mieux, malgré son interdiction, sa parole
transcrite fut publiée. Pour Dan, tant de transgressions
soulevaient une question : et si le samouraï avait voulu
insinuer qu'il n'y a pas de meilleure façon d'agir —
jusqu'à la mort, avec elle et au-delà — qu'en mariant
l'art de la guerre et l'art de l'écriture ? « La vie
humaine ne dure qu'un instant. Passons-le donc à faire
ce qui nous plaît. En ce monde fugace comme un
songe, c'est folie que de vivre misérablement adonné

aux seules choses qui nous rebutent » : ne peut-on pas lire cette phrase comme une exhortation à écrire ?

Et si nous admettions que l'écriture est le seul acte durable de plaisir et de guerre rassemblés ? Mise à mort autant qu'amour secret de soi, exaltation dans la douleur du silence et affirmation par le risque d'un caprice formulé ? Pas toute écriture, certes. Mais laquelle ? Celle qui désobéit, qui dit « je » contre les interdits en faisant semblant de les respecter, qui se fait polie, civilisée, séduisante, effacée même, mais pour mieux « se cacher dans le cerisier » et porter le coup de grâce, non pas une fois pour toutes, mais constamment, dans les petits détails ritualisés et à chaque fois très légèrement déplacés, d'un poème par exemple, ou d'un jeu de sabres, ou d'une calligraphie. Car tout art est un art martial où l'on se met à mort pour se refaire un nouveau corps, une nouvelle forme.

— Ton interprétation est belle, mais peut-être trop chrétienne. Ton Yamamoto esquive le point final et transmet l'écriture comme un remède contre le sui- cide : n'est-ce pas la Passion contre le Tombeau ?

— Tu as déjà oublié que je discute avec le régime de *là-bas*. Nous n'avons pas de solution absolue, nous ne pouvons tout rejeter. Donc, l'action de l'intellectuel exige un certain compromis. Or la parabole de Yama- moto rappelle qu'il y a des compromis qui ne sont pas des compromissions : ça s'appelle « écrire » — mais en risquant sa place, sa tête, au fond.

— Sous tes airs d'esthète, tu es toujours resté un moraliste.

— J'ai horreur de deux choses : la soumission et la technique. Deux aspects de la paresse. *Là-bas*, tout le monde a tendance à se soumettre au pouvoir, ou au consensus de l'opinion, ce qui revient au même. Ici, vous êtes des techniciens. Toi-même, tu t'es mise à découper Mallarmé en formules logiques, linguistiques. Or c'est un homme de foi, Mallarmé. Frigide, mais de foi.

D'habitude, il ne la critiquait jamais. Il avait donc deviné qu'elle s'était échappée, qu'elle était de plus en plus ailleurs.

— Tu sais, cet exercice est d'abord fortifiant pour l'esprit. Ensuite, cela va assez bien avec Mallarmé, devenu obscur par souci de clarté. C'est bien toi qui n'arrêtais pas de citer un autre grand malade — « Les athées doivent dire des choses parfaitement claires » — pour démontrer qu'il est impossible d'être athée. Eh bien, ici, on essaie précisément d'être parfaitement clair. C'est une sorte d'art martial — enfin, pour beaucoup. Et puis, ça embête la Sorbonne !

— Voilà, je m'y attendais ! C'est là tout votre problème : vous êtes des techniciens parce que vous n'avez pas de pouvoir politique ou religieux assez consistant contre qui porter vos coups. A la place, vous vous attaquez à n'importe quoi, des formes vides, pourquoi pas la Sorbonne ou Tartampion, et vous décortiquez Mallarmé !

Il l'appelait « *vous* » comme si elle incarnait tous les êtres insipides de cet Occident sourd à la parole du samouraï. Il ne voulait pas voir combien leurs manies se ressemblaient, cette utopie commune de l'écrit comme art de la guerre. Elle n'y tenait pas non plus.

— Je ne te reconnais plus. Toi, tu empêcherais qu'on décortique Mallarmé ? Tu parles comme les censeurs de tes livres ! D'ailleurs, je ne t'apprendrai rien en te disant que si on ne décortique pas Mallarmé, on ne décortique rien du tout, on gobe le discours du pouvoir, comme tu dis. Et puis, si tu savais : ils sont plus politisés ici que *là-bas*. Les « techniciens », pour parler comme toi, ne se privent pas de critiquer les autorités. J'en ai vu encore un, ce matin. Ils sont enragés. Il y a une colère qui monte...

— Ce n'est qu'un jeu, ils contestent parce qu'ils ne risquent rien. Vous avez perdu le sens de la mort — et comme menace, et comme ressort.

— Tu parles du dehors. Je t'assure qu'à l'intérieur les gens sont passionnés...

— « Les gens », je m'en fous ! Ce qui compte, c'est ce qui est écrit, et votre structuralisme est exsangue.

— C'est drôle de te voir si sûr de toi. Tu ne te doutes pas une seconde que, par exemple, quelque chose puisse t'échapper, que tu ne sais pas lire...

— Ça te va bien de te fâcher. Tu es belle. Plus belle qu'avant. Plus fine, élégante. Ta mère dirait que tu as maigri. Je t'aime comme toujours, et sans doute pour toujours.

Il caressa ses cheveux, et de nouveau la frontière passa entre eux deux : un peu plus tendre après l'escarmouche inhabituelle, mais encore plus inévitable aussi.

— Viens, on va quitter les Grands Hommes et je vais te montrer les gens, les rues.

La rue de Richelieu montait du Palais-Royal vers la Bibliothèque nationale, sinistre. Le ventre large de la salle de lecture, d'habitude si rassurant, sentait la poussière. Ils ressortirent. Molière sarcastique surplombait la fontaine, entouré d'hommes d'affaires qui se dirigeaient vers la Bourse. Une voûte dans les galeries commerçantes puis un escalier dérobé rejoignaient en bas la rue Montpensier qui longe les jardins du Palais-Royal. Plus aucun bruit, la calme sûreté de l'architecture classique, ce rare équilibre par quoi la géométrie devient bonheur. Harmonie des pierres grises, des branches taillées, des jets d'eau. Pas un millimètre de trop, l'impeccable mesure qui allège les

choses, les rend définitives. Les Parisiens savaient se
détendre : le papier glacé des paquets-cadeaux s'en-
trouvrait au soleil, montrant des visages paisibles ou
moqueurs, laissant des rires d'allégresse, des mots
insolents, des discussions animées se mêler aux cris
des oiseaux et des enfants.

— Tu sais ce qui distingue les Français ? Ils ne
tiennent pas nécessairement au malheur. Le bourgeois
sait être insouciant, léger.

— J'ai vu des Allemands graves, des Italiens inconscients, des Slaves pathétiques. Les Français sont...

— Délicieux, dit Olga.

— Désinvoltes, dit Dan.

Quinze jours passèrent. Dan voyait bien qu'elle
s'était moulée dans sa nouvelle langue, ses nouvelles
robes, sa nouvelle ville.

— Je pensais qu'on ferait le voyage de retour
ensemble.

Elle ne croyait pas, elle n'en savait rien.

— Tu penses rentrer ?

Elle ne pouvait, ne voulait pas répondre.

Le métro les amenait de la B.N. vers Montmartre,
la rame vide tanguait horriblement, mais ils se tenaient
debout, suspendus aux anneaux métalliques. La vitesse
emportait leurs voix et ils se regardaient, déjà nostalgiques, séparés, inaudibles. Dan quittait Paris le lendemain.

— Que fais-tu pendant l'été ?

— Tu sais que je pars ce soir pour le colloque de
l'I.A.C. ?

Elle ne précisa pas qu'elle n'y passerait qu'en coup
de vent avant de rejoindre Hervé dans son île.

— Évidemment. Comme tu sais que je suis triste.

— Je suis sûre de te retrouver.

— Moi aussi. D'autant plus que, désormais disciple de Yamamoto, je crois à la voie éternelle des samouraïs. Nous nous y retrouverons tous : si ce n'est pas dans les cerisiers, ce sera dans la mort.

Le fracas de la rame gomma un peu du pathétique de cet adieu, Olga fit mine de ne pas entendre et se laissa tomber dans les bras de Dan qui l'entoura pour la dernière fois de son grand corps blond et robuste, tandis que ses yeux autrefois bleus devenaient de plus en plus sans couleur.

4.

Aucun vent n'est plus salé que le vent de l'Atlantique. Il gonflait la voile, battait le foc et les tempes, pinçait les yeux et les lèvres d'un âcre goût d'iode. Hervé était venu la chercher à la gare et ils avaient embarqué sur son voilier coquille de noix à la carène large, confortable et sonore sous les rafales, comme un violoncelle en acajou baigné par le soleil déclinant de l'après-midi. Les vagues nacrées sous les rayons orangés, l'écume qui l'éclaboussait de poussière argent, les reflets métalliques du ciel donnaient à l'eau un aspect solide. Ils glissaient à toute allure ou simplement se laissaient bercer sur la peau intérieure de cette huître ouverte, lisse et perlée, qu'on appelait le Fier, entre le littoral et l'arête insulaire.

— C'est le large et pourtant on est protégé comme dans un coquillage.

— Je ne connaissais pas cette île.

— Personne ne la connaît, sauf moi. C'est l'Ile Secrète. Je te la donne.

Excessif et plein de refus, fougueux et austère comme son océan. Elle avait appris à l'accepter sans mots, rien que par une tension timide et ravie des yeux et des pommettes. Le vent continuait à la déboussoler et elle mit pied sur le ponton avec cette expression hagarde des navigateurs que les terriens prennent pour du snobisme, alors que c'est naturellement l'étourderie d'un oiseau des vignes égaré parmi les mouettes, soûlé d'oxygène et de lumière.

— Je te montre l'endroit et ta chambre, et tu verras tout le monde au dîner. Très vieux jeu, mais pas méchants. Je ne peux ni les fréquenter ni vraiment rompre tout à fait, tu comprendras pourquoi. Un autre monde.

La beauté discrète du lieu se fondait dans les surfaces plates des marais salants, et les pelouses fraîchement tondues basculaient imperceptiblement dans le vert plus soutenu et lumineux des vignes. Ce paysage de rizières n'appelait pas le coup de foudre, mais le lent attachement qu'éveille, avec le temps, la précaution des femmes intelligentes.

Un parc prenait la place du vieux manoir dont ne subsistaient que quelques ruines. En week-end et en vacances, les Montlaur habitaient un bâtiment appelé le mas. Il entourait un ancien moulin à vent au toit pointu couvert d'ardoises, qui était devenu le repaire personnel d'Hervé. A l'autre bout de la propriété, une annexe moderne abritait le couple de paysans chargé de l'entretien au long de l'année. Olga fut installée dans l'aile gauche du mas, destinée aux invités. Les portes-fenêtres de sa chambre donnaient sur le gravier du jardin qui mourait en pente du côté de l'eau. Un muret de vieilles pierres dessinait la frontière avec le bras de mer qui longeait la propriété. A l'horizon, on distinguait une courbe de l'île et le phare des Baleines. Les marguerites fichées dans l'herbe et les géraniums dans leurs amphores éclataient sur ce fond gris et bleu pâle, alors qu'un ciel immense aux couleurs écarlates tranchait avec la fadeur de la terre et de la mer. Le coucher de soleil avait commencé, et son brasier allait bientôt rendre invisibles les hommes, les maisons et les plantes. Il n'y avait rien, on était seul sur une pellicule flottant dans le ciel orange, grenat, indigo. Cette île n'était qu'un prétexte pour habiter le ciel.

— Tu vois, j'aime cet endroit parce qu'on est seul avec la lumière.

On était plus seul encore dans la tour du moulin. Après le vestibule, dont la baie vitrée donnait sur l'Océan face auquel les Montlaur aimaient à prendre l'apéritif, un escalier en colimaçon montait vers le studio d'Hervé — la chambre à coucher, la salle de bains. Un second escalier grimpait plus haut, et là, sous la voûte des poutres en entonnoir, Sinteuil avait choisi son bureau. Il quittait les Montlaur et habitait seul avec la lumière, ses livres, ses cahiers.

— Vous avez fait bon voyage, mademoiselle ?

Jean de Montlaur était un homme grand et sec, très poli et peu bavard. Il avait laissé les mondanités et la littérature à sa femme Mathilde, née des Réaux, la mère d'Hervé, et s'occupait à gérer son usine avec son frère cadet François, le célibataire de la famille, qui se tenait derrière lui comme son double. Leur travail les absorbait au point que les deux frères ne se quittaient pas, ou presque, et Mathilde semblait parfaitement épanouie entre ces deux chevaliers servants. Elle adorait les robes et les chemisiers à petits pois et à grands nœuds sur la poitrine qui lui donnaient un air majestueux, presque royal.

— Maman, je te présente mon amie Olga Morena.

— Ravie de vous connaître, mademoiselle.

Elle salua aussi le cousin Xavier des Réaux et sa femme Odile, venus passer quelques jours au bord de l'eau. Tout le monde semblait très attaché à la vieille demeure familiale.

— Hervé a dû vous raconter notre légende, commença Mathilde, un verre de champagne à la main. Il y avait ici un vieux manoir que notre arrière-arrière-arrière-grand-oncle des Réaux avait reçu de Louis XVI, pour je ne sais quel service, avant la Révolution, bien entendu. C'était un navigateur, il venait chasser ici. Vous savez, le tir, comme d'ailleurs le jeu de sabre et de fleuret qu'on pratiquait dans la famille, est un don héréditaire : cela ne s'apprend pas, cela se transmet. Aussi Hervé l'a-t-il naturellement, et, je dois dire, à la perfection, bien que cela ne l'intéresse pas du tout...

Elle était une excellente conteuse, volubile et précise, enthousiaste et ironique, et savait tenir son public sous le charme. L'histoire continuait donc jusqu'à l'Occupation, quand les Allemands, pour mieux empêcher le débarquement des Alliés sur la côte atlantique, démolirent le manoir, avec d'autres anciennes constructions de la région, pour bâtir leurs fortifications.

— Tout a été rasé par les Allemands. Inutile de vous le dire, nous étions de l'autre bord, et mon mari — un homme secret, vous l'avez remarqué — a beaucoup soutenu les résistants. Oh non, on n'a pas eu de médaille. A moins de considérer le manoir rasé comme un brevet de résistance en négatif, délivré par l'ennemi. Bref, vous imaginez la désolation quand nous sommes revenus après la guerre. On a essayé de cacher cette plaie par un parc, on a rafistolé le mas et le moulin, mais ce n'est plus comme avant. Moi, je verrai toujours l'île comme du temps de mon père, qui s'asseyait sur le banc devant le manoir, ainsi que faisait notre ancêtre, et chassait le canard au loin.

— Quelle horreur ! fit Hervé.

— Si tu veux. Nous ne voyions pas les choses comme ça, en ce temps-là.

— J'entends que tu deviens de plus en plus célèbre, mon cher Hervé.

Femme du monde, Odile des Réaux savait changer de conversation.

— Je ne sais pas. Enfin, ça peut aller...

— Mademoiselle est dans la même branche ? reprit le cousin.

Olga se demandant quelle pouvait bien être la branche en question, Hervé vint à son secours :

— Olga prépare une thèse de lettres pour le C.N.R.S.

— Le C.N.R.S., c'est la science...

— En quelque sorte, Olga est une scientifique littéraire.

Cela paraissait suffisant et suffisamment obscur, on pouvait en rester là pour l'instant.

— Et vos parents, vous avez de bonnes nouvelles ?

Mathilde était décidément une parfaite maîtresse de maison.

Olga se rappelait la dernière lettre reçue : son grand-père venait de mourir, elle imaginait le cimetière fleuri, l'odeur d'encens et de bougies, l'amer bonheur que les familles éprouvent à se serrer les coudes au-dessus des pierres tombales, lieu de solitude agitée qui échappe au regard du régime, de l'histoire. Elle imagina la ville portuaire avoisinant ce cimetière, la ville de ses vacances d'enfant auprès de grand-père, dans la péninsule peuplée de centaines d'églises en briques rouges et pierres blanches, et les colliers de poissons qui séchaient sur les façades boisées des maisons.

— Je vous remercie, ils survivent vaille que vaille, papa avec sa médecine, l'église, la musique.

Elle s'arrêta net, car la curiosité n'est qu'une politesse et trop de détails agacent.

— Il paraît que tu écris dans la presse communiste ?
Tu serais même devenu communiste, à ce qu'il paraît ?

Oncle François attaquait au nom de la famille, avec
les informations dont il disposait.

— Mais pas du tout, ça n'a rien à voir ! Ce n'est
pas parce qu'on n'est pas conformiste qu'on est
communiste.

Hervé tentait d'introduire là une différence trop
subtile.

— Remarque, moi je le comprends. Enfin, d'une
certaine manière. (Xavier des Réaux se montrait un
complice inattendu.) Dans mon village (il parlait du
village de son château, dans la Gironde), ils sont
socialistes depuis déjà deux générations, je crois. Eh
bien, figure-toi, je suis avec eux, car si on s'en éloigne,
on est fichu. La faute en est à ceux qui allaient à
Versailles, tu ne crois pas, au lieu de rester dans leurs
terres avec leurs paysans. On a eu la guillotine parce
qu'on n'était pas assez socialistes, si tu vois ce que je
veux dire. (Il s'adressait à Hervé qui le toisait,
goguenard.) Je sais que tu es d'accord avec moi, Jean...

Jean était d'accord, pourvu que tout le monde soit
content et qu'on ne lui demande pas d'explications.

Olga ne comprenait pas de quelle faute il retournait.
Hervé se pencha pour lui expliquer qu'elle assistait en
direct à l'exposé des théories du cousin Xavier sur les
causes de la Révolution française.

— Vous allez effrayer notre invitée avec vos histoires de guillotine et de communistes, elle qui en sort
à peine ! (Mathilde tâtait le terrain, ne sachant encore
si Olga était une communiste qui entraînait Hervé
dans la mauvaise voie ou bien une réfugiée qui méritait
de la compassion.) Moi, je me souviens de 36, j'étais
enceinte d'Hervé ; eh bien, nos ouvriers — pour
lesquels on avait pourtant fait des sacrifices ! — étaient

devenus enragés et me traitaient de tous les noms,
c'était affreux.

— Ils avaient peut-être leurs raisons, riposta Hervé.
Tu ne te l'es jamais demandé ?

— Et voilà mon fils prêt à abandonner sa mère
pour ses idées ! Vous savez, Olga (vous permettez que
je vous appelle ainsi ?), quand j'entends ça — et
d'autres choses encore, car Hervé ne nous a pas encore
lâché tout son couplet —, je me dis que ça se soigne !

Mathilde reprenait le dessus par la vivacité de son
humour.

— Si on laissait la politique, qui n'est décidément
pas le meilleur sujet à traiter en famille ? proposa Jean
de Montlaur, conciliant.

— Mais on va y revenir, dit Hervé, menaçant.

Mathilde les entraîna à table. Les huîtres au sau-
terne, le bar au fenouil marquaient une accalmie
provisoire.

(« Tu n'as pas apporté ton appareil photo ? C'est le
moment ! — Bien sûr que si. Mais une autre fois... »)

Après le dîner, tout le monde se retira dans sa
chambre. Hervé vint la chercher, ils s'en allèrent sur
la plage et firent longuement l'amour sur le sable
encore chaud qu'éclairait entre deux éclipses le projec-
teur tournant du phare.

Ils ne pouvaient se quitter, elle dormit au moulin.
Les Montlaur faisaient semblant de ne pas s'en apercevoir, et Germaine ou Gérard déposait chaque matin
le petit déjeuner d'Olga devant la porte de sa chambre
d'invitée dans l'aile gauche du mas.

Pendant dix jours, Olga et Mathilde ne cessèrent de
s'observer et de se rapprocher. Les repas étaient longs ;

impatient, Hervé quittait vite la table, mais Olga estimait qu'il était inconvenant de se retirer toujours avec lui et elle restait parfois, tenant compagnie à sa mère. Mathilde se montrait ravie, car elle n'aimait rien tant que la conversation.

— Vous connaissez maintenant toute la famille, ma petite Olga, sauf Isabelle, ma fille, qui ne vient pas souvent ici, et, croyez-moi, je le regrette ! C'est étrange, d'ailleurs, car mes deux enfants étaient très attachés l'un à l'autre, Isabelle adorait son petit frère, ils s'enfermaient des journées entières dans sa chambre pour se raconter leurs histoires et surtout pour écouter ces disques à la mode, vous savez, Gillespie ou Ellington, j'écorche les noms, vous me pardonnerez, du jazz en somme. Et puis, Isabelle a rencontré un brave garçon — très quelconque, entre nous —, Georges Duval, qu'elle a fini par épouser, je me demande ce qu'elle lui trouve. Il paraît qu'il est excellent au tennis. Vous comprenez ce que cela peut bien vouloir dire, un homme excellent au tennis ? Pas moi. Il a une belle situation, d'ailleurs, dans les assurances. Mais ce n'est pas notre milieu, vous voyez ? Surtout, entre le tennis que ma fille prétend apprécier et les assurances dans lesquelles j'espère bien qu'il ne fait pas d'erreurs de calcul, il n'a rien à dire. Il ne dit rien, du reste. Or, vous comprenez, ma petite Olga, un homme qui ne dit rien, que voulez-vous, je ne trouve pas cela follement amusant. Bref, je plains mon Isabelle, et je ne la vois pas souvent. A regret, à mon grand regret, ma pauvre Olga.

« Ma petite Olga » devenait « ma pauvre Olga » quand Mathilde, ayant l'impression de s'être trop dévoilée, reculait pour signaler que c'était par simple charité pour la détresse présumée de son interlocutrice. Les paupières obliques de l'écureuil s'étiraient alors au-dessus des prunelles qui fixaient, vacantes, sa majesté volubile.

Mathilde connaissait dans le village tous les artisans, commerçants, conseillers municipaux, maires — actuels, passés, futurs — et leurs familles, bien entendu « depuis des générations liés à la nôtre », qui l'entouraient à leur tour d'une vénération appuyée. Elle donnait son avis sur tous les problèmes locaux en cours, et quand elle avait omis de le faire on venait le lui demander. Avec quelques années de moins et un bref stage de recyclage terminologique, Mathilde de Montlaur aurait pu être ministre, tant sa vivacité d'esprit et de parole lui permettait de saisir le monde avec justesse et efficacité, bien au-delà des traditions de sa classe. Hervé l'admirait secrètement, mais elle le fatiguait et il se moquait d'elle, quand il ne se fâchait pas.

Le talent et surtout le succès de son fils avaient eu cependant l'imprévisible effet de désarçonner quelque peu Mathilde. Elle n'en avait pas moins son idée sur Hervé. Hélas, il était évident qu'on ne pouvait compter sur lui pour assurer la succession de l'usine. Il faudrait par conséquent envisager de vendre et, en attendant, de restreindre le train de vie. Mais il devenait de plus en plus évident aussi pour toute la famille qu'Hervé avait un don littéraire, comme l'avaient dit dès ses débuts Vaillac et Valence, « les grands écrivains du Vatican et du Kremlin, pour m'exprimer comme les journaux, alors que moi-même j'avais du mal à y croire, vous comprenez, l'art est affaire de goût, c'est tellement personnel ».

Pourtant, Mathilde voyait en Hervé un écorché. Non, elle ne pensait pas à ces parties de jambes en l'air qui se glissaient, si on peut dire, dans ses livres. (« Ça lui passera. Après tout, le libertinage fut une noble tradition, même si notre famille n'a jamais participé à ces jeux-là, car nos ancêtres étaient plutôt à la guerre ou aux cloîtres. ») Elle pensait à la guerre d'Algérie.

— C'est encore trop près de nous et la France est traumatisée, je ne sais si vous vous rendez compte, personne n'en parle. Hervé devait partir à l'armée. Le général Charlier, le père de Loïc, qui voue à mon fils une passion toute d'amour et de haine, s'était arrangé pour que son dossier arrive en première ligne. Hervé avait reçu sa convocation, mais il était malade, il a réussi à se faire réformer. Dieu bénisse Pange et Darleaux, lequel était déjà ministre, sans qui Hervé serait mort à la frontière tunisienne. Je n'exagère pas. Tous ses camarades qui y sont allés sont morts. Son meilleur ami, Paul, le premier. Il ne vous en a pas parlé ? Cela ne m'étonne pas. Paul était le plus brillant de leur groupe, Hervé l'adorait. Quand on a appris sa mort, Hervé s'est enfermé puis a disparu, on n'a pas eu de ses nouvelles pendant un mois. Quand il s'assombrit parfois et se retranche dans sa tour du moulin, dans son antre de pythonisse, comme je dis en essayant de plaisanter, eh bien, je sais qu'il pense à ce monde de l'au-delà, à Paul, à la mort. D'ailleurs, la mort est-elle un monde quand on ne croit ni à l'Enfer ni au Paradis — qu'en dites-vous ? Ils faisaient des projets ensemble : la revue, des romans, des essais, qu'est-ce que j'en sais ? Il doit souffrir d'être le survivant, et se croit obligé d'aller au bout de lui-même, au bout de tout, comme pour accomplir ce que le mort ne fera jamais. C'est mon idée. Il est devenu extrémiste, d'avant-garde, comme on dit maintenant, après l'Algérie et après la mort de Paul. Il cherche un sens dans le néant. Je le vois comme ça. Et son pseudonyme qui rappelle Proust, évidemment, vous croyez qu'il est seulement un acte de guerre contre la famille ? Soit. Moi, je le vois aussi comme un masque posé sur le néant. Je vous fais peut-être rire, ma pauvre Olga, mais avant de lire mon Vaillac, notre auteur régional, que j'adore, j'ai lu mon Bossuet.

Olga l'écoutait, tout à coup attentive. Mathilde tenait-elle une pièce du puzzle Hervé ? Il ne lui avait pas soufflé mot de Paul, ni de l'Algérie, ni de la guerre. « Une hécatombe, c'est tout, lançait-il quelquefois avant de passer à autre chose. Certains essaient d'oublier. Tous sont des survivants, tu as devant toi un survivant. Je fais avec. Avec quoi ? Mystère ! »

— Enfin, vous avez connu mon beau-frère François. (Mathilde s'était déjà éloignée du sujet.) Charmant garçon, n'est-ce pas ? Célibataire, comme Hervé. « Comme Hervé, jusqu'à présent », me fait remarquer mon mari. François prétend qu'il ne se marie pas pour ne pas gaspiller l'héritage. Moi, je ne crois pas à l'altruisme. Je le soupçonne d'avoir une passion secrète, vous ne pensez pas, un bel homme comme ça ? Une passion cachée pour quelque beauté fatale.

Ou pour son frère ? Et pourquoi pas pour Mathilde elle-même ? Olga se sentait immergée dans le roman familial. Basta ! Cela suffisait comme ça, il était temps de se reprendre...

— Je dois vous quitter, hélas, j'ai les épreuves d'un article à corriger.

— Faites, mon petit, faites, je sais que je suis une bavarde.

— Mais non, mais non.

— Mais si, mais si.

Olga se surprenait à aimer la générosité de ces vieux Montlaur, leur légèreté si peu cachée sous les convenances, leur obstination à s'adapter au nouveau monde dans lequel ils étaient eux aussi des survivants, mais des survivants qui tenaient bien leur place, prêts à en prendre une autre si l'occasion se présentait.

D'ailleurs, premier point : ils ne se montraient pas trop choqués de voir leur fils avec une étrangère.

— Je trouve cette petite bien élevée, confia Mathilde à son mari.

— Ils ont l'air de bien s'entendre, Hervé et elle. La preuve, ça le calme, approuva Jean de Montlaur.

Les sauternes et les médocs, les dorades et les bars allaient disparaître avec le départ des vieux Montlaur. Olga et Hervé restèrent dans l'île jusqu'à la mi-septembre, lisses et noirs de baignades, inondés par la lumière jaune et mauve des couchers de soleil. De longues heures de nage, jusqu'à perdre de vue les lignes du sable, allongeaient les muscles et tendaient la peau comme une soie sauvage. Quelques crevettes, des sardines grillées, des salades et des pêches calmaient la faim, et le petit blanc sec du pays donnait ce léger vertige qui chauffe et caresse les coins de la bouche, les seins, le sexe, les bras, les jambes, mais laisse intacte la vigilance des yeux et de l'esprit. Rien de mieux que le vent solaire et l'eau glacée du large pour rester lucide en plein été et en plein rêve. Parfois, Hervé partait seul avec le voilier et disparaissait jusqu'à la marée, ou deux marées durant.

Il aimait rester seul. Il aimait rester seul en rencontrant des gens qu'elle ne connaîtrait jamais. Il aimait rester seul avec des femmes connues ou inconnues. Il aimait rester seul en écrivant des lettres, en téléphonant, en riant aux éclats, et en écrivant encore des lettres, et en en recevant, et en téléphonant, et en rencontrant des gens qui le laissaient excité et parfaitement seul.

Était-elle délaissée ? Il fallait avoir une humilité exagérément fière — elle l'avait — pour ne pas s'imaginer à la source de ses fugues et pour se fortifier de son absence. Céder ou non à l'angoisse dépend de la place qu'on est capable de tenir dans l'épreuve de force nerveuse appelée amour. Les femmes ne le savent pas et s'estiment victimes, car elles s'imaginent maîtresses. Olga le savait, parce que la traversée des frontières et des langues vieillit l'esprit tout en rénovant le corps. Certaines offenses permettent de trouver une juste place.

Cette jeune vieillesse lui avait appris à ne pas s'inquiéter. Lorsqu'il s'enfermait depuis midi jusqu'au déclin du jour dans le bureau du moulin, elle découvrait le code des mouettes et des goélands et s'ingéniait à les approcher en nageant sans bruit ou en plongeant, souple, sous les vagues pour se couler dans l'écume salée et disparaître en elle sans effrayer les oiseaux. Et puis, le vent iodé et le goût d'algues excitent la lecture. Jamais elle n'avait lu autant. *La Recherche du temps perdu* et *L'Expérience intérieure* se mariaient à merveille au blanc des dunes. Deux articles à finir, des épreuves à corriger, et, aux heures somnolentes, des idéogrammes — mémoriser au moins une dizaine de caractères chinois, les tracer du doigt dans la paume de la main ou avec une plume de mouette sur le sable mouillé, puis les vagues mourantes venaient la couvrir jusqu'aux mollets.

— Ça avance, le chinois ? Vas-y, on ne voit loin que de loin, depuis les antipodes ! Voici ton courrier. Il y aura des problèmes à *Maintenant*, Brunet vient de me téléphoner, commença Hervé tandis qu'elle ouvrait la lettre de Carole. Tu connais un type du nom de Bogdanov ?

— Celui qui a été critiqué par Lénine ? Vaguement.

— Eh bien, aujourd'hui, Bogdanov c'est toi, alors que Lénine, je te le donne en mille, c'est notre ami Maille.

— Comment ça ?

— Ton étude sur la logique du carnaval, ses ambivalences, etc. — tu sais mieux que moi ce que tu as fait —, et ses liens avec *les Chants de Maldoror* et les *Poésies* de Lautréamont, cela revient tout simplement à postuler que la vérité n'existe pas, ma chère, ou qu'en tout cas elle est inconnaissable. Or c'est ce que précisément, paraît-il, s'aventurait à élucubrer le dénommé Bogdanov avant de se faire ramasser par Lénine !

— Tu me fais rire.

— Personnellement, je trouve cela ennuyeux. Que Maille te poursuive de ses réflexions amères, faute de pouvoir le faire autrement, passe encore. Mais l'affaire est plus coriace, car ils veulent inféoder la revue au P.C. Et, pour cela, tes histoires de carnaval, rire et mort, ambivalence et j'en passe, l'érotisme et autres expériences intérieures, ils n'en ont rien à foutre. Mieux : arrêtez-moi ça au nom de la Révolution ! Or il se trouve que cette revue, tant que j'en serai, ne deviendra jamais un « organe » : ça, ils le savent.

— « Ils », c'est qui ?

— Quelques-uns qui vont tomber sur un os et qui trouveront vite la porte de sortie.

— L'Autre doit vouloir une revue responsable, peut-être pas exactement P.C., mais en tout cas crédible, donc en relation avec les « grands problèmes » du jour.

— La relation, je la maintiens : tu sais qu'on ira au

colloque de *Rouge*, mais cela s'arrête là. Nous discutons, c'est déjà assez compliqué et fatigant, mais pas pour servir les communistes ni qui que ce soit d'autre. Écrire est d'une autre logique, cela fait respirer et vivre, et jouir, et mourir si l'on veut, mais nous sommes là justement pour dire qu'il y a besoin d'air. Et l'air commence avec la musique dans les lettres, alors que l'« objectif » et le « subjectif », le « vrai » et le « faux », c'est bon pour l'agreg et le comité central !

— Je me demande toujours si des gens comme Maille, aussi infatués de Lénine, d'Octobre et de tout le folklore, sont de dangereux naïfs ou bien si, comme tu sembles le croire, la culture française est tellement différente que la greffe communiste ou socialiste donnera ici un tout autre fruit. Vous finirez par me convaincre...

— Comment veux-tu secouer un vieux pays sans lui faire un peu peur ? C'est le comble du chic, chérie, sauf que les observateurs d'aujourd'hui ont perdu le sens du snobisme et le prennent pour de la terreur. Évidemment, le vrai snobisme demande beaucoup de méfiance — jouer et ne dormir que d'un œil. Sans méfiance, le snob dégénère en idéologue ou en chef de file. L'ambition de Maille ? Enfantine ! Pas question de devenir la marionnette de nos propres stratégies.

— La frontière est difficile à établir, tu en sais quelque chose.

— C'est vrai, mais pas tant que ça. Il suffit de continuer à écrire, au lieu de militer ou de philosopher. Et la littérature est une histoire si singulière qu'elle préserve immanquablement des foules, des leçons des foules comme des leçons à donner aux foules, d'ailleurs. Quant à son pouvoir de changer les choses, oui, je suis pour, mais à la manière des rêves : en filigrane et à long terme. Indécidable, comme tu dis.

— On ne va pas rentrer pour cela...

— On va voir. Quoi de neuf, de ton côté ?

— Tout va bien, Carole s'amuse avec les mythes de ses Indiens et prépare une nouvelle expédition. Il paraît que le climat est de plus en plus explosif à l'Institut, que Martin a fondé un Cercle révolutionnaire qui épluche les textes russes et chinois, très sérieusement, et qu'il exige des réformes du contenu des cours, des examens, du recrutement des chercheurs.

— Voilà qui est peut-être plus original que l'action de nos suivistes qui ne cherchent qu'une organisation pour se faire de la pub. Martin ? Pourquoi pas un Cercle révolutionnaire ? Il faut que les universitaires trouvent un espace pour bouger. Même réformer le P.C. comme compagnon de route ou de l'intérieur, cela vaut la peine d'essayer. Entre nous, le pauvre Wurst a bien du travail devant lui, on lui donnera un coup de main. Mais on n'est pas des boy-scouts, merde, on est des écrivains, et cela, nos vieux jeunes gens ont l'air de l'oublier.

Hervé s'en va-t-en guerre. Ses yeux s'emplissent de colère, un visage de combattant aveugle se modèle sous la peau brune du navigateur, la rage le transforme en tueur potentiel. Pour l'heure, le corps doux et le rire adolescent sont engloutis par les salines de la rage. Attendre qu'il revienne à la surface.

— Quoi d'autre ? (Il s'aperçoit qu'elle est là en train de lire son courrier.) Mademoiselle reçoit un courrier de ministre !

— Ilya Romanski vient à Paris pour fonder avec Benserade l'Association mondiale de sémantique, et me propose de m'occuper du secrétariat général. Ils se sont aperçus que le sens de ce qu'on dit ne peut être expliqué tout entier par la grammaire : ouf ! Si j'accepte, je vais travailler avec Benserade, tu sais, le spécialiste des mentalités indo-européennes, le linguiste le plus profond et le plus cultivé qui soit, c'est super !

— Il faut voir. Quoi d'autre ?

— Edelman est à Baltimore : il paraît que les étudiants s'agitent beaucoup et que la révolution se prépare.

— Avec Pascal en tête ?

— Il est bien capable de le glisser dedans. Lauzun et Saïda ont participé à un colloque sur la psychanalyse. Obscurs, personne n'a rien compris. Mais, ils sont en passe de devenir des gourous, surtout Saïda.

— Bon, tout ça est parfait, la France rayonne dans le monde et on avance vers le Grand Soir. (Hervé avait retrouvé son sourire.) Si on plongeait là ?

La marée avait gonflé la baie d'une eau chaude parfumée de varech. Ils traversèrent cette vaste piscine utérine pour rejoindre l'Océan glacé au loin. Le soleil déclinant vers l'ouest tapait en plein dans les yeux et il fallait nager paupières fermées pour éviter la lumière et le sel. On ne percevait pas la fatigue, car l'eau froide fouettait les muscles, stimulait le sang, et ils sentaient leur peau devenir de plus en plus noire et chaude et lisse.

— J'ai oublié de te dire qu'Hermine a été opérée. Tu sais que je l'aime bien. (Elle n'ignorait pas qu'il l'avait aimée. Les tirets de ses yeux mongols s'allongeaient et remontaient en éventail — signe de question.) Charcutage gynécologique et divorce en perspective.

Tout en se séchant, essoufflé après deux heures de nage, Hervé parlait vite, pour ne pas avoir l'air dramatique.

— Pourquoi ne m'en as-tu pas parlé ?

— C'est la vie, mon petit. Banal : dès qu'on plonge sous la surface où vivent tes correspondants, et les miens aussi, on trouve ça ; le mauvais roman, en somme. T'en fais pas, va, elle s'en tirera.

Le coucher du soleil allait commencer, ils se réfugièrent devant la baie vitrée du moulin. Rien de mieux que le petit blanc sec et les brasiers soufre-grenat-indigo à l'horizon pour apprivoiser les inquiétudes qui montent et les cris des goélands.

5.

Les détails du quotidien, insignifiants, mesquins ou horribles... Je puis imaginer tous les points de vue et jouer les rôles correspondants : être insignifiante, mesquine, horrible. En définitive, j'entends mieux ce qu'on me dit (mieux : plus près de l'excès ou de l'insensé) quand je choisis d'entendre, dans l'insignifiance du racontar, une abjection qui demande à être pardonnée. Pour quoi faire ? Pour se connaître, peut-être pour se déplacer d'un cran vers une autre horreur, moins tuante, et ainsi de suite, jusqu'à ce que la vie devienne vivable, c'est-à-dire indéfiniment indifférente et parfois drôle.

Je suis donc plongée dans l'horreur. Je ne me plains pas, c'est mon métier. Les gens me paient pour être en ma présence bêtes et méchants, abjects à leurs heures, avec en prime l'espoir, non moins abject mais touchant, de renaître, de se faire une vie neuve. « Madame Joëlle Cabarus, psychanalyste, au secours ! » Pour les uns, c'est la nouvelle religion ; pour les autres, le charlatanisme à la mode. Pour moi, la seule manière d'être vrai. Les grands mots, à première vue.

En réalité, ce serait plutôt la rencontre surréaliste

*d'un torero et d'un alchimiste des mots autour d'un
quelconque divan. Les deux protagonistes occupent
simultanément et alternativement toutes les positions : je
suis le torero qui vise sa cible dans le sens confus de
mon patient ; me voici soudain taureau piqué par la
banderille décochée en plein sur mes faiblesses physiques,
intellectuelles ou familiales, au choix ; je dissèque les
phrases-paravents pour repérer la syllabe, le mot où se
cache le non-dit ; mais je ne le peux que si ces phrases
deviennent pour un temps les miennes. Je suis désirée,
j'aime : tu parles, un jeu, non, une passion folle !
Cependant, nous sommes deux, je le maintiens. C'est
mon rôle de maintenir qu'on est bien deux. Ou plutôt
trois. Voyage dissolvant, aller-retour des mots au corps,
avec cette grâce, si rare, de toucher juste. Toucher quoi ?
Un souvenir, un plaisir, une peine qui brusquement font
sens, et changent.*

*J'ai fait ma psychiatrie comme Arnaud, mon mari,
qui en est maintenant le grand mandarin. On continue
notre travail à l'hôpital, je supporte la lourdeur du
service, la folie ne me fascine pas, mais elle m'intéresse
toujours, la preuve : je la côtoie sans cesse, on dit que
c'est la façon des psychiatres d'y échapper. Arnaud est
complètement accaparé par l'hôpital, il croit de plus en
plus à la seule chimie du cerveau. Je le comprends,
mais je ne le suis plus totalement. D'ailleurs, nous nous
éloignons progressivement l'un de l'autre, nous nous
parlons à peine, un jour nous ne nous verrons même
plus en nous croisant dans la salle de bains. Cependant,
il y a cette complicité ancienne, génétique, entre nous,
que rien ne pourra mettre en cause. « Génétique » : le
dépôt en mémoire et en gestes complices de ce que nous
avons dit, lu, senti, vécu ensemble une fois, autrefois,
intensément ensemble, comme des jumeaux. Faire l'amour,
plaisir, oubli ; compréhension sans paroles, fusion ; pas*

de discours, pas de commentaires; soudés, ou absents.
Deux étoiles lancées sur des orbites parallèles que les lois
de la gravitation maintiennent solidaires, mais sans
rencontre possible.

Arnaud n'a jamais cherché à faire barrage, mais il
trouvait mon analyse avec Maurice Lauzun dérisoire.
Quelques mots acides lui échappaient parfois : « Tu sais
que ton non-conformiste d'analyste adore au plus haut
point l'establishment médical et autre. Alors, avoir sur
son divan une Cabarus... » Je vois, c'est vrai, et ensuite ?
Personne n'a jamais soutenu que l'analyste est un saint.
Lauzun a au moins le courage — un peu trop
exhibitionniste, probablement — d'afficher le contraire
et même d'en faire une théorie.

Tout ce monde intellectuel, littéraire, qui fréquente
son séminaire : je me demande ce qu'ils entendent.
Surtout, comment peut-on écrire des romans, donc
construire du faux, un monde tel qu'on le désire, et non
pas tel qu'il est, alors que chacun est malade de
mensonges ? On croit guérir le mensonge par un beau
mensonge. Voilà une fausse idée par excellence... Alors
que je suis moi-même en train de rédiger ce carnet.
Journal intime ? Je compense l'absence de conversation
avec Arnaud ? Érotomanie de la femme qui, la trentaine
passée, exprime par l'écriture des désirs réprimés ?
Artifice d'une mère sans emploi ? Jessica est venue très
tôt, j'étais dans mes études, elle a transité par mon
ventre comme en rêve et je l'ai donnée à mes parents,
« ton meilleur cadeau » (martèle mon père), elle fut leur
seconde fille, lectrice précoce, brillante — « ne t'en fais
pas, maman, je n'ai pas besoin de toi », c'est presque
tout ce qu'elle me dit, et j'ai de la peine à en être fière.
Ce carnet viendrait à la place d'un autre enfant ? Peut-
être aussi une envie de me recueillir après ces journées

où je m'éparpille à épouser (c'est le mot) les vies des autres, leurs mots, leurs débilités ?

Interpréter : donner une forme qui résulte de ce que je choisis d'éliminer. Interpréter est donc plus proche d'écrire qu'on ne l'imagine. Le bonheur de la trouvaille ! N'est-ce pas la même vanité si spécifique des « créateurs », qui frappe surtout chez ceux qui se prétendent graves ou ascétiques ?

Ce matin, au cours de Lauzun : la persécution amie des artistes. Écrire quoi ? La haine. L'écrivain persécute un persécuteur. Œdipe ne tue pas Laïos, mais il hait Jocaste parce qu'il la désire, et elle de même. Alors, Œdipe n'est plus Œdipe, il devient peintre, par exemple. La guerre des sexes, objet secret des arts ? Que deviennent alors les troubadours ?

En deçà de ce conflit éternel et mondial : la nuit du dégoût. L'ennemi n'a pas pris forme à l'extérieur ; il m'envahit et je le combats par la seule répulsion. Répulsion où nous sommes liées, l'horreur et moi : qu'est-ce que j'expulse, l'horreur ou moi ? Ni l'une ni l'autre, les deux à la fois. Dans cette mélasse pointe ma certitude, qui peut devenir hostile, d'être une autre.

22 mai 1967

Ce cocktail des Éditions de L'Autre, fête rituelle du Tout-Paris intellectuel. Puisque Arnaud publie ses livres dans cette maison, on y va. Le salon de réception et le jardin sous la tente du traiteur sont trop petits pour contenir tant de faux ; on ne se côtoie pas, on se serre. On se jalouse et on se déteste au point de se faire des sourires qui signifient avec insolence qu'ils ne signifient rien. Dans ces jeux de masques, un sous-Versailles appauvri et sans style, toutes les femmes, tous les hommes se ressemblent. Je voyais la coiffure de Marie-Paule Longueville en cinquante exemplaires — les cheveux jaunes oxygénés, mèches devant les oreilles, barrettes posées de part et d'autre de la raie médiane, le tout encadrant des lèvres flasques trop rouges, figées dans la grimace de la « très chic femme aimable ». Cinquante Marie-Paule Longueville — on dirait un tableau d'Andy Warhol, Dix Jackie Kennedy, Douze Marilyn Monroe, flashes multipliés non pas de la même personne, mais des mêmes fragments de ce qui a pu être une personne. Une série, une chaîne d'images s'offrent à la consommation, mais qui a envie de consommer ? Tout le monde s'annule dans une banalité sans appétit. Il faudrait le regard de Warhol pour découper les petites différences de ces images moulées par la chaîne Renault du snobisme fatigué. Ça y est, j'y arrive : dans les spots de visages « à la chaîne », je discerne la mâchoire carnassière de Mme Bigorre, les cheveux crissant de migraine de Catherine Maille, les yeux blancs de vieillesse réprimée de Josette Wurst. Ma série de spots se met en mouvement, elle devient amusante, pas vraiment humaine, mais presque supportable. Je fais comme Warhol. Je collectionne les détails pour éviter d'être happée à mon tour par la chaîne.

Les rayures vertes de la tente, par exemple, me rappellent des volets près des nuages de l'Océan, quand la laque couleur d'herbe des contrevents se découpe sur le blanc des brumes gonflées de soleil que le vent de la marée va bientôt dissiper. Je m'accroche à des signes, à des formes qui me conduisent à d'autres signes, à d'autres formes, je braque les yeux sur les pas de ma mémoire pour échapper à ce qui m'entoure et qui est sans mémoire. Des gens en fin de parcours qui sirotent du champagne pour se donner l'impression de pétiller.

— *Alors, madame Cabarus, il paraît que le Verbe s'est fait chair ? De plus en plus cher ?*

Sinteuil a choisi la dérision, il se comporte en adolescent qui asperge l'ennui de l'assistance de sa provocation rieuse. Et pour mieux montrer qu'il n'appartient pas à ce monde-là, il se tient de l'autre côté des tables chargées de petits fours, et n'arrête pas de faire sauter les bouchons de champagne.

— *Vous détestez l'artifice, n'est-ce pas ? Eh bien, ici, c'est un feu d'artifices ! Ça ne se voit peut-être pas, parce que c'est un feu d'artifices de l'esprit, comme il se doit chez L'Autre, n'est-ce pas, et l'esprit, en d'autres mots les spiritueux, ça s'entend et ça se boit. Pschitt-boom !*

Il accompagne d'un éclat de rire l'explosion du bouchon.

Comment parler à un homme qui porte un pseudonyme ? J'ai tendance à penser qu'il cache un inconnu de lui-même sous un masque de rire. Pourtant, je suis persuadée qu'il ne partage pas mon idée. Je l'ai lu, et ses textes éclatés laissent penser que, pour lui, la communication est... comment dire ? virale, voilà, contaminée depuis toujours par des virus qui morcellent, fusionnent, détruisent et éventuellement reconstituent ; mais que, dans ce rythme viral, il ne peut y avoir d'un côté l'apparence et de l'autre l'essence, non, tout est imaginé, métaphorique, scintillant, précisément. Sinteuil, drôle de bonhomme. Donc, je ne réponds pas, lui fais un grand sourire ; sa logique n'est sûrement pas thérapeutique, mais elle correspond peut-être mieux au monde où nous sommes.

Je retourne au salon, respire l'air fétide du cocktail et me demande si je ne vais pas en être écœurée. J'aperçois les pommettes saillantes et la queue écureuil de l'amie de Sinteuil, Olga, je crois. Ils sont l'attraction *de la saison, tout le monde les épie avec l'indifférence poisseuse des curieux qui espèrent déceler une faille pour justifier la médisance. Dans ce monde sournois, il faut je ne sais quoi d'aberrant pour produire une liaison de quelque durée. C'est dire qu'on les considère comme monstrueux. Et j'ai bien l'impression que, sous de tels regards, ces deux-là commencent à se sentir aberrants. Après tout, ils le sont peut-être. Olga s'approche du champagne, s'accroche de toutes ses dents à un sandwich aux olives.*

— *Je ne savais pas que les intellectuels étaient si voraces, lance Bigorre, le dernier prix je ne sais quoi, que la pauvre fille ignore apparemment.*

Elle se met à toussoter avec son olive.

— *Ils ne doivent pas avoir grand-chose à manger, là-bas, chuchote confidentiellement Catherine Maille, mais assez haut pour que sa victime entende.*

— *La faim n'a jamais empêché personne d'être un espion, au contraire, poursuit Mme Bigorre.*

Tous boivent machinalement sans savoir ce qu'ils boivent.

— *Vous croyez ? Elle a l'air si innocente !*

Je reconnais derrière moi les vocalises de Marie-Paule Longueville :

— *Joëlle, ma chérie, quel plaisir de vous voir ! Vous venez dîner un de ces jours avec Arnaud, j'y tiens, j'y tiens, on ne vous voit plus, c'est bête de se perdre de vue comme ça.*

— *Vous savez, nous ne sortons plus, le travail...*

— *Mais justement, c'est personnel... et professionnel. Je suis, comment dire... Vous devinez ? Il faut que je vous parle.*

— *Il faut que vous me parliez... Dans ce cas...*

Je la laisse trouver la solution.

— *Je peux vous appeler ?*

— *Bien sûr.*

Je m'en suis tirée à bon compte. La prochaine fois, je l'enverrai à un collègue. Adolescents, Marie-Paule et Arnaud faisaient de la voile en Bretagne. Les Longueville et les Cabarus se fréquentaient. Depuis...

Cela commençait à bien faire. De nouveau, j'avais vu se multiplier sous mes yeux les cheveux oxygénés de Catherine Longueville, cinquante boucles Catherine Longueville, cinquante sourires poudrés-fanés Catherine Longueville, cent bouteilles de schweppes, deux cents verres de beaujolais-village, cent cinquante canapés de foie gras... Envie de vomir.

— *On s'en va, d'accord ?*

La voix déterminée d'Arnaud. Une fois de plus, sans rien se dire, on était sur la même longueur d'ondes. Dans la nuit, dehors, j'ai cru reconnaître, au bras d'une jeune beauté, le vieux linguiste Ilya Romanski, presque aveugle mais toujours séducteur, précédé par la cape à la Zorro et le cigare odorant de Lauzun. On ne pouvait faire plus voyant.

29 septembre 1967

La capacité de faire semblant m'impressionne plus que la bêtise ou la maladie. Rien de plus dur, de plus partagé et éternel que la fausseté. Ceux qui la maîtrisent sont les joueurs qui mènent le monde. Je dois dire que mes réticences morales rendent les armes devant ma fascination pour leur habileté à faire semblant qu'ils ne font pas semblant, alors qu'ils font semblant et ne font que ça, tout en le déniant, sans cesse.

Car, tout compte fait, l'art de faire semblant, de mimer, de singer, n'est-il pas indispensable au petit enfant pour qu'il devienne un être autonome, cet individu à part que tous nous rêvons d'être ? Faire semblant participe du devenir-vrai, parents et éducateurs le savent. L'erreur — et l'horreur — commence quand le mouvement se grippe : on ne fait plus que semblant et on ne le sait pas (les ahuris), ou, tout en le sachant, on persévère (les cyniques). Ou bien on le sait, on en pâtit, on se tue, on cherche un psy (les patients). Ceux du cocktail appartiennent plutôt aux deux premières espèces ; peu se considèrent comme des malades.

Quelqu'un a dit qu'il fallait du talent pour être malade, car la maladie — bêtise du corps — exigerait un excès de brio pour compenser le ratage de l'intelligence cellulaire. Eh bien, il faut un autre talent pour être « patient ». Analysant, dit Lauzun afin de rappeler que l'allongé est actif.

Le talent est désir de faire fructifier ce qu'on a (parabole de Matthieu, 25, 14 ; le « talent » vient de là). Or ce que nous avons est naturellement un poids. Ce poids est-il en or ? Qui peut le donner, et à qui ? Comment le monnayer, en somme ? Degré zéro du talent : nommer sans artifice des bêtises, monnayer des bêtises. L'artifice vient en sus et fait miroiter les bêtises en beauté, en esprit. Sans artifice, il ne reste que le terne talent du sillon, une égratignure à ras de terre, élémentaire. Témérité enfantine du désir qui parvient à se libérer du souci avec insouciance. Les patients font une littérature sauvage et sans grâce.

Il y a les ennuyeux : ceux que je n'ai pas le talent de comprendre, et que je refuse. Je n'en fais pas mes patients, qu'ils cherchent ailleurs. Ceux que je garde et qui restent s'efforcent de trouver une parole pour combler le silence qui leur fait mal. Ils essaient d'ajuster des mots creux, misérables ou affolés, mais toujours inadéquats, aux sensations et aux passions qu'ils imaginent *et qui, en fait, ne parviennent à exister qu'une fois nommées. « A exister », je veux dire : à obtenir un sens, une direction qui font vivre. C'est ça, la parole est notre système immunologique complémentaire : inconnu, mystérieux, imprévisible.*

Et l'indicible ? Oui, mais de moins en moins, bordé par la promesse de toucher, un instant, la rive des mots vifs.

Les patients sont des écrivains ratés ou en herbe, privés de public, frustes et téméraires ; ils s'acharnent à parcourir sans cesse leur bêtise, ils en jouissent pour ne pas en mourir, et, en la communiquant aux mots, ils créent des portulans obscènes.

Un cocktail est plein de patients involontaires. En revanche, dans les divagations de ceux qui viennent m'apporter leurs présents de sornettes, je suis confrontée à une banalité insensée que je suis payée pour rendre significative. Pas évident. Il me faut commencer par plonger dans ma propre bêtise, par m'étourdir.

Frank, par exemple. Il ne pouvait se trouver au cocktail de L'Autre, mais il aurait fait un parfait perroquet au cocktail de son lycée. Sauf qu'il n'y a pas de cocktails dans les lycées et que Frank ne sait pas quoi faire quand il n'y a rien à faire, ça l'inquiète ; chez lui, l'inquiétude est une plainte, un cocktail de plaintes.

A moi de l'en faire sortir. Il s'en sort lui-même en m'en parlant, je suis sa mère, sa sœur et une autre, de plus en plus autre. Il me faut du tact, le toucher, mais pas trop.

Une fourmilière souterraine : nous creusons et tissons, entre fauteuil et divan, un labyrinthe de menus détails, insignifiants comme des rognures d'ongle, pathétiques si on les regarde avec les lunettes du malheur ou du bonheur. Une fourmilière qui monte vers la surface et

*fissure les apparences. Ceux qui s'y faufilent parviennent
à changer de vie, ou simplement de place, de profession,
de mari ou de femme, de pouvoir, d'argent. Les plus
engagés (les plus blessés ? les plus passionnés ? les plus
hystériques ?) veulent tout : tout casser, tout avoir, tout
dépenser. Frank s'en prend au Principal, au Ministère,
au Système, et « pousse à la roue » (comme il dit) dans
les séminaires du quartier Latin où l'entraîne son ami
Martin.*

*Un jour, il saura transformer le damier des idées en
tableau vivant où trouveront place ses désirs et ses peurs
d'être séduit, ses fantômes de père maternel et de mère
flagellante, qui le ravagent et lui font plaisir et dont il
me parle quatre fois par semaine en secret. Pour choisir
d'être d'un seul sexe.*

*Est-ce possible d'être d'un seul sexe ? Peut-être quand
on n'est plus d'aucun. Comme moi. Comme moi ? Ma
petite fourmilière déverse dans les rues des contestataires.
C'est sa faiblesse. Ou sa force.*

— *Je me demande ce que je fous ici, avec Mme
J. Ca., caca, avec son cabas russe. On se croirait dans
un autre monde, avec vous, on se croirait dans un
univers étranger. « Sale étranger » se dit en grec :
Barbara Kaka, je n'invente rien, très chère madame,
c'est un mot d'Eschyle que Benserade a commenté pas
plus tard qu'hier. Vous connaissez, peut-être ? Je perds
mon temps ici, voilà, je me perds. Barbara Kaka.*

*Un certain talent. Le bébé bombarde sa maman avec
ses sphincters, celui d'en haut, celui d'en bas, par peur
qu'elle le laisse tomber ou qu'elle le mutile. Et il en
jouit, il ne se laisse pas faire. Le flagellé flagelle. Il
frappe avec ce qu'il a. Je survis à ses attaques. Pour
aujourd'hui, ce sera tout. Il part, soulagé.*

Deuxième partie

SAINT-ANDRÉ-DES-ARTS

1.

Noyée de soleil, la rue de Seine paraît descendre vers la mer. Cependant, quand le promeneur débouche sur le fleuve large et gris, freiné par les berges, il s'aperçoit que le souffle de l'Océan s'est borné à gonfler la clarté qui flotte sur l'eau ; cette lumière dilatée exhausse le ciel, éblouit l'instant et suspend l'éternité au-dessus de Paris qui n'en poursuit pas moins son histoire sur terre.

Martin Cazenave vient de quitter l'appartement conjugal qui surplombe la galerie Longueville, au coin de la rue des Beaux-Arts, il hésite à rejoindre la rue Callot ou, plus haut, le carrefour de Buci pour s'attabler à une terrasse de café, puis il continue son chemin, prend à droite sur le quai Conti, longe la beauté régulière, désertique, de l'Institut que Mazarin voulut et que Le Vau imagina, et se retrouve sur le pont des Arts. La pointe du Vert-Galant, chargée de saules pleureurs, d'acacias et de châtaigniers, s'avance à droite sous le Pont-Neuf comme l'innocent camouflage d'un porte-avions. L'île de la Cité. Martin est enfin seul.

Son mariage avec Marie-Paule Longueville, il y a trois ans, a été un scandale qui l'a ravi. « Je ne te

comprends pas ! protestait sa mère. Marie-Paule est ta
cousine, elle est beaucoup plus âgée que toi. De
surcroît — je ne te le dis même pas, puisque tu ne
partages pas notre morale —, elle est divorcée. »

Précisément. Avoir dans son lit la fille de la sœur
de sa mère ne manquait pas de troubler, et Martin
aimait à se perdre dans ces cheveux, ces lèvres, ces
larges seins qu'il avait connus dans une autre vie, une
vie de bébé. Ce n'était pas tout : aux charmes de ce
paradis parfumé, Marie-Paule alliait des jambes musclées de cavalière dont une Cazenave mère serait à
tout jamais privée, et un goût sûr de la provocation
qui l'avait menée de l'École du Louvre à l'art moderne.
Comme toutes les femmes qui vivent du malheur, elle
avait d'abord épousé un homme pour ne pas le
supporter, puis avait divorcé. Son père lui avait confié
la direction de la très bourgeoise galerie Longueville ;
elle la géra mal, se brouilla avec la famille, s'entoura
enfin de jeunes gens au talent futur, qui comptaient
sur elle pour vivre de leur art. Marie-Paule : subver-
sion involontaire sur fond d'angoisse. En 1965, de
telles femmes n'étaient pas encore féministes, mais
elles troquaient volontiers un Balenciaga pour un jean
et étaient prêtes à épouser un ténébreux jeune homme
qui risquait d'avoir du génie, tel Martin. « Elle l'a eu
à l'admiration, disait Bréhal, comme on peut avoir
quelqu'un à l'usure. » En effet, Marie-Paule ne lésinait
pas sur les compliments et communiquait à Martin ce
qu'il lui fallait d'enthousiasme pour continuer à lire
les philosophes sans trop bien savoir pourquoi. Élevée
dans une famille d'industriels argentés qui avaient eu
le goût d'investir dans les objets d'art, Marie-Paule
possédait le coup d'œil des collectionneurs. Mais, à
cette passion pour les belles choses, elle ne savait
donner de nom. Martin, lui, savait. Elle trouva qu'il

ressemblait au jeune homme du *Déjeuner dans l'atelier*, de Manet. « Quelque chose, un je-ne-sais-quoi, ça saute aux yeux, tu ne vois pas ? Moi je vois, mais je ne sais pas décrire. »

La blondeur de la peau, qu'accentuaient chez Manet le chapeau de paille et la cravate abeille ? Les larges narines qui donnaient à Martin un nez de boxeur ? Ces pupilles à peine asymétriques, un regard divergent, à la fois lointain et intime ? Son air de poser, mais avec ce léger désordre dans la pose qui indiquait un désaccord avec le monde, la retombée d'une brouille dont le pathos s'était achevé en lassitude ? Cette élégance opaque, semblable à l'indifférence d'une armure ou d'une huître ?

Martin apporta des livres sur Manet. Il expliqua que le peintre avait su atteindre en lui-même une « région de silence souverain » et que *Le Déjeuner dans l'atelier* ne dépeignait pas un sujet, mais niait les conventions bourgeoises. Plus de mythologie ni de théologie : Manet, récitait Martin, a peint les gens de son temps, grands et poétiques avec leurs cravates et leurs bottes, mais ces héros étaient dissociés du milieu, séparés d'eux-mêmes — rien que des formes, des couleurs, du mal-être. Martin était fier d'incarner aux yeux de Marie-Paule ce tremblé fait de déséquilibre et de snobisme, cette souveraineté distante qui allait mener de Manet à la sensibilité impressionniste. « Le scandale de Manet, expliquait-il, c'est d'avoir vu et montré qu'un homme ou une femme sont comme une asperge ou un bouquet de violettes, ni plus ni moins. Un assemblage de couleurs qui se détache d'un thème insignifiant, bientôt une simple impression. L'Olympia est excitante d'insignifiance, belle parce que anonyme, une symphonie érotique — pas héroïque, justement — à cause de sa banalité même. »

Marie-Paule l'écoutait, fascinée. Ce savant jeune homme lui apportait ce qui lui manquait : les connaissances, mieux, les extravagances de l'intellectuel. Coléreux, craintif, incompréhensible. Quand il s'endormit le premier soir chez elle après avoir trop bu et sans la toucher, elle se dit qu'elle le garderait pour toujours sous son toit. Elle pourrait désormais le rassurer, le soigner, l'élever, cet enfant qu'elle n'avait jamais eu, et l'initier aux secrets de l'art. Souvent, elle se réveillait pour le regarder dormir, émue par ces traits de famille qui évoquaient pour elle ses photos d'adolescente virile. Martin était Marie-Paule garçon, son double rajeuni et mâle. Elle se sentait enfin sûre d'elle-même, l'un et l'autre ne pouvaient que se confondre.

Le goût de la profanation amusait Martin et, dans le secret de leur liaison, il prenait Marie-Paule avec un plaisir rageur. Leur mariage allait permettre d'afficher ce défi au vu et au su de tout le milieu. Hélas, la honte légalisée freina la fougue du jeune homme. Au surplus, devenue Mme Cazenave, Marie-Paule se trouva sans emploi ni projet. Tout le temps sur les nerfs, elle ne tombait jamais malade. L'angoisse protégeait ses organes, ses états d'âme ravageaient son entourage mais conservaient intact son corps de cavalière sans répit ni bonheur sexuel. Elle ne tenait pas forcément à ce que son mari lui fasse l'amour, mais à ce qu'il s'intéresse à elle. C'était de moins en moins le cas.

« Le contrat matrimonial confère automatiquement aux femmes une vie psychique inutile, pensa Martin. Elle m'ennuie. » Il commença à s'attarder longuement à la bibliothèque de l'Institut pour déchiffrer les mœurs bizarres des Wadanis. Marie-Paule s'en aperçut, en fut déprimée, mais sut réagir. Elle oublia ses crises d'angoisse et eut le rare génie d'inventer le *Cercle*.

Des jeunes gens et des jeunes femmes se réunissent chez elle pour faire l'amour ensemble. Tous portent des loups noirs. Le Cercle se compose de quatre couples d'Habitués, chacun d'eux s'absentant à tour de rôle d'un rendez-vous pour céder sa place à un couple d'Inconnus. Mme Cazenave-Longueville se charge des invités surprises. Cela pour les préparatifs. L'action ?

Marie-Paule s'approche de l'Inconnue, l'embrasse, la déshabille, la caresse. Les autres miment le jeu, se touchent, se caressent et s'excitent. Lorsque l'Invitée est préparée, Marie-Paule choisit un des hommes en érection et le guide jusqu'au sexe de la femme. Martin frôle les seins, les bouches, les verges, les culs, il se branle, se fait branler. Marie-Paule l'approche doucement de la bouche de l'Inconnue, secouée par le plaisir de l'autre homme. Martin sent la langue de l'Invitée remuer sur son sexe au rythme de la queue de l'homme qui la pénètre, il prend ce rythme, commence à gémir. Marie-Paule lui lèche le visage, le cou, le dos, les reins, les fesses. Quand elle sent Martin venir, elle dégage avidement son sexe des lèvres de l'Invitée et l'enfonce dans son vagin à elle. Martin éclate comme un animal, comme un acéphale, dans le ventre de Marie-Paule. Il se voit femme entre les deux femmes, animal obéissant à leur désir. Il bande sous les secousses de l'homme, plus fort pourtant que tous les autres hommes. Regardant. Vu. Actif. Passif. Androgyne complet, pulvérisé. Il jouit avec une violence qui le gêne et surprend les autres. Il se renverse, inconscient, jusqu'à ce qu'ils finissent à leur tour et partent. Quand il revient à lui, au petit matin, il ne garde qu'un souvenir flou de corps courtois et résignés.

Nul désordre, juste le manège feutré de ces consentements aux excès, que l'on appelle la politesse. Une

Olympia inconnue toutes les semaines, plusieurs
Olympia habituées : anonymes, offertes. Ni paroles ni
passions, mais l'impeccable force d'un eros qui transite
par elles, par eux, par le Cercle, qui incendie Martin
et l'abolit. La sensation d'un volcan qui a broyé ses
os, d'une coulée de lave qui a giclé de son sexe.

Désormais, Marie-Paule et Martin ne vivaient plus
ensemble que pour cette fête hebdomadaire. Marie-
Paule achetait à Amsterdam des films, des revues, du
haschisch. Elle déployait toute son ingéniosité de
metteur en scène et s'effondrait dans les intervalles,
redoutant d'être abandonnée si, par malchance, la
pantomime ne marchait plus. Or Martin ne pouvait se
priver de cette drogue qui le décapitait en le saturant
de délices. Mais il passait le plus clair de son temps à
essayer d'endiguer sa violence et à préserver, pour ses
pensées et son corps, un territoire apaisé où travailler.
Un tout autre homme prenait alors la place de
l'acéphale, qui détestait ses divertissements.

Marie-Paule était devenue la gouvernante de son
nouveau corps sensuel. Augmenté. Démultiplié. Comme
les corps masqués des participants au Cercle, elle
n'était personne : ses sentiments, ses états d'âme, sa
psychologie n'intéressaient nullement Martin. Cependant, régisseur de l'orgie, Marie-Paule tenait la télécommande (Martin avait besoin de lui accorder ce
rôle : elle s'occupait de tout, il ne se chargeait de
rien). Elle procurait au garçon peureux qu'il avait été
une sensualité démesurée. Grâce aux soins complai-
sants de Mme Cazenave-Longueville (« elle l'a eu à
l'admiration », répétait Bréhal), son plaisir était désormais relayé par des complices indifférents qui ampli-
fiaient sa propre jouissance à l'infini. Elle savait que
cet attachement n'était pas de l'amour, et, par fierté
féminine, l'épouse se plaignait de n'être pas prise pour

elle-même. Mais elle savait aussi qu'il ne pouvait plus se passer d'elle, qu'elle le tenait. Jusqu'à quand ? A la fois sûre d'elle-même et remplie de panique, Marie-Paule se précipitait pour téléphoner à Joëlle Cabarus.

Martin se diluait dans le Cercle, le Cercle se fermait sur lui. Rien et tout. Extase cellulaire. Dépendance sans issue.

Encerclé par le Cercle, Martin était devenu l'esclave comblé de ces jeux qu'il n'estimait pas interdits mais qui, bornés à ses orifices, à ses organes, à sa peau, le laissaient soumis à une puissance inéluctable. Dès l'instant même où cette totale dépendance lui sautait aux yeux, l'angoisse l'étranglait et il se mettait à rôder dans Paris, ivre de marche, incapable de réfléchir comme de travailler. Il lui fallait partir. Il s'embarqua pour les Wadanis.

Aujourd'hui, donc, ses jambes l'ont porté sur la rive droite, et il longe maintenant le quai de la Mégisserie, bondé de passants et de pots de fleurs. Les lauriers-roses, d'énormes plantes vertes aux noms inconnus, de magnifiques azalées, de modestes pensées, des pieds de lavande, des géraniums citronnelles, d'innombrables petits pétales en arc-en-ciel — ces tourniquets de couleurs et de parfums, déplacés de leurs serres, gisent sur le ciment, souriants et absurdes. Les cris de l'animalerie Vilmorin parachèvent une impression de cirque pour enfants attardés : coqs guerriers, poules inquiètes, chiens maussades, canards pleurnichards et cochons d'Inde sibyllins, perroquets paumés. Il traverse en courant le pont au Change, puis le pont Saint-Michel, et se précipite vers la Mutualité, dans l'abri gris-mauve de l'Institut.

* *
*

Olga est dans la salle des catalogues.

— Te voilà de retour ! Quelle surprise ! Strich-
Meyer t'attendait pour la fin du mois. Raconte !

— J'ai trouvé un avion, j'ai évité la saison des
pluies.

Il revoyait les hautes montagnes couvertes de forêts
tropicales et, au-dessus de deux mille mètres, la savane
herbeuse. Plus de trente-cinq degrés à midi, seulement
cinq degrés la nuit. Pendant six mois, il avait partagé
avec les Wadanis les patates douces, le manioc et le
maïs, le porc, les bananes, le gibier. Il avait appris à
produire avec eux du sel en bâton : on brûle la canne,
on la filtre, on recueille la solution dans des moules
au fond d'un four de terre réfractaire où elle s'évapore
et cuit pendant une semaine. Comme eux, il s'habillait
d'un pagne de bambou et d'une cape en écorce. Il ne
s'était pas fait percer le nez, mais il avait ceint un
bandeau rouge en hommage au Soleil et un bandeau
jaune en hommage à la Lune. Il dormait dans la
Maison des hommes.

— Une société sans police, je veux dire sans État,
mais le pouvoir est bien là et il appartient aux hommes.
Tu crois que cela m'enchante ? Compliqué. Imagine
chaque village coupé en deux : le quartier des femmes
avec leur Maison où elles se réfugient lorsqu'elles sont
souillées par le sang menstruel, forcément maléfique,
et le quartier des hommes avec leur Maison à eux, où
se pratique l'initiation des garçons, et près de laquelle
on construit une fois par an le Palais des Rites, appelé
« le Membre » ou « l'Organe » — suggestif, non ?
C'est le symbole de toute la communauté, femmes
comprises. Au milieu du village, le quartier des
familles. Mais l'intérieur de chaque maison est lui
aussi divisé en espace féminin, près de l'entrée, et
espace masculin, près du feu.

Martin ne pouvait habiter ailleurs que dans la Maison des hommes, en haut d'une colline. Dès l'âge de cinq ans, on y séquestrait les petits garçons qui y passaient dix ans, coupés de leurs mères, à apprendre la souffrance, le plaisir, la chasse, la guerre, la magie.

— Les hommes adultes ou les adolescents de classes d'âge supérieures les battent, les frottent d'orties, leur entaillent le dos ou les cuisses, sans que nul ne manifeste aucun signe de douleur. En fait, ce qui me paraissait une horrible torture est vécu par eux comme une écriture, une peinture sur le corps même. C'est ça : l'art pratiqué à même la chair, une inclusion initiale et initiatique du pouvoir du groupe dans le corps de l'individu.

— Ça n'a pas l'air très agréable !

— Le sperme est la force suprême, enchaîna Martin comme pour passer aux agréments. Pendant des mois, le jeune marié nourrit sa jeune épouse de sperme, jusqu'à ce qu'elle soit devenue assez forte pour être fécondée. Le lait des femmes — autre substance magique — est considéré comme une simple transformation, par la centrifugeuse-femme, de ce sperme mâle qu'elle a absorbé. Mais le sperme circule aussi à flots dans la Maison des hommes. Les jeunes garçons se fortifient en buvant la semence des aînés, jamais celle d'hommes ayant touché une femme. Celui qui refuse a le crâne brisé.

— Encouragement à l'homosexualité ?

— Détrompe-toi, le sens de la transgression n'existe pas, la fellation est une religion. Qu'elle renforce la communauté des hommes, d'accord. Mais le sexe devient ainsi un lieu de pouvoir tout à fait différent du pouvoir de procréation et de production.

— Ce qui veut dire ?

— Par leur désir, les hommes imposent et entre-

tiennent un autre pouvoir, séparé des besoins quoti-
diens de la communauté. Mais ce pouvoir qui réprime
les femmes (là-dessus, Carole aura des choses à dire)
ne se situe pas au-dessus ou contre le groupe. Parce
qu'il est d'emblée enraciné dans le corps et le désir,
parce qu'il s'incarne, il n'est pas subi comme coercitif.

— Quand même, ces gens-là ont bien des chefs ?

— Il existe des Maîtres : ce sont les guerriers et les
chamans, mais ce ne sont pas des « chefs ». Tu sais
qui est Maître chez les Wadanis ? Celui qui possède à
la perfection une technique (l'art de se battre, par
exemple, ou l'art de guérir), mais, surtout, celui qui
sait *donner* et qui sait *parler*. En somme, le Maître est
un poète généreux, capable de convaincre et de faire
des cadeaux pour apaiser le groupe. A la longue, il
peut se trouver dépouillé de tous ses biens : il arrive
d'ailleurs que le Maître finisse entièrement clochardisé.

— Inutile d'essayer de propager ce genre de voca-
tions à Paris !

Martin avait ainsi retenu des Papous, Indiens et
autres sauvages que le pouvoir était au bout du pénis.
Les Wadanis lui semblaient confirmer Lauzun, pour
qui l'inconscient dit la même chose. Problème : un
super-chef, un Big Brother apparaît qui oublie le sexe
pour faire du commerce ; il accumule, il surplombe le
groupe, il s'entoure d'aides de camp. Enfin l'État
s'impose, qui dépouille le corps initié de son pouvoir
propre. Tu auras beau t'initier, dit-on au Wadani, il y
a Superman et sa clique qui règneront sur toi. Au
demeurant, tu finiras par ne plus t'initier. Pas la peine.
L'Un veille, s'occupe de tout, et l'État est le serviteur
de l'Un. Les Wadanis avaient fini par convaincre
Martin que l'État coïncidait avec le Mal. Conclusion :
il faut retrouver le corps, le désir. Qu'est-ce qu'on
attend ?

— Je vais te dire une chose qui te paraîtra sans doute simplette, mais qui a d'énormes conséquences. Imagine-toi, ma chère Olga, que les Wadanis ne sont pas des adeptes du Verbe. Toute la différence est là : ni grecs, ni juifs, ni chrétiens. Leurs prophètes s'opposent à Big Brother non en proposant un discours ou un système politique, mais tout bêtement en transformant les bâtons de sel (que j'ai appris moi-même à fabriquer) en sculptures. Pas de marchandises, rien de ce commerce excédentaire que Big Brother veut instaurer pour accumuler des « capitaux ». Les prophètes se sont déchaînés sur les barres de sel, les ont cassées, taillées, triturées, s'en sont barbouillé le corps et le visage, enfin se sont soûlés et défoncés à mort en les avalant — ce sel est un poison quand on en absorbe exagérément. Suicide collectif après une performance artistique. Tout cela pour empêcher que la police existe, qu'un pouvoir distinct de la société ne vienne remplacer les corps complices... Voilà qui peut te sembler anarchiste ou utopique. Soit. Mais, sans en revenir aux Wadanis, notre problème, au bout de millénaires d'histoire, n'est-il pas de redistribuer le pouvoir de l'État ? De cet État qui se confond avec la police parce qu'il s'est mis au-dessus des corps, ou au-dessus du « corps social », comme on dit ?

— Je te vois rédiger un pamphlet de politique contemporaine plutôt qu'une thèse.

— Écrire ? Je ne sais pas. Je ne crois pas. J'en ai assez. Agir, oui. Le pouvoir, voilà ce qui est premier. Les classes, les luttes, l'économie viennent après. Où se situe le pouvoir ? Qui possède le pouvoir ? *That is the question*. On peut changer la place du pouvoir tout simplement en retirant le sel du commerce pour en faire des sculptures, s'en barbouiller la peau et se l'infliger, dans le corps, à mort. Bon, d'accord : déjà,

chez les Wadanis, cette solution ne paraît pas rationnelle. On se fait tuer ; au mieux, on laisse derrière soi
une légende que le prochain Big Brother transmettra
aux Blancs. Quant à changer le pouvoir à Maubert-
Mutualité, tu peux toujours courir ! Pourtant, c'est
bien la seule occupation qui vaille la peine : agir pour
déplacer le lieu du pouvoir. En nous. Pour nous. Tu
ne crois pas ?

Tandis qu'il résumait à l'intention d'Olga ce qu'il
avait retenu d'essentiel de son séjour chez les Wadanis,
Martin revoyait les corps de ces jeunes gens aux
différentes étapes de leur initiation.

Pendant ces six mois, il lui était arrivé d'imaginer
les comprendre. Il s'était mis à leur place. Il avait
désiré participer à leurs rites. Jamais aucun Blanc
n'avait été initié. En définitive, il n'avait fait que les
aider à acheter une jeep à remorque...

Au cours des vingt heures d'avion entre les terres
australes et Paris, il avait senti se creuser l'abîme entre
Martin Robinson et Martin Cazenave. Le sauvage était
en lui, mais le dandy aussi bien. Il éprouvait comme
une hypertrophie du cerveau où deux existences se
liguaient pour se contaminer et se combattre. Marie-
Paule lui avait écrit tous les jours, ses lettres s'égaraient
ou bien arrivaient toutes ensemble. Elle avait mis le
Cercle en congé, elle l'attendait pour reprendre les
réunions. Martin ne retenait guère ce qu'elle lui disait,
à peine le lisait-il : les problèmes des jeunes artistes,
les ventes difficiles, ses crises d'amour et de migraine,
les courses à Longchamp, le climat de Paris. La drogue
du Cercle lui manquait. Il l'avait remplacée par
l'observation avide des fellations et des tortures infli-

gées aux jeunes Wadanis initiés. Un pied chez les indigènes, un pied rue de Seine. Le hiatus s'étirait sur plus de vingt heures d'avion. Le contenir dans un cœur d'homme ? Dilatation cosmique à l'échelle individuelle : la schizo des sciences humaines détériorée par les manières de la *jet society*. Martin se disait qu'il était sans feu ni lieu. Pas d'espace pour lui sur cette terre. Il vivait chaque point à partir d'un autre point. Révolté et subjugué. Aucune paix possible. Tout excès, toute sauvagerie nouvelle trouvaient en lui un écho immédiat. Prompt à démarrer. « A vos marques, prêt, partez ! » Il devenait littéralement ces hommes, actes et pensées qui l'avaient séduit. Sans distance : unité mystique. Les tièdes lui donnaient la nausée. Mais il n'avait pas la patience de transposer cette passion noire dans la clarté d'une réalisation disciplinée. Il s'y essayait bien (conscience et éducation obligent), mais ne parvenait qu'à puiser dans les idées et les styles de géants géniaux dont l'existence devenait pour lui un modèle. Pasticheur surdoué, Martin aurait pu monter des spectacles comiques en singeant les leaders politiques ou les acteurs célèbres. Il imitait à la perfection plusieurs philosophes et divers écrivains.

Pourtant, sa fugue chez les Wadanis canalisait plutôt qu'elle n'aggravait ce bouillonnement fébrile. En sautant de la savane des hommes noirs jusqu'au fichier gris-mauve de l'Institut d'analyses culturelles, il pensait maintenir dans un même aimant deux forces qui, autrement, auraient pu le déchiqueter. « Méditer sur les sauvages, voilà ma *psy* à moi, se disait-il. Je soigne mon inquiétante étrangeté sans avoir à payer Lauzun, rien qu'en me tapant quarante heures de vol, et je ne compte pas le reste. »

Hiatus ou aimant ? Martin manquait d'oxygène. Poumons vides ou inondés. Étouffement. Thorax

comprimé. Battements frénétiques du cœur. Transpi-
ration. Hiatus ou aimant, quel malaise. « Olga, tu peux
ouvrir une fenêtre ? »

Les longues heures au-dessus de l'eau et des nuages
le mettaient d'une humeur mélancolique. Martin n'avait
plus envie de retrouver la société de consommation,
tout en sachant parfaitement que les Wadanis ne
vivaient pas à l'âge d'or. D'abord, cette exclusion des
femmes — simples numéros à échanger entre lignages,
machines à transformer l'élixir spermatique des hommes.
(Sauf que, d'après Carole, elles se ménageaient des
zones de plaisir à elles : ainsi, avant de nourrir son
bébé, chaque mère se faisait téter les seins par des
jeunes filles de 12-15 ans.) Mais, surtout, il voyait
bien que l'équilibre de leur société sans État était en
voie de disparition, que les Big Brothers sortaient de
partout, ne fût-ce que pour traiter avec les Blancs.
Les prophètes révolutionnaires n'étaient qu'une légende.
Alors ?

Au commencement était le Pouvoir, se répétait
Martin. Non, le Pouvoir est toujours là, le Pouvoir est
le commencement. Le commencement, qui est toujours
un commencement de la fin, surgit avec le pouvoir de
l'Un contre Tous. Alors ?

Justement, vingt heures d'avion révèlent que la
mélancolie est ennuyeuse, et, avec un peu de chance,
elles la rendent grotesque. Martin se mit à rire tout
seul devant l'hôtesse saturée par les extravagances des
passagers des long-courriers. Qu'allait-il faire, Martin
Robinson, sur le pavé de Paris ? Cercle ou pas Cercle ?
Avait-il besoin de sillonner le globe pour se faire peur
avec les cris initiatiques de sauvages en rut et réaliser
ce que tout le monde a compris, à savoir qu'il est
urgent de rapprocher l'autorité de la base, d'immerger
cette même autorité dans l'initiative des gens ? Tout

le monde était au courant, peut-être, mais qui connaît le plaisir et la torture qu'engendre ce changement ? Les raisonneurs croient qu'il suffit de déboulonner les notaires pour que la France entière devienne une nation de notaires. Ils font fausse route. Car si nous démolissions l'État, nous deviendrions des Robinsons, des sauvages, des acéphales. Martin le savait physiquement. Était-ce la société rêvée ? Peut-être pas. Encore que... Mais il fallait en passer par là. Après ? On verrait bien. Qui peut savoir ? Personne. C'est encore trop tôt. Il riait tout seul, il riait de ce rire, il riait du rire de ce rire.

— Tu as une drôle d'expression.

Tiens, Carole ! Avait-elle changé ou bien était-ce la première fois qu'il la regardait ? Sa présence lisse révélait un choix perpétuel de précision. Comme si son corps avait préféré l'essentiel. Rien que des os, la peau, une chair de fillette, aucun poids. Et une étrange souplesse qui effaçait l'impression de maigreur. Les lignes pures du visage auraient pu être ascétiques, sans le regard allègre qui conférait une mobilité inattendue à cette matière réduite à sa condensation maximale. Ses yeux, ses lèvres, les muscles de ses joues tremblaient aux moindres variations de lumière ou de souffle, de mots ou d'attitudes. Avec ses cheveux noirs, son pull et son pantalon noirs, Carole découpait dans l'espace un long trait vertical à l'encre de Chine.

— Frank te fait dire que la Ligue marxiste-léniniste se réunit ce soir chez moi.

Martin pensa que c'était jour de Cercle. Carole aurait pu y faire une merveilleuse Inconnue. Olga aussi, d'ailleurs...

— Tu as adhéré à la Ligue, si je comprends bien ?

— Évidemment. Alors, à vingt heures ?

Bien sûr. Le Cercle pourrait attendre minuit.

— Les étudiants ont organisé un meeting à la Sorbonne cet après-midi, les flics viennent de faire évacuer les lieux.

— Saloperie !

— On appelle à une manif pour demain matin.

— Alors oui, à vingt heures !

La délicatesse de Carole, sa voix tempérée, presque chuchotante. Elle suggérait des mesures qui paraissaient toutes d'une logique indiscutable : à huit heures, on se réunit au Cluny, Frank prend contact dès cette nuit avec les expulsés de la Sorbonne, Cédric va tâter le climat chez Renault, Martin essaiera de toucher les étudiants communistes pour qu'au moins ils n'empêchent pas les rassemblements.

C'est tout. Sinon, elle se taisait. Martin, Frank, Cédric et les autres commentaient la situation, le rapport de forces, les perspectives. Carole écoutait. Une grâce apaisante. Pondérée. Son visage mobile accompagnait le parleur, suivait, approuvait. Ou bien elle n'en pensait pas moins, mais l'invitait à poursuivre. Complice. Sa tenue noire et ses cheveux corbeau auraient pu suggérer l'érotisme, mais non : aux yeux de Martin, ils barraient le corps, et Carole s'élevait comme la médiatrice d'une harmonie efficace. La confiance absolue. Le pur amour. Aux antipodes du Cercle. Martin ne pouvait l'approcher. Il respirait à nouveau. Une aisance inespérée assouplissait sa poitrine, son cœur, lui rappelant le répit qui baigne le village wadani après les rites initiatiques. Impossible de la quitter.

Minuit était passé, Martin n'avait plus envie de rejoindre le Cercle. Pas ce soir. « Ce voyage m'a crevé, tu vois : pas la force de bouger. (Il habitait à deux pas.) Je peux dormir ici ? »

Studio vaste et vide, un loft new-yorkais. Une de ces femmes qui savent ne pas s'étonner. Il jette un coup d'œil par la fenêtre.

La rue Saint-André-des-Arts est trop pauvre et trop ancienne, trop jeune et trop excentrique pour que les bonnes familles s'y sentent à l'aise. En cette année 1968, elle apparaît comme un cadre de mauvais goût, plutôt sale et un brin prétentieux. Exactement ce qui convient à l'histoire de Martin et de Carole, pathétique et insipide, incroyable et trop sentimentale. Le comble : une histoire vraie.

2.

— A-bas-l'É-tat-policier ! Dix-ans-ça-suffit !

Foule à Denfert-Rochereau. Drapeaux rouges et noirs. On va vers l'Étoile. Martin et Carole et plein d'étudiants au coude à coude. A quelques mètres devant, on aperçoit la queue écureuil d'Olga ; Sinfjteuil ne doit pas être loin. La police les laissera-t-elle passer ? Ils franchissent sans peine le pont Alexandre-III. Où sommes-nous, où allons-nous ? Qu'importe : tous électriques, survoltés. Certains connaissent *L'Internationale*, les autres l'apprennent en bégayant, mine de rien, l'air initié. Olga se demande s'ils savent vraiment ce qu'ils font. *L'Internationale*, précisément, elle en vient. Ivan s'étonnait, hier soir, de voir tous ces jeunes innocents rabâcher la langue de bois des apparatchiks de *là-bas*, des heures et des nuits durant, dans les amphis surchauffés de Nanterre et de la Sorbonne. C'est en effet troublant, la foi de ces ingénus qui courent en toute candeur vers un monde d'oppression. Pas tout à fait pareil, peut-être : plus gais, plus anarchistes. Un carnaval avec service d'ordre jouant au service d'ordre, efficace et pince-sans-rire. Pourquoi pas : l'Histoire ne se répète jamais, disent les répétiteurs d'Histoire.

« C'est la lutte finale ! » entonne Olga, car elle
connaît tous les couplets de ce chant depuis l'âge de
six ans, quand les dominicaines françaises qui dirigeaient la maternelle furent expulsées et que des
maîtresses nommées par le gouvernement remplacèrent
« Minuit, chrétiens, c'est l'heure solennelle... » par
« Debout les damnés de la terre... »

Le cortège revient au quartier Latin. La police
l'attend cette fois à Montparnasse.

Depuis quatre jours, ça dure et ça chauffe. Le
Quartier bouclé par les flics, les facs fermées, des
étudiants arrêtés après les échauffourées du 3 mai, six
cents interpellations...

— Le P.C. essaie de nous avoir, à bas les *stals* !

Martin est intransigeant. Carole pense qu'il a raison.
Pas question de remplacer les vieux bureaucrates par
des nouveaux : tous des crapules staliniennes ! Changer
la vie, voilà l'objectif. Changer les familles, l'amour,
tout ça.

— Tant que les ouvriers ne sont pas avec nous, on
va tourner en rond.

Hervé insiste : le moment est enfin venu de sortir
des cercles intellectuels. Avant-garde, certes, les étudiants et les artistes peuvent l'être. Mais avant-garde
de quoi ?

— Demain, nous allons chez Renault à Flins. Tu
viens ?

Martin ne sait pas, il se méfie des communistes.

— Et moi donc ! Mais il faut sortir du quartier
Latin, toucher le pays. Le P.C. constitue un réseau
inouï, c'est la propagande assurée. Là se situe le vrai
combat : soit ils nous récupèrent, c'est le danger ; soit
on les tire à nous. Mais il faut y aller !

Maille et Jean-Claude, eux, n'y voient aucun danger.
On va à Flins, un point c'est tout. Sans les ouvriers,

le soufflé va vite retomber. Hervé est plus dialectique — plus « jésuite », dit Maille.

— Sinteuil ne choisit pas entre le drapeau rouge et le drapeau noir, résume Brunet. Pour *Maintenant*, là est en ce moment la ligne juste, comme dirait le président Mao.

— En tout cas, le printemps est rouge.

Hervé ne perd pas de vue son idée : plus de tour d'ivoire pour les expériences littéraires, il faut des courroies de transmission avec les masses. *Maintenant* ne suffit plus, *Maintenant* doit sortir de la Sorbonne. Les intellectuels ont toujours été des *rad-soc* frileux, n'ayant rien à voir avec la littérature. Un tourneur chez Citroën est plus romanesque qu'un prof. Après tout, la misère est explosive, et le nombre fait loi. Donc, pourquoi pas *Maintenant* à Flins ? La culture n'est d'aucune classe, le monde regorge d'aristos analphabètes et de bourgeois idiots. Mais, surtout, Hervé a le sens des médias : en 68, pour quelque temps encore, les syndicats sont plus puissants que la télé...

Carole n'aime pas les compromis. Depuis cette nuit du 3 mai où Martin est resté chez elle, Carole vit une autre vie. Elle n'a jamais voulu s'attacher à quelqu'un, seulement fuir sa mère, faire le contraire de ce que sa mère avait fait. Le pulpeux mannequin avait épousé Benedetti, le grand banquier de Turin, parce qu'il était riche et généreux. Lui, chétif et timide, n'avait jamais possédé une si belle femme : en faire son épouse était une sécurité. Carole constituait leur lien. Le seul. Le compromis entre deux mondes incompatibles. Sa mère l'avait gardée pour accrocher Benedetti ; Benedetti l'avait fabriquée pour retenir son mannequin. « Un enfant, c'est la mort d'une femme, disait sa mère. Un homme aussi », ajoutait-elle, tout en s'arrangeant pour en avoir plusieurs. Benedetti fermait les yeux et vivait dans ses comptes, les avions et les grandes capitales. Carole, qui voulait être comprise, rêvait d'un couple fidèle : l'entente parfaite, *yin* et *yang* indissolubles. Ombrageuse, méfiante. Toute à l'intérieur. Une condensation de basalte.

Elle avait lu l'admiration timide et intense, comme hallucinée, dans le regard de Martin. Ils se comprenaient à demi-mot, ou sans mots, à propos des Wadanis ou des objectifs de la Ligue marxiste-léniniste. Martin ne parlait pas de lui ; Carole avait horreur de se confesser. Ça tombait bien. Martin lui donnait les tracts de la Ligue, Carole proposait des corrections ou trouvait que c'était impeccable. Martin apportait les journaux de l'U.N.E.F. et tous deux riaient des manœuvres des vieux *stals*. Martin achetait *Pékin Informations* et lisait à voix haute des articles non moins *stals*, mais qui cependant, sur ce papier en bouillon de riz caillé, avec ces caractères miniatures, ces proverbes venus de la nuit des temps, leur paraissaient d'une rigueur à décaper bureaucrates et appareils. « Un se divise en deux », « Les révisionnistes perdent la face », « Compter sur ses propres forces » : cela ne voulait rien dire ? « Degré zéro de l'information, briques de sens », plaisantait Bréhal ? Mais cela disait tout, si on voulait bien y mettre ce qu'on ne pouvait pas dire et qui faisait perler d'angoisse les mains et les fronts.

D'abord, Martin avait dormi sur le canapé. Puis il

s'était mis à embrasser Carole, à la caresser longuement, chastement, dans son lit. Toujours aussi admi-
ratif et confiant. Muet. Quand il disparaissait une nuit
et rentrait, hagard, au matin, Carole sentait les odeurs
de femmes sur sa bouche, ses mains. Elle se fermait
encore plus, ses lèvres se serraient, il n'était pas
question de le laisser l'embrasser. On ne parlait jamais
de Marie-Paule Longueville-Cazenave. Carole se dou-
tait-elle de l'existence du Cercle ? Justement, Martin
vivait avec Carole pour ne plus y penser. Il aimait son
corps grêle sans poitrine, ses cuisses et ses fesses
musclées de jeune garçon, ses joues fraîches de petite
fille. Elle l'excitait, mais d'une excitation inconnue,
comme sous verre, qui se repliait et restait en lui,
sorte de masturbation larvaire, sans explosion, dissé-
minée. Un accord diffus que relayait leur action
commune.

Le printemps chaud couvrait Paris d'un ciel de
fumée, les grenades lacrymogènes piquaient les yeux.
Carole flottait dans ce brouillard. Elle sentait en
permanence une oppression brumeuse dans la poitrine,
et cette gêne dans les yeux qui aurait pu la faire
pleurer. Mais tout cela n'était même pas une sensation,
rien qu'un pressentiment de malaise sous la vague
agitée de ce mois de mai qui refoulait le reste dans
un insondable arrière-fond. Il lui paraissait normal
de ne pas faire l'amour avec Martin puisqu'ils s'aimaient, que tout était si extraordinaire, que les événements allaient tellement vite. Pour une fois qu'un
homme ne faisait pas ce que tous les hommes faisaient
avec sa mère...

Ce soir-là, après avoir longuement caressé sa poitrine plate et ses fesses rebondies, Martin posa sa main
sur son ventre et en approcha son sexe dressé :

— Je te fais l'amour, j'ai envie d'un enfant.

Elle le repoussa, brusquement dessoûlée .

— Pas question.

L'angoisse disparaissait dès qu'il entrait chez Carole, à Saint-André-des-Arts. Une renaissance, l'initiation acceptable. Elle seule pouvait le débarrasser de son corps acéphale. Pour devenir un autre homme, il lui fallait cet autre enfant, garçon ou fille, peu importe. Repartir de zéro. Ils resteraient ensemble à cause de l'enfant. Quelle autre raison de vivre ensemble, d'ailleurs ? Sinon, bien sûr, pour militer, mais c'était une autre histoire. Cette idée de bébé le rendait à la fois heureux et un peu taré. « Je deviens gâteux, mais qu'importe », se disait-il quand la raison banale le reprenait. Puis il se laissait de nouveau porter par la frénésie de ce rêve. Il n'avait que Carole pour le partager. Enfin, il avait osé lui parler, pourquoi refusait-elle, c'était si naturel, si évident. Se serait-il trompé sur elle, elle n'était donc pas aussi extraordinaire qu'il l'avait cru, quelque chose d'essentiel lui échappait ?

— Écoute, j'en veux un. Rien qu'avec toi. Tu verras, ce sera une nouvelle vie.

— Évidemment. Mais la mienne me suffit. Elle est déjà assez compliquée comme ça.

— Tu serais bien la seule femme à ne pas vouloir d'enfant. Qu'est-ce qui te prend ? Il n'y a qu'avec toi que je désire en faire un.

— Tu te trompes. Tu as peut-être remarqué qu'aujourd'hui les femmes ne pensent plus seulement à devenir mères de famille ?

— Il y a mère et mère. Moi, je ferais bien un père-mère.

— Il y a déjà deux « Madame Cazenave », ça ne te suffit pas ?

— Madame c'est Madame, je ne me marie qu'une

fois. Toi, je t'aime, et je veux que tu sois la mère de mon enfant.

Carole sentit à nouveau les odeurs de sexe de femmes sur les mains de Martin, elle revit les longs cheveux restés parfois sur sa chemise, quand il rentrait à l'aube.

— Je te dis que ça ne m'intéresse pas.

Sa mère aurait dû avorter, tuer le bébé Carole. Elle aurait préféré être morte plutôt que servir de liaison artificielle entre un mannequin écervelé et un banquier distrait. Jamais d'enfant. Elle prendrait autant de pilules qu'il le faudrait, avorterait trente-six fois, et si un enfant voyait quand même le jour après tout cela, Carole se sentait bien capable de le noyer, de le jeter dans un ravin, n'importe quoi serait moins criminel que le crime de sa mère qui l'avait eue à froid, comme on ouvre un compte en banque.

Elle s'habille à la hâte et s'enfuit dans l'escalier. Il se passe toujours quelque chose, jour et nuit, en ce mois des « événements ». Elle remonte Saint-Michel. Il faut contourner les barrages de police en empruntant les petites rues. Rue Gay-Lussac, des étudiants et des lycéens creusent la chaussée, entassent les pavés. Elle tombe sur Frank.

— Salut !

— Vite, aide-moi à déplacer cette bagnole, ça fera une vraie barricade, les flics vont charger !

Cédric manipule un cocktail Molotov et attend le moment propice.

— Tu sais ce qu'on a fait, ce matin ? On a voté la dissolution de l'École normale ! A l'unanimité !

Chiche ! Carole pense que c'est amusant. En fait, elle ne pense pas. L'acide d'une lointaine grenade lui ronge les yeux, elle voudrait que le ciel chaud pesant sur Paris éclate, il manque un orage, une grosse pluie.

Elle avait cru que Martin l'aimait pour elle-même.

L'amour unique à deux, quelle blague ! Alors qu'il ne cherche qu'une machine à bébés. Il faudra encore amortir la tendresse, jusqu'à l'engourdissement. Naïve. « Tu n'es qu'une idéaliste », lui disait sa mère.

Martin était comme les autres hommes, un porc ou un père, ou les deux à la fois.

Il devait y avoir eu malentendu. Elle le connaissait depuis longtemps. Ces dernières semaines, elle l'observait. Ce grain de beauté sur sa lèvre supérieure, à gauche, qui frémissait quand il dormait la bouche ouverte.

— Bréhal vient de passer, tu as vu ? Je n'aurais jamais cru que les *structures* se mettraient à descendre dans la rue !

— Ne t'en fais pas, il vient constater qu'il n'est pas à sa place. Tu vois, il s'en va.

— Valence s'est fait ramasser à la Sorbonne. Quel toupet, ce type ! On reste réviso, mais on veut encore se faire applaudir.

— Pas étonnant qu'il se soit fait ramasser. Dubreuil a tenu un meeting sympa, mais même lui faisait ringard. Ça ne passe plus.

La barricade monte, les flics restent imperturbables. Edelman, la chemise ouverte, la démarche titubante, ne peut s'empêcher d'inspecter les troupes. *Ses* troupes : Heinz, Roberto, Olga, Frank... Ce n'est pas qu'ils appliquent son enseignement à la lettre, la dialectique leur est étrangère, et cette rage de chercher du plaisir dans la destruction est plus nihiliste que tragique. Mais il leur a inculqué la contestation, le mécontentement salutaire.

— Eh, oh ! Fabien, je crois bien qu'il n'y a plus de solitaires aujourd'hui, pas même à Port-Royal, le jansénisme recule, t'as remarqué comme les Français se parlent dans le métro ? Il paraît que Brichot lui-même a adressé la parole à sa concierge pour la première fois de sa vie ! Ne me dis pas que tu trouves ça paradoxal. Dieu n'est plus caché, tu vois, Il descend dans la rue.

Sinteuil plaisante toujours, avec bonhomie ou méchanceté, on ne sait jamais trop. Edelman se sent déçu. On ne se comprend plus. Fossé entre les générations.

— A-bas-l'É-tat-policier !

Les jets de pierres s'abattent soudain sur les flics. Ils ripostent de nouveau avec leurs grenades.

— Vous n'avez pas vu Martin ? Il a disparu depuis plusieurs jours.

Marie-Paule Cazenave-Longueville, affolée, cherche son mari.

Carole la fixe de ses yeux pleins de larmes, sûre de n'être pas repérée dans la brume lacrymogène. Son cœur se met à monter, à monter comme un oiseau affolé, et s'étrangle, palpitant, dans sa glotte. Elle remarque la carnation lisse du visage de Marie-Paule, sa peau de pêche qui adhère aux muscles, sans aucun jeu, lui donnant un faciès complètement inexpressif. « Inexpressive peut-être, songe Carole avec ce qui lui reste d'objectivité, mais elle ne sera jamais ridée, elle vieillira comme une terre cuite, sans plis. » Une coquette, Marie-Paule, comme la mère de Carole, avec ses boucles d'oreilles en pleine barricade. Certainement un peu moins triviale, un peu plus snob, mais une coquette. Carole déteste. Elle a choisi de s'en tenir au minimum : minimum de chair, minimum de fringues, aucun maquillage, aucun bijou. Une chambre à accélération de particules cadenassée à l'intérieur. Brusquement, elle a envie de lancer le pavé qui se trouve dans sa main contre cette carnation de pêche à peau adhésive, qui restera jeune comme une vieille sculpture. Elle le lance sur les flics. La brigade n'a pas attendu. Charge. Matraques. Sauve-qui-peut. Certains tombent, d'autres sont embarqués dans les cars.

— A-bas-l'É-tat-policier !

On court en tous sens, Carole a perdu de vue les copains, elle continue à courir, légère, soudain libérée, pneumatique. Aucune fatigue, aucune colère, simplement un immense soulagement, de la vitesse et des ailes. L'orage de gaz lacrymogène a glissé sur Carole comme sur les plumes d'une hirondelle. Une renaissance. Quelle liberté ! Elle vole vers où ? C'est le chaos. Des gens affolés. Des ambulances. Des rues barrées. Des matraques. Et encore cette formidable sensation de liberté. Martin doit être quelque part dans les rues. Six heures du matin. Ça a l'air de se calmer. Il faut le retrouver. A-t-elle vraiment envie de le retrouver ? Mieux vaut aller chez Olga.

⋆
⋆ ⋆

Hervé n'était pas là.

— Des voitures brûlaient. Il est allé sauver la sienne, je ne l'ai plus revu.

Des sirènes d'ambulances, de pompiers. La radio annonce des centaines de blessés, policiers et manifestants. Olga s'inquiète. On rappelle les points chauds. Les Beaux-Arts devenus « Atelier populaire », l'Odéon proclamé « Permanence révolutionnaire créatrice ». Martin doit être par là. Voici Hervé.

— Je me suis réfugié à l'École normale, la police était à la sortie et embarquait tout le monde, je me suis approché d'un brancard de blessé. « Faites attention, docteur », m'a dit le flic en me laissant passer. Voilà à quoi ça sert d'avoir l'air sérieux.

Ils étaient triomphants et assommés. La fatigue, la surprise. La radio continuait à dresser le bilan des blessés et à décrire les affrontements. Des religieux et des scientifiques appelaient à l'apaisement des esprits. Olga servit le café.

— Plus de calme, bon sang ! Maintenant on va vers la grève.

Les contacts de Sinteuil avec la C.G.T. laissaient prévoir le déclenchement d'un grand mouvement ouvrier. Il y avait déjà eu la manif du 1er Mai, dans l'Ouest les syndicats étaient en train de conclure des accords. Bientôt la grève générale allait paralyser Paris et l'ensemble du pays. Des poubelles s'entassaient partout. Plus d'essence. Plus de transports. Deux millions de grévistes. Six millions. « La chienlit » (de Gaulle). « Nous sommes tous des Juifs allemands. » « Personne n'est complètement maître des événements » (le préfet de Paris). Encore des manifs et des barricades. La « participation » calmera peut-être les esprits ? Trop tard. « Une seule solution : la révolution ! » « J'ai fait un bide, n'est-ce pas ? » (de Gaulle). Syndicats et patronat engagent des pourparlers rue de Grenelle. Les cégétistes sont-ils des collabos ? Charléty encourage les étudiants à résister à la récupération.

— Frank dit que *Maintenant* est une revue de révisos et de sociaux-traîtres.

Olga rapportait l'information, qui ne l'amusait qu'à moitié, car elle commençait à saisir qu'à Paris « révisionniste » ne voulait pas dire libéral, mais, carrément, collaborateur et corrompu. Le petit bureau des Éditions de L'Autre ressemblait à une cellule clandestine. Avec son air à la Huysmans et sa canne Belle-Époque, Brunet soutenait qu'il était plus nécessaire que jamais d'éviter la marginalité.

— Ultragauche ? J'en suis. Mais on ne survivra que sous la protection de la classe ouvrière.

— J'ai vu le camarade Pousset, du comité central, dit Maille.

— Était-ce vraiment nécessaire ? (Brunet reprenait son ton à la Huysmans).

— Ce matin, les anars ont empêché le cours de Lauzun. Vous savez ce qu'il a fait ? Il s'est mis à chercher Sinteuil : qu'il intervienne en sa faveur auprès des appariteurs — tous membres de la C.G.T., évidemment, et donc manipulés par *Maintenant* — pour qu'on lui trouve une salle.

Jean-Claude jubilait d'une telle farce. Sinteuil, encore plus :

— Je crains que mon pouvoir auprès de la C.G.T. ne soit assez limité. Pas de Lauzun aujourd'hui. J'ai préféré finir mes traductions des poèmes de Mao pour le prochain numéro.

— A propos, la Ligue marxiste-léniniste s'appelle maintenant Ligue maoïste.

Olga tenait la nouvelle de Carole.

*
* *

C'était une idée de Martin, votée à l'unanimité. Limpide. Le vent d'Est balayait la bureaucratie et poussait en avant les jeunes contre la sclérose des appareils. Toute la planète tournait dans le même sens ; l'anarchisme taoïste, prophétisé maintenant par des centaines de millions de Chinois, paraissait un exemple pour le troisième millénaire aux yeux de tous les insoumis de Paris. Des casseurs ? Des dogmatiques ? « Bourgeois et révisos deviennent idiots de peur. Les maos sont des spontanéistes qui veulent tout, c'est-à-dire l'impossible. Voilà le réel ! »

Martin était happé par l'enthousiasme militant de la Ligue. L'interdiction de son organisation par le ministère de l'Intérieur, qui faisait de lui un clandestin, le rendait encore plus énigmatique. Il partait « coordonner l'action des camarades » à Francfort, à Milan. Il parlait peu, se contentait de lire à Carole des « textes collectifs ». Le mouvement retombait en France ? C'était la récupération ? Il fallait d'abord s'implanter à la base, continuer le combat par d'autres moyens. Carole disposait de sa pleine confiance, elle distribuait les tracts révolutionnaires les plus radicaux ; pour l'instant, il ne lui demandait pas plus. Le studio de Saint-André-des-Arts était leur laboratoire politique, la cachette monastique de leur adoration. Il ne reparlait plus de l'enfant. L'époque était à l'action. Martin vouait à cette jeune femme nette une idolâtrie brûlante comme la glace. Ainsi accumulée auprès d'elle, sa tension allait exploser dans les jeux du Cercle, mais il le quittait vite pour échapper aux jérémiades de Marie-Paule. Pendant ce temps, Carole fermait de plus en plus ses lèvres, et son corps se desséchait comme celui d'une anorexique. Mais elle n'avait pas l'impression de s'étioler, leur aventure mystique la nourrissait de fièvre, sa jouissance à elle.

Pourquoi ne sont-ils pas devenus terroristes ? Qui peut savoir ? Peut-être parce qu'ils habitaient Paris, avec cette lueur d'éternité venue de l'Océan qui flotte sur la Seine. Ou parce que les gargouilles de Notre-Dame confèrent ici à toutes les religions un air de carnaval. Ou parce que Carole avait appris à serrer sa solitude entre la jolie bêtise de sa mère et la sévère faiblesse de son père, et qu'elle se laissait influencer, mais jamais dominer.

Martin la voulait pour lui seul. Jaloux du moindre de ses regards, mots, gestes envers les autres, une véritable fureur s'emparait alors de lui, il devenait brutal, vulgaire. En était-elle flattée ? Un peu. Surtout terrifiée. Sa bouche se coinçait de plus en plus, un trait collé, sans fente.

Il n'était plus question que Martin disserte sur les sauvages. Mais les prophètes wadanis, mêlés aux barricades de Mai, avaient servi à quelque chose. Martin s'était mis à faire de la peinture.

La plupart des habitués et invités du Cercle de Marie-Paule étaient des peintres sans talent. Pas question de faire comme eux. Le loft de Carole fut transformé en atelier. Juste deux matelas pour dormir ou s'asseoir ; plein de draps et de toiles pour le *dripping*. Ethnologue au repos, Carole assistait à la transe du magicien qui faisait de l'*action painting* entre une nuit au Cercle et une réunion clandestine. Les yeux de Carole devenaient de plus en plus noirs : purs charbons portés à cet invisible point d'incandescence qui les maintient en apparence intacts, juste avant qu'ils ne se consument en brasier.

Par une irrésistible et absurde magie, elle restait attachée à cet homme. Martin imposait ses choix sans s'expliquer et avec une énergie telle qu'il ne supportait aucun commentaire. Elle l'avait compris, elle ne discutait plus. Cependant, ce que d'autres appelaient le fanatisme de Martin était pour Carole un simple signe de sa probité. De son honnêteté fervente. Étrangement, elle donnait à l'instable toute sa confiance. Car, pour finir, quoi de plus fiable qu'une passion, même inconstante ?

Alors, dans son adhésion silencieuse à cet homme auquel il n'était pas question de parler, mais à qui il fallait appartenir, Carole eut envie de s'entourer de plantes. La grande terrasse déserte qui longeait le loft de la rue Saint-André-des-Arts rejoignait le toit de l'immeuble, et cet immense plateau devint son jardin. Pendant que le nouvel artiste en mouvement perpétuel jetait des giclées de couleurs sur les draps, penché, accroupi, à quatre pattes sur le sol, Carole se retirait comme un chat, à l'abri parmi ses plantes. Elle guettait l'évolution des bourgeons, l'éclosion des fleurs, l'avan-cée des feuilles, l'inclinaison des tiges. Des êtres vivants stables. Seule une plante peut être fidèle. Éphémère, mais, tant qu'elle vit, d'une permanence fiable. Une plante ne bouge pas, ne peut nous aban-donner. Surtout, son destin immobile la livre à nos soins. Carole se substituait à la nature — terre, eau, soleil — car, au fond, elle se consumait d'une envie, jamais dite à personne, celle de se dévouer.

En un sens, elle s'était consacrée à Martin, mais il ne s'en apercevait pas, elle en avait la certitude. Il ne la voyait plus, elle, Carole. Et puis, sa façon d'être devenait si incertaine, si floue : un jet d'eau, un tableau pointilliste. Peut-on se dévouer à un aérosol qui ne se confie à la pression de vos mains que pour s'échapper : une bombe, un spray ?

Chez les Féministes révolutionnaires — mouvement de femmes né d'une scission avec la Ligue maoïste, que Carole rejoignit aussitôt —, elle proposa de s'occuper de Jeanne, la militante paralysée à la suite d'un accident de voiture au retour d'un collage d'af-fiches en banlieue. La ruche des filles tournait autour de la reine des abeilles, Jeanne, comme si le handicap de la jeune femme révélait à chacune son incapacité secrète, une hémorragie permanente. Bernadette, la dirigeante, qui se disait « disciple et cependant nova-trice de l'enseignement de Lauzun », expliquait que

les femmes ne souffraient pas d'une prétendue castra-
tion, mais étaient menacées d'une liquidation totale du
corps et de leur personne.

— Nous nous perdons entièrement, corps et âme,
quand nous perdons celle que nous aimons, et, pour
commencer, notre mère. Pour les hommes, ça ne
compte pas : ils ne perdent jamais leur maman, ils la
recherchent et la retrouvent — c'est hélas trop évident
— dans leurs épouses ou leurs maîtresses. Donc, ils
nous forcent à réprimer notre deuil, à nous rendre
séduisantes. Il arrive que certaines femmes prennent
leur amant ou leur mari pour une mère. En conséquence, quand le prince charmant les abandonne, elles
se liquéfient, disait Bernadette en caressant les seins
de la fille assise à côté d'elle.

— Tu as peut-être raison, répliquait Jeanne depuis
son fauteuil roulant. Mais moi, je dis que les hommes
ont pris un jour le pouvoir, et, depuis lors, la société
patriarcale nous impose cette image d'un corps de
femme débile, impuissant et handicapé qu'il nous faut
sans cesse maquiller, bichonner. N'est-ce pas, Carole ?
Raconte comment les machos ont pris le pouvoir sur
les femmes, chez les Wadanis.

Carole approuvait mais n'avait aucune envie de
parler d'anthropologie. Obscurément, elle se sentait un
peu comme une femme wadanie, ou comme Jeanne, et
il lui aurait semblé trahir quelque chose d'authentique,
une souffrance, en se mettant à en parler. Alors elle
lavait Jeanne, changeait son pot de chambre, l'habillait.
Elle écrivit même à l'ambassade de Chine pour savoir
si l'acupuncture pouvait l'aider. Puis elle écoutait les
plaintes des femmes contre leurs hommes, et rédigeait
des tracts. Enfin, trêve : elle retrouvait ses plantes.

La terrasse était devenue son refuge. Un parterre
de soucis couleur de soleil levant. Des petites filles

timides qui cachent leurs yeux bleus et leurs bourgeons de seins : les myosotis. Les pensées : des normaliennes à grosses têtes, manquant de grâce mais pas d'étoffe. Les géraniums-balcons : des séductrices bavardes qui gesticulent et racolent aux terrasses des cafés. Les roses damascines : de belles mamans épanouies chargées de tartines odorantes pour les bébés-insectes cramponnés à leurs jupes. Des intellectuels louvoyants ou hautains : les conifères rampants, le sapin argenté.

Air et terre, muette et souple, aquatique et lumineuse, Carole se sentait parmi les siens dans ce monde végétal. Fidèle parmi les fidèles. Un peu mélancolique, un peu ironique : « Quand je ne lance pas de pierres sur Marie-Paule, je cultive mon jardin. »

L'inaccessible Benserade, qui connaissait quarante langues et en parlait vingt, tout en dominant par son intelligence les fringants logiciens à ordinateurs, les avait conviés chez lui avec Olga pour préparer la réunion de l'Association internationale de sémantique, à Londres. Pénombre, odeur de livres moisis, charme méticuleux de vieux garçon, soixante-dix ans et une timidité d'adolescent. Comme il poussait la table roulante garnie de café et de gâteaux secs, Carole se dit que Benserade était un clerc du Moyen Age. Non, un fidèle sujet de l'utopique astérisque qui précède les mots indo-européens supposés antérieurs à la migration des peuples. Il planait tellement au-delà des nécessités humaines qu'il ne lui restait plus rien d'animal. Benserade était une plante, c'est ça, il aurait pu avoir sa place sur la terrasse. Ou même dans le loft : un homme fidèle, le seul homme fidèle. Un

résineux. Un cupressus. Elle l'exposerait au soleil pour
le gorger d'air et de chlorophylle.

— Vous semblez rêveuse, mademoiselle Benedetti.
A quoi pensez-vous ?

— Oh rien, j'ai des plantes, si fidèles...

Sa bouche articulait sans elle. Carole se sentit
confuse, elle aurait dû se maîtriser mieux — c'eût été
la moindre des choses, il n'avait rien à faire de ses
plantes, Benserade.

— Comment dites-vous ? Le mot « plante » vous
fait dire le mot « fidèle » ? C'est extraordinaire ! Vous
êtes une étymologiste spontanée, surprenant ! Savez-
vous d'où vient la racine *dru à laquelle remontent
beaucoup de mots qui signifient « fidèle » dans les
langues indo-européennes, comme *to trust* en anglais,
ou *trêve* en français ? (Eh oui, la *trêve* se rattache à la
fidélité, car si l'on cesse les hostilités, c'est qu'il y a
confiance...) Voilà : *dru signifie *arbre, bois*. Et vous
me parlez de plantes !

Benserade n'était pas un chêne. Plutôt un vieux
roseau, un papyrus. Mais si charmant. Elle aurait aimé
se blottir contre lui, lui léguer la fortune des Benedetti,
par exemple, si cela avait pu le mettre à l'aise ;
l'adopter, en somme. Mais non, c'est lui qui aurait pu
songer à devenir son père adoptif.

Olga, elle, ne rêvait pas. Elle consultait en permanence une bibliographie invisible et disponible dans sa
tête, et voulait tout savoir sur tout, sur-le-champ.

— Je n'invente pas, monsieur, j'ai bien vu votre
signature au bas d'un manifeste surréaliste ?

— Fâcheuse coïncidence, mademoiselle... pardon,
madame de Montlaur.

Benserade était devenu mauve et Olga se demandait
dans quel plat elle venait de mettre les pieds. Une

tuile et un cigare prélevés parmi les gâteaux secs, puis une gorgée de café calmèrent le vieux linguiste.

— Vous avez bien lu, c'était moi, évidemment ; mais il ne faut pas en parler, car, vous comprenez, je suis maintenant au Collège. Je représente, comme vous diriez sur les barricades, l'Institution. Alors qu'à l'époque... Le sang coulait à la Closerie des lilas, Breton était comme la foudre : ou bien il vous calcinait, ou bien vous partiez. Je suis parti. Je n'avais pas le goût de la bagarre, non. Oh, je sais, aujourd'hui ces choses-là sont devenues un mouvement de masse. Mais, dans ma jeunesse, le manifeste dont vous parlez était... comment pourrait-on dire... une sorte de cock-tail-Molotov en écriture.

Carole se disait qu'à sa place elle se serait laissée calciner par Breton. Elle ne savait plus vraiment ce qu'elle préférait : un conifère argenté ou un mouvement perpétuel. En somme, il n'y a trêve que parce qu'il y a eu de l'agitation.

« Je t'aime », disait Martin, et il l'embrassait avec force en la regardant gravement dans les yeux. Puis il partait au Cercle. Carole savait qu'il allait faire l'amour avec Marie-Paule et les siens, et que cette vie-là, elle ne voulait pas y revenir, parce que lui-même ne la pensait, ne l'imaginait pas. Il ne s'agissait pas de mensonge : plus simplement et plus inexorablement, cette explosion se dérobait à sa pensée, n'avait pas de place dans sa conscience claire.

« Je t'aime », répétait-il en rentrant, avec le même regard solennel agrippé au sien comme pour y chercher l'oubli. Carole sentait que si elle exprimait le moindre signe de soupçon ou de raillerie, Martin allait se sentir

mal, s'évanouir, peut-être, ou se mettre en colère. Elle
ne disait rien, ils restaient ensemble. Un ensemble
solide parce qu'il était vide. La tendresse apeurée de
Carole, sa soif de constance végétale étaient aux
antipodes de la violence agitée de Martin, de cette
avidité permanente qui couvait sous ses airs de garçon
bien élevé et se stabilisait en désir d'être l'amant flatté
d'une meute de corps soumis, quand ce n'était pas le
père d'une dynastie d'enfants qui le prolongeraient
dans l'espace éternel. Les sensations de l'une s'annu-
laient dans les fantasmes de l'autre : leur ensemble ne
contenait aucun élément commun. Une communauté
nulle. Mais elle tenait à cause de l'enveloppe : l'admiration que nous portons à ce que nous ne saurons
jamais. Tel était le support de leur exaltation, qui
faisait office de foi.

Il arrivait que l'enveloppe de l'ensemble vide se
déchire. Cette pilule que Carole avalait tous les soirs
dressait devant Martin comme une barrière barbelée
qui l'écrasait d'impuissance, d'inutilité.

— J'ai entendu dire que certaines femmes prennent
la pilule pour cacher qu'elles sont stériles. Peut-être
que tu ne veux pas d'enfant parce que tu ne peux pas
en avoir ?

Il lâchait des mots pour faire mal, avec la hargne
des assassins inconscients. L'idée que Carole était
protégée de son sperme lui ôtait tout désir de la
toucher. Et il se mettait en rage contre son sexe
d'homme flasque, il se prenait à détester ce corps de
femme qui préférait la solitude ou le plaisir, mais
refusait d'être mère. D'être entamée. D'être à lui.

— « *J'existe de manière imparfaite. Tu ne m'aides
pas à franchir la mer maléfique.* » Tu sais ce que c'est ?
Un chant des prophètes wadanis. Si quelqu'un est seul,
c'est-à-dire Un, les Wadanis trouvent qu'il est maudit.

Pas grecs pour un sou, les Wadanis ! L'Un n'est pas le Bien, au contraire, l'Unité est pour eux un mal. Tu ne comprends pas ça ? Se disperser, sortir de notre petite cohérence de cons : telle est l'expérience à laquelle les gens ne se risquent pas, ici, parce qu'ils ont peur de jouir. Mais voilà : le groupe met en péril Sa Majesté l'Un. Les enfants aussi...

Carole pensait que, justement, groupes et enfants engendraient des contraintes terriblement oppressantes, mais elle ne voulait pas discuter. Militer, oui. « L'action disperse le vague à l'âme et dérange les Un-plus-Un-plus-Un agrégés dans des ensembles policés. » *Tu ne m'aides pas à traverser la mer maléfique*... Comment aurait-elle pu l'aider, quand c'est elle qui avait besoin d'une bouée ? Sans le savoir, sans se le dire. Juste un peu plus tassée au fond d'elle-même, sous ce coup asséné par Martin : « Tu ne peux pas, tu es peut-être stérile ! » Étonnant comme le fond, en soi, peut reculer encore et s'assombrir. On croit qu'il ne reste plus de place dedans, et voilà qu'on peut se rencogner dans un espace encore plus secret, plus inaccessible.

Est-ce l'économie de gestes et de mots chez Carole qui inspirait à Martin son horreur des discours ? Il continuait à militer, mais les tracts étaient désormais rédigés par Frank. De plus en plus, il se laissait envahir par cette rage contre les surfaces, qui éclatait dans les gouttelettes de peinture éclaboussant les vitres, les toiles, les murs.

— Pollock, voilà le prophète, il n'a pas besoin de comprendre, il agit ! *Numéro Un* : quel titre pour un tableau ! Tu parles d'une unité : pulvérisée ! En plus, la série des nombres peut-elle jamais s'arrêter ? A l'infini, oui. Et j'y ajoute les nombres irrationnels, si tu veux, car Pollock a inventé le *happening* avant

même les Japonais *gutaï* d'Osaka, avant les New-
Yorkais en 59...

Une force rythmée, une danse rituelle organisaient
le chaos que Carole percevait dans son regard sauvage,
bistre. Comme si la vision était un mur, Martin crevait
sa membrane et, par-delà la pellicule de l'œil, sa toile
s'animait, hantée d'un rire mortel. Comme un maître
zen trouant un paravent d'un coup de bâton. Comme
des balles de ping-pong dégringolant en pluie sonore
du plafond. Comme les lampes de poche discrètes
mais perçantes qui parsèment une nuit invisible, lui
restituant son énergie. Pour faire comme Pollock et
pour se faire comprendre de Carole, Martin aimait
donner des noms mythiques à cette chorégraphie.
Hyène sous la lune : sorcière sauvage, petite fille des
femmes monstrueuses de De Kooning. *Homme et
Femme nus aux couteaux :* coups de pinceaux musclés,
baigneurs de Cézanne speedés au L.S.D. *Iphigénie ou
Ériphile :* une femme sera sacrifiée, laquelle ? Mystère
d'ocre et de violet éclaboussé. *Daphné :* c'est pour moi
(imaginait Carole), l'amante se métamorphose en laurier pour échapper à la poursuite d'Apollon.

Un laurier composé de rose et de vert montés en
pyramide ondulante : l'œil éprouve l'essoufflement de
la course, l'émeraude dorée, irisée, envahit non seulement la vue mais aussi l'odorat, l'image se fait parfum,
Daphné est un brouillard insaisissable, une odeur de
femme envoûtante et intouchable. Carole passe de
l'autre côté de la rétine, dans un monde baudelairien
où parfums, couleurs et sons se répondent. « Parce
que je l'aime. Qui d'autre pourrait voir une telle magie
dans cette transe folle ? »

Martin sortit de sa poche la bouteille plate de
bourbon. De plus en plus utile pour la peinture
pulvérisée. Il se disait que, certes, la bêtise était

collective, mais qu'elle était surtout unique. L'idiot peut attendrir et se faire aimer s'il ne se prend pas lui-même pour quelqu'un. Mais l'arrogance des idiots est invivable. Ces baguettes congelées qui croient faire groupe dans la boîte à pain familiale, il faudrait les rendre friables. Les Indiens avaient trituré leurs bâtons de sel, s'étaient soûlés de cette farine empoisonnée, s'étaient roulés dedans. Communion des tissus à travers les sacs de peau, infiltration de douleur et de plaisir qui ne respecte pas la communication imbécile et surveillée des corps sociaux.

Carole le regardait projeter du vert, du rouge, du jaune sur la toile posée à même le sol. Esquisser avec le pinceau, dans ces nuages de couleur, des yeux en colère, des bouches crispées, ou peut-être simplement des ronds, des cailloux, des pavés. Il se caressait ? Giflait quelqu'un, le lacérait, le massacrait ? Ou ensemençait-il la toile, faute de féconder une femme ? Il faisait l'amour sans que personne ne s'en protège ni ne lui résiste, seul devant personne, big-bang de néant ? Après tout, il en avait le droit. Comme elle avait le droit d'être stérile. Que ça lui plaise ou non, c'était comme ça. Elle n'était pas en colère, elle lui pardonnait. Mais d'un pardon qui flottait, fragile, sur une mare de rage anxieuse. Implosive. La rage des humiliés, des moins que rien, des petites filles mal aimées, des stériles.

A chacun sa passion. Elle alla voir sur la terrasse si le rosier de Provins avait ouvert ses bourgeons de la veille. Oui, trois touffes parfumées, couleur thé, dressaient leurs têtes voluptueuses.

La rue Saint-André-des-Arts coulait en bas, mince et grise comme un ruisseau sale. Derrière les contrevents, Carole imaginait des voisins indifférents, de ceux qui avaient manifesté le 30 mai, les doigts en V, à l'Arc de triomphe : « Vidangez la Sorbonne ! » Ils ne cherchaient pas midi à quatorze heures, ceux-là, ils replâtraient et dominaient. Pourtant, les nuits de barricades, on avait vu des mains craintives mais complices verser des seaux d'eau pour couper la nappe de gaz. Depuis, les volets ont été refermés. Carole cache son visage maigre dans les roses de Provins, tandis que Martin, dans l'atelier, continue à faire du Pollock.

3.

Sinteuil n'avait peur de rien, sauf du ridicule. La trémulation des viscères français devant le charme slave : pas terrible-terrible. Mme Hanska et Balzac : beurk ! Roger Nimier hamoureux de Roger Nimier qui esquive à la Valmont l'Hamour d'une Tchèque elle-même hamoureuse des belles choses : *very nice*, mais à éviter. Sinteuil ne guidera aucune visite, ni chez Saint Laurent ni au Mont-Saint-Michel. « La santé mentale se soutient de la distance. Le talent s'en nourrit. » A bonne entendeuse, salut.

La Ford bleue venait de quitter Saint-Maixent et s'approchait de Niort. L'Aunis est déjà un pays océanique. L'humidité s'accroît, chaude et lumineuse. L'herbe surgit plus verte, les arbres penchent vers le continent sous la poussée des vents du large, le ciel commence à pâlir, saturé de vapeurs salées. « Tu vois, un Sudiste reconnaît tout de suite qu'à partir de Niort il est chez lui. »

Olga essayait de se sentir sudiste. Elle avait apprivoisé l'eau froide de l'Atlantique, les parcs à huîtres lui paraissaient banals, les Montlaur s'étaient résignés à la considérer comme une des leurs. Naturellement, personne n'était venu à leur mariage ; d'ailleurs, une

cérémonie laïque est-elle un mariage ? Mais, quelques
mois plus tard, dans la foulée de Mai, qui avait
décidément produit des cataclysmes dans les meilleures
familles, coup de téléphone de Mathilde :

— Ma petite Olga, j'ai entendu sur France-Culture
le professeur Bréhal qui ne tarit pas d'éloges sur vous.
Félicitations, mon petit ! A propos, aimez-vous les
pierres blanches ? Je viens de faire monter quelques
diamants, vous recevrez la bague probablement demain
ou après-demain.

D'une efficacité parfaite, Mathilde de Montlaur. Un
vrai ministre des Affaires... de ce que vous voulez :
« sociales et familiales », par exemple. Pas du tout
littéraire quand il s'agissait de choses sérieuses. Olga
appartenait désormais au clan, c'est-à-dire au nom de
Montlaur.

Depuis le printemps dernier, le pays s'était calmé,
mais pas les esprits. La fièvre persistait dans les
débats : philosophes, écrivains, artistes avaient tous
une fibre de « casseurs », ou du moins de « subver-
sifs ».

— La contestation va retomber chez les étudiants,
il faudrait maintenir la flamme en dehors de l'Université, avait redit Hervé en septembre.

— Tous les esprits novateurs sont récupérés par le
P.C. et absorbés dans le replâtrage des facs, avait
observé Brunet. Que voulez-vous faire ?

Maille avait choisi de rompre avec *Maintenant* : il
flirtait avec le P.C., n'aimait pas la « ligne Mao » et
dissertait interminablement sur le génie de Lénine,
opposé à la bureaucratie stalinienne.

— Encore l'avant-garde russe des années trente !
Ça va, parfait, on est d'accord ! Mais, justement,
l'époque a changé, on en a assez d'être les parasites
de la social-démocratie. (Sinteuil était impatient.) Les

Chinois posent le vrai problème : démocratie plus tradition nationale, ça donnera quoi ? Pour l'instant, de la révolte permanente et un culte non pas de la personnalité — quel archaïsme ! —, mais de la contradiction.

— La social-démocratie n'a pas dit son dernier mot à l'Est. A Prague, ils essaient de retrouver le goût d'être libre chez soi, qui est sans doute social-démocrate, mais pas au sens d'un notable *rad-soc* de Niort. Ils en ont marre de la barbarie stalinienne et orientale.

Olga se sentait solidaire avec ceux de *là-bas*.

— Oui, sans doute, mais tout cela est récupéré ici par des humanistes conservateurs. « Pourquoi pas ? » demandes-tu. Je vais te le dire. Mon seul critère moral est littéraire : ces gens-là ne savent tout simplement pas lire. Ils ne lisent ni ton Tchèque Nezval, ni notre Sade. Les adeptes du Printemps de Prague, ici, sont de belles âmes confites à la Paul Bourget. Alors, tant de révolution pour retrouver la stagnation d'avant 14 ! Moi, j'attends de voir.

Hervé était extrémiste parce que son rythme avalait les étapes, les enchaînements, les transitions, et allait droit au spasme. Il pressentait les nouvelles tendances. Ou, carrément, se trompait. Un idéologue, lui ? Soutenir les avancées, oui. Mais assurer les transmissions, se plier à la patience du pédagogue ou du militant ? Jamais !

— Les gens ont envie de parler. Les événements ont ouvert les bouches, mais il reste plein de paroles dans les gorges.

— Qu'est-ce que tu proposes ?

Olga proposait que *Maintenant* organise des groupes d'analyse une fois par semaine dans la grand-salle de la rue de Rennes.

Ce fut la cohue pendant tout l'hiver, cela allait

reprendre après Pâques et durer l'année suivante. A la première soirée, Sinteuil, avec une subtilité jésuitique, commenta *De la contradiction,* de Mao. « Les gens viennent apprendre la logique dialectique de Hegel chez vous, mais aussi comment s'en débarrasser », apprécièrent de jeunes assistants de philosophie à la Sorbonne, qui n'en perdaient pas une miette.

Bréhal était là, évidemment. Détaché de la « vulgarité » des événements — « qui n'ont fait en somme qu'imposer le tutoiement, quoi d'autre, n'est-ce pas, Olga ? » —, il n'en fut pas moins touché. Au point de relire son *Sade* pour exposer aux militants de la veille son interprétation du divin marquis : la violence dite désormais sadienne éclate dans les fantasmes et donne un récit monstrueux ; or la philosophie, enfin déplacée du Lycée dans le Boudoir, est l'antidote le plus puissant contre la terreur révolutionnaire coiffée par la triste figure de la Veuve Guillotine ; donc écrivez votre violence plutôt que de dépaver les rues. « Propos contre-révolutionnaires », chuchotait l'assistance. « Ça se défend », acquiesçaient les esprits subtils.

Saïda profita de Mai pour se donner du courage et s'emparer du temps. Ses méditations, inspirées de *Finnegans Wake* et de Heidegger, agaçaient les philosophes et clouaient le bec aux littéraires, les deux corporations n'en étant pas moins renvoyées à leur stupidité transcendantale. Tous restaient pincés, nul n'était séduit. La messe durait à peu près trois heures, parfois même en double séance, deux fois trois : six heures. On comptait les survivants à la sortie. Ils allaient devenir les premiers fans de la théorie de la « condestruction » : mot composé pour faire comprendre qu'il ne fallait jamais construire sans détruire. Peu élégant, le concept ne sonnait pas français, il parut même franchement métèque (comme le remarqua méchamment Paul Leroy dans *Témoin de gauche*, un comble !), ça voulait dire quoi au juste, la « condestruction » ? Eh bien, le naguère timide Saïda dispersait chaque mot en d'infimes composantes, et, de ces grains, faisait pousser des tiges de caoutchouc flexibles avec lesquelles il tissait ses propres rêves, sa littérature à lui, un peu lourde, mais d'autant plus profonde qu'inaccessible. Ce fut le début de son aura de gourou, qui allait submerger les États-Unis et ses féministes, toutes « condestructives » par affection pour Saïda et par mécontentement endogène.

— Pardon, la métaphysique a du bon, elle permet d'affirmer une morale et de se battre, protestait Frank, qui était devenu un fan de Scherner et militait contre les prisons et la peine de mort. Cette condestruction, c'est du nihilisme, à la fin !

— A chacun sa littérature...

Hervé se réservait de dispenser à tous une bénédiction tolérante. Jusqu'à ce que la condestruction s'abatte sur ses propres écrits. Et que Saïda bascule vers le P.C., alors que Mao-Tao devenait de plus en plus omniprésent à *Maintenant*.

Olga voulait parler, elle, de Céline. Le maudit des idéologies. Le passionné des rythmes. L'opéra du Déluge contre les craintes des bien-pensants. Y compris contre le conformisme de gauche. Jusqu'à s'abîmer lui-même dans le feu destructeur de son antisémitisme.

— Non, l'enjeu est trop subtil, personne ne te comprendra. On te prendra pour une anarchiste de droite ou une esthète. Tu feras ce travail plus tard. Tu n'as rien d'autre pour l'instant ?

Elle fit un commentaire du roman de Sinteuil, *Exode*. Des souvenirs de la guerre d'Espagne. L'Occupation, le déplacement des populations, la Résistance. L'expérience d'un exil de soi qui remplace le récit tranquille des événements par une incantation biblique. Car la mort à soi peut devenir une renaissance quand elle se dit dans le projet d'une harmonie où beauté et sens se rejoignent. Elle lisait dans *Exode* un hymne à cette divinité immanente qui n'est autre que la faculté pour chacun de disposer du langage et de l'assouplir à l'infini. Sinteuil faisait de la lettre une image plastique, de la syllabe une symphonie, de la signification une cascade d'allusions sexuelles, politiques, morales.

Il avait écrit le rêve de sa disparition et de sa résurrection dans la voix, par les lettres. Certains traités indiens méditent sur le langage comme *germe*, comme *œuf* ou comme *saveur*. Ils cernent mieux l'acte de l'incarnation qui se produit non dans la langue des formalistes occidentaux, mais dans le Verbe fait chair et défait dans la chair. Olga expliquait qu'*Exode* n'était rien d'autre que cette alchimie du verbe et du corps transformant l'expérience ésotérique de l'écriture en engendrement réel d'une nouvelle personne. *Exode* était la mort d'un ancien joueur et la recomposition d'un nouveau, qui forcément appelle et peut-être même provoque des changements chez les autres.

— Olga est proche de Lauzun et de Saïda, mais beaucoup plus morale, historique et subjective, approuvait Cédric.

— Elle parle comme une femme, en perte et régénérescence perpétuelles. (Carole essayait de rapprocher Olga des féministes révolutionnaires.)

Pange, le grand poète, pris lui aussi dans ce tourbillon et auditeur attentif des Groupes d'analyse, sentait ses propres écrits plutôt étrangers à l'exaltation de ces jeunes qui, cependant, se réclamaient de sa rigueur païenne attachée aux objets.

— Chère Olga, vous auriez été une mystique si

vous n'aviez été finalement un peu trop pathétique...
pour mon goût, bien entendu.

Le bac. Le parfum des algues. Les courbes de l'île.
Voici enfin le portail et les pins. Les lilas, avec les
giroflées et les iris, sont les rares à fleurir à Pâques au
bord de l'Océan. Germaine et Gérard avaient préparé
les chambres, un feu de cheminée s'imposait à la
tombée du jour, les bûches coupées en été dans le
bosquet voisin étaient sèches et n'attendaient que
l'allumette. Hervé allait s'en occuper. Olga défit les
valises dans la nouvelle chambre à coucher aménagée
dans l'aile du mas qu'habitaient les Montlaur, et ferma
les contrevents. Ici, les rafales d'avril sont si violentes
que, malgré les volets fermés, elles obligent la nuit à
l'insomnie. Nuits lunaires, blanches, d'une lucidité
coupante qui ne fatigue pas, mais d'emblée harasse ou
stimule, ce qui parfois revient au même, et vous laisse
éveillé en permanence. De quoi faire l'amour toute la
nuit, comme les poissons. Ces nuits où l'on se voit en
pleine clarté et où l'on s'aime mieux, d'une tendresse
sans illusion.

Xavier et Odette des Réaux tenaient absolument à
venir saluer Olga — le trio des Montlaur, Mathilde,
Jean et François, les accompagnerait bien entendu,
« juste pour le café ».

— Mais non, mais non, vous viendrez déjeuner.

Hervé détestait faire le mari réduit à n'être qu'un
meuble de sa famille : « Nous avons un secrétaire
Louis XV, une commode Louis XVI, deux fauteuils
Voltaire et un garçon qui nous a découvert cette
charmante étrangère. Quelle adorable enfant, n'est-ce
pas ? » Hervé se disait qu'Olga était trop intellectuelle,

c'est-à-dire suffisamment distraite, pour ne pas se
prêter à cette surenchère de décorateurs. Elle paraissait
bien une intellectuelle. L'était-elle vraiment ?

L'oncle Xavier avait le visage malin d'un chien de
chasse. Il expliquait à Olga qu'il s'était inscrit au Parti
socialiste, « depuis les événements », car dans le Ver-
delais, près de Sainte-Croix-du-Mont, où se trouvait
son château, les paysans et les artisans avaient voté
pour l'autogestion et menaçaient les propriétaires.
Ainsi, devenu socialiste, se mettait-il en quelque sorte
de leur côté en attendant la suite. Odette le regardait
avec l'admiration qu'aurait méritée Napoléon s'il avait
su prévoir et donc éviter Waterloo et la Berezina.
Application en laboratoire, c'est-à-dire dans le vignoble,
de la plus haute géopolitique.

— Figurez-vous que ceux de l'île exigeaient même
l'autonomie, comme la Corse et la Bretagne ! Je me
demande comment ils survivraient tout seuls, avec
leurs patates et leurs crevettes ! Mais nous sommes et
resterons gaullistes. Et fiers de l'être !

Máthilde de Montlaur ne se laissait pas impressionner. Elle avait la robe en soie bordeaux à pois blancs,
ou l'inverse (de toute manière, elle ne sortait pas du
bleu, du bordeaux et des pois, qu'elle variait dans les
limites restreintes mais inévitablement distinguées de
leurs permutations), qui rehaussait son air royal et lui
permettait de sauvegarder une majestueuse prestance,
tout en sautant d'un sujet à l'autre.

— Vous voyez ce laurier, ma petite Olga ? Eh bien,
il n'a plus sa forme, il faudra penser à le faire tailler.
La politique est une chose dont je me sens de plus en
plus détachée, mais à quoi bon se détacher de tout si
on n'est pas détaché de son propre détachement ?
Donc, je m'intéresse à ceci, à cela, ce n'est pas du tout
ce qu'on appelle un intérêt, mais précisément une

sorte de retraite, vous m'avez comprise. Ce toit de la tourelle d'Hervé, par exemple : il faudra faire venir le couvreur, les orages de l'hiver ont tout déplacé, vous serez inondés, un de ces jours, à la première grosse pluie. C'est à vous de prendre tout cela en charge maintenant, c'est votre rôle, et moi je vieillis. Si, si, ce n'est pas de la coquetterie, je le sens. Vous avez vu le muret face au Fier ? Effondré. Si j'étais vous, j'appellerais tout de suite le maçon, car demain les dégâts vous coûteront les yeux de la tête. On est passés à la messe avant de venir vous voir : que des vieux, les jeunes quittent le village, c'est sûr, mais la foi se perd aussi. Il faut dire que le curé n'est pas transcendant, il ânonne son Évangile comme si rien ne se passait hors de son église, forcément les jeunes courent après l'événement. Vous n'avez pas remarqué que la cheminée dans la salle à manger tire très mal, un oiseau a dû y faire son nid, comme il y a quelques années. Vous devriez appeler — qui déjà savait faire ça, Jean ? — le jeune Pelletier, oui, appelez le jeune Pelletier, ils nous sont très dévoués...

Olga se disait qu'heureusement elle avait l'esprit trop abstrait pour comprendre et retenir toutes ces consignes, sans quoi quel boulot, quelle fatigue ! Mathilde lui donnait le vertige, il fallait lui appliquer le vide zen, l'écoute flottante.

En réalité, sa belle-mère ne comptait pas vraiment sur elle. Ce numéro n'était qu'un jeu rhétorique. Vous imaginez, Olga superintendante ? Une ruine pour les Montlaur ! Personne ne pouvait se permettre ça. Mathilde était en train de faire une sorte de testament prématuré, mais tout le monde savait, et la reine la première, qu'elle allait se lancer elle-même, sitôt le café bu, dans la mobilisation de la cohorte des

réparateurs, artisans, hommes à tout faire et autres
femmes de service.

Hervé observait les pommettes animées, le rire
enfantin des yeux bridés. La bouche, en revanche, était
grave, presque lourde. Mais l'ensemble s'annulait et
annulait les autres. Ce qui donnait à Olga un air
mobile, un air d'ailleurs, qui ne pouvait certainement
rien retenir de bas. Apparemment. Il pouvait parier
là-dessus. Peut-être.

— Tu te souviens qu'Hermine arrive demain ?

Bien sûr qu'elle se souvenait.

— Elle propose de venir avec Aurélia, tu n'as rien
contre ? J'ai dit oui, bien sûr.

Pour une surprise... Ils avaient connu Aurélia l'année précédente à l'Odéon, avant l'évacuation du théâtre,
en juin, pendant la campagne électorale. C'était la fête
vingt-quatre heures sur vingt-quatre. On se touchait,
on dansait, on criait des slogans révolutionnaires, on
rédigeait des tracts, on peignait des affiches, certains
faisaient l'amour. Aurélia adorait les livres d'Hervé —
elle les avait amenés dans son appartement, un soir :
tous les écrits de Sinteuil figuraient à la place d'honneur dans sa bibliothèque. Et elle trouvait Olga très
sexy. Aurélia se collait à l'Écureuil en dansant le tango,
comme un cow-boy à une charmante créature dans un
saloon : moquerie amoureuse. Elle ne fuyait pas les
hommes, mais préférait être la troisième. Hervé appréciait son insouciance admirative, cette aisance qui ne
semblait pas avoir d'âme mais juste une tête rousse, la
nuque rasée et le sexe sans problèmes. Dans le climat
de l'Odéon, leur trio n'avait rien d'original, c'était la
règle de la vie *in*.

Olga fut surprise de ne pas être davantage surprise par le débarquement d'Aurélia dans l'île. Se découvrirait-elle du goût pour les femmes ? Pas désagréable. Sans plus. C'était plutôt le jeu d'échecs qui l'amusait. La partie allait se jouer à trois, à quatre. Un peu plus compliquée et un peu plus tendre, plus excitante, mais, bizarrement, plus neutre aussi. Comment disait la religieuse qui lui apprenait le français dans son enfance ? « Ma fille, je ne connais qu'un moyen de rabaisser notre orgueil, c'est de nous élever plus haut que lui. » Ce précepte lui semblait presque aussi profond que celui du président Mao : « Un se divise en deux. » Avec ça, on est intouchable. « S'élever plus haut » en « se divisant » : dans ces régions-là, il n'y a plus de psychologie, rien que de la logique, une combinatoire. Et le pur amour, s'il survit.

Hermine apporta un superbe électrophone : génial ! Celui des Montlaur était vieux et esquintait les disques. Aurélia était bourrée de hasch qu'il fallait prendre, selon la dernière mode, avec du miel.

L'eau est hostile à Pâques, seule Aurélia osa se baigner : violette de froid, mais triomphante de courage et de rire. Hermine et Olga prenaient le soleil qui tapait fort, contre les lilas, dans le parc du manoir rasé. Juste les pieds dans l'eau, mais quel bronzage : une peau d'olive ! Hervé préférait faire du vélo, et la bande des quatre se mit à sillonner l'île plate, comme faite exprès pour leurs bicyclettes. Ils longeaient les marais salants semés de mouettes et de hérons. Ils empruntaient les pistes cyclables qui relient les villages, s'arrêtaient aux marchés, mangeaient quelques fraises ; Hermine s'acheta quelque vieille blouse paysanne brodée de blanc pour en faire une chemise de nuit, Aurélia remplit son panier de flacons d'essence de lavande ; puis ils rejoignaient la plage des Baleines, où des

cavaliers galopaient sur le sable léché par les vagues
de la nuit. Le vent frappait en pleine figure et on
avançait avec peine, ou bien il les poussait de dos et
les roues alors s'emballaient, on avait mal aux cuisses
et aux mollets, on commençait à avoir le vertige
comme en haute mer. La terre lisse, sans collines,
invitait à aller plus loin, ils en oubliaient le chemin du
retour. La bande des quatre rentrait épuisée. Le blanc
sec du pays redonnait des forces. Le hasch laissait
Olga parfaitement sereine. Hermine ne faisait que rire.
Hervé prétendait délirer et jouait la pantomime d'une
âme de chevalier désarçonnée qui ne parvient plus à
enfourcher son corps-cheval fougueux. Aurélia seule
planait, sainte Thérèse de chez nous.

Ce soir-là, elle enlace fiévreusement Olga, l'embrasse et la caresse comme en rêve. Hermine les rejoint
avec sa manière toujours mi-contrainte, mi-narquoise.
Hervé pense que le charme slave n'est jamais meilleur
que multiplié et que la seule façon de ne pas devenir
le mari-meuble est de faire l'acteur. Il ne considère
pas don Juan comme un vulgaire séducteur, mais
comme l'essence même de l'artiste, capable de tous les
discours, de tous les travestissements, de tous les
plaisirs. Le paradoxe du comédien. *Mille e tre ?* Trois
et mille. Toutes les femmes, c'est-à-dire tous les rôles,
tous vrais. Le faux n'existe pas. Et le vrai, alors ?
Le studio du moulin fêtait la communion de la
bande des quatre. De la violence à l'équilibre. En
apparence, une parfaite décence. Personne ne demande
rien à personne. On se quittera demain plus neutres
que jamais. Et plus complices que jamais. Mais d'une
complicité inutile. Juste la plénitude de n'avoir pas

respecté les limites, et du plaisir à outrance. Un luxe gratuit et sans lendemain. La dépense excessive des adultes, pour lesquels l'érotisme n'est ni un bien ni un mal, mais une entente sans idées, une composition de rythmes. Seulement voilà, les plus adultes restent un peu enfants. Heureusement, sans quoi personne ne serait troublé. Ils l'étaient. Aussi. Mais dans une harmonie cadencée qui transformait émotion, blessure et jalousie en décence, en rituel. Comme une cérémonie du thé où objets et participants — les bols, l'eau, les feuilles de thé, l'inclinaison des buveurs — sont saisis dans des rapports flous mais accordés au temps, à l'espace, à la nature même. Et cette totalité est si équilibrée, si subie, qu'elle s'éclipse dans une impression de vide. Quelle légèreté ! Ce n'est rien ! En apparence. Sinon une extrême tension.

Olga était sûre qu'après le vélo, le blanc sec et le hasch, Aurélia avait emporté un bébé de cette nuit-là. Dieu sait pourquoi elle pensait ça ! On n'en a jamais rien su. Aurélia a disparu. Quelqu'un l'a aperçue dix ans plus tard dans un ashram près de New Delhi. On n'a jamais su si elle était accompagnée ou non d'une petite fille.

L'électrophone d'Hermine était une merveille, Olga voulut imposer à tous son disque préféré pour clore l'expérience en beauté et saluer le soleil grenat qui se montrait derrière les pins : *Les Chants guerriers et amoureux* de Monteverdi.

— Olga n'apprécie pas vraiment la musique, mais elle aime le sens des paroles.

Hervé ne cessait de la taquiner.

— Comme moi, dit Aurélia, je ne comprends rien à la musique, mais j'adore les mots tendres.

Elle se coucha contre Olga : coupable, complice, ravie. Hermine se demandait si elle devait commencer à s'ennuyer. Non, car le matin se levait déjà et demain, donc aujourd'hui, était le jour du tennis. Va pour Monteverdi.

Décidément, on ne sait où va se cacher le vague à l'âme. Surtout chez une joueuse d'échecs. L'air de Claudio le Vénitien commence par ponctuer le galop du cheval : *Tutti a caballo*, le rythme s'accélère, s'emballe, déborde. Tancrède et Clorinde se combattent et s'appellent, haine et amour alternent, une foule de sentiments dans une richesse chromatique pourtant jaillie d'une seule voix et de quelques instruments. Une histoire shakespearienne, une rencontre de travestis. Deux hommes masqués vont s'entretuer. Un des combattants connaît la mascarade : c'est Clorinde, qui ne se déguise en homme que pour être plus près de Tancrède. La nuit s'abat sur les timbres des instruments et des voix, Clorinde est transpercée, elle perd son sang, elle nous quitte. Tancrède relève le casque de son adversaire mourant : « *Ahi vista ! ahi conoscenza !* » Cet homme était une femme, c'était Clorinde ! Le trémolo a été inventé par Monteverdi pour qu'une femme masquée en homme puisse mieux aimer et mieux mourir, ce qui revient au même. Le trémolo s'impose lorsqu'une femme accepte la bataille comme un homme, mais en la perdant pour se faire aimer éternellement. Vaincue, Clorinde ? « *S'apre il ciel, io vado in pace.* » Elle expire, elle jouit. Tancrède reste seul, immobile, sans voix.

Un mélodrame ? Le sublime lave le sexe. Monteverdi dévoilait à la bande des quatre une douleur élégante, laquelle, comme chacun sait, est d'une autre époque : cet archaïsme ne convenait pas aux jeunes gens libérés d'aujourd'hui. Du galop à la nuit en passant par les états d'âme, son air concis et fulgurant retournait la mort en ravissement. La confusion des sexes et leur discernement pouvaient-ils devenir une grâce ? L'extase est cette lumière où la gravité s'élève en équilibre. Équilibre d'Aurélia, d'Olga, des deux, des quatre ? Qui était Clorinde ?

Sacré Claudio ! Olga avait bien choisi son ami, elle les reprenait tous par la magie du Vénitien. Hervé l'embrasse, les yeux dans les yeux, comme toujours dans les moments insolubles. Puis il la prend par la taille et la conduit à la fenêtre du moulin. Le soleil, maintenant rouge, vient de sortir de l'Océan et bouleverse les oiseaux dans les marais, qui s'éveillent en criant de joie, à moins que ce ne soit de colère.

Les courts de tennis étaient séparés de l'eau par une simple digue qui arrêtait les vagues mais laissait s'engouffrer le vent. L'oxygénation était si forte qu'elle annulait les joueurs ou, au contraire, les transformait en têtes de série n° 1 (ou presque). Hervé et Aurélia étant les plus forts, le carré se forma sans problème : Hermine et Hervé contre Aurélia et Olga.

Hermine : frappe classique, régulière mais lente, décontractée jusqu'à l'indolence. Elle se promène au fond du court, paresseuse, comme après un bon repas, et cependant sa souplesse de danseuse lui permet miraculeusement de renvoyer la balle.

Hervé : jeu de jambes super-rapide et un revers bombardé qui n'épargne personne. Mais il est irrégulier et parfois son coup droit lui échappe : une fusée s'arrachant à la gravitation.

Aurélia : Olga connaît déjà le rythme que l'invitée, plus habile, lui impose ; elle se glisse dans les quelques « blancs » qu'Aurélia consent à lui laisser, juste pour assurer, mais sans jamais mener le jeu. Aujourd'hui,

cela va changer, l'Écureuil a envie de prendre l'initiative. Courir, frapper, esquiver, les désarçonner tous,
bloquer leurs gestes, réduire leurs raquettes à des
cuillères à yaourt. 'Allons, du souffle !

Le tennis est un art martial. La presse le dit à sa
façon en s'émerveillant devant le « réflexe du tueur »
chez tel champion de Wimbledon ou de Flushing
Meadow. Olga l'a compris en prenant quelques leçons
de karaté avec Pierre-Louis — ami et fervent collaborateur de *Maintenant*, poète à ses heures et champion de France. Le mois de mai a mis fin à cette
curiosité, elle y reviendra peut-être un jour.

Pour l'heure, elle s'amuse de la ressemblance entre
le « rebond-frappe » et l'attaque à main nue dans le
combat de *budo*. Même alternance de concentration et
de relâchement mesuré, même *timing* entre la saisie de
soi et de l'adversaire, et cette échappée inconsciente
mais décisive du geste physique — le coup de raquette :
à gauche ? à droite ? plus haut ? plus bas ? — qui va
toucher et défaire le jeu de l'autre. Des autres. Pierre-
Louis était d'ailleurs formel : les meilleurs tennismen
américains et suédois s'entraînaient aux arts martiaux.

— Pour moi, il y a un moment essentiel du jeu,
expliquait-il. Vous devez vous glisser dans l'instant
précis où l'attaque de l'adversaire n'est pas encore
clairement formulée mais reste dans son esprit à l'état
d'intention. Tout est là : saisir l'instant où la conscience
de l'ennemi décolle de ses mouvements. En termes
techniques : saisir le *maai* temporel. Cela vous per-
mettra de mesurer en pensée et en geste la véritable
distance entre l'adversaire et vous, ce qu'on appelle
maai spatial. Sachez-le, car pour un joueur âgé comme
pour une femme, qui a moins de force, cette évaluation
est primordiale. Elle compense le manque d'énergie.

La violence se transforme en calcul impensé, autrement dit en rythme, et décide de la victoire.

Ces raffinements paraissaient à Olga tout à fait « structuralistes ». Quel art de couper les cheveux en quatre, y compris dans la guerre ! Ahurissant : on traquait le sens dans la moindre fraction de temps, d'espace, de geste. Belle théorie, en effet. Pourtant, ceux qui y excellaient avaient l'air plutôt au-delà : aériens, un peu flous, comme ayant tout désappris. Alors, avaient-ils vraiment besoin d'apprendre ?

Olga tenait sa raquette à deux mains et se balançait d'une jambe sur l'autre, scrutant les deux en face, et Aurélia de biais. Elle manquait d'entraînement. Il lui fallait d'autant plus entrer en état de suspension, pardelà la concentration crispée, scolaire. Pas question d'appliquer les leçons de karaté. Simplement se laisser porter par la cadence bien observée des autres, capter les instants de décalage pensée/corps, ces moments vides. *Maai* — va pour ce mot. Rebond. Frappe. Après cette nuit de *hyoshi* où la réciprocité respiratoire et psychique des combattants avait trouvé son équilibre parfait, tous jouaient inconscients et déchaînés, véhéments et précis.

Olga ne pense évidemment à rien. Il lui semble simplement vivre un temps démesuré : des fractions d'instants soufflés, chargées de rage et de retenue. L'énergie devenue temps infinitésimal. Le temps incarné en violences ponctuelles et reliées. Ses muscles la portent au filet et au fond du court, revers ou coup droit, non, elle laisse la balle à Aurélia, voici un instant vide en face, côté Hervé : rebond — frappe ; côté Hermine : rebond — smash. Aurélia se tient en arrière. Olga monte au filet : intervalle, volée, smash.

L'énergie dort dans la colonne vertébrale. Quand le rêve s'effondre et réveille la nuit, ou bien dans le clair-obscur paresseux de la sieste, Olga sent des vagues remonter dans ses vertèbres, dilater ses côtes, son bassin, ses tibias, transmettre des pulsations jusqu'aux tissus des hanches, des bras. La tension aime sommeiller en circuit fermé, elle se laisse alors apprivoiser et l'on peut presque lui parler comme à une onde qui est en vous mais qui n'est pas vous. Brusquement elle s'élance : ferveur ; calmement elle s'écroule : fatigue.

Ici, sur le court fouetté par les bourrasques de la marée montante, il n'est plus question de s'ausculter. Le jeu à quatre quadruple l'énergie de l'Écureuil. Tout ce que son corps compte de nœuds, d'articulations et de cartilages, où s'amassent des flux comprimés, s'éveille maintenant et vibre. Rage hypnotique, Olga ne ressent aucune haine. Simplement, elle ne supporte pas d'être mise hors jeu, et si quelqu'un a pensé (ne serait-ce qu'une seconde) l'écarter du quadrille, ce quelqu'un réalisera immédiatement qu'il a eu tort.

Une énergie n'est disponible que lorsqu'on réussit à l'orienter. La raquette se transforme alors en arme de combat, la balle jaune devient cartouche, le bras de l'adversaire s'aplatit. Qui est l'ennemi ? Ceux de l'autre côté du filet : Hermine, Hervé. Aurélia aussi, car Aurélia aime bien ravaler l'Écureuil, en faire une ramasseuse de balles. Protège-moi, mon Dieu, de ma partenaire, je me protégerai de mes ennemis ! Aurélia, Hermine, Hervé. Trois contre une. Si elle n'est pas mise hors jeu, elle va les écraser. Seule une colère blanche est à la mesure de la haine qui n'explose ni n'implose, mais frappe juste. Il n'y a que la colère neutre qui sache mesurer ses coups.

— Tu n'as jamais aussi bien joué.

Hervé ne la reconnaissait pas, Olga n'avait jamais su être une partenaire intéressante, ils se contentaient d'habitude de se renvoyer la balle, le moindre passing-shot d'Hervé arrachant sa raquette de pauvre femme.

— Quarante-trente. Une fois de plus, jeu pour nous ! triomphe Aurélia. On vous a eus.

Les deux invitées partirent le lendemain. Olga croisa deux ou trois fois Aurélia à Paris et la trouva pressée, vague, embarrassée.

— Tu continues à faire ta championne de tennis ? Quelle superbe partie !

Olga continuait, de temps en temps, oui, mais cette partie-là avait été comme un état de grâce, l'exception confirmant la règle de son jeu somme toute médiocre.

— Il faudra remettre ça un jour, tu me diras ton secret !

— Bien sûr, mais le secret, est-ce que je le connais ?

— Je t'appelle. Ciao !

Plus de nouvelles d'Aurélia.

— Tu n'as pas sorti le bateau, cette fois ?

— On le sort aujourd'hui. J'attendais que tout le monde soit parti. Le bateau est pour nous deux.

Le vent humide traversait les cirés jaunes et mouillait les cheveux, même sous les bonnets de laine. Olga était plus enivrée que jamais par ce tourbillon de forces ventées, de sel et d'iode. La coque penchait à gauche, il fallait peser à droite pour ne pas chavirer. Hervé connaissait son affaire, Olga suivait ses instructions ; il y a des circonstances où on ne peut que suivre. Savoir suivre.

4.

Ils attendent le soir. Cette heure les apaise et remplit leurs corps de silence, le même qui enfle le Fier de lumière nacrée, de battements d'ailes. Loin des foules, des manifs, le plaisir même se résorbe dans la paix de la lagune. La mémoire toute récente de Mai s'effondre devant ces marais éternels, laissant l'impression d'une agitation servile, mais aussi des traces de regrets. Pas de malaise, une interruption. L'instant. Avant que ne reprennent à Paris d'autres agitations, des soirées, des paroles. « Entends la douce nuit qui marche ». Bientôt la Grande Ourse va tirer le ciel noir juste au-dessus du moulin.

« Viens mon amour, viens par ici. Tu te demandes si je suis de la race des révoltés, des inconstants, des jouisseurs ? Tu le sais déjà — tu seras la seule à savoir — que je suis de ceux auxquels on peut faire confiance. Surprenant, non ? Pour certains. Pas pour toi. J'ai été un enfant gai au paradis des vignes et des châteaux. Je me suis longtemps plu avec les enfants tristes, j'ai aimé sous le soleil de Satan. Je connais cette rhétorique d'amoureux mi-graves mi-décadents, je peux te la rejouer, les femmes aiment bien ça. Oui, j'étais croyant, d'un catholicisme haut et retors, tauromachique, si tu veux, pas français en tout cas. Le *péché*, qui est toujours (c'est ce que j'ai découvert) passion de faire l'amour à nos mères qui ne rêvent que de faire l'amour avec leur propre mère ou sœur ou semblable, a été longtemps ce blasphème qui m'a sorti de mes étourdissements de petit garçon malade de la gorge et des oreilles. J'ai été l'aimé des femmes qui croyaient aimer des hommes pour se faire plaisir à elles-mêmes ou entre elles. L'*aimé des fées*, m'a dit quelqu'un, justement. Peut-être. Pourquoi pas, aussi, des sorcières sous un masque de nymphes ?

« Je continue ? Tu aimes ce conte courtois d'aventuriers contemporains, donc désabusés ? Carmen ? Elle m'a violé, mais j'ai guéri ; elle m'a quitté, mais j'ai grandi. Puis est venue Solange, qui m'a enveloppé comme une tante maternelle, j'étais son fétiche, l'homme entretenu, l'enfant prodige. Je l'ai renversée de plaisir, j'ai cassé son rôle de dominatrice, elle s'est mise à une place insoupçonnée, indélogeable parce que humble, ma gouvernante perverse. Et ainsi de suite, j'arrête là pour aujourd'hui, tu les connais, tu les connaîtras. Les femmes me servent et je les sers.

« Tu vois, les événements me donnent raison : tous les couples sont et seront désormais bizarres. Ma solitude deviendra un produit de supermarché. Cependant, je suis et serai toujours hors cadre ; une étrangeté, tu le sais. Une foule d'exceptions qui me ressemblent me poussent à aller plus loin encore, je cherche l'inaccessible paradis de ma bizarrerie que les autres rejoindront peut-être, je veux bien, mais seulement en état de bonheur secret, incommensurable. En me lisant, par exemple.

« Et toi, mon Écureuil, que viens-tu faire là-dedans ? Je suis descendu te chercher en enfer, et si ce n'est pas encore fait, je le ferai. Je descendrai sous terre : te souviens-tu comme je me suis couché sur le quai Blériot, un peu soûl (croyais-tu) ? Mais non, car en amour on a envie de briser l'écorce terrestre, de renverser le globe. Depuis les frontières d'Asie ou d'une steppe que je n'ai pas envie de connaître, jusqu'à ce Fier avec ses églises romanes, tu as refais (et moi avec toi) la migration des Barbares. Nous sommes en avance sur notre temps ; tu vas voir, dans vingt ans, ils auront tous un amant ou une maîtresse venus de l'Est. L'Europe — depuis notre moulin caché dans les marais jusqu'aux neiges de Moscou, et plus loin encore — sera un même immense chantier dirigé par des contremaîtres allemands. Tu es mon souffle, ma biographie, un trait d'union pour demain.

« Tu te souviens du voyageur au bout de la nuit que tout le monde exècre maintenant, sacré voyou sensible ? Il nous voit, nous, Français, comme la race la plus fatiguée d'avoir fait le voyage le plus long : tu imagines, du fond de la toundra à l'Atlantique, comme cela peut être épuisant, en effet ! Seuls les plus tenaces y arrivent, peut-être les plus doués, mais en quel état ! Eh bien, tu es en bon état, mon Écureuil, et moi aussi, et on a plein de choses à faire sur cette terre de clochers qui est en passe de devenir un vrai musée, une proie pour collectionneurs et antiquaires. Mai a bousculé pour un moment ce train-train. Toi aussi, le mien.

« Je t'aime parce que tu n'es pas dupe. Pas trop. Tu sais que tu as épousé l'insaisissable, la révolte permanente, pour parler comme on parle aujourd'hui. Je me sens Vieux-Français, par moments, j'aime trop le bordeaux, les cèpes, l'entrecôte. Les Montlaur n'ont pas été assez fossilisés pour que je veuille détruire toute la tradition. Il reste, dans ces vieux châteaux, tant de bagages à embarquer avec nous pour d'autres couchers de soleil !

« Tu sais ce que j'ai lu dans un bouquin sur Mao ? Il prend le bras d'une Américaine pour l'aider à traverser un ruisseau, la nuit : elle a la sensation d'être touchée par le corps d'une autre femme. Puis cette vieille tortue de Mao, qui était alors une jeune tortue, lui confie qu'il est incapable d'apprendre les langues étrangères, ça ne l'intéresse pas : "Car je suis un poète, dit-il, je suis dans le chinois comme dans le tao." Moi je suis dans le français comme dans le tao, et je ne t'apprendrai jamais, à toi, petit Écureuil, que ton étrangeté restera une étrangeté. Je te la laisse. Tes yeux malicieux m'interrogent, mais je ne te les prendrai pas : "Pousse-toi, gros Français, qu'est-ce que tu as à dire, au fond, pour m'impressionner ?"

« Ma Tartare doctoresse ès lettres, ma Balte bibliothécaire ! Il faut le faire, merde, j'en ris tout seul sous la Grande Ourse ! Ils croient que tu es pour moi un somnifère, une drogue. Mais non, tu m'empêches de m'endormir, une veilleuse de nuit, mon amphétamine sous l'oreiller.

« Voilà, je ne t'apprivoiserai que pour t'impressionner. Il y a plein de pierres à remuer dans les vieilles maisons, les églises. Toi, Écureuil, tu seras mon port, ma boussole, et le petit blanc sec des côtes qui donne un bon coup de sang après le vent qui laisse éblouis les égarés d'une journée de bateau... »

Hervé se disait tout cela en amarrant le *Violon* (c'est ainsi qu'Olga avait baptisé le poisson sonore qu'était pour elle le voilier). Il ne disait rien de tout cela à haute voix. Mais, comme par une de ces osmoses mystérieuses que l'on observe chez certains couples, en qui sympathies répétées et plaisirs profonds finissent par sculpter un même visage chez l'homme et chez la femme, Olga entendait le murmure de cette confession solennelle et ironique. En fait, elle voulait bien qu'il se parle ainsi. Qu'il lui parle ainsi. Il aurait pu le faire, lui qui connaissait tous les styles, et certainement celui de l'amant douloureux mais impertinent des années soixante. Aujourd'hui, elle aimait ces paroles-là, mais elle les aimait en secret, car pareille idylle ne collait pas vraiment aux événements. Au surplus, Hervé ne se serait jamais permis de prononcer ces phrases ampoulées. Il aurait pu les penser, il aurait su embrasser sa femme avec la séduction de ces mots naïfs. Mais les dire ? Il disait peu, écrivait parfois, des télégrammes laconiques, aucune graisse, seuls les mots essentiels qui avaient résisté à ses coups de balai contre les métaphores et la psychologie :

4 mai

Simplement pour arrêter l'impatience, ces mots — (le moment où tu vas téléphoner), la souffrance que j'ai de toi, seconde par seconde — le vertige — le monde trop loin, cotonneux (dans la rue, hier, arrêté, contre la pierre et « pensant à toi », est-ce que cela veut dire quelque chose (naïveté, mais tant pis) ?

SAIS-TU QUE TU ES MA VIE ?

(Ce n'est pas que ma vie me paraisse avoir une importance capitale, mais il y a une illusion de l'ensemble, c'est le fond matériel d'où ton nom surgit, c'est-à-dire force la gorge et les lèvres — la nuit.)

H.

20 août

J'ai déjà construit une centaine de scènes où tu ris et où tu m'oublies (avec la rime d'un prénom en i), et je ne sais plus comment rassembler la durée qui est entre nous pour te la montrer comme elle est. Je ne sais plus comment filmer cet alphabet limité.

JE T'AIME. J'AI BESOIN DE TOI. JE SUIS FOU DE TOI.

Dans la mesure où je suis un produit du hasard matériel (un corps du hasard, obligé d'avoir un certain nombre de pensées au hasard).

Tu es l'autre côté, la nuit, et je te veux comme nuit et comme autre côté (dislocation du vocabulaire, rires).

J'AI BESOIN DE TOI. JE TE VOIS. (Amuse-toi quand même.)

Je t'aime.

H.

15 février

Tu ne peux pas savoir comme je suis parfois fatigué de m'être arrangé (c'est la seule solution pour laisser les cicatrices ouvertes) pour que cha-cun, depuis toujours, me crédite — ou soit obligé de me créditer — d'« invulnérabilité », de « dua-lité », etc. Au fond, j'attends quelqu'un de tout à fait détaché qui, sans rien dire, verrait le supplice muet où j'ai choisi de me ramasser.

Passons.

Je t'aime.

H.

C'est peut-être cela qu'elle aimait le plus en lui : cette habileté à posséder la réserve des styles, à en jouer comme personne, mais en ne montrant qu'une ascèse classique. L'ellipse des sentiments concentrés jusqu'au martyre. La concision du trait chinois aéré par une passion insupportable. Peur ? Discrétion ? L'opulence fermée des hôtels particuliers du Grand Siècle, à Bordeaux. Tout reste à deviner.

Elle embrasse longuement sa bouche, ses cheveux, ses yeux, son cou.

Elle n'a pas de scénario érotique à sa disposition. Hervé lui demande parfois une histoire sexy pour attiser leur plaisir et pimenter le goût si équilibré de leurs baisers. Elle en trouve toujours une, inventée de toutes pièces, un peu drôle ou un peu trop porno, si bien que la vraisemblance du rôle qu'elle s'y attribue est minime et qu'elle fait rire Hervé au lieu de l'exciter. Les discours transportent d'emblée Olga dans un monde lucide de compétitions et de surenchères logiques. C'est grisant pour son esprit, mais trop d'esprit neutralise les sensations. Les fantasmes érotiques de la jeune femme ne font que transiter par les mots et par la mise en scène des corps : mais ils s'enracinent en fait dans ses perceptions. Des gobelins tissés de parfums et de sons, de peaux enflammées, de bouches voraces, l'intérieur fleuri du ventre. Elle parle peu d'amour, elle le fait. Cette intellectuelle est une primitive. A Hervé de trouver les mots, le roman.

Le feu dans la cheminée du moulin n'a pas pris. Il faut remettre des bûches et ranimer les braises avec le soufflet. Les draps du grand lit, humides en ces mois de printemps froid, se sont quand même réchauffés et assouplis sous la chaleur de leurs corps impatients. Ce n'est pas Hervé qui fait l'amour à Olga, pas plus qu'Olga ne le fait à Hervé. Ils sont réunis comme deux étoiles de mer dans des vagues hospitalières. Chacun tient serrés les reins de l'autre pour préserver plus longtemps le plaisir de leurs sexes dont ils sentent longtemps les battements. Abandon insoutenable, qui ne cesse pas. Le plaisir circule dans cette ronde souriante d'enfants heureux qui ont laissé leurs soucis à d'invisibles parents. Les transgressions, les défis, les distances, l'épreuve des étrangers : tout cela peut être mis un temps à la porte, renvoyé par exemple à Paris. Ici, c'est simplement le vieux mas sous les pins parasols ; la chambre à coucher est parfumée de bouquets de lavande sèche qu'Olga a cueillis l'été dernier au jardin et qu'on trouve partout, dans les placards, les tiroirs, sous les matelas, les coussins. Ses murs, tendus de vert et de jaune pâle, mettent en valeur les rideaux dix-huitième parsemés de roses, que Mathilde a offerts... Quelque chose de normal s'en dégage et s'y déploie, quelque chose de complice et d'impossible : leur parenthèse familiale.

5.

Je ne peux pas me concentrer, je n'entends pas ce que me disent les patients. Non que je me trompe d'interprétation, je ne prends pas une conversion hystérique pour une anorexie grave, ni l'inverse C'est plus simple et plus radical encore : je n'écoute plus, carrément. Les mots des autres ne me disent plus rien.

Joëlle Cabarus amoureuse ? Un mauvais film. Avec mon expérience, à mon âge ! Et de qui ? Évidemment, du jeune assistant d'Arnaud, Romain Bresson. Tout est réuni pour le vaudeville.

— Je trouve Bresson très agressif en ce moment, tu n'aurais pas une idée ? demande Arnaud en me croisant ce matin dans la salle de bains, décidément le lieu privilégié de nos conversations essentielles.

Si j'ai une idée ? J'en ai vingt-trois ! Vingt-trois roses rouges qui crèvent les yeux dans le salon, dont Arnaud ne s'est à aucun moment demandé d'où elles pouvaient bien venir. De chez le fleuriste, naturellement. « For ever. R. »

— Ils contestent tous, en ce moment ! (Je fais l'indifférente.)

— *Ah, mais lui, il fait du zèle. Cela m'étonne quand
même.*

*Arnaud ne supporte pas que l'ordre soit troublé dans
son service.*

*Romain, depuis longtemps, je savais. Mais pour
toujours ? Il le croit. Il suffit que l'un des deux soit
convaincu pour que l'autre perde la tête. L'autre, c'est
moi. Je n'ai plus d'oreilles. Seulement des yeux pour les
yeux de Romain, pour son désir voilé de tendresse quand
il pense que personne ne nous regarde. Je m'en fiche,
moi, que quelqu'un me regarde. Si l'on considère les
choses froidement, rien de plus banal que ce regard
marron, chaud et sage, de premier élève. Romain
Bresson a dû être prix d'excellence dans toutes les
matières, sauf en français, j'en suis sûre, car il ne dit
rien de vraiment humain et ses travaux sont bourrés de
schémas et de diagrammes commentés dans le langage
technique de la chimie du cerveau. Sauf que, pour moi,
il a les yeux d'un amoureux « for ever » : je les vois là,
au-dessus du divan, quand les analysants me racontent
ce que je n'entends plus, parce qu'il y a ces yeux, ces
mains, ce corps, il y a Romain. Depuis l'an dernier,
quand il m'a raccompagnée de Bretagne.*

*Arnaud et Jessica voulaient rester, je devais rentrer
à Paris car papa avait eu une crise cardiaque, il lui
fallait sa fille. Romain, qui vient tous les ans passer la
pause du 15 août avec nous, ne pouvait que me
reconduire à Paris, rien de plus anodin. Je me doutais
de quelque chose, bien sûr, les femmes se doutent de tout
dans les romans, mais il y a tellement de jeu dans nos
rapports, et la hiérarchie est à ce point taboue dans les
milieux médicaux que nous en étions plutôt à la
courtoisie empruntée destinée à durer for ever. Et voilà
sa main sur la mienne, il fait très lourd et j'ai envie de
dormir ou de boire, je ne sais au juste, ses lèvres, des*

lèvres larges et chaudes comme ses yeux, une bouche de femme. « Ne me dites pas que vous êtes surprise, Joëlle, ne me le dis pas, tu sais que je te veux. »

Je recommence à avoir un corps. Mon dos se redresse, mes seins gonflent. Il me suffit d'imaginer Romain, de penser à lui, de ne rien penser, d'ailleurs, simplement de me répéter qu'il est quelque part dans cette ville, qu'il respire et sûrement pense à moi, pour que l'excitation brouille ce qu'il me reste d'esprit. Une adolescente. Cette histoire devrait arriver à Jessica, tout à fait de son âge, pas du mien. Depuis quand avais-je oublié que j'ai un corps ? Depuis la naissance de ma fille ?

Bien après, durant mon analyse, j'ai passé cinq ans à parler du corps d'Arnaud, de mon plaisir avec lui et de ma peur de le voir si vite apaisé, satisfait d'un rien. Alors que je restais au fond de mon lit à vouloir encore des caresses, un baiser infini, jouir comme ça, simplement du contact des peaux et des bouches. Je me souviens que je disais à Lauzun : « Mon sexe, c'est tout mon corps, j'ai une zone érogène continue. » Je ne comprenais pas comment une femme (si toutes les femmes étaient comme moi) pouvait vivre avec un homme qui se satisfaisait du bref plaisir de son organe, puis s'emmurait tout de suite dans son cocon de draps, de couvertures et de sérieuses obligations professionnelles (si tous les hommes étaient comme Cabarus). Lauzun ne m'écoutait pas, forcément. Quand il était en forme, il se contentait de répéter ses formules passe-partout : « Vous vous voulez toute, une femme toute, mais rien n'est tout. » A la fin, j'ai épuisé mes plaintes et découvert cette étrange prothèse érotique qu'est la mémoire.

Tel est au fond le miracle de l'analyse, dont on ne parle jamais. Vous apprenez à habiter votre passé si intensément qu'il n'est plus séparé de votre corps présent, et chaque parcelle de souvenir se transforme en une hallucination réelle, en une perception crue, ici et maintenant. L'étonnant est que cette métamorphose quasi mystique se prolonge ensuite avec les patients, uniquement dans les instants de grâce de l'analyse, bien entendu, quand je les suis de si près que je leur restitue, par mes paroles, ma propre mémoire, donc mon propre corps, qui se trouvent alors être les leurs. Depuis des années, je vis ainsi avec un corps multiple qui n'est pas vraiment le mien, mais qui survit et même se transforme au rythme des autres. Joëlle la tentaculaire, méduse protéiforme, la femme sans qualités propres, qui prend ses plaisirs avec les pincettes des mots et par l'entremise de gens qui croient vivre une vie réelle, alors que la sienne n'est que pure imagination incarnée pourtant dans les humeurs.

Romain for ever. See you tomorrow. My heart with you. Honey, Love. *Des clichés en anglais. Le langage du timide : éviter la langue maternelle, toujours trop pathétique, le moindre signe passionnel risque de la rendre obscène. Un langage technique, aussi : la formule étrangère abrège, donne une contenance, camoufle celui qui se sent vulnérable. Romain est médiocre en français. Mais sa passion réussit à contourner les paroles, il aime avec son épiderme, ses muscles, ses lèvres, son sexe, ses mains, ses bras, ses cuisses. Jamais imaginé qu'un corps d'homme puisse être aussi multiple et fluide.*

En fait, je ne l'imagine pas, je l'éprouve, il me restitue réellement le mien, tout aussi différencié et tout aussi sensuel. Délicatesse rien qu'en gestes, caresses, attitudes. L'âme résorbée en actes tendres : voilà Romain.

J'ai envie de m'embellir, de m'acheter des robes, des rouges à lèvres extravagants, des souliers neufs.

Je passe de l'autre côté, je sors de ma tombe, je redeviens gracieuse. Même Arnaud s'aperçoit que j'ai changé de parfum. Si je pouvais le séduire ! Arnaud, j'entends. D'ailleurs, je le lui dis en riant, cette fois-ci, histoire d'observer l'effet. Il rit aussi et me répond que c'est chose faite depuis longtemps, que je dois en être plus que sûre. Justement, l'assurance n'a rien à voir avec la séduction. C'est même sa mort.

Puisque je suis redevenue une adolescente avec Romain, je cherche le risque. La surprise au bord du scandale, pourquoi pas. Et le plaisir ridicule, attendu mais toujours insolite, des petits cadeaux. Arnaud ne fait jamais de cadeaux : « Entre nous, tu ne trouves pas que c'est superflu ? On achète tout ensemble, voyons, de quoi avons-nous besoin ? » De rien, bien entendu, « nous » n'avons besoin de rien, de rien du tout, et c'est ennuyeux. Nous, c'est nous, mais il y a Moi. Arnaud trouve ce Moi puéril, franchement pathologique.

Romain n'aime pas les orchidées : « Voilà une fleur qui dure trop longtemps, ce n'est plus une surprise, c'est un mariage », plaisante-t-il. Le docteur Bresson serait-il un peu pervers sous ses airs de premier de la classe qui ne parle que des langues artificielles ? Un séducteur innocent : le rêve des femmes mariées qui ne pensent qu'à le rester fidèlement, mais avec tous les bénéfices supplémentaires que procure l'amant inventif et clandestin. De moins en moins clandestin, du reste. A l'hôpital, Romain se fait gauchiste et mène la guerre contre les grands mandarins. Entendons : contre Arnaud. Lequel finira par se réveiller. Demander à Mme Cabarus, dans sa salle de bains, qu'elle explique à M. Cabarus ce que cela signifie que le même M. Cabarus se fasse attaquer vingt-quatre heures sur vingt-quatre par le dénommé docteur Bresson, un brave garçon qui fut pourtant si lié à toute la famille. Non mais !...

Je ne peux me passer de Romain, cette incapacité à continuer honnêtement mon métier en est la preuve. Il ne faudrait pas qu'Arnaud s'en aperçoive et qu'il en

*soit blessé. En même temps, j'aimerais tellement qu'il
s'en aperçoive !*

*Joëlle Cabarus, vous n'êtes plus un être à part, vous
êtes une vulgaire narcissique, une femme galante qui a
perdu tout sens de la vérité.*

15 mai 1968

*L'effet des révolutions sur le divan des psychana-
lystes ? D'abord un reflux : les allongés se lèvent, vont
aux manifs et aux A.G., ne viennent plus à leurs
séances. On peut imaginer que la police, les barricades,
les grèves éventuelles — entraves objectives à la circulation — motivent les absences. Bagatelle ! La révolution
est une grève du « for intérieur » que remplacent la
parole en commun, le psychodrame, le passage à l'acte,
ou carrément l'amour. Cependant, après quelques jours
d'absentéisme, Frank et d'autres militants actifs sont
réapparus. Besoin de parler de tout cela hors public.
Envie de se retrouver dans la chambre noire. Mieux
repérer l'ennemi — et ma complicité supposée avec les
forces d'oppression. Repuiser des ressources pour cette
imagination dont on revendique l'accession au pouvoir.*

*Je suis bien entendu allée avec Romain et les internes
du service me mêler aux cortèges. J'ai crié « A bas
l'État policier », en riant mais pas seulement, en obser-
vant tout en étant dedans aussi. Naturellement, Arnaud
n'est pas venu. « Ce truc-là est plutôt sympathique, a-
t-il dit, mais tellement infantile ! » Pour une fois, il est
d'accord avec mes* psy, *car « ce truc-là » est très mal
vu à la Mutuelle psychanalytique. Je sais, je passe pour
une anarchiste : déjà, avoir fait une analyse avec
Lauzun, est-ce vraiment ce qu'on appelle une analyse ?*

Je crois qu'ils m'ont acceptée à cause d'Arnaud et parce que je ne participe pas réellement à la vie de la Mutuelle, que je ne les embête pas.

Mon histoire avec Romain signifie-t-elle que j'ai besoin d'une seconde analyse ? A la place, je passe quelques heures par semaine à la B.N. Je me cherche dans des livres, des livres rares. Des manuscrits, des archives, des documents interdits, considérés comme dangereux pour les bonnes mœurs. Je cherche des témoignages sur Thérésa Cabarrus : une parente ? une homonyme ? une autre coquette ? Un prétexte pour revivre 1789, époque autrement trouble à côté de laquelle les escarmouches actuelles ne soutiennent certes pas la comparaison. Encore qu'en regardant de près les hommes et les femmes, des similitudes apparaissent, des filiations. Je m'y retrouve en somme par délégation : par identification imaginaire avec une cocotte, prétendument ma parente. Joëlle Cabarus ou le désarroi d'une femme « libérée ». Manière d'aborder le mal d'amour qui ne se laisse entendre que par détours, car, « en direct », il épuise les mots.

Je reste insensible au ridicule d'écrire sur la douleur. Après tout, la psychanalyse est un discours de la douleur sorti du pathos romantique et discipliné par la philosophie analytique. Freud raisonne la douleur et l'aide à se transformer. A trop la mettre en formules, Lauzun l'a-t-il oubliée ? La face solaire de la douleur s'appelle enthousiasme. Il n'y avait plus d'enthousiasme, les douleurs étaient devenues honteuses. Et voici que l'enthousiasme a sauté à la figure des endormis. Le pouvoir du désir remue les rues et je me demande comment ces rebelles vont se réveiller lorsqu'ils s'apercevront qu'ils désirent aussi le pouvoir. Ils cherchent un bonheur asocial, ils lui aménagent des micro-espaces, ils jouissent d'être sans loi. Les plus lucides n'y voient qu'une transition pour refaire un autre monde, un socius *de* flux *(dit Decèze), plus vague, plus souple. Pour l'instant, nous sommes dans l'ivresse des révoltés qui veulent tout. On coupe les têtes des salauds. En paroles, bien entendu.*

J'étais avec Romain face à la statue de Danton, boulevard Saint-Germain, quand la police a chargé. On s'est réfugiés dans la cour du Commerce-Saint-André. Il paraît que c'est là que le docteur Guillotin essayait sur des moutons sa célèbre et si bien nommée « machine philanthropique à décapiter ». Dans un grenier. Je n'ai pas vu de plaque. Je suppose qu'on a eu honte d'en mettre une. Arnaud prétend qu'elle y est. Il faudrait que j'y retourne. Tout près, Marat imprimait L'Ami du peuple.

Le nom de Cabarus fait nécessairement penser à Mme Tallien, née Thérésa Cabarrus. Une coïncidence, selon Arnaud : « Tu vois bien qu'il y a deux r *à Thérésa Cabarrus. » Ma belle-famille se montre plus évasive, gênée. Après tout, avec le concours d'un employé distrait, on peut bien barrer un* r *en passant d'une mairie à une autre. « C'est ton problème » (Arnaud). Soit.*

J'aime bien cette Thérésa. Une « nouvelle Antoi-nette », disait-on à l'Assemblée, entendant par là qu'elle était étrangère comme la reine, dépensière et pas farouche du tout. Les bijoux, les toilettes, les châles, les parfums, les épaules nues et la taille serrée : la fille du banquier Cabarrus en jouait à merveille. Elle sut s'en servir pour sauver d'abord sa propre tête. Notre-Dame-de-Thermi-dor, ou le Sexe contre la Terreur. Une séductrice face à Robespierre.

Les feuilles gauchistes d'aujourd'hui paraissent « osées », « surréalistes », « excitées ». « Tous obsédés par le pénis anal », diagnostique une collègue de la Mutuelle psy-chanalytique, apparemment experte en la matière. Pour-tant, quelle retenue, si je compare avec l'époque de

Thérésa ! J'ai eu la curiosité de lire la presse de la Révolution à l'Enfer de la B.N. : la licence de nos prédécesseurs nous dépasse de mille coudées ! Qu'elle soit royaliste ou populaire, l'imagination se déchaîne à dénoncer les exploits de ces « friponnes », « goulues » et autres « intrigantes galantes », « membresses du Club 1789 », qui ne songent qu'à se glisser dans les lits des hommes du parti adverse de celui dont se réclame la gazette. Notre grand-mère (je poursuis mon fantasme de parenté avec Thérésa, Arnaud n'en saura rien) est dénoncée dès 1791 par la Chronique scandaleuse *de cocufier son premier mari de Fontenay avec tout ce qu'on trouve de « patriotes » à l'Assemblée, et on en trouve alors beaucoup.*

Les gens sérieux se scandalisent aujourd'hui des « excès à l'Odéon ». S'ils savaient ! A Bordeaux, en 1793, le théâtre de la Montagne présentait des spectacles où, avec « quelques traits de patriotisme », s'étalaient des « scènes scandaleuses, immorales, dignes des lieux de prostitution », et cela sous le titre La Tentation de saint Antoine. *La commission militaire fut chargée d'assainir les mœurs et d'arrêter ces « orgies licencieuses de la débauche ». Les quatre-vingt-six comédiens de la troupe du Grand-Théâtre furent arrêtés. Pas question de confondre licence et liberté.*

Les libertins étaient gens de goût et de tolérance : le sexe permis adoucit les mœurs de ceux qui le pratiquent et leur épargne de verser le sang. Sade était révulsé par la guillotine, l'application immédiate du couperet lui paraissait barbare.

Or, le marquis excepté, ce monde de plaisir et de licence — le monde de Thérésa — ne savait pas que la passion sans interdit est une passion de mort. Les libertins goûtèrent aux inventions érotiques jusqu'au jour où les esclaves de ces maîtres révélèrent que le but

ignoré de la pantomime volage était de jouir à mort.
Du plaisir, vous en voulez ? En voilà, jouissez à mort !
Les terroristes de la Révolution furent des analystes
effrayants : totalement dépourvus de délicatesse, mais
dotés du flair incomparable de l'esclave qui perce la
pensée obscure de son maître, ils renvoyèrent aux
jouisseurs le miroir aveuglant de la guillotine, et son
tranchant refléta que la butée du plaisir invétéré — ce
plaisir qui prenait la place de Dieu ou, subrepticement,
se réconciliait avec Lui — était la souffrance, la douleur
physique, l'humiliation morale, la mort pour finir.

22 mai

Je reviens à la presse qu'on lit, à la presse populaire,
de gauche comme de droite, qui ne parle que de sexe.
Sade a sûrement feuilleté ces libelles et pamphlets qu'on
jetait jusque dans les salons de Versailles sans que les
intéressés en comprennent l'intérêt fatal. Car ou bien les
« gens nés » ne daignaient pas les lire, ou bien l'outrance
du langage leur paraissait d'une folie lubrique, sans
commune mesure avec leur raffinement, donc insigni-
fiante, sans conséquence, à dédaigner. Sade, lui, freudien
avant la lettre et préposé aux travaux pratiques du
laboratoire érotique, n'ignorait ni les plaisirs du mal ni
les vices de la mise à mort. Je le vois tenir, dégoûté
mais intrigué, les tracts obscènes. Les phrases de Juliette
portent la trace des libelles et chroniques scandaleux que
j'ai pu consulter à l'Enfer (assise en face de Scherner,
d'ailleurs, il faudra que je reparle de lui un autre jour).
A cette différence près, que le peuple qui crie lorsque la
tête de Mme du Barry tombe dans la corbeille, ou qui
prend plaisir à imaginer les orgies de l'Autrichienne

avec les femmes de sa cour, eh bien, ce peuple ne s'entend pas. Il est halluciné, il en veut. Il ne voit que « fouteuses, branleuses, batteuses de pavé, marcheuses de nuit et regrattières sans domicile, branlant vit sur places comme carrefours ». La reine se confond pour lui avec l'image enviée de la prostituée, elle a ses « fureurs utérines », elle est dépucelée par un soldat allemand, quand ce n'est pas par son frère.

Certains devaient garder de telles scènes dans leurs têtes, ils en déroulaient le film en se pressant devant les exécutions publiques, et exultaient au seul claquement du couperet. D'autres essayaient d'imiter la « putain de Versailles » : ils en rajoutaient même dans la chaleur de l'acte, l'imagination populaire n'ayant rien à envier aux trouvailles perverses des maîtres — il n'y a que les populistes pour croire le contraire.

Dieu était déjà mort, mais un nouvel absolu venait de prendre sa place, il s'appelait « Foutre », et Le Père Duchesne allait bientôt lui conférer sa dignité (si l'on peut dire) politique.

« Foutre » est-il l'ennemi ou, au contraire, le compagnon de la guillotine ? L'ennemi, dites-vous en pensant à Sade. Non, pourrais-je vous répondre, « Foutre » est dans la tête de ceux qui font tomber les têtes tout en imaginant par procuration la volupté coupable des courtisans, en éprouvant leurs plaisirs par personnes interposées.

Comme moi rêvant de Thérésa Cabarrus pour éviter de penser à Romain ? Soyons honnête : pour me justifier de penser à lui.

« Fuyez », conseille un ami. Liée à l'Espagne et à la noblesse, Thérésa n'a rien de mieux à faire. Elle est arrêtée et écrouée à la prison de la Petite-Force. On essaie de faire fléchir le tyran en lui décrivant l'état lamentable auquel est réduite cette charmante personne.

« *Qu'on lui donne un miroir, une fois par jour !* »
*Tranchant, Robespierre, tolérant à sa façon, drôlement
lamentable.*

2 juin

*J'essaie d'imaginer cette nuit du 7 thermidor — deux
jours avant la révolution du 9 qui renversa celle du
14 juillet. Après cinq ans de révoltes, rénovations, libérations, terreurs, on avait envie de se reposer, on
commençait à apprécier l'indifférence.*

*Elle aurait glissé à Tallien un billet, plaintif et
aguichant : « L'administrateur de police sort d'ici : il
vient de m'annoncer que je monterai demain au tribunal, c'est-à-dire à l'échafaud. Cela ressemble peu au
rêve que j'ai fait cette nuit... »*

*J'aimerais bien connaître les rêves de Thérésa Cabar-
rus, mais est-ce qu'on rêve en temps de révolution ? Mes
patients aujourd'hui ne rêvent plus, ils agissent et
discutent sur les barricades, dans les usines, les « groupes
d'analyse », les « lieux de parole », et les rêves se font
rares. Je ne rêve pas non plus, j'aime Romain d'un rêve
éveillé. Thérésa aurait donc rêvé le 9 Thermidor.
l'aurait-elle programmé en songe ?*

*On peut imaginer l'histoire dans une version encore
plus romantique. Malade, enflée, près de mourir, Thérésa se fait accorder une promenade dans la cour de la
prison. On lui jette un cœur de laitue, elle le ramasse et
y trouve une lettre où on lui propose de passer ses
messages. Mais il n'y a pas d'encre ! Qu'importe, elle
écrira avec son sang, puis avec les couleurs que lui
procure son gardien. Elle fait ainsi parvenir son billet à
Tallien.*

Si je m'attache à Thérésa, c'est qu'elle fascine autant qu'elle rebute. « On peut être amoureux tout un jour de Mme Tallien », médisent les uns. « Elle n'inspire que les plaisirs des sens », renchérissent les autres. « Ses bras, ses grâces, ses larges épaules, ses beaux yeux, son nez irlandais, sa parure de perles d'or et de diamants » — tout est répertorié. Ces charmes furent admirés même par Mme Récamier. Nous sommes déjà dans la société du spectacle : aucune discrétion. Thérésa veut être vue et adulée, elle suscite donc les commérages. (Et moi donc ?). Mais, du même pas, elle organise aussi sa bonne presse. Ses amants, ses amis commencent à bâtir la légende flatteuse de Thermidor autour de Thérésa ; la mauvaise, autour de Tallien : « Mme Tallien, aussi humaine que son mari était féroce... »

Entre le sexe et la guillotine, ma Thérésa se faufile avec l'habileté d'une louve, mais qui triomphe ? Elle n'est pas la seule à envoyer Robespierre à la mort, elle n'y est cependant pas pour rien. Jouir non pas à mort, mais avec ruse et modération. Sournoisement, perversement, mais avec détermination et fougue, Thérésa Cabarrus incarne la force de la vie plaisante contre celle de l'héroïsme à mort.

J'ai trop de scrupules pour adhérer sans réserve à tant d'acharnement pour le bonheur personnel, qui brave et rabaisse les idéaux des purs, mais révèle aussi leur sauvagerie terroriste. Pourtant, si j'étais à sa place, si j'avais eu ses charmes, peut-être aurais-je essayé de m'en servir comme elle. Égoïsme typiquement féminin ? Narcisse en châle qui se fait admirer au théâtre (comme moi à l'hôpital et par mes analysants), incapable de pénétrer les enjeux de l'histoire ? Certes, pas démocrate du tout, ma Thérésa.

Pourtant, nos barricades, ces jours-ci, est-ce vraiment un idéal qu'elles réclament ? Et si la Révolution de

1789 s'était achevée seulement hier, en cette fin de Mai 68 ? Les jeunes casseurs cassent ce qui reste de la terreur des idéologies et des partis. Ils réclament le droit au plaisir, au désir, à l'imagination. En réalité, ces « Juifs allemands » renouent avec un libertinage bien français. Les droits de l'homme — pour le métier que je fais et qui n'écoute que de minables misères —, n'est-ce pas en fin de compte le droit de jouir sans faire mourir les autres ? Alors, après l'explosion de ces derniers jours, prépare-t-on un nouveau Directoire, un nouvel Empire ? Les eaux tièdes des belles époques confortables créent immanquablement de nouveaux mysticismes. Attendons. Pour le moment, Sa Majesté le Moi est souveraine et exige sa part de plaisir. Comme Thérésa Cabarrus.

Sans date

Je ne suis pas la seule à vivre tous ces bouleversements en cherchant du sens — mon sens ? — dans les vestiges du passé. L'archéologie semble à la mode quand on déterre les pavés. Qui vois-je en face de moi à l'Enfer de la B.N. ? Scherner en personne !

Cet homme ne m'aime pas, c'est évident. Je ne saurais dire pourquoi. Il a beaucoup parlé avec Arnaud pendant qu'il écrivait son Histoire de la psychiatrie. *A-t-il sympathisé davantage avec mon mari ? Je n'en suis pas sûre. On ne peut rien tirer d'Arnaud à ce sujet. Apparemment, il considère Scherner comme un patient : secret professionnel. Le philosophe doit mépriser ceux qui, selon lui, ont fait de la maladie mentale un objet, une affaire, un souci : donc, Scherner ne peut que honnir les médecins,* psy y compris. *Il est persuadé qu'en détruisant l'autorité de Dieu sur le corps malade et plus*

*encore sur le délire, la médecine n'a pas vraiment
soulagé l'humanité, puisqu'elle l'a enfermée dans des
hôpitaux et des asiles. A ses yeux, si je le comprends
bien, le Démon, qui est maître de la folie chez les
Anciens, n'est peut-être pas préférable au thérapeute des
Modernes, mais la médecine et la psy ont imposé d'autres
formes de satanisme — plus raffinées, plus écrasantes
même. Car l'infirmier et le psychiatre oblitèrent la
singularité des corps et des paroles, si chère à Scherner.
Ils les privent de leurs inspirations et de leurs techniques
d'expression bizarres en transformant ce qui fut « maléfique » en « maladie ». Ils dénaturent le libre arbitre,
peut-être même finissent-ils par l'annuler en lui imposant la camisole de force ou les neuroleptiques. La
psychanalyse ne lui paraît pas échapper à cette impasse
humanitaire mais sournoisement autoritaire, mutilante.*

*Il a tort. Car justement, depuis Freud, il n'y a pas
de folie en soi, mais des idiolectes. J'aime bien ce mot ;
Freud a osé être en contact avec l'idiotie endémique, il
l'a même réhabilitée : cela s'appelle un « inconscient ».
Ainsi, il n'existe pour moi que des états singuliers de
discours que je peux moduler avec quelqu'un d'autre.
Pour refaire un corps et une âme (à lui, à moi) comme
on fait une œuvre d'art, un violon, une table, une
charrette. Du moins est-ce là mon avis. Scherner ne
veut pas comprendre, il se méfie, pourquoi ? Il doit
avoir ses raisons.*

*Certains croient qu'en lisant ils se cachent, qu'un
scaphandre d'imprimerie les protège du monde. Ils se
trompent. Rien n'est plus révélateur qu'un lecteur qui
ne se sait pas observé. Son visage nous livre sa
masturbation.*

*Scherner lève la tête de sa lecture, écarte sa chaise,
s'incline en arrière et penche la tête à gauche, bouche
entrouverte, yeux au plafond. Par ce mouvement, toute*

*la salle oscille autour d'un axe oblique puis se fige en
équilibre instable et dérisoire. Scherner suit ses pensées
depuis cette position, qui pourrait être celle d'un saltim-
banque. J'observe avec malaise sa grimace : un rire
crispé juste avant l'éclosion, comme saisi par une
cruauté ou une horreur dont il semble non pas apercevoir, mais expérimenter la force. S'il avait dû se laisser
entendre, ce rire immergé dans quelque ineffable
méchanceté aurait été sardonique. Mais, à l'instant où
je le vois, pétrifié par la décomposition qu'il a lue,
pensée ou éprouvée, il est imprégné par cette déchéance.
Un rire absurde, pourrissant, un rire idiot.*

*J'ai honte de penser cela à propos d'un homme qui
s'est mis nu devant moi sans le savoir, et que l'on
considère souvent comme génial. Une intelligence poin-
tue mais aussi vaste, décapante, sans compromission.
Virulente : Scherner massacre tous ceux qui osent lui
déplaire, donc tout le monde, sauf (j'imagine) quelques
intimes. Et encore, il faudrait voir. Ce doit être un
faucon impitoyable qui aime piquer du bec de son ironie
la charogne des impudents qui s'imaginent l'aimer.*

*Le génie est presque aussi rare qu'une vraie femme :
une erreur de la nature. Il n'a guère le choix : ou bien
il a la prudence maladive de ne pas se dévoiler — cela
donne les mystiques inaccessibles ; ou bien il se déchaîne,
tel Dionysos se découvrant une érotique de bacchante,
ivre d'abolir les convenances, prêt à se mettre à mort
pour assouvir son immortel plaisir de dominer les autres.
L'intelligence de Scherner ne s'apaise que d'aller jusqu'à
la nuit de l'insensé. Cette intelligence ne doit aimer que
des corps crus, aphasiques. La grimace de son rire est
un rire aphasique.*

*Il n'y a pas de « vraies » femmes, à cause de la peur
qui dilue les paroles du sexe faible et dévoie ses passions.
Aussi les « vraies » femmes dégénèrent-elles en sorcières*

ou en femmes fatales, à moins qu'elles ne s'attendrissent en bonnes mamans. Alors que les génies, tout aussi insupportables, cherchent des instants de crise pour s'afficher, mais aussi des institutions convenables pour se faire reconnaître. Et les voilà coincés. Peut-il y avoir des génies entre les barricades de la rue Gay-Lussac et le bon ton de l'Université ? Ils implosent, ils exhibent ce rire idiot qui est de toute façon l'invisible contrepoint du génie.

— Une cigarette, Joëlle ?

Il fait effort pour être courtois, mais son regard me crucifie, puis il décide de ne plus s'occuper de moi, c'est mieux.

— Pas de vacances pour les riches, d'accord. Mais pourquoi pas de vacances pour les professeurs ?

Il fait très chaud, nous sommes fin juillet, j'essaie un peu d'esprit. Fade, raté.

— Je me punis en m'attaquant aux prisons qui punissent naturellement les infâmes, vous savez bien que j'aime les infâmes. Vous n'imaginez pas l'horreur du système carcéral. Je ne parle pas seulement de son histoire, mais aujourd'hui encore : une honte ! Et personne ne bronche, on appelle cela une civilisation.

C'est bien du Scherner : après l'enfermement psychiatrique, l'enfermement carcéral. Il dénonce toutes les formes du pouvoir, suit les gauchistes, et les gauchistes le suivent. Il démontre avant tout que le noble savoir est bel et bien un pouvoir : pouvoir de parole, qui a sa généalogie et sa décadence — on peut le prendre, on peut aussi le liquider. Tous assujettis au Pouvoir ! Est-ce évitable ? Les antagonistes sont récupérés, digérés par l'omniprésence du Pouvoir. Après ? Oubliez l'antagonisme. Restez agoniste, provocateur permanent. Une singularité sauvage qui ne veut rien prendre, surtout *pas le pouvoir, mais qui tend vers le dehors, sans rapports ni intégration. Faites figure d'exception.*

— *Vous comprenez, on va maintenant essayer de voir cela concrètement. Pas dans les « énoncés » du savoir, mais sur les corps concrets, des corps de prisonniers face aux interdits et aux brimades. La résistance des hommes infâmes est une épreuve de soi exceptionnelle. Qu'ils parlent comme des scélérats qui ont laissé des mémoires dans le passé ou qu'ils soient sans paroles comme des prisonniers du rang, pour moi ce sont des exceptions, c'est-à-dire des hommes libres.*

Il a ses grands salauds, il aime aussi protéger des pauvres types. Je pense à ma Thérésa dans sa prison, à la Terreur révolutionnaire. Avec Decèze, Scherner est peut-être le plus nietzschéen des Français. Il est en guerre contre le christianisme : le verbalisme chrétien lui paraît ascétique ; sa quête de vérité, hypocrite et geignarde.

Je ne sais d'où vient mon sourd désaccord avec cette fougue qui me séduit pourtant. Oui, peut-être que l'antichristianisme de Scherner l'emporte vers un autre culte : dans l'adoration de la mort, qu'induit le déni acharné de l'âme. Je sais, Brichot en tête, tous sont des moines du vide, des fidèles de cet Orient supposé salvateur, car là « disparaît le sujet qui parle ». Moi, j'entends des sujets qui souffrent, et avant de liquider la souffrance, je dois traverser l'âme qui l'abrite. Scherner rêve d'une humanité sans âme. Son remède est radical : on liquide l'organe de la souffrance (la psyché), et la souffrance disparaît ! Qui prend la place ? La belle forme qui ne parle pas mais agit. Le corps du kouros grec contre le corps animique chrétien qui s'effondre dans le vaudeville du corps bourgeois.

Romain n'est pas loin de cette utopie, avec son amour sans paroles, mais il a une âme surprenante, toute déployée en gestes attentifs. Attendons. Pas contre, a priori. J'ai peur seulement qu'il n'y ait trop de morts de plaisir avant que la « belle forme » ne remplace la « belle âme ».

Cependant, Scherner sait être un mélomane des mots. « La limite de la mort ouvre devant le langage, ou plutôt en lui, un espace infini. » Telle serait la littérature. Était-ce à propos de Roussel qu'il parlait d'angoisse : l'angoisse de se transformer en un texte trop subtil et trop polyphonique que la langue commune ne saurait traduire, ne saurait même désigner ?

— On a trop creusé le langage. Place maintenant aux corps et aux plaisirs !

J'acquiesce. Pourtant, les corps et les plaisirs déshabités de parole sont des corps morts, des plaisirs nuls. Je dois être trop chrétienne, en pensant cela. « La vérité du langage est chrétienne », on l'a dit. Scherner trouve sans doute qu'il n'y a pas que le langage. Romain, lui, parle peu, mais tout son corps me parle. Je ne dis rien.

Si Scherner pense ainsi, c'est qu'il essaie de penser à partir de sa sexualité à lui, de son homosexualité. Il est le seul à tenter l'expérience, son génie est son risque. Il sera reconnu pour cela, et est prêt à en payer le prix.

Le baron de Charlus n'excluait pas qu'on lui attribuât une chaire d'homosexualité... en Sorbonne ! Avec Scherner, compte tenu des événements, la Sorbonne ne suffit pas. Je parie qu'il ira plus loin.

20 mars 1970

En ce printemps chaud et humide, la petite place devant l'église Saint-Germain-des-Prés n'est qu'une grosse loutre sortie toute mouillée du ventre de Paris.

Les barricades sont loin, mais les esprits continuent de bouillonner. Grenelle a cassé l'agitation, Wurst a expliqué que le mouvement étudiant n'a servi qu'à provoquer la grève générale, « la plus importante manifestation prolétarienne dans l'histoire de la classe ouvrière ». On est perplexe, car on sait bien que le romantisme des uns et le pragmatisme des autres ne se rejoignent que très, très rarement. Les trotskistes fulminent. Les maos s'énervent, mais ne lâchent pas Wurst. Frank me tient au courant de tout cela, et j'ai reçu hier, « pour cause de stress », son ami Cédric, qui se demande s'il ne devrait pas « tâter du divan ».

Je sors de la foule qui suit les Groupes d'analyse organisés par Maintenant. Cela me change les idées, c'est frais, j'apprends des choses. Sinteuil nous a fait un portrait de Mao calligraphe et taoïste. J'ai noté un poème de Mao traduit par lui, que j'aime bien : délicate intensité, paravent peint sur soie, est-ce du Sinteuil ou du Mao ? Une perfection en os blanc :

> Vents et tonnerres se levant sur la grande
>   terre
> aussitôt fantômes naissant sur les tas d'os blancs
> le bonze est idiot mais éducable
> les catastrophes viennent des génies malfai-
>   sants.

Je me sens bonze idiot, je dois donc être éducable. Vous avez dit « politique » ? Ces gens qui écoutent Sinteuil cherchent un style, j'ai le sentiment que leurs « luttes historiques » sont hors du temps.

Combien la Révolution culturelle a-t-elle fait de morts ? On ne sait pas encore. La question ne se pose pas à Paris. La question qui se pose est : comment être une exception ? Mao est considéré comme une exception qui a su entraîner un peuple. *Un milliard de Chinois c'est peut-être une masse uniforme et maniable, mais — par rapport à notre tradition d'Occidentaux — quelle exception, en effet, que cette élégance lunaire de paroles soudées aux gestes, aux traces, aux tableaux! Une invitation à déchiffrer le corps de nos rêves comme des idéogrammes dans une mer de jade. A nous dégrossir, tailler, polir, jusqu'à nous rendre « chinois » pour les autres.*

Ces *Groupes d'analyse s'acheminent en fait vers une théorie des exceptions dont Sinteuil semble bien être le chef d'orchestre. Olga le regarde, admirative. Lorsqu'une femme intelligente est amoureuse, ou bien elle perd son vernis de penseuse, ou bien elle redouble de lucidité. Olga est-elle intelligente?*

L'intelligence *est l'art que possède parfois notre inconscient de rendre intelligents les autres. J'observe son visage pendant qu'Hervé nous parle des poésies de Mao. Les traits asiatiques sont impénétrables, elle a décidément l'air chinois. Mais on voit bien qu'elle se passionne. Elle approuve, ça y est, elle est fascinée, la penseuse médusée par son maître! Non, elle s'assombrit, elle n'aurait pas dit cela comme ça, non! Mais voici qu'elle s'y retrouve, elle le retrouve, les yeux penchés s'éclairent. Il rattrape son regard, c'est bien ça? Oui, vas-y! Drôles de gens. Je ne sais s'ils ont une âme. J'espère pour eux. En tout cas, ils la montrent peu, l'époque n'est pas à la psychologie qu'on déclare fuir comme un opprobre. Alors qu'on affirme éprouver du plaisir seulement quand on a tout compris, tout structuré, tout analysé.*

Romain *m'accompagne parfois, quand le sujet n'est pas trop littéraire. Le Groupe d'analyse a déjà ouvert une série scientifique avec les exposés d'un matheux, puis d'un physicien. On a vu de nouvelles têtes dans le public, cependant que les anciennes prenaient un air appliqué, sérieusement concentré. Vous pensez, les mutations de la science : personne ne peut rater cela ! Il est question que Romain parle à une prochaine réunion de son thème favori : les émotions et le cerveau. Je savais qu'il avait joué avec Hervé dans la même équipe de foot, au lycée, mais j'étais sûre que Romain seul s'en souvenait. Bizarrement, Sinteuil n'avait pas oublié. Beau garçon, d'ailleurs : mêmes yeux marron, qui savent devenir timides et chauds, que Romain. Je suppose, le même corps. Je suppose trop. Si je n'étais pas amoureuse de Romain... Il est connu que Sinteuil ne dédaigne pas les jolies femmes. Et comme je suis redevenue une jolie femme, je ne recule devant rien.*

Ainsi donc, les barricades et Mao auraient conduit aux différences incompatibles, aux situations d'exception. Ils sont tous provocateurs, quelque peu situationnistes par ce goût de l'excès, du défi, de l'incommensurable, pourquoi pas du dérisoire ? L'assaut contre le pouvoir de l'Un se transforme en exigence d'une inconciliable unicité. A bas l'Un, puisque nous sommes tous uniques !

Je me demande si les choses peuvent être formulées ainsi en dehors de Paris. De tels discours font vraiment très french et agacent. Je comprends les psychiatres américains qu'Arnaud a invités à dîner ; ils trouvent ce culte du plaisir « dangereusement ludique et fétichiste ». J'ai rassemblé tout mon sérieux et leur ai expliqué que si les droits de l'homme ne devaient pas se réaliser dans un droit à l'exception, dans un encouragement à l'individualité incomparable, ils risquaient de sombrer soit dans la Terreur, soit dans l'Empire. Évidemment, ils ne me suivaient pas, ils ne voyaient pas du tout où je voulais en venir. Sauf Arnaud, qui a repéré mon idée fixe, évidemment.

Voilà, je n'échappe pas à Mme Tallien, je redeviens obsédée par ma Thérésa Cabarrus. Décidément, j'ai du mal à le porter, mon nom propre. Pour une analyste, c'est le bouquet !

Troisième partie

CHINOIS

1.

Avaient-ils le sentiment (fût-ce un sentiment vague, inconscient, inconsciemment coupable et donc rejetable) de se précipiter vers la Chine pour échapper à une impasse personnelle ? Les gens vont s'établir ainsi aux Baléares, en Israël, en Inde, en Californie et j'en passe — il y a tant de sacrés endroits au monde, tous plus ou moins saints ou sanctifiables —, pour fuir leur obscur désastre (qu'ils ne manquent d'ailleurs pas de retrouver quelques mois ou années plus tard, mais c'est déjà ça de pris, du temps gagné ou perdu, comme on veut, ce qui compte néanmoins).

Pas exactement, même si la question peut se poser, mais seulement après coup. Sinteuil trouvait dans le style chinois (surtout dans l'ancien, mais parfois aussi dans le moderne, si l'on voulait bien se concentrer et traverser les apparences) la confirmation de son propre penchant à l'ellipse élégante et classique. Par ailleurs et au fond, une culture nationale aussi riche et énigmatique — de Lao-tseu à Confucius, sans oublier les Taïping, Boxers et autres anarchistes — aux prises avec l'universalisme marxiste, qui ne pouvait en sortir que revu et corrigé : voilà une prémonition de ce que pourrait devenir un jour ce même socialisme préten-

dument universel si on lui ouvrait les caves de
Bordeaux, la tour de Montaigne, le boudoir de Sade,
les archives des Borgia. A vrai dire, à cette époque-là,
Hervé ne nourrissait pas des idées aussi explicitement
nationales, car pareil héritage lui semblait devoir être
dépassé, et il s'en tenait (dans ses conférences) à des
postulats tout à fait rationnels et abstraits. Mais
puisque cet homme est un timide autant qu'un rusé,
on peut se demander si le détour par la Chine ne fut
pas pour lui un passage obligé avant de revenir, sans
complexe d'infériorité, à sa propre origine. Bref, ren-
dons aux Chinois ce qui est chinois, et reconnaissons
aux Français ce qui est bordelais et catholique, c'est-
à-dire les pointes du goût et de la casuistique.

D'ailleurs, quoi de plus « chinois » — bizarre,
aberrant, lunatique — que la Chine ? S'arracher à soi-
même à travers les Chinois. Casser le masque de la
conformité. Plonger non pas jusqu'aux racines (quoique,
nous l'avons dit, une descente vers l'héritage ne soit
pas dépourvue d'intérêt), mais au-delà, dans le déra-
cinement total. Se découvrir une contre-identité.
Rejoindre son étrangeté absolue sous la forme d'un
géant aussi civilisé qu'attardé : la bombe atomique de
la démographie, le Hiroshima génétique du XXIe siècle.
Emprunter cette contre-identité pour mieux se montrer
en se cachant.

Olga trouvait une raison profonde à tout ce que
pensait et faisait Hervé, sans pour autant oublier ses
propres raisons. Longtemps la France avait été sa
Chine à elle : un pays d'exil peut vous libérer. Or elle
n'était pas réellement intégrée, elle savait qu'elle ne le
serait jamais, même en devenant la mère de dix petits
Français. Pourtant, les événements de Mai lui avaient
redonné le goût de l'incongru. Et l'incongru d'Olga,
c'était Olga elle-même. Sa nostalgie retenue avait pris

jusqu'à présent la froide apparence d'un spleen qu'elle savait transformer en appétit de lire, apprendre, écrire. Or voilà que cette avidité se muait en interrogation sur soi. Pas « Qui suis-je ? » mais, de façon plus méditative, plus intellectuelle : quels sont les visages extrêmes, les chinoiseries que je sens en moi et que je ne peux formuler ? Comment se fait-il qu'on puisse écrire comme on ne parle pas ? Qu'on soit une femme invisible, ignorée ou réprimée (par Confucius), mais essentielle et même toute-puissante (dans le tao) ? Une mère n'est-elle pas toujours une sorte de Chine, éternelle et inconnaissable ? Les mères seraient-elles nos Chinoises ?

Enfin, Olga avait cru comprendre de son éducation ultraphilosophique que les origines sont un atavisme inévitable, mais que le degré de civilisation se mesure à la capacité de les dissoudre. En accord avec cette vision des choses, son expérience d'étrangère devenait l'occasion de se débarrasser de ses origines, au point même de les oublier. Quelques rêves de papa-maman, plutôt ensoleillés, d'innocents rêves de vacances, idylles sans signification car seul le cauchemar lui semblait réellement intéressant et significatif. La Chine venait donc prendre la place d'une anti-origine : la plus profonde, la plus ancestrale, la race des ancêtres aux yeux bridés, mais aussi la plus invraisemblable, donc la plus indolore, impersonnelle, sans couleurs enfantines, juste un puzzle de mirages. Une sorte de théâtre des identités où l'on prend des masques pour évoquer l'essentiel, alors que les masques ne font que désorganiser tout ce qui est supposé fondamental. Olga se découvrait comédienne authentique, puisqu'il n'y avait d'authentique que la comédie. Ainsi, une paysanne chinoise la prenant pour une Chinoise se serait évidemment trompée, mais, tout bien considéré, on ne sait jamais.

* *

La fadeur est un paradis pour les délicats. Une palette de gris et de pastels moirés se fondant en nacre. Il n'y a rien à « voir » dans un paysage ou une soie de Chine. Ou plutôt, l'œil doit s'habituer à l'harmonie des nuances, aux significations infinitésimales. Bréhal percevait sa Chine à travers le microscope de ses recherches sur le langage. Les jacasseries gauchistes du quartier Latin avaient vite tourné aux stéréotypes. Discrètement, on pouvait s'en désintéresser, revenir à des discours plus forts : Loyola, Sade, et même la photographie, qui éprouve les mots par son évidence brute. Hervé est amoureux de la calligraphie chinoise ? Pourquoi pas ? La Chine est lisse et ses écailles de tortue gravées attiraient Bréhal infiniment plus que les affiches criardes des assemblées populaires ou l'inénarrable campagne *Pi Lin, Pi Kong*. Au fond de lui-même, Bréhal espérait s'en tenir au bonheur des signes, qui, par définition, est fait pour durer, même sous la Révolution culturelle. Mais, avec une malice appuyée, il se disait néanmoins séduit par les mouvements en cours : histoire de montrer qu'il restait jeune et de gauche.

— Ce serait bien d'aller au Tibet, n'est-ce pas, Stanislas ?

Bréhal essayait de compenser d'avance les inévitables pensums idéologiques de Pékin par une cure de spiritualité complexe que procureraient aux voyageurs les monastères du haut plateau, et, dans ce but, cherchait la complicité de Stanislas Weil, l'éditeur des livres philosophiques aux Éditions de L'Autre.

Stanislas, lui, s'enthousiasmait pour l'Inde. Son naturel méfiant aussi bien que son entraînement aux raisonnements rigoureux cédaient brusquement devant les promesses d'un au-delà multiple, polyphonique, polychrome. Le bouddhisme et ses ramifications lui semblaient défier la droiture du monothéisme juif et chrétien. Stanislas Weil incarnait la race, en voie de disparition, des « éditeurs-qui-lisent », ou plutôt il en était un des derniers spécimens survivants. Cependant, pour un esprit aussi fin et indépendant que Bréhal, cette qualité incontestablement exceptionnelle se transformait en léger défaut. Pareille inversion était due au fait (réellement déplorable) que Weil, ayant eu l'audace intellectuelle (il faut bien le reconnaître) de publier l'œuvre de Lauzun, s'en croyait le gardien, voire le double, plus authentique encore que l'original ; et ne cessait d'exiger sans aucun humour du malheureux Bréhal qu'il se conforme à la pensée du maître.

— Et l'Un, Armand, as-tu pensé à l'Un, dans le sens de Lauzun, bien entendu, en écrivant ce texte par ailleurs plein de talent, je le reconnais, mais qui me laisse perplexe, vois-tu, au sujet de l'Un ? Honnêtement, ta position ne me paraît pas très nette face à l'Un, pas plus que ton rapport à l'Autre, n'est-ce pas ?

« Quel casse-pieds ! » murmurait Bréhal devant Olga et Hervé hilares.

Mais, jugé par Stanislas, il se tenait comme un élève rabroué par sa maîtresse, risquant simplement quelques œillades ironiques aux complices qui assistaient d'aventure à ces scènes. Cependant, face à la corvée des réunions politiques qu'il pressentait devoir subir en Chine, Stanislas pouvait bien devenir un protecteur.

— Mais bien sûr, Armand, dit Hervé sans attendre la bénédiction de Stanislas. Il va de soi que j'inscris la visite au Tibet dans le « Carnet de suggestions » que

les camarades chinois nous proposent. Et aussi celle
d'un hôpital psychiatrique.

— Ce n'est pas drôle ! lança Stanislas, prêt à rire,
lui aussi, de l'humour d'Hervé, pour une fois tout à
fait involontaire.

De fait, il n'y avait pas d'arrière-pensée dans les
« suggestions » de Sinteuil, car il s'intéressait aussi
bien au mysticisme tibétain qu'aux capacités supposées
exemplaires de l'antipsychiatrie chinoise. Un traite-
ment de la schizophrénie inspiré de la pensée du
président Mao « Un se divise en deux » ne pouvait-il
pas produire des effets thérapeutiques insoupçonnés ?
Plus énigmatiques encore que ceux de l'acupuncture,
qui faisait partie de la vitrine officielle et qu'on allait
leur montrer, même si elle ne figurait pas sur la liste
des « suggestions » ?

— J'ai peur que vous ne soyez trop optimistes, dit
Brunet, toujours réaliste. Les camarades chinois nous
invitent, soit ; mais je crois qu'ils restent chinois,
marxistes et tout ce qui s'ensuit. Conséquence : ils
nous montreront ce qu'ils voudront bien nous montrer,
le Carnet fait partie des politesses, mais sans effets
pratiques.

— Brunet comprend mieux que vous les mentalités
de *là-bas*, je pense comme lui, dit Olga, prompte à
partager le pragmatisme du secrétaire de *Maintenant*.

— Je n'ai aucun mérite. Simplement, je suis le seul
parmi vous qui vienne du peuple, et il y a bien de la
logique paysanne chez ces despotes — pardon, chez
ces révolutionnaires de l'Est.

Brunet reprenait ses intonations à la Huysmans.

En réalité, Sylvain Brunet, esthète tourmenté, ne
respectait qu'une seule religion, celle de Cézanne et
de Matisse, dont il connaissait la moindre touche de
pinceau. « Un tournant chez Cézanne, croyez-vous

qu'il s'agisse d'une route ? Non ! C'est le vide qui
s'amorce et le paysage bascule dans l'infini. Mais les
peintres chinois sont d'emblée dans l'infini. Leur
problème est de le fixer : comment rendre visible
l'éternité, par définition invisible ? Une rangée d'idéogrammes par-ci, un vol de canards par-là, quelques
améthystes aiguës (ce serait, à ce qu'il paraît, des
hommes) — et voilà l'infini à portée de regard. Voyons
voir ce qu'il reste de tout cela chez les enfants de
Mao, car c'est tout de même un sacré calligraphe ! »

Sinteuil ne voulait pas perdre espoir. L'escale à
Karachi était une fournaise moite, mais tous se senti-
rent soulagés de pouvoir se dégourdir les jambes et de
deviner, dans la foule bariolée de l'irrespirable salle
d'attente, les placides mystères de cet Orient dérobé
qu'ils partaient déchiffrer.

Lauzun, en fin de compte, n'était pas du voyage.

L'affaire avait été baroque et personne ne souhaitait
y revenir, mais Olga ne pouvait s'empêcher d'y repen-
ser, recroquevillée dans son siège, au-dessus du Tibet,
durant ces heures interminables vers Pékin. Comme
tout le monde, elle assistait au séminaire de Lauzun,
et, depuis peu, elle croyait commencer à comprendre.
Vraiment. Mais, après cette histoire de voyage raté,
elle n'était plus sûre de continuer. Franchement.

Pourtant, Lauzun oubliait de tirer sur son cigare
tordu dès qu'il était question de la Chine, et ses yeux
quittaient ses demi-lunettes pour le plafond : signe
qu'il était intéressé.

— Vous faites du chinois, et Sinteuil aussi ? Un
peu ? J'en ai fait pendant la guerre aux Langues O,
mais, au contraire, très sérieusement. Bon... Que vous

dire ? Les Anglais sont inanalysables, à cause de l'anglais, s'entend : un baragouin aussi fluide que le leur excelle dans le jeu de mots (cela donne les snobs britanniques, et c'est ce qu'il y a de mieux, pourquoi pas ?), ou bien dégénère dans les *jokes* (voyez les Yankees, vulgarité supérieure), mais il n'a aucun moyen de placer la vérité, l'Un reste au presbytère. La parole vraie leur glisse sur la langue, aux Anglais, comme sur les plumes d'un canard. Seul Joyce s'en tire, mais il fut catholique et saint homme, inimitable.

« Les Japonais ? Inanalysables aussi. Où est le refoulement chez ces gens ? La mort ? Ils s'en gargarisent. La mère ? Ils n'en sont pas sortis, et parfois ils la mangent. Des kamikazes dissociés, brillants d'ailleurs, pour autant que l'obtus puisse être brillant, mais comment voulez-vous que le discours atteigne ces êtres divisés, ces non-êtres, devrais-je dire, qui ne manquent de rien, car si tout est interdit rien ne l'est, et chacun sait que l'interdit fait le Japon comme le *sepuku* fait le samouraï...

« Les catholiques, c'est autre chose ; ils sont inanalysables parce que la théologie a tout subtilisé, si vous voulez : elle a tout analysé, et un vrai catholique n'a par conséquent rien à faire avec Freud.

« Seulement voilà : puisqu'il n'y a plus de catholiques, il nous reste bien du travail ici, à Paris. Naturellement, j'excepte les femmes, il faut bien le dire, car si je ne le dis pas, personne d'autre ne le dira. Pourquoi ? Parce qu'elles se foutent de la vérité. Qu'est-ce qu'elles veulent ? Pauvre Freud : mais plaire, bien entendu, miroir, miroir... Enfin, il faut faire comme s'il n'en était rien, car les imbéciles de mon école, s'ils m'entendaient, seraient capables de chasser les femmes de leurs divans, vous me suivez ?

« Quant aux Chinois, l'inconscient y est, forcément,

mais il est autrement structuré, justement pas comme un langage, mais comme une écriture, et la différence est capitale. Mieux : rien à voir avec les Japonais, les Chinois. A cause du tao. Faut les entendre de près !...

Pour une fois, Lauzun était clair et jouait presque les militants : allions-nous apporter la peste aux Chinois, ou, au contraire, les Chinois allaient-ils éponger cette peste de Freud ?

— C'est évident, avait tranché Sinteuil, Lauzun sera tête de liste de la délégation.

— Ainsi donc, le docteur Maurice Lauzun souhaite être accompagné de sa collaboratrice, Mme Séverine Tissot ? Une collaboratrice, c'est bien cela, nous avons bien noté ?

Les camarades chinois étaient visiblement choqués, c'est-à-dire calmement indignés.

— C'est bien cela. (Hervé n'avait pas marqué le moindre fléchissement.) Le docteur Lauzun est un grand intellectuel qui travaille en permanence. Il ne peut par conséquent se séparer de sa collaboratrice, son bras droit en somme, indispensable même en voyage. Une grande amie de la Chine, d'ailleurs.

Message reçu : Séverine Tissot avait été adoptée. Et Lauzun jubilait d'ajouter ses « suggestions » au fameux Carnet : l'hôpital psychiatrique, bien entendu ; peut-être un camp de redressement pour intellectuels récalcitrants (provocation oblige) ; assister à des cérémonies taoïstes, cela va de soi ; et catholiques, si les autorités étaient d'accord. Hervé fut heureux de retrouver quelques restes de surréalisme sous l'air pince-sans-rire du grand gourou du Tout-Paris.

Dernière réunion avant le départ au *Cheval blanc,*

avec Olga et Séverine, bien sûr, champagne rosé comme d'habitude, conclusion vers vingt-deux heures, puis tout le monde se couche — comble de mondanité et de réalisme.

Surprise : Séverine est en retard. « Elle m'a appelé tout à l'heure, sera peut-être en retard, on commence » (Lauzun). Le caviar est dégusté, les cailles sauce périgourdine aussi, toujours pas de Séverine. « Je l'appelle » (Lauzun). « Répond pas » (Lauzun). Le dessert est fini, puis le café. « Si on allait voir chez elle » (Lauzun). « Je vous accompagne » (Hervé).

Séverine habite à trois pâtés de maisons, mais, en voiture, tout de même, ce sera plus confortable. On sonne. Répond pas. « Elle est déjà partie au *Cheval blanc*. On a dû se croiser » (Lauzun). « Je vous raccompagne » (Sinteuil). Personne au *Cheval blanc*. « On retourne chez elle » (Lauzun). Il s'aperçoit qu'il possède la clé de l'appartement, puisqu'il le lui a acheté. Essayons. Impossible : une autre clé est à l'intérieur. Échanges de regards gênés entre Hervé et Olga. Lauzun fait semblant de ne pas comprendre. « La serrure est bloquée, non, ce n'est pas la bonne clé. Séverine est sûrement au *Cheval blanc*. On refait un saut ? — Bien entendu » (Sinteuil). Personne au *Cheval blanc*. « On retourne chez elle » (Lauzun). « Elle a dû être agressée par un fou » (Lauzun). « Concierge, avez-vous vu Mme Tissot cet après-midi ? » (Lauzun). « A cinq heures, je lui ai monté son courrier » (le concierge). « L'agresseur est venu après » (Lauzun). « C'est possible, Lauzun a été récemment attaqué par un patient qui a voulu lui prendre son fric et ses chèques » (Sinteuil à voix basse, à Olga). Tout le monde tourne en rond dans la cour de l'immeuble.

— Si on prévenait la police ? suggère Hervé en haussant la voix pour que l'« assassin » l'entende.

— Un homme en chemise, là, derrière le rideau, dit Olga, naïve.

— L'assassin ! espère Lauzun.

— On s'en va ! réalise immédiatement Sinteuil, expert en galanteries.

— Pas question, vous montez avec moi. (Lauzun.)

La scène est insupportable. Séverine avec un des disciples les plus fidèles de Lauzun ! Il y avait grève, le fidèle n'avait pas pu prendre son train, ils se trouvaient ensemble au fond de l'appartement, ils n'avaient rien entendu, absolument rien, êtes-vous sûr d'avoir sonné, téléphoné, non, impossible, on n'a rien entendu, n'est-ce pas ?

— Mais enfin, je m'inquiétais pour vous, vous auriez pu être attaquée... (Lauzun.)

— Maurice, vous êtes insensé ! Comment osez-vous ? Est-ce que vous vous entendez ? Mais vous souhaitez que je sois attaquée ! Incroyable ! Vous ne vous maîtrisez plus, Maurice...

Retournement spectaculaire du vaudeville. Lauzun se fait gronder, humilier, piétiner. Sans réagir. Stupéfait. Débordé par tant de volonté de le rabaisser ? Fasciné par tant d'effronterie féminine ? Quel toupet ! Apoplectique. Interdit. Cramoisi. Olga a envie d'embrasser le petit garçon battu, de le consoler. Hervé, lui, a honte pour le maître renversé.

— Excusez-nous, on doit partir.

— Faites, cher, faites.

Lauzun laisse tomber ses bras, comme d'habitude, en signe de lassitude devant l'imbécillité meurtrière des humains, et reste cloué dans son fauteuil en attendant qu'on continue de l'avilir.

— Il ne viendra pas en Chine. Séverine tient à

empêcher qu'il se compromette encore davantage qu'il ne l'est, cette fois avec des gauchistes, commente Sinteuil.

— Tu as raison. Mais cela a l'air plus grave. Cet homme n'a jamais été aimé et il croit que c'est normal. Se laisser sadiser ainsi ! Je ne suis pas *psy*, moi, mais tu ne trouves pas cela incroyable ? Si passif, si abandonné...

— Il est sans doute résigné face à la paranoïa des femmes. Rien à faire.

— Ne l'excuse pas. Il y avait de la complicité dans cette résignation, une complicité aveugle, mais non sans plaisir.

— Quand même, une paranoïaque, même psychanalyste (ou peut-être raison de plus !), reste une paranoïaque imbattable.

— Bon, si tu préfères parler de ton sujet favori...

« Nous allons atterrir dans quelques instants à Pékin. La température extérieure est de vingt degrés. Nous vous prions d'attacher vos ceintures et d'éteindre vos cigarettes. »

Ils étaient arrivés. Sans Lauzun, donc.

2.

Les foules à vélo, qui donnaient aux rues de la capitale un air de Tour de France avec Dieu sait combien de millions de coureurs indifférents, car n'ayant rien à gagner, ne pouvaient accéder à la place Tiananmen. Image d'un pouvoir invisible mais certain, Tiananmen était déserte et muette, à l'exception de quelques groupes de pionniers — chemises blanches, cravates rouges — venus accomplir des saluts rituels. Ils rappelaient à Olga son enfance embrigadée dans les mêmes cérémonies propices aux hallucinations juvéniles, qu'elles encerclaient pourtant dans des carcans trop rigides et finissaient par réduire au non-sens des prières latines, la beauté musicale en moins ; absence fatale, car l'hallucination tournait court, se desséchait en étourdissement.

Les nuées d'oies blanches cravatées ne parvenaient donc pas à combler l'étendue. L'espace oblitérait les hommes en se laissant ponctuer par leurs gesticulations. En fait, les peintres chinois classiques étaient des visionnaires tout à fait réalistes de cette pulsation des lieux, de leur clarté imposante et creuse. Se laisser porter par leur vision. Regarder le présent ainsi.

Une fois traversée l'agréable autant qu'inesquivable

politesse du thé vert, des serviettes chaudes et des
cigarettes, les camarades chinois, qui venaient d'être
reçus à l'O.N.U., se dirent heureux d'accueillir les
camarades de la revue révolutionnaire *Maintenant*. A
la grande satisfaction de Sinteuil et sous l'œil irrésis-
tiblement grave de Bréhal, on déroula la pancarte
« Bienvenue aux amis de *Maintenant* », en chinois et
en français. Avaient-ils jamais lu la revue ? Impossible
à dire. Les titres et les noms propres, oui. Un secrétaire
d'ambassade à Paris, un universitaire sorti de son
campus en ébullition à Pékin, un autre à Shanghai,
étaient capables de réciter par cœur les noms de tous
les collaborateurs de *Maintenant*, et même de localiser
avec précision leurs financiers. La même opération
pouvait s'appliquer à d'autres groupes intellectuels
parisiens. Pas question d'aborder le débat d'idées. Peur
de déroger à la « pensée-mao » ? Difficultés à franchir
le fossé des différences culturelles ? Les deux, sans
doute, noyées dans des sourires on ne peut plus chinois.

Vint cependant le sujet central : l'attaque du révi-
sionnisme soviétique. Enfin ! A bas les appareils, le
stalinisme, la sclérose ! Pourtant, les attaquants donnaient l'impression d'être les sosies des attaqués. Même
discours, mêmes clichés : la Chine moderne était une
Chine soviétique qui essayait de rompre avec cette
identité, mais sans connaître les lois physiques élémentaires de la prise de distance, du levier ou de la
gravitation. Archimède et Newton semblaient mécon-
nus par le volontarisme politique. Il n'y avait aucun
autre modèle pour y prendre appui : ni le passé chinois
ni l'histoire contemporaine du monde. Peut-être l'un,
peut-être l'autre, un jour — cela se prépare, on a peur
encore, rien ne presse, en avant ! Les camarades chinois
semblaient bloqués et s'exterminaient mutuellement au
passage. Personne ne parlait ouvertement des mas-

sacres. On n'allait quand même pas se confier aux *da bize*, à ces « longs-nez » ! Des rumeurs circulaient pourtant sur les sévices perpétrés dans les camps, ou sur les « écoles » de redressement pour intellectuels, par exemple, rumeurs qui passaient même par les interprètes officiels.

Zhao parlait un français de normalien.

— Vous n'avez pas le dernier numéro du *Nouvel Obs* ? Dommage !

Comme ça, tout de go, sur la place Tiananmen, dès la première sortie dans Pékin, après la nuit à l'hôtel de luxe (style fortifications staliniennes) et le petit déjeuner (style stalinien du pauvre). Zhao apprenait le français moderne dans le *Nouvel Obs*, et il avait raison. Quelle aubaine, on va tout savoir et tout obtenir avec un esprit aussi observateur et aussi tordu ! Patience.

— Nous voulions visiter une École du 7 Mai, c'est bien ainsi qu'on appelle les camps de redressement pour intellectuels ? insistait Sinteuil. Eh bien, cette visite ne figure pas dans le programme qui nous a été proposé, alors que nous l'avions indiquée dans le « Carnet de suggestions ». Puis-je compter sur vous pour arranger cela ?

— Pas de problème, facile.

Au bout de quinze jours, aucun résultat. Facile...

On s'aperçoit que la demande, déjà exprimée à Paris, n'a pas été renouvelée. « L'aurait-elle été, ce serait pareil », pensait Olga. Quand même, voyons les détails : en politique et en voyage, comme dans les rêves, il n'y a que les détails qui comptent.

Les camarades chinois sont des gens sérieux, ils n'allaient pas confier une délégation à un seul interprète, encore moins une délégation aussi capricieusement importante que celle de *Maintenant*. Tout le

monde sait manipuler un interprète, mais deux...
essayez toujours ! Donc, jamais un sans deux. Et le
deuxième s'appelle aussi Zhao, évidemment. Si nous
ne sommes pas au pays des merveilles, au moins
sommes-nous au pays des miroirs. A quoi sert Zhao
n° 2 ?

— Vous voulez voir des intellectuels en voie de
redressement ? (Il rit.) Mais vous en avez déjà vu, pas
besoin d'École du 7 Mai !

Personne ne comprend. Zhao n° 2 est ravi de la
devinette qu'il vient de poser.

De fil en aiguille, il ressort (d'après Zhao n° 2) que
Zhao n° 1 est un passionné de... Stendhal. Son amour
du français l'a conduit à se prendre pour... Julien
Sorel. Il se drapait parfois d'une cape noire et récitait
le monologue de Julien au tribunal. Discours plutôt
révolutionnaire, selon les camarades de *Maintenant*,
du moins par le contenu, la forme n'étant pas encore
des plus joyciennes... Hélas, Zhao n° 1 n'a pas été
compris ou, au contraire, a été trop bien compris.
« Anarchisme individualiste petit-bourgeois » : la sentence avait été brutale, qui l'avait expédié dans une
École du 7 Mai — il venait tout juste d'en sortir pour
prendre en charge la délégation parisienne. Naturellement, il n'était pas question qu'il prononce devant qui
que ce soit l'appellation maudite d'École du 7 Mai.

Zhao n° 2 racontait cette drôle d'histoire sans
animosité : lui aussi aurait aimé être un original comme
Zhao n° 1, enfin, ça le tentait, mais, tout compte fait,
non, mieux valait s'en tenir aux règles et avoir la vie
tranquille.

Était-ce cela, la « situation » ? Quelques révoltés,
beaucoup de répression, davantage encore de louvoie-
ments, ce « je sais bien mais quand même » qui révélait
la peur du système et, par-dessus tout, la panique de

s'en séparer ? La dictature nous protège comme une mère maniaque et punitive, on grogne mais on y tient. Ensemble, les deux Zhao dévoilaient une parcelle du visage perfide que revêt la démocratie despotique chez les pauvres, les paysans, les sous-développés. Olga se retrouvait en pays connu, elle qui espérait (sans y croire, mais enfin, sait-on jamais ?) avoir pris le cap pour l'inouï.

— Vous permettez, les deux Zhao ? J'ai très envie de vous filmer ensemble. Je trouve cela très amusant, pas vous ? On dirait des jumeaux, mais en un sens hétérozygotes, non ?

Bréhal semblait las de prendre des notes sur les performances à tout casser des usines de tracteurs à Pékin, des fermes coopératives à Nankin, des chantiers navals à Shanghai. Il n'en continuait pas moins d'écrire, cependant qu'un camarade chinois exposait les résultats — en kilotonnes, en kilowatts — de la pensée-mao. La voix apathique du traducteur annulait l'enthousiasme du message que l'orateur aurait voulu transmettre, et plongeait Armand dans cette fumée de distance que provoque le théâtre de Brecht et qui, en l'occurrence, lui permettait de noter ses propres pensées de rêve, quelques associations nocturnes, avant le prochain thé accompagné de nouvelles serviettes chaudes.

— Ces filles de l'Opéra de Pékin, et dans toutes les pantomimes qu'on nous a montrées hier au village et aujourd'hui encore à l'école des Beaux-Arts à Nankin, comment les trouvez-vous, Olga ?

— Sûres d'elles-mêmes, courageuses, plus affirmées que les garçons.

— Justement, je dirais que ce sont elles, les garçons, d'une souplesse féminine, certes, mais ces gestes virils, ces sourcils en colère, toute la mimique mangée par ce maquillage outré, tragique ou comique, on ne sait pas... Des travestis ?

Tandis que se déroulait le énième ballet montrant la punition d'un « mauvais élément » grâce à l'intervention d'une jeune fille illuminée par les idées du président Mao, Armand s'arrangea pour se faufiler le premier dans la rangée de chaises, de façon à côtoyer un jeune Chinois timide, tout fier de se retrouver voisin de la délégation. Hésitant et étourdi, mais plein de désir, Armand prit son courage à deux mains (« C'est exactement ce que j'ai pensé : dans les situations troubles, il ne nous reste que des clichés », avoua-t-il à la sortie) et osa approcher le coude, puis la cuisse, puis le genou de l'adolescent. Pas de réponse. « Est-ce qu'on m'a remarqué ? Va-t-on m'arrêter ? Ils ne feront pas ça à un invité ! J'essaie encore. » La tentative resta sans résultat, mais au moins avait-elle eu lieu. Armand en fut angoissé toute la soirée, c'était mieux que de s'ennuyer.

Un bonheur indiscutable, tout de même : la cuisine. Certes, ils ne servent plus de pattes d'ours ni même d'ailerons de requin. Mais quelle *structure* ! D'abord, on mange avec le palais, cela va de soi, mais aussi avec le nez et les yeux : goût, odorat, vue composent ensemble les mets ; en Chine, maître Gaster est peintre et sculpteur. Ensuite, cet équilibre des éléments et des cuissons : le croquant, le rouleau, le filament, le morceau, la boulette (qui n'est pas la boule), le décortiqué, le beignet (aux œufs, frit, en segments, caramélisé...).

— Comment voulez-vous, Hervé, qu'ils aient choisi de croire en un seul Dieu, alors qu'ils ont cette palette de goûts si étendue, où chaque élément est annulé par son contraire ? Le paganisme est une affaire de goût, j'en suis sûr : plus on a le palais raffiné, moins on est porté à se crisper dans une pose de prière, qui témoigne toujours d'une consternation. N'est-ce pas, Olga ? La foi est d'autant plus désespérée qu'on mange mal. Peut-être Lauzun dirait-il qu'un homme de foi est un homme trop tôt sevré, ou mal sevré ? Regardez les Italiens. Sont-ils vraiment chrétiens ? Non pas ! Si fantasques, si gourmands, si joueurs... Et pourquoi ? Parce qu'ils commencent à jouir depuis la bouche. Se régaler dans un restaurant italien évoque bien la papauté libertine (je vous l'accorde pour vous faire plaisir, mon cher Hervé), ou une oralité baroque, ou bien une messe hystérique ; mais pas la componction, non ! Rien à voir avec les corn flakes ou le gouda, c'est moi qui vous le dis, qui suis pourtant protestant !

Stanislas souriait, indulgent : inutile de relever les naïvetés psychanalytiques d'Armand, il n'y connaissait rien, seulement de futiles improvisations qui négligeaient une fois de plus l'impact de l'Un sur tout individu parlant, ou même mangeant.

La Chine s'ouvrait à Bréhal à travers ses nourritures, imprévisibles d'une région à l'autre, malgré l'avant-goût qu'en donnent à un Occidental les innombrables restaurants chinois, pas chers ou très chers. Les épices de Sichuan, oui, Armand n'était pas contre, c'était même ce qu'il y avait de plus savoureux du point de vue européen, sauf qu'à la limite on peut tout avaler avec un peu de piment. Les spécialités de Pékin et de Shandong : du classique, canard laqué et marmites, appétissants comme à Paris. Non, il faut être honnête :

la peau du canard est plus croustillante ici, et le goût fumé de la chair plus frais, avec un soupçon d'algue et de violette, et un sous-entendu de plaisirs au fond des jonques. Cependant, rien n'égalait les nuances de Canton : le poisson désossé, les côtelettes sucrées, la tortue, le serpent sauté, le bœuf à l'huile d'huître — le Sud y déployait tout cet éventail de subtiles fadeurs que Bréhal était venu glaner, synonyme de civilisation. Un appétit habitué au steak-frites était bien incapable de discerner la finesse de ces petits morceaux où alternaient le dur et le baveux dans un arc-en-ciel de nuances pastel. Jamais de note tranchée, pas de couleur criarde ; tout en ombres et en transitions, à la limite de l'insipide. Mais, une fois la langue instruite de cette gamme, brusquement se détachait la sonorité d'un gluant concombre ou d'un boudin de mer, veloutée comme un hautbois ; ou, au contraire, en hors-d'œuvre, la clochette d'une côtelette savamment sucrée.

Armand goûtait au corps chinois grâce à cette magie banalisée de la nourriture. Les barrières imposées par la pudeur traditionnelle, que renforçait la méfiance envers l'étranger, s'effondraient sous les baguettes magiques, en bambous ou plastique, que ses doigts maniaient lourdement, mais qui portaient cependant à la bouche des plaisirs enfin permis.

Certes, la Chine se défendait contre les « longs-nez » sans que les autorités aient besoin d'intervenir.

— Allez-y, encourageait malicieusement Zhao n° 2, promenez-vous sans nous dans les quartiers qui vous plaisent. Là, par exemple (il montrait une carte de Pékin), c'est un quartier populaire pas loin de l'hôtel...

Mais, une fois dehors, la nuit se fermait à double tour sur les visages détournés, les dos fuyants. Olga essayait courageusement sa licence de chinois : pauvre chose ! Le ton du mot lui échappait une fois sur deux, elle s'y attendait. Elle sortait une feuille de papier et traçait le caractère correspondant à ce mot incompréhensible : en fait, l'écriture chinoise — pourtant si complexe — était plus accessible que la langue tonale, on finissait donc par comprendre. Mais on répondait par un sourire amusé ou un monologue accéléré : ne croyez pas qu'on soit là pour faire tomber la Grande Muraille, et puis, qui sait si le voisin n'ira pas dire qu'on a bavardé avec des étrangers...

Résultat, les deux Zhao étaient indispensables, et la délégation avançait, emprisonnée dans un invisible scaphandre.

— Mais non, très visible, au contraire : le scaphandre, ce sont nos gueules ; il suffit de nous voir pour fuir ces grandes têtes molles, constatait Sinteuil, lautréamontien.

Il était donc indispensable de se fier aux baguettes magiques de la cuisine et de rêver de contacts imaginaires, d'interpréter et surinterpréter le peu qui était dit, l'immensité du non-dit. Ils étaient livrés à la chinoiserie de leur propre discours, ils se promenaient dans un musée à peine vivant, bourré de signes furtifs. Jamais Armand n'avait eu une sensation aussi intense du divorce entre la vitalité enthousiaste des propos et des slogans, d'une part, et la mort des passions, d'autre part, tendues dans une attente inhumaine, obstinément retirées de la communication, et qui guettaient peut-être désespérément un déchiffreur génial. Ce divorce ne pouvait être simplement destiné à dissimuler la vérité vraie au regard des hôtes étrangers, désormais un peu plus sollicités qu'auparavant. Propre au régime, il durcissait, jusqu'à les rendre grotesques, des oppositions immémoriales : un côté cour — un côté jardin ; un visage mandarin, bureaucrate, copiste — un autre, ivre du tao des Sages, art de la chambre à coucher.

— Tu sais, Stanislas, pourquoi les Chinois sont inanalysables ? C'est bien cela, l'hypothèse de Lauzun ? Peut-être ? Lauzun n'est pas sûr ? Eh bien, je vais tout de même te le dire : c'est parce que leur civilisation consacre le dédoublement, la psychose. Les Chinois sont socialement psychotiques, ou, si tu veux (car le social est le naturel de l'homme), ce sont des schizos naturels. Je retire ce que je viens de dire, évidemment, car les termes psychiatriques sont toujours péjoratifs, or mon intention n'est pas du tout de critiquer. Je me sens dérouté parce que je veux comprendre — à tort. Comme un naïf qui souhaiterait capter le message secret pour avoir quelque chose à raconter à ses étudiants ou au *Nouvel Obs* de Zhao n° 1, qui attend nos révélations. Alors que les Chinois nous signifient quoi, exactement ? Que tout est dans les apparences, et qu'ailleurs il y a un autre monde, impénétrable. Pas la peine de se fatiguer : un se divise en deux, et les deux ne communiquent pas. Celui qui a compris cela n'a pas à être dérouté, car ce monde séparé peut offrir un pur repos. Écoutez ce qu'on vous dit et pensez à autre chose, ou plutôt ne pensez pas, calmez-vous, laissez-vous imprégner de vide !

Au fur et à mesure que le voyage avançait, Bréhal perdait ses ambitions de sémiologue et de mythologue progressiste. Il s'adonnait à une observation rêveuse qui ne prenait qu'un mince prétexte des personnes observées (même les objets la laissaient neutre). Rien que ces rythmes des doigts soulevant le couvercle des tasses de thé en porcelaine, petites marmites à trou en tête d'épingle laissant s'échapper un filet de vapeur... Le plaisir de se poser dans les relations entre les éléments, dans la seule articulation... Une logique des sens. L'éternité même.

Le bonheur est sans histoire.

**

Sous la Grande Muraille, la vallée des Morts conduit aux tombeaux des empereurs Ming. En fait, les Chinois l'appellent la voie de l'Esprit, ou Voie sacrée. Un portique de pierres blanches ; un kilomètre plus loin, la Grande Porte rouge ; puis le pavillon de la Stèle ; enfin, la fameuse allée des Statues. Là, tout le monde descend des autobus, on s'exclame, on photographie, Olga filme. Tout le monde, sauf Bréhal.

— Je préfère rester dans l'autobus, on voit mieux d'ici.

Il continuait à écrire dans son carnet, yeux fermés pour le dehors, tout entier en voyage dans son monde à lui. Que voir de plus sur ces pierres éblouissantes ?

Oui, la mort est blanche en Chine, et dans cette vallée s'imposait mieux qu'ailleurs sa présence inexorable mais cocasse. Après les deux colonnes placées à droite et à gauche de l'allée, un bestiaire monumental : un lion accroupi, un lion debout ; une licorne à tête de chat avec crinière, le *xie chi*, accroupi, un *xie chi* debout ; un chameau accroupi, un chameau debout ; un éléphant accroupi, un éléphant debout ; un *qi lin* accroupi, chimère d'écaille à queue de bœuf, avec sabots et cornes sur la tête, et, bien entendu, un *qi lin* debout ; un cheval accroupi, un cheval debout.

Personne n'aurait su dire d'où venaient ces animaux que la Chine n'avait jamais connus. Plus blancs encore sous la lumière de mai, ils donnaient à la mort un air de Disneyland intemporel. Rien de tragique, mais une évidence monstrueuse et cependant débonnaire. Aucun cauchemar, seulement le conte exagéré d'une super-nounou voulant impressionner l'enfant sans lui faire peur, pour qu'il dorme tranquille le plus longtemps possible. On s'accroupit, on se lève, et on recommence, c'est la vie, la mort existe-t-elle, qui le sait, rêvons de cornes, de licornes, de bêtes inconnues sous nos climats, il n'y a pas de trépas, rien qu'une calme métamorphose en pierres extraordinaires. Seule la blanche immobilité des statues signale l'arrêt de vie. D'une certaine vie. Mais n'oublions pas celle des faunes, des chameaux de nos rêves qui rêvent d'avoir été empereurs Ming ou touristes français. Il nous reste des allées de chimères, des mères calcaires qui vont nous bercer dans le fluide des contes de fées. Le cosmos ne meurt pas, un Ming renaîtra bien un jour éléphant, ou cheval, ou *xie chi*, ou camarade de *Maintenant*.

Tandis que Bréhal songeait à cette mort impossible (était-ce vraiment un soulagement ? Le bonheur éternel de ces sculptures chinoises, qui ignore la coupure de l'Enfer, ne se prive-t-il pas de la détente de la Passion ? etc.), les autres flottaient autour des éléphants, des lions et des chameaux, hagards et détachés. Chacun sait qu'un groupe n'est jamais une unité solide. Encore moins un groupe d'intellectuels. Mais là, infiltrés par la mort claire du Disneyland immobile, ils étaient comme morts à leur entente supposée, et aussi à eux-mêmes.

Par désir de se couler dans les coutumes du pays, mais aussi parce qu'ils étaient de plus en plus libérés de cette cohésion imaginaire que leur attribuait la rumeur mythifiante de Paris, ils étaient renvoyés à leur solitude. Bêtes sculptées d'une insondable blancheur, dérisoires comme ces monstres pour école maternelle. Jamais mort ne leur avait paru plus domestiquée, jamais par conséquent leur identité — que la mort en Occident valorise et sanctifie — ne leur semblait plus insignifiante. Ils ne se voyaient pas les uns les autres : ni Stanislas Armand, ni Armand Hervé, ni Hervé Brunet, ni Brunet Olga, ni Olga Hervé, ni inversement. Ils étaient devenus les uns pour les autres comme des Chinois, indifférents et coupés d'eux-mêmes aussi bien que du groupe. Ils ne formaient plus un ensemble, mais étaient comme blanchis. Ils continuaient pourtant à parler le langage du pays et du jour. *Pi Lin, Pi Kong* — combattre Lin Piao, descendre Confucius. Batailles, conquêtes, victoires. Ce n'est pas qu'ils n'y croyaient plus : on essaie toujours de comprendre, on est là pour cela, mais on est dépris. L'arrière-pays pétrifié des rêves revenait en avant, et ce périple politique se révélait de plus en plus comme ce qu'ils soupçonnaient bien qu'il serait, même s'il n'était pas question de faire des confessions intimes : une descente dans leurs propres jardins secrets, là où l'allée des Morts côtoie la voie de l'Esprit.

Armand se voyait assis à côté d'un jeune homme malingre, ils ont tous l'air d'être en porcelaine sous leur veste bleue ou grise style Mao-militaire, alors que se déroulait sur la scène de l'université de Shanghai une répétition de l'Opéra de Pékin : des filles viriles, aux bras coupant l'air comme des épées, sans poitrine, les fesses un peu basses, le mollet svelte, jamais de pointes, juste quelques bonds hardis sur des pieds qu'on devinait habiles comme des mains.

Le professeur s'appuya contre le coude de l'homme en porcelaine, glissa sa cuisse le long de la sienne, tendit la main vers l'intérieur du genou. La porcelaine était frêle et frémissante : une tendresse familière mais refusée. Cet enfant tyrannisé avait certainement besoin d'amour, oserait-il l'avouer ? Brusquement, le jeune homme bondit et hurla quelques syllabes dans sa langue. Deux

malabars d'apparence nonchalante et tout aussi frêles
(confondus avec la foule anonyme alors qu'ils assuraient
le redoutable service d'ordre nécessairement secret) se
jetèrent sur Bréhal, l'arrachèrent à sa chaise et l'entraî-
nèrent derrière les coulisses de cette scène où les jeunes
travestis continuaient à couper l'air avec leurs bras en
sabres et leurs pieds de singes rétifs aux pointes. Zhao
n° 1 et Zhao n° 2 étaient là, ils expliquèrent au séducteur
déconfit qu'il avait bafoué à la fois la bienséance
traditionnelle et la morale communiste, et qu'il devait
être jugé pour ce crime devant le peuple.

— On le déshabille ?

— Non, camarade. En Chine, nous ne fouillons pas
les mauvais éléments, ce sont là des mœurs du K.G.B.
et de la C.I.A., que la pensée du président Mao a depuis
longtemps rejetées. Mais le tribunal exige qu'il parle.
Pour nous, l'accusé, c'est le discours de l'accusé.

— Qu'il avoue sa mauvaise nature, qu'il explique
devant le peuple indigné ses intentions révisionnistes
d'œuf pourri ! criait la jeune première du spectacle de
tout à l'heure, qui ne lâchait pas le bras du jeune
homme en porcelaine (était-ce d'ailleurs le même ?) et
se présentait comme sa fiancée (du moins idéologique).

Armand, effaré, pensa qu'il fallait faire venir d'urgence la délégation, demander le secours de l'ambassade,
s'enfuir.

— Les camarades de la délégation désapprouvent
unanimement votre conduite, ils sont d'ailleurs partis
sur la Grande Muraille, assenait Zhao n° 2, tandis que
Zhao n° 1, le prétendu contestataire, profitait du procès
pour faire du zèle.

— Vous avez perdu la face, camarade Bréhal, disait-
il. Maintenant, il ne vous reste plus qu'à vous défendre
tout seul. Qu'avez-vous à dire ?

(« Celui-là veut m'achever, songea tristement Armand,

*il est tout content de m'envoyer sur la chaise électrique
à sa place. »)*

— *Il n'y a pas de chaise électrique, ici. (Décidément,
Zhao n° 1 lisait dans les pensées de sa victime.) On l'a
remplacée par le tribunal du peuple. Eh bien, on vous
écoute. Vous savez parler, non, vous êtes professeur de
parole, les textes sont un plaisir, n'est-ce pas, professeur
Bréhal ?*

*Zhao n° 1 en faisait décidément trop, il devait espérer
se racheter par cet excès de conscience révolutionnaire.*

*Bréhal fit un effort de mémoire et entonna — avec
tout le pathos dont il n'était nullement capable, mais
qui lui semblait être le seul moyen de sauver sa peau
face au tribunal révolutionnaire déjà formé autour de
lui, s'apprêtant à noter ses aveux — quoi donc ? Rien
ne devait pouvoir mieux toucher ces consciences morales
scandalisées que le monologue de Julien Sorel, bien
entendu, puisque Zhao lui-même l'avait déjà utilisé et
que les Français révoltés sont les ancêtres de la pensée-
mao-zedong, on l'a dit encore hier à l'école maternelle,
je crois.*

— *Messieurs les jurés, pardon... pour commencer...
Mesdames les jurés, je dirai même Camarades jurés...*

*« L'horreur du mépris, que je croyais pouvoir braver
au moment de la mort, me fait prendre la parole.
Messieurs, pardon, Mesdames, en un mot Camarades,
je n'ai point l'honneur d'appartenir à votre classe, vous
voyez en moi un bourgeois qui s'est révolté contre la
bassesse de sa fortune.*

*« Je ne vous demande aucune grâce — continua
Bréhal, affermissant sa voix qui avait tant séduit de
générations d'étudiants à l'École d'études supérieures. Je
ne me fais point illusion, la mo... (Merde, se dit-il, je
ne vais pas leur donner des idées ! Je changerai
Stendhal, circonstances obligent, pardon !)... le châti-*

ment m'attend : elle... non, il sera juste. J'ai pu attenter
à la pudeur de l'homme le plus digne de tous les respects.
Monsieur Liu aurait pu être pour moi comme un frère.
Mon crime est atroce et il fut prémédité. J'ai donc
mérité la mo... pardon, le châtiment, Mesdames les
jurés. Mais quand je serais moins coupable, je vois des
hommes qui, sans s'arrêter à ce que ma finesse peut
mériter de pitié, voudront punir en moi et décourager à
jamais ces gens curieux qui, nés dans une classe moyenne
et en quelque sorte opprimés par l'ennui, ont eu le
bonheur de se procurer une bonne éducation et l'audace
de se mêler à ce que l'envie des parvenus appelle la
société du goût.

« Voilà mon crime, Mesdames et Camarades, et il
sera puni avec d'autant plus de sévérité que, dans le
fait, je ne suis point jugé par mes pairs. Je ne vois point
sur les bancs des jurés quelque intellectuel désespéré,
mais uniquement des freluquets en colère... je veux dire
des paysans indignés. Pourtant, si vous pouviez imaginer le Dieu de Fénelon ! Il vous dira peut-être : il lui
sera beaucoup pardonné, parce qu'il a beaucoup aimé... »

Pendant vingt minutes, Armand parla sur ce ton ; il
dit tout ce qu'il avait sur le cœur. Zhao n° 1, qui
aspirait pourtant (mais secrètement) aux faveurs des
étrangers, bondissait sur son siège ; et le tour abstrait
que Bréhal avait donné à la discussion ne tira aucune
larme des yeux des femmes jurés. Cette sécheresse lui fut
fatale. Avant de finir, il revint sur la préméditation,
son repentir, le respect, et cette puissance de l'amour qui
un jour unira les jeunes et les vieux sur la planète
entière et peut-être abolira les guerres, ce sera un temps
plus heureux, la révolution enfin triomphante pour le
plaisir de tous les hommes...

— Inacceptable ! Rejeté ! A bas Bréhal ! D'ailleurs,

il n'a pas de cape ! Où est sa cape noire ? Julien Sorel avait bien une cape, et moi aussi ! hurla Zhao n° 1.

— *A mort ! vociféra la prima donna du spectacle.*

— *Non, camarade, n'oublie pas l'humanisme socialiste, on lui donnera une chance de rejoindre la pensée du président Mao. Une École du 7 Mai, voilà qui suffira. Pour commencer..., dit un des malabars de la police secrète qui maniait visiblement mieux que les autres la logique dialectique.*

On lui lia les mains dans le dos et on embarqua Bréhal à bord d'une grosse voiture soviétique — hospitalité oblige.

— *Vous ne pouvez pas m'emmener comme ça ! J'ai le droit de contacter mon ambassade ! Vous savez, je suis très connu en France, mes livres témoignent que je suis une personne morale, l'amour libre est l'aboutissement des droits de l'homme !*

— *Élément corrompu ! Vous êtes venu pourrir notre jeunesse !*

La jeune danseuse militante se déchaînait, cependant que Zhao n° 1 en rajoutait dans le registre vocal et mimique de la haine :

— *Vous me faites rire, avec votre Julien Sorel. Attrape-nigaud, oui ! Moi aussi, j'ai marché là-dedans, je me suis fait avoir. Une conscience petite-bourgeoise qui se pique de passion pour les riches et croit s'évader de sa condition de fils de paysan. D'où vient cette conscience ? De la religion, du séminaire, et, à la fin, elle a été pervertie par l'hédonisme de cet imbécile de Julien, prisonnier de ses plaisirs. Le peuple n'a rien à faire de tout cela ! Or vous, vous êtes un chantre du plaisir : le corps, le corps ! Vous mériteriez qu'on vous mette nu, tiens, avec votre culte du corps ! Estimez-vous heureux de bénéficier de la pudeur chinoise ! Allez, un*

*an dans une École du 7 Mai pour redressement d'intel-
lectuels pourris, cela vous fera du bien !*

— *Un an ? Mais j'ai un livre en cours...*

— *Il attendra. Si tout va bien, si vous assimilez vite
la pensée-mao-zedong, dans un an vous serez comme
moi. D'ailleurs, pourquoi Stendhal, toujours Stendhal ?
Vous trouvez que c'est bien, Stendhal ? Pas moi ! Plus
moi ! Le peuple chinois apprécie avant tout la Révolution française et la Commune de Paris. Vous auriez eu
plus de chance avec Robespierre, voire avec Jules Vallès.
Personnellement, je lis maintenant Jules Vallès. Préférable à Stendhal. En un sens, vous me comprenez... Je
vous le conseille.*

*Bréhal était effondré. La Zim où ils l'avaient fourré,
mains liées derrière le dos, approchait d'une commune
populaire ; des paysans en bleus et chapeaux de paille
ramassaient du coton ; deux rangées de gaillards armés
de longues perches horizontales portaient un cercueil ; le
cimetière était à l'autre bout de la commune ; voilà les
bâtiments éducatifs, des casemates en ciment, des block-
haus ; il allait y passer un an, peut-être plus, peut-être
même y laisser sa peau ; un jour il serait emporté
comme ce bougre-là dans son cercueil sous le soleil
tapant entre deux rangées de gaillards armés de perches.
Quelle histoire ! Était-ce la faute à Stendhal ? A Saint-
Just ? Au plaisir ?*

— Regarde, Hervé ! Armand a l'air de rêver, il fait
peut-être une meilleure balade que nous dans la voie
de l'Esprit, chuchota Olga en montant dans l'autobus.

— Le professeur Bréhal est fatigué, il se fait vieux,
non ?

La lecture du *Nouvel Obs* avait fini par altérer la

politesse chinoise de Zhao n° 1, qui, décidément, n'avait plus de respect pour les vétérans.

— C'est sûr que le rêve est la voie royale de la vérité. Et j'ajoute : la voie privilégiée vers la mort. Pourquoi ? Parce que la mort est irreprésentable, sauf à la nier comme ces chameaux gigantesques qu'on vient de voir. Ou à la cuver comme un bébé sa tétée : c'est ce que fait Armand.

Stanislas se donnait le dernier mot.

Le minibus entra dans Pékin en faisant le vide autour de lui, les passants s'écartant, les enfants agitant leurs drapeaux, les militants déployant les banderoles « Bienvenue aux camarades de *Maintenant* », cependant qu'Armand poursuivait sa descente au purgatoire de l'École du 7 Mai qui allait tenter de le rééduquer.

L'avenue Zhongshan Lu, l'ancien Bund, qui commence au confluent du Huangpu et du Wusong, à Shanghai, ouvre devant la foule des innombrables promeneurs du soir une vue grandiose sur les paquebots et les jonques endormis sur le fleuve. S'il n'y avait pas eu ces immenses feuilles de mûrier brunies par quelque vent d'automne permanent, servant de voiles aux jonques, on se serait cru sur le port de Bordeaux ou d'Amsterdam. La plus ouvrière, la plus industrielle des villes chinoises rentre du boulot ou bien prend l'air. Des jeunes filles se tiennent par la taille ou l'avant-bras, en rangs de trois ou quatre, et lancent des œillades, en se tordant de rire, à l'adresse des garçons d'à côté qu'elles feignent de ne pas regarder. Des adolescents à vélo promènent sur leur porte-bagages des grand-mères vêtues de noir aux pieds mutilés. Imperturbables, quelques vieux et quelques jeunes quittent le flot et, indifférents au fleuve comme aux gratte-ciel qui abritaient naguère les banques, clubs et maisons de commerce, indifférents aux grands magasins modernes, à leurs compatriotes et à la délégation sortie du Grand Hôtel de la Paix, se mettent à brasser l'espace avec des gestes de tortues dansantes.

— Regarde, c'est le *tai qi chuan*, le même qu'on a vu faire ce matin aux employés, sur le toit de l'hôtel.

Hervé s'approche d'un vieil ouvrier dansant, tout en gardant une distance respectueuse, pour ne pas le gêner, et reprend à son tour le ballet, d'abord en imitant la vieille tortue, puis de plus en plus fidèle à son propre rythme. Les Chinois s'écartent pour creuser dans l'espace de l'avenue l'invisible poche où se déploie cette mélodie physique : moitié goguenards devant l'audace et l'incompétence de l'étranger, moitié attendris par la volonté de l'élève doué.

— Tu comprends, on danse avec les artères et les veines. Ne croyez pas qu'il s'agisse d'une affaire de bras ou de jambes. Le sang se propulse ou reflue, puis vient un moment où le corps se transforme. Ce n'est pas qu'il disparaît, mais son rythme sanguin s'harmonise avec les figures imaginées de l'espace, le corps est tout l'espace, dedans et dehors pris ensemble et redécoupés, agrandis comme à l'infini, disséqués comme à l'infini.

— Tu en es déjà à ce stade ? fait Olga, sarcastique.

— Bien sûr que non, je l'ai lu, petit diable ! Mais cette avenue, ici, ce fleuve et ces vieilles ou jeunes carapaces, à côté, avec leur air d'extasiés impassibles, m'ont fait découvrir quelque chose qu'une salle de gym à Paris ou à New York ne révélera jamais : sans intérieur ni extérieur, une harmonieuse circulation entre mon corps et le monde, qui métamorphose le monde en corps et le corps en espace sans bornes. Voyez-vous, Armand, continua Sinteuil, à cause de ces petites choses, je suis moins pessimiste que vous. C'est vrai, si le troisième millénaire appartient à ces gens-là, nous sommes morts. Mais moi, je suis prêt à mourir pour me faire un corps comme ça, et j'ai bien l'impression de pouvoir y arriver. Car j'ai assez d'énergie en réserve (pas modeste le bonhomme, mais cela, vous le saviez !). Ils seront plus rapides dans les guerres, plus imprévisibles dans les calculs logiques, plus à l'aise dans leurs sacs de viande flottants qui s'imaginent que la circulation sanguine répète le magnétisme des planètes et réinvente des méridiens terrestres ? Soit, je m'en fous, et tant mieux. S'ils savent vivre comme ça, j'en fais autant. Mais, avec nous, ils vont apprendre la liberté et sa forme élémentaire, la démocratie. Ils en ont besoin, plus ou moins consciemment, c'est pour cela qu'ils nous invitent, n'est-ce pas ? Les camarades de *Maintenant* ? Tu parles ! Est-ce qu'ils nous ont jamais lus ? Pour eux, nous sommes Paris : « liberté, égalité, fraternité ». Aujourd'hui ou demain, ils vont nous emprunter le message, ils vont le sculpter à leur façon et ils nous laisseront le soin de porter la bonne nouvelle au monde. Car un message qui n'est pas passé par Paris n'est pas encore un message, du moins je le pense — et eux aussi.

— Je veux bien vous croire, cher ami, c'est même pour cela que je suis ici. Toutefois, pour l'instant, il y a plus de signes de sclérose que de *tai qi chuan*. Dans la vie sociale, je veux dire...

— Sans doute, on le voit bien, on dirait qu'ils collent aussi naturellement à la morgue confucéenne qu'à la rigidité marxo-soviétique. Cela donne probablement les meilleurs des bureaucrates, et une oppression qu'on devine (un jour, nous connaîtrons les chiffres). Mais que voulez-vous, en politique je fais comme Edelman et son Pascal : je parie, j'accepte le tragique.

« Regardez ces filles qui s'embrassent à côté de nous en rigolant, ces vieux ou jeunes taoïstes improvisés : vous ne me direz pas que la bureaucratie a laminé la liberté de ce peuple ! La liberté, ou le plaisir, si vous voulez, demain passera encore davantage par eux. C'est pourquoi je ne les quitte pas des yeux, et préfère me tromper en participant à leurs erreurs plutôt que leur tourner le dos par prudence.

« Mais les massacres, mais les meurtres ?... Je sais que vous y pensez pendant qu'on nous présente ces opéras puérils — et moi aussi. Ils existent sûrement ; tous ces fonctionnaires sont là pour les cacher.

« La mort, Armand, l'œuvre de la mort fait les civilisations ; on le sait maintenant, plus encore que des autres, elle est au cœur des civilisations à écriture : voyez l'Égypte, les Mayas, la Chine. Notre monde grec, biblique, évangélique en est arrivé au culte de l'homme vivant : miracle. Difficile à préserver, on l'a vu. Mais, de surcroît, il nous pousse trop vite à renvoyer à la barbarie ceux qui ne sont pas comme nous. La barbarie, qui est pour nous la mise à mort, n'est pas l'opposé des civilisations, elle en fait partie, vous êtes bien d'accord ? La société est criminelle, fondée sur un crime commis en commun : *dixit* le vieux Freud, qui ne se couvrait pas le visage comme une demoiselle ni devant le sexe ni devant la mort...

— Vous n'allez quand même pas justifier les massacres, les camps !

— Ce n'est pas du tout ce que je dis. Je dis que les civilisations sont autres — autrement barbares, si vous voulez. Et si un jour la Chine accède au respect du libertinage des individus et des exceptions (permettez-moi d'utiliser mon langage), ce ne sera pas par la même voie que nous. Restons vigilants, dites-vous ? Certes, et je le suis comme vous, j'essaie. Mais vigilants de l'intérieur, de l'intérieur de *leur* civilisation et de notre *propre* barbarie.

Olga acquiesçait, admirative. Son scepticisme s'atténuait devant la fougue raisonnée autant que naturelle d'Hervé. Sous ses airs de dialecticien habile et d'imbattable érudit, Sinteuil était (elle le savait mieux que personne) un intuitif dont les jugements se basaient sur l'expérience physique. Les yeux, l'oreille, le sexe, la stratégie, telle aventure guerrière ou religieuse le convainquaient ou le révulsaient, amorçant une invention intellectuelle qu'il bâtissait « pour » ou « contre », que *Maintenant* propageait et que Paris exécrait dans la fascination. Avec des hauts et des bas, au gré des péripéties de la politique, la Chine resterait un axe pour Hervé, Olga le savait. Et elle continuait à tracer ses idéogrammes.

— Voyez, ce jeune, à Luoyang, qui m'a laissé le battre au ping-pong, continuait Hervé. Quinze ans, vingt ans, peut-être seulement douze, qui le dira ? Il était plus fort, plus concentré, plus précis, plus rapide, plus proche du « réflexe du tueur ». J'ai dû faire un immense effort pour égaliser. Et puis il m'a regardé : ma médiocre performance, arrivant à peine à équilibrer très provisoirement le jeu (n'oublions quand même pas qu'il était champion de son usine !), l'a rempli d'une nonchalante civilité. Et il m'a laissé gagner avec cette petite avance qui sauvait son honneur et me donnait le plaisir de m'en aller comme un invité respecté. Eh bien, ce n'était rien du tout — sauf qu'à toute allure, en quinze minutes, un type quelconque m'a donné une leçon de vitesse, de sagesse et de

politesse, laquelle, mes agneaux, une fois la démocratie
acquise par ces gens-là, fera des merveilles, c'est moi
qui vous le dis !

Le bonheur stratégique de Sinteuil laissait Bréhal
visiblement insensible. « Zhao n'avait pas tort, pensait
Hervé. Armand est vieux jeu ; au surplus, il a toujours
été d'une extrême prudence. Du reste, avons-nous le
même regard sur les corps ? »

A cinquante kilomètres de Xian, l'ancienne capitale
de la Chine unifiée par Qinshi Huangdi au IIᵉ siècle
avant notre ère, la grande capitale des Tang (618-
906), les cinq délégués visitent le village de Huxian,
chef-lieu d'une région agricole. C'est la canicule, juin
est torride dans cette région, les champs de coton
couverts de minuscules nuages blancs renforcent ce
sentiment de sécheresse ouateuse, quel désert, n'y a-t-
il pas de paysans dans ce pays, ils doivent tous dormir
à l'ombre ; cependant que les courageux délégués
s'apprêtent à visiter leur exposition de peinture. Le
piège ! Sylvain, celui qui connaît mieux que personne
Cézanne et Matisse, prépare ses stylos et son sourire
narquois : cela doit être quelque chose ! Des tracteurs
et des paysans, surtout des paysannes, évidemment,
prenant ces poses héroïques dont les acteurs russes ont
abusé depuis un siècle dans le théâtre de Stanislavski.
On verra bien !

Brusquement, des extraterrestres. Les paysans disparus étaient là, tassés, assis ou accroupis sur la place
du village. Un silence lunaire... Les cinq descendent
des Zim et se dirigent vers la porte de l'expo. Ils
esquissent des sourires pour saluer les camarades
chinois. Incroyable ! Les yeux des accroupis les fixent,

inexpressifs, plats, stupéfaits. Non, pas curieux, ni admiratifs, ni interrogatifs, ni méfiants, ni même haineux. De tels regards seraient destinés aux humains, aux autres humains, comprenez : aux autres Chinois. Mais des « longs-nez » comme ça, qui descendent de voitures inconnues, accoutrés de vêtements bizarres : les paysans de Huxian n'en ont jamais vus. Des animaux, une autre espèce, des visiteurs du cosmos ? Ces Blancs éveillaient comme une peur atavique et aveugle, ignorant sa propre humanité comme elle refusait celle des visiteurs. Tous des Martiens les uns pour les autres.

— Vous avez vu cela, ils nous prennent pour des extraterrestres ! Les « Chinois », c'est nous.

Olga était sidérée.

— Ils nous prennent pour des étrangers, tout simplement, mais peut-être avez-vous raison, on ne regarde pas un étranger comme ça au Maroc ou à Saigon, remarqua Sylvain.

— Les camarades de Huxian reçoivent pour la première fois des amis étrangers !

Zhao nº 1 essayait d'amortir le choc.

— Ils ne nous voient pas, parce qu'ils ne nous prennent pas pour des humains. Ils se demandent s' nous ne sommes pas d'une autre espèce que l'espèce humaine qui est la leur. (Olga.)

— C'est bien la Chine profonde. L'empire du Milieu ne connaît pas d'Autre. (Hervé.)

— La vraie Grande Muraille de Chine, nous l'avons sur cette petite place. (Bréhal était ravi d'exprimer par ce biais sa gêne, qui ne faisait que croître depuis le début du voyage.) Le racisme vient des terres, le racisme est paysan, n'est-ce pas ?

— Est-ce du racisme ? Cela pourra le devenir. Je crains que ce ne soit plus profond encore. L'Autre est invisible, on n'a de regard que pour soi, pour son semblable. Mais « regard » veut dire pensée, esprit, amour, morale. Ils nous excluent de leur champ visuel, alors que nous essayons de les inclure dans nos pensées. Est-ce si différent que cela en a l'air ? Ou bien s'agit-il de deux manières d'annuler l'Inconnu ?

Hervé entra dans l'exposition en philosophe embarrassé. Changer d'yeux. Cesser d'être aveugle. Est-ce possible ? Chacun est un extraterrestre pour l'autre.

3.

Plein de tracteurs, de moissonneuses-batteuses, et les mêmes héroïnes de Stanislavski, supermaquillées, prenant des poses de l'Opéra de Pékin. Olga traversait sans les voir les œuvres des camarades paysans : du réalisme socialiste, tout comme *là-bas*. On n'avait nul besoin d'être chinois pour peindre comme ça, hélas ! Aucune surprise sous le regard.

Si ce n'est... Tiens donc ! D'où ça vient, ça ? Un pastiche de Van Gogh ? Un peintre taoïste qui a rêvé d'être Van Gogh avant de se réveiller dans la commune populaire *Le Puits de bronze*, à Huxian ?

Les tournesols grandeur bouddha épanoui, d'un jaune insolent, occupent l'espace sans perspective. Pas de figures humaines : quelques traits d'encre épais, deux ou trois corps minuscules, qu'on identifierait sous microscope comme anthropoïdes, se perdent dans le feuillage vert pâle sous les têtes des soleils incandescents.

A côté de ce Van Gogh inconscient : un fond azur dévore deux petites poupées perdues dans une couvée de poules géantes qui déploient en taches impressionnistes toute la gamme des blancs et des gris.

Plus loin : des épis de blé marron construisent des

figures géométriques, des carrés de Mondrian en granulés, qui noient les molécules des moissonneurs, des coups de fourchettes ponctuant et déséquilibrant l'ordre sévère de ce temple maçonnique en plein air.

Ou encore : cette poussée à la Cézanne de couronnes d'arbres rougeâtres qui envahissent tout le tableau et emportent les masses de terres ocre, bistre et vertes dans une pyramide en mouvement où l'on devine — englouties ? heureuses ? — quelques silhouettes juchées sur les branches.

Zhao n° 1 perçoit la stupéfaction d'Olga.

— L'auteur de ces tableaux est la camarade Li Xulan, secrétaire du Parti pour une brigade de sept cents personnes, dont trois cent cinquante femmes, de ce village même. Elle est ici. Si vous voulez, vous pouvez faire sa connaissance.

Décidément, c'était la journée des surprises. Olga n'en revenait pas : en plus, l'artiste était une femme.

Le petit visage buriné, dodu et tout souriant se tenait face à elle, les cheveux noirs coupés court, la quarantaine, le corps tassé et lourd, les mains rugueuses, probablement plus de trente ans de durs travaux en toutes saisons : la camarade secrétaire du Parti était cultivatrice de coton de son métier. Rien ne semblait la distinguer de ces femmes accroupies à l'extérieur, dont les yeux criaient panique devant les étrangers extraterrestres. Sauf ses yeux à elle, justement : humides, ils balayaient à toute vitesse la salle et transperçaient les corps avant de se recueillir au dedans. Inquiets lorsqu'ils vous fixaient en souriant, mais, en fait, n'aspirant point au dehors, s'apaisant même complètement en replongeant vers l'intérieur de cet être étrange dont Olga saisit enfin le calme harmonieux des traits comme de la posture. Un bronze.

— C'est vous, le peintre de ces merveilleux tableaux ? Je vous avoue que je suis tout à fait admirative.

L'empressement d'Olga gêna Li Xulan ; elle se mit à rire, de ce rire forcé qui cache tout chez les Chinois. Questions : comment peignez-vous, depuis quand, et quoi exactement, des paysages, des scènes vues ou vécues, des rêves, des visions ?

— Ça, c'est peut-être vrai. Je ne peins pas ce que je vois, mais après avoir dormi. Quand je rentre du champ, je suis fatiguée, je rêve beaucoup, toujours en couleurs ; au réveil, je peins ce que j'ai vu en rêve. Enfin, pas tout à fait : je n'arrive pas à refaire exactement le rêve, le tableau représente plutôt quelque chose qui n'existe pas et qui est entre mon rêve et la vie au travail. J'ai encore beaucoup à apprendre pour faire des tableaux comme les vrais champs, comme les photos, si vous préférez.

— Mais j'aime vos tableaux tels qu'ils sont ! Comment avez-vous trouvé cette idée de peindre après le sommeil ? Est-ce l'enseignement du cours du soir ?

Li Xulan parut mal à l'aise et se mit à parler vite à Zhao. Olga ne suivait plus.

— La camarade Li Xulan a appris à lire et à écrire il y a seulement deux ans. Elle n'a pas encore acquis une solide instruction, elle me demande même de l'excuser, car c'est encore une femme très simple...

(« Heureusement, pensa Olga. Sans cela, comment échapperait-elle à l'endoctrinement ? »)

— Mais je connais le discours de Yanan du président Mao sur l'art et la littérature. Voilà ce qui m'inspire, reprit Li Xulan en se rappelant son rôle de secrétaire du P.C.

— Vous croyez ?

Olga avait décidé de la pousser dans ses retranchements, mais gentiment, cela va sans dire.

— Et vos enfants, vous n'avez pas eu envie de peindre vos enfants ?

Quelle idée ! disait le regard effrayé de Li Xulan. Elle avait eu quatre fils, l'aîné approchait maintenant de ses vingt-cinq ans, mais les peindre, non, elle n'y avait jamais pensé.

— Vous voyez bien que vous n'en tirerez rien. Votre génie est tout simplement une brave et naïve campagnarde.

Sylvain suivait la conversation d'un air amusé et ne se laissait pas du tout impressionner par cette galerie d'Art moderne pour paysannes antédiluviennes.

— Précisément, c'est là toute sa valeur. Vous n'êtes pas frappé de voir une paysanne inculte découvrir toute seule la peinture contemporaine ? Elle est géniale, oui ! Vraiment, madame Li, vous avez du génie. Vous permettez que je photographie vos tableaux ?

— N'exagérons rien, reprit Sylvain du même ton badin, vous êtes séduite par cette dame ou bien par votre propre vision ?

Rotation accélérée des yeux de Li, plan fixe sur l'étrangère, puis sur ses propres tableaux : après tout, ce sont peut-être des chefs-d'œuvre, si cette camarade qui s'y connaît le dit ? Mais, de nouveau : retrait du regard dérobé, enraciné dans quelque champ intérieur, indifférent.

Flash. Photo. Flash. Photo. Olga avait peut-être des visions, mais l'appareil n'en avait pas : on reverrait tout cela à Paris... Non, elle ne pouvait se tromper à ce point, cette Chinoise était un phénomène.

Li ne sait pas ce qu'elle fait, mais elle sait faire. Lao-tseu, Chuang-tseu, ou du moins un de leurs disciples doués, se serait-il réincarné en cette femme doublée d'une secrétaire du P.C. dans une brigade de cultivateurs de coton, qui rêve d'avoir été Van Gogh,

Mondrian et Cézanne, emportés cependant par la paix
d'une vue inhumaine ? Et qui, en véritable taoïste,
ignore son identité ?

Dehors, la foule attendait les étrangers extraterrestres avec les mêmes yeux opaques qu'à leur arrivée.
Olga retenait à peine sa joie d'avoir enfin rencontré
une personne. Et quel talent ! Li Xulan insufflait de
la vie à toute la série d'héroïnes plus ou moins
schématiques qu'on leur avait présentées jusqu'alors :
les mères de famille, les directrices d'usine, les puéricultrices des crèches, les ouvrières qui faisaient tomber
tous les records de production, les universitaires qui
récitaient leur leçon contre l'ancienne science révisionniste.

— Vous vous rappelez, Sylvain, le tableau *Automne*,
ces frondaisons rouges qui s'éclipsent en une pyramide
de formes abstraites ? Eh bien, vous ne voyez pas la
ressemblance avec *La Montagne Sainte-Victoire* de
Cézanne, celle de Bâle, de 1904 ou 1905, qui reprend
les versions précédentes en géométrie, ces touches de
pinceau vertes, bleues, ocre, noires, brique ?

— Vous êtes bien généreuse. Admettons, avec beaucoup d'imagination, la comparaison avec *La Montagne
Sainte-Victoire*. Votre camarade Li n'est certainement
pas insensible à la vibration des lumières : je vous
accorde un certain rythme des rouges et des jaunes, à
ceci près qu'il lui manque la somme suffisante de
bleutés pour faire sentir l'air. Ne chipotons pas. Mais
voyons : où sont *Le Crâne et le Chandelier*, *La Pendule
noire*, *La Tentation de saint Antoine*, la grâce du
Garçon au petit gilet, avec cette longueur excessive du
bras, vous vous rappelez le tableau ? Je vais vous dire :
votre Mme Li s'en tire parce qu'elle évite les portraits,
les visages, les corps. Plus maligne que ses collègues,
plus rêveuse peut-être. Elle pourrait devenir un bon

peintre abstrait si j'avais le temps de m'occuper d'elle.
Mais la figure humaine, celle qu'on voit de Cézanne à
Matisse, est-ce vraiment fini, comme le croient nos
rigides avant-gardistes qui ne savent plus dessiner une
théière, ne parlons pas d'un canard ? Pas du tout !
Alors, quand vos taoïstes réincarnés en Mondrians
femelles, ou ce que vous voudrez, seront capables de
faire du vide, mais avec la passion d'un corps ou d'un
visage, on en reparlera ! Je leur souhaite bonne chance !
Il leur faudra dépasser les poses et le stuc du réalisme
socialiste et compagnie. Cela risque d'être long !

Toujours exigeant, Sylvain. Il ne riait plus, il
militait. Il n'avait pas tort, au fond. Mais à quoi bon,
si cela devait l'empêcher d'apprécier ce qui surgit sans
faire violence aux usages, mais en se laissant aller
aussi aux lois des songes ?

— Tu vas en Chine ? Rapporte-nous un livre sur
les femmes chinoises. Ce sera pour nous. Tiens, je te
paie le voyage, pas question de le donner aux Éditions
de L'Autre.

Bernadette avait été perspicace et efficace, et voilà
qu'Olga tenait déjà ce livre, grâce à Li Xulan et à
quelques autres. Elle allait donc publier chez les
Féministes militantes des portraits de ces femmes
extraordinaires qui, en l'espace d'une génération, avaient
transformé les pieds bandés et les mélancolies de leurs
mères en corps agiles, en audaces intelligentes et même
en pinceaux de maître. L'équilibre du *yin* et du *yang*
devenait peut-être seulement maintenant réalité.

Olga avait appris dans les livres que la civilisation
chinoise était la plus importante des civilisations
matrilinéaires et matrilocales. Ils avaient beaucoup

discuté, à l'Institut d'analyses culturelles, « famille matrilinéaire », « commune primitive » ou « matriarcat ».

— Pure hypothèse, soutenait Strich-Meyer, banale et naïve reprise du « matriarcat » d'Engels. En revanche, on connaît bien l'« échange restreint », avec filiation bilatérale : chaque individu a deux références, paternelle et maternelle. On peut déduire de cet équilibre bilatéral la célèbre symétrie dynamique *yin-yang*, si vous voulez, mais, scientifiquement, on ne peut aller au-delà. Sauf, évidemment, à faire de la fiction, du roman.

Carole désespérait de recueillir chez les Wadanis quelques avantages dont auraient bénéficié les femmes. Cette tribu, qu'elle étudiait avec Martin, était constituée de familles où le mariage se pratiquait exclusivement avec la fille de l'oncle maternel. On pouvait y voir une évolution tardive de l'éventuelle famille matrilinéaire, mais les mœurs wadanies étaient aux antipodes du *yin-yang* : un véritable machisme, et quelle décadence de la dignité féminine !

— Tu as de la chance d'aller en Chine, essaie de voir s'ils ont de nouvelles données archéologiques sur le matriarcat.

Olga avait promis de se renseigner. Les mythes reproduisent bien les mœurs, et il y en avait un qu'elle préférait en ce qu'il restituait précisément sa juste place aux femmes. D'ailleurs, Hervé avait trouvé, la veille, chez un antiquaire de Xian, l'impression d'une stèle du Ier siècle avant notre ère, gravée du même mythe, et tout le monde en avait acheté un échantillon. La déesse reine Nügua n'est pas, comme Yahvé, à l'origine de l'Univers, mais elle le sauve de l'effondrement et crée l'humanité en même temps que l'écriture, conjointement avec son frère et époux le souverain légendaire Fuxi. La gravure d'Hervé les représentait tous deux : têtes humaines, corps de serpents, queues de dragons enlacées, égaux et interchangeables, *yin* et *yang*, aucun ne dominant l'autre.

— Tu ne te rends pas compte, tu as la chance de connaître le chinois, ou du moins de l'apprendre, tu pourras étudier cette civilisation, visiblement très favorable aux femmes, d'un point de vue féminin, justement, sans les préjugés des hommes...

Olga était intriguée.

— Regarde quand même, renseigne-toi ! avait insisté Carole.

— On attend un livre féministe, l'hymne des femmes enfin libérées qui rejettent la domination mâle et retrouvent l'origine heureuse de l'humanité, que les savants nous cachent ! (Bernadette, elle, ne pouvait se montrer plus déterminée.)

Là-dessus Zhao n° 1 et n° 2 annoncèrent que, « pour la camarade Olga », ils allaient pouvoir visiter le musée préhistorique de Panpo :

— Nos archéologues ont commencé les fouilles en 1953 et ont découvert une commune primitive et matriarcale d'avant l'apparition du patriarcat, de la propriété privée et des classes.

— Encore la bonne blague d'Engels ! remarqua Hervé.

— Moi, je préfère lire le dépliant, il me paraît très bien fait. Ce n'est pas la peine que je visite les fouilles, dit Bréhal.

— On apprend toujours quelque chose, surtout *a contrario*, décidèrent philosophiquement Weil et Brunet.

Et le groupe s'engagea dans le matriarcat.

Pas de doute : Olga tenait son livre.

*
* *

Quelques mois plus tard, le reportage terminé non sans effort, hâte et.joie, elle annonça son manuscrit à Bernadette.

— Génial, tu me le déposes, je t'appelle tout de suite.

Deux semaines, un mois : pas d'appel. Enfin, Paule, l'assistante de Bernadette :

— Ce soir au local, on discute ton topo, ça a pris du temps car il fallait que les filles le lisent, c'est la démocratie, tu comprends. D'accord ? A vingt-deux heures au local !

Plein de filles venaient au « local » se plaindre à Bernadette de leurs déboires conjugaux, professionnels, maternels. Mais il se fait tard : on passe au livre ?

— Quel livre ?

Les filles tombent des nues, personne n'a rien lu. Olga se tourne vers Bernadette.

— Moi, je l'ai lu. Intéressant. Globalement. Tu as l'air sceptique quant au matriarcat...

— En réalité, j'expose les différents points de vue, je ne suis pas assez compétente pour donner un avis définitif.

— C'est bien ce que je veux dire : tu ne t'engages pas !

Olga est surprise. L'honnêteté intellectuelle, quand même...

— La compétence n'a rien à voir dans cette affaire, c'est oui ou non. C'est simple : on sent ces choses-là de l'intérieur, quand on est une femme. (La petite blonde à boutons d'acné et à grosses lunettes est catégorique.)

— Ah bon ? (Olga trouve plus sage de reculer.)

— A part ça, quand tu parles du passé, tu donnes

une mauvaise image des femmes : toutes déprimées, ou suicidées, ou alors, quand elles arrivent à s'imposer, c'est qu'elles jouent aux mecs. (Bernadette n'en a pas fini avec ses objections.)

— C'était tout simplement la réalité. Comment faire autrement sous le confucianisme ?

— Confucianisme ou pas, on s'en fout ! Cela fait une mauvaise image, tu pourrais te contenter des figures de mères taoïstes, il y en a énormément et elles sont beaucoup plus actuelles. (Bernadette est déchaînée.) En somme, tu n'aimes pas vraiment les femmes, puisqu'il ressort de ton bouquin que l'amour entre femmes les rend assommantes et même suicidaires. (Bernadette enfonce le clou.)

— Tu durcis mon propos, mais cela arrive aussi.

— Propagande mâle ! Tu es contaminée par le patriarcat. (La petite couverte d'acné est une vraie militante.)

— Bon... (Olga commence à comprendre.) Cela ne vous plaît pas ? Après tout, chacun ses goûts. Tu me rends le bouquin — d'ailleurs, les Éditions de L'Autre me le réclament — et je te rembourse.

— Ce n'est pas ça ! (Paule, l'assistante, essaie de mettre les pendules à l'heure.) Ce qu'on veut dire, c'est que tu devrais ajouter une préface pour expliquer ce que tu dois personnellement à Bernadette et au mouvement.

Là, c'est trop. Ces filles ne connaissent pas Olga. Une séance de bizutage, tu parles ! Elle en a vu d'autres ; au komsomol, par exemple. Sauf que, *là-bas*, c'est du sérieux, on risque sa liberté, pas son amour-propre à cause d'un petit bouquin.

Il y avait plein de pivoines à Nankin et à Luoyang. De grosses têtes mauves, écarlates, roses, bordeaux, blanches, incroyablement épaisses et odorantes. Des soleils saignants plein les rues, les jardins. Elles pourrissaient sur pied et cette mort colorée avait l'obscénité d'un sexe de femme insolent, stupide. Comme la beauté était fragile et comme elle pouvait soudain s'inverser en horreur brutale, obtuse ! Rouges et blanches d'ambition malade, la tête exaltée de Bernadette et celle de ses copines étaient des pivoines en train de pourrir.

— Mais ça va pas, mon petit ! s'écrie Olga, retrouvant la hargne de son adolescence militante. Bernadette est-elle le président Mao ? Et, le serait-elle, je ne suis pas allée en Chine pour me plier au Président, pas plus qu'à la Présidente, est-ce clair ? Vous faites du féminisme-dictature ? Eh bien, vous vous êtes trompées d'adresse. Rendez-moi le manuscrit, et *ciao* !

Brouhaha généralisé. La plupart prennent le parti de Bernadette, d'autres trouvent qu'Olga n'est pas dépourvue d'un certain bon sens.

— Tu sais, je suis avec Bernadette parce qu'elle me loge gratuitement dans un de ses immeubles ; sinon... (Olga reconnaît confusément la voix d'une de ses étudiantes.)

— Mais, Olga, ne te fâche pas, ce ne sont que des critiques amicales. Sans cela, ton livre est formidable, il va sans dire qu'on le publie. Une dernière remarque, j'allais oublier : tu ne peux pas signer « de Montlaur », c'est le nom de ton mari, cela ferait affreux chez les Féministes militantes. (Bernadette s'obstine, elle ne mesure visiblement pas la colère de l'Écureuil.)

— Elle peut signer « Olga Morena », comme ses articles d'avant son mariage, propose Paule.

— Non ! (Bernadette ne désarme pas.) Le nom du père est tout aussi machiste que celui du mari.

— Vous êtes folles, ou quoi ? Rendez-moi le manuscrit tout de suite, et foutez-moi la paix ! Vous allez

changer la société patrilinéaire cette nuit même, je le
vois, c'est parti, mais sans moi ! Alors, ce manuscrit ?

L'Écureuil trépigne de rage.

— Il est déjà à l'imprimerie.

— Sans blague ! Vous ne voulez voir qu'une seule
tête, hein ? Tout ce qui n'est pas conforme à votre
doctrine est phallique, un sale pénis ? Ça vous fait
vomir ? Alors, allez-y, vomissez-moi ! Il doit bien y
avoir d'autres féministes que vous.

— Non.

— Peut-être pas, en effet, conclut, légèrement dessoûlée, l'Écureuil en claquant la porte.

Ce fut la fin de son militantisme féministe, chinois,
ou autre. Plus de politique : place à la solitude, aux
petits bonheurs et malheurs de la vie. Le corps peut
méditer l'esprit, l'esprit se détache des groupes, le
chagrin espère la lucidité.

Le reportage chinois parut bien chez les Féministes
militantes, qui l'avaient en quelque sorte séquestré.
Olga laissa faire et s'en désintéressa.

Ici, pourtant, dans les fouilles de Panpo, elle écoute
attentivement. Le matriarcat étalé sur cinquante mille
mètres carrés — dont « seulement » mille dégagés —,
on ne voit pas ça tous les jours. Un village d'il y a
huit mille ans environ : six mille ans avant notre ère !

La jeune femme de trente ans, Chang Chudang,
historienne autodidacte, récite *L'Origine de la famille,
de la propriété et de l'État* d'Engels.

— Nos ancêtres mangeaient du millet, du colza,
des plantes sauvages. Les femmes étaient agricultrices,
et ce travail, essentiel à l'époque, leur a permis de
jouer le premier rôle dans la vie politique.

— Et les hommes ?

Hervé commence à ne plus vouloir se tenir tranquille.

— Les hommes se consacraient à la chasse et à la pêche. Ensuite à l'élevage.

— Tiens, je vois de petits pénis gravés sur la poterie. Célébrait-on le dieu Phallus dans le matriarcat ?

Hervé devient indécent, et Zhao n° 1 pas plus que Zhao n° 2 n'osent plus traduire.

— La rivière Zhanhe, qui borde le village, regorgeait de poissons, poursuit Mme Chang, imperturbable. La forme allongée que vous voyez sur la poterie est un poisson, le totem du village.

— Interprétation simpliste.

Stanislas rejoint Hervé dans le débat sur le symbolisme phallique qui s'est amorcé mais va bien vite s'éteindre.

Poissons noirs, poissons rouges, poissons marron, poissons accouplés ; visages d'hommes coincés entre deux corps de poissons. Puis les poissons deviennent abstraits : carrés, triangles, ronds. Enfin, les poissons commencent à délirer, ils se métamorphosent : les voilà devenus girafes, éléphants, oiseaux sauvages.

— En tout cas, on trouve sur les récipients des traces d'ongles de femme. C'est la preuve que les femmes étaient non seulement cultivatrices, mais aussi fabricantes de poteries, et qu'elles étaient sûrement chargées de la cuisson, mission sacrée.

La camarade Chang serait donc une féministe pour Bernadette. Son récit se veut d'une logique impeccable :

— Les femmes puisaient l'eau avec des pots : vous constatez par conséquent que les femmes avaient une connaissance empirique certaine des lois de la gravité

(« Comme les enfants chez nous », ponctue Sylvain),
alors que l'usage de la cuisson en vaisselle fermée
témoigne de leur maîtrise de la vapeur (« Et voilà
comment les femmes ont découvert la thermodyna-
mique en Chine ! » — Sylvain ne cesse de s'amuser).
Tout cela est la preuve d'un important niveau tech-
nologique chez les femmes dans la commune primitive
matriarcale.

— Na ! fait Olga.

Les quatre hommes doivent s'avouer vaincus. Mais
la guide a gardé son plus solide argument pour la fin.

— Nous sommes ici au centre du village. Vos pieds
foulent le sol de la maison de la grande aïeule
qu'entourent des foyers où les hommes et les femmes,
les uns chasseurs, les autres agricultrices, se réunis-
saient la nuit.

— Pour quoi faire ?

Hervé a décidé de jouer les mauvais esprits, mais
les deux Zhao restent silencieux.

— Nous sortirons maintenant du village et vous
verrez, séparées par un fossé, les deux zones : les
nécropoles et les poteries. Le matriarcat est surtout
démontré par les nécropoles.

— La mère, c'est la mort. (Hervé, inévitablement.)

— Les tombes des femmes contiennent plus d'objets funéraires que les autres : quantité de poteries,
bracelets, épingles à cheveux en os, sifflets.

— Le bazar des salopes ! (Hervé.)

— Pour siffler quoi ? (Sylvain.)

— Les enfants, imbécile ! (Stanislas.)

— Les enfants sont enterrés avec les femmes, les
bébés n'ont pas droit à la nécropole et sont inhumés
seuls, dans des urnes, non loin des maisons.

— Je me demande si je n'aurais pas préféré mourir
bébé. (Hervé.)

— Silence ! (Olga.)

— Ici, hommes et femmes sont enterrés ensemble. Mais toujours dans la région de Xian, une autre fouille, un peu plus loin, a révélé une nécropole avec la Mère au centre ; autour d'elle étaient disposés les squelettes des autres membres de la « famille ». Sans doute pratiquait-on un rite funéraire en deux temps : on aménageait d'abord des tombes séparées pour les deux sexes, puis, quand toute la famille était morte, on la disposait autour de la grand-mère. Pas de sacrifice : pas de squelettes avec traces de violence. Pas de propriété privée. Pas de pouvoir patriarcal. La politique se décidait collectivement dans la maison de la grande aïeule. La Mère au centre, et la Paix civile. Voilà ce qu'était la commune matriarcale primitive.

— Cela paraît vraisemblable. (Olga.)

— Trop harmonieux pour être vrai. (Sylvain reste sceptique.)

— Vous trouvez cela harmonieux, une Mère au centre ? Moi, je me méfierais ! (Hervé commence sa contre-propagande.) Question, madame Chang : où s'arrêtait la famille d'*une* Mère au centre, et où commençait la famille d'une *autre* ? Peut-on imaginer *deux* Mères au centre, et, si oui, que pouvait-il se passer entre elles ? Je me le demande. Je *vous* le demande. D'ailleurs, le président Mao semble de mon avis : d'abord, il avoue y voir moins clair que la camarade Chang quant au pouvoir des femmes à cette époque ; ensuite et surtout, il s'en tient avec sagesse à la vérité essentielle selon laquelle l'Un mange toujours l'Autre et réciproquement.

Et de sortir de sa poche un texte de Mao qu'il débite à l'historienne médusée par les connaissances du camarade Sinteuil.

— « *D'abord les hommes étaient soumis aux femmes,*

*et ensuite les choses se sont renversées en leur contraire,
et les femmes ont été soumises aux hommes. Cette étape
de l'histoire n'a pas été encore éclaircie, quoiqu'il s'agisse
d'un million d'années et plus.* (Hervé : "Un million
d'années, bagatelle !") *Dans le monde, l'un dévore
l'autre, l'un renverse l'autre...* » (Hervé : « Vous voyez,
le Président ne prend pas parti : ni machiste ni
féministe, *yin* et *yang*, comme moi, n'est-ce pas,
camarade épouse ? »)

— « *Dans le monde, l'un dévore l'autre, l'un renverse
l'autre...* », reprend comme en rêve la camarade Chang.

4.

Était-ce l'énigme de cette Chine fade qui feignait de se livrer dans des discours d'emprunt pour mieux s'emmurer ? Était-ce leur groupe hétéroclite, avec ces trois vieux garçons retors, et Hervé qui transformait tout en prétexte à rigolade ? Olga commençait à se sentir étrangement désemparée. Cela doit être normal quand on vit en milieu inconnu — pas hostile, non, pas du tout, mais voilé, insolite... On a parlé récemment des naufragés d'un avion qui avaient dû survivre sur un glacier : les vivres épuisés, ils finirent par s'entre-dévorer. Mais l'anthropophagie a commencé bien avant, par les haines, les mépris, les humiliations. L'espèce humaine continue à pratiquer une anthropophagie psychique ; la civilisation épargne le sacrifice des corps, mais les blessures, les meurtres d'âmes courent les rues. A condition de croire que l'âme existe, ce qui n'est pas admis par tout le monde. A moins que ce ne soit justement par ce refus de l'âme que commence l'anthropophagie psychique ?

Olga cherchait des souvenirs et essayait de parler chinois. Elle escalada les immenses sculptures bouddhistes qui ornaient la grotte de Longmen, près de Luoyang, et déchiffra les caractères antiques qui expli-

quaient comment guérir la maladie mentale par une
attention agile. Une paysanne du Hunan, venue elle
aussi en visite, lui adressa la parole :

— Si j'approche de ce bouddha, je guérirai de mes
rhumatismes, mais est-ce que je deviendrai immortelle ? Qu'en penses-tu, camarade ?

Décidément, la Chine taoïste croyait dur comme fer
à l'immortalité ; cette espérance avait imprégné le
bouddhisme chinois, alors qu'en Inde on nie la survie
après la mort. Mais, après tout, Lao-tseu n'était-il pas
parti à dos de bœuf vers l'ouest pour prêcher sa propre
doctrine, et les bouddhas qu'il avait ramenés n'étaient-
ils pas une simple version, un peu barbare, de l'éternité
du tao ?

— Je crois qu'on meurt quand même ; cependant,
les âmes qui croient au Bouddha voyagent et se
réincarnent...

Olga s'était lancée dans une longue explication, aussi
inutile qu'incompréhensible.

— *Wai guo ren, Wai guo ren !* — « Une étrangère,
une étrangère ! » s'écria la vieille paysanne affolée, qui
avait tout de suite compris le sens ultime de ce
galimatias et s'enfuyait à toutes jambes.

Olga était néanmoins ravie : « Elle m'a prise d'abord
pour une Chinoise ! » Elle eut juste le temps de filmer
la malheureuse qui se retournait dans sa course vers
les siens, terrifiée.

Photo du bouddha qui danse. Une autre de celui
qui tourne la tête de profil. La chimère du bas, mi-
femme mi-tortue.

Photo d'Armand qui ne regarde que son carnet, assis
sur un bouddha nain. Photo de Stanislas qui ne montre
jamais son visage à Olga : Stanislas sera toujours de
dos pour l'appareil. Photo de Sylvain et d'Hervé, on
ne peut jamais les prendre séparément, ils se tiennent

toujours côte à côte, joueurs complices qui s'entendent sans paroles, se donnant des coups de coude et riant. Bien sûr, elle aurait pu les prendre séparés, mais il aurait fallu reculer, quitter le groupe, trouver un angle de coupe. Non, cela suffit, elle se sent déjà assez coupée de l'ensemble (l'ensemble existe-t-il, d'ailleurs ?). Un groupe tient par la manie, on appelle ça de l'enthousiasme. Bizarrement, c'est l'enthousiasme fébrile et, en définitive, factice des Chinois qui est en train de disloquer leur manie de pèlerins. *Maintenant* survivra peut-être au retour de Chine, mais certainement pas l'esprit de *Maintenant*. La manie était en train de virer au scepticisme, le groupe éclatait.

Flash. Photo dans la grotte : Hervé en train de chuchoter à l'oreille de Sylvain amusé. Flash. Photo : Stanislas feint de contempler une stèle mais, en fait, décoche un regard assassin en direction des deux copains. Flash. Photo : Bréhal bâille sur son stylo.

La nuit, les trois vieux garçons réintégraient leurs chambres, de l'avis de tous « très spartiates ». Hervé et Olga avaient droit au lit luxueux des meilleurs appartements destinés aux hôtes de marque ou aux super-dignitaires chinois en déplacement avec leurs épouses.

— Dors bien, on est trop fatigués pour faire l'amour après cette longue journée, n'est-ce pas ?

Hervé lui tournait gentiment le dos et s'endormait sur-le-champ.

— Tu trouves peut-être que ce serait moche vis-à-vis des trois autres ?

— En un sens. Tu ne trouves pas ?

— Moi, les trois autres, je m'en fous.

— Tu as raison, dors bien !

Silence.

Heureusement, curieusement, la photographie et,

mieux encore, le cinéma sont des interlocuteurs. Muets, ils ne semblent pas réagir. Mais ils retiennent votre regard, enregistrent votre intérêt, et leur répondent en les accentuant et en les restituant plus nets, plus beaux ou plus ratés que vous ne l'aviez cru. Surtout, la photo discerne. Il est essentiel de discerner quand tant d'immensité vous dévore : des têtes innombrables, une foule de bronzes, de statues, de calligraphies et de slogans qui vous réduisent à un grain de riz perdu dans un tas géant en train de fondre sous le soleil. Le plus dur, c'est de trier les visages. Par exemple, les visages d'enfants : un charme solaire, l'amour à portée d'objectif.

Olga croyait ne pas aimer les enfants. Elle ne les détestait pas, non, simple indifférence. Par exemple, elle n'avait jamais joué à la poupée, ou plutôt elle y avait si peu joué que la seule et unique poupée de son enfance, Aurore, avait survécu sans peine à ses timides manipulations et trônait encore sur le divan de ses parents en l'honneur (style kitsch) de la voyageuse. Elle n'avait pas non plus remplacé Aurore par des voitures, trains ou avions miniatures. Simplement et directement, par les livres. Et aussi par la natation, le tennis. Le tout, sérieux et performant. Olga haïssait le genre « gnan-gnan », et, à l'âge de douze ans, elle était même allée jusqu'à se brouiller avec sa meilleure copine, Hélène, parce que celle-ci n'arrêtait pas de courir derrière les mères qui poussaient des landaus. Son petit frère lui suffisait bien, Olga en avait déjà assez de ses caprices, pleurs et bouillies, qui avaient par ailleurs l'avantage d'accaparer maman et de laisser papa désœuvré. Jusqu'au jour où ils décidèrent tous

deux, papa et Olga, de couper net à l'ennui et de
passer ensemble leurs heures creuses aux matches de
football ou, le soir, au concert et au théâtre. Bref, elle
était sûre qu'elle n'aimait pas les enfants.

Les petits Chinois, c'était autre chose. Beaux : ovale
parfait, joues mimosa, deux fentes penchées à la place
des yeux, et des petites bouches remplies de chants,
de rire. Sages : observez une fête publique à Luoyang
ou à Shanghai, il y a toujours un rejeton de diplomate
américain, anglais, français, en train de faire le pitre
sur les gradins, et ses parents de brailler au loin pour
le récupérer. Normal ? Pas du tout, car aucun petit
Chinois n'émet le moindre bruit, mais contemple
l'univers de manière extatique ou, parfois, nettement
consternée. Poli, ne dérangeant personne, séduisant,
mais sans vous coller aucun câlin. Le charme d'une
petite main en train de chatouiller des caractères dans
la paume de l'autre. La malice du regard coquin qu'ils
vous décochent avant de prendre immédiatement la
fuite, paniqués par tant de laisser-aller. Les petits
garçons plus graves, avec déjà les yeux tristes de leurs
pères : en fait, Olga n'avait remarqué ces expressions
chagrines que chez les femmes méditerranéennes et les
hommes chinois. Les petites filles dégourdies, plus
mobiles que les garçons empotés du même âge, dominaient tous les jeux dans toutes les maternelles. Et
sous le sempiternel et féroce maquillage de l'Opéra de
Pékin, elles saluaient innocemment, d'une sorte de
danse survoltée, les camarades de *Maintenant* passa-
blement ahuris.

— J'adore ces petits, répétait Olga qui ne photogra-
phiait plus que les petites têtes ébahies, les petites
mains aux pinceaux, les petits pieds dansants, les petits
ventres en transe.

— Il faut avouer qu'ils sont ravissants, disait Hervé

au grand étonnement de sa femme, témoin des crises de Sinteuil chaque fois que la télévision passait une publicité pour les couches Pampers.

De toute façon, on ne pouvait les éviter. Il y avait au moins trois jardins d'enfants ou crèches à visiter dans chaque commune, quartier, village ou ville. Et malgré les efforts de contraception qu'on exhibait fièrement en arrêtant la délégation devant toutes les pharmacies placardées d'explications sur la pilule, très apparemment les camarades chinois croissaient et se multipliaient. Et ils étaient incontestablement plus fiers de montrer leurs enfants que leurs pharmacies à pilules.

La section gynécologique de l'hôpital de Shanghai : trois accouchées fatiguées et radieuses — la maternité efface la laideur. Flash. Photo.

— Comment s'appelle-t-elle ?

— Petite Flèche.

— ... ?

Flash. Photo.

— Un poème du Président Mao : « *Flèches volant vibrantes / que de choses à faire depuis toujours / ciel et terre en révolution — temps bref / trop long dix mille ans / agir sur-le-champ...* »

L'enfant saura-t-elle répondre à cette écrasante invite à agir contre dix mille ans ?

— Tu as traduit ce poème, Hervé, tu te souviens ?

— Mais oui ! Salut, Petite Flèche.

Couteau de Jade, la grande sœur de Petite Flèche, vient d'arriver. On ne cherchera pas à remonter la source poétique de Couteau de Jade. Photo. Flash. Six ans ? Peut-être. Elle en paraît douze.

— Vous ne trouvez pas que ces enfants sont étrangement mûrs, surtout les filles ?

Bréhal se réveille, il n'a jamais négligé le secret des corps intelligents.

— Tout à fait, j'ai une théorie là-dessus, enchaîne Olga. Vous savez qu'ils parlent une langue à tons ? Eh bien, les petits sont capables de distinguer les tons dès l'âge de six ou sept mois — partout dans le monde, d'ailleurs —, avant de distinguer les phonèmes et, bien entendu, les mots, les phrases, etc. Or, de ces tons, nos langues ne font rien ; les tons des mots ne nous servent pas à faire du sens : en français, vous dites « chaise » en montant la voix ou « chaise » en descendant la voix, c'est toujours une chaise. Au contraire, en chinois, « *ma* » en haut, en bas, en ton plat, en ton neutre ou en zig-zag, signifiera cinq choses différentes.

— Où veux-tu en venir ?

Hervé s'impatiente devant ces banalités linguistiques.

— Du calme, j'y viens ! Si le petit enfant utilise, pour faire du sens, ces tonalités qu'il est capable de discerner et de reproduire dès l'âge de six mois, c'est qu'il entre profondément dans le langage dès l'âge de six mois — voilà au moins qui est clair — et non pas à deux ans. Deux ans, comme le fera le petit Français, Anglais, Russe, etc.

— Et alors ?

— Alors, le petit Chinois est saisi très tôt par le système de la parole, il est éduqué et poli par les symboles depuis le lait maternel et avec le lait maternel. Son corps à corps de bébé avec sa mère, il est apte à le parler en le chantant, si vous voulez ; il ne l'enterre pas en attendant de s'exprimer à l'âge d'un ou deux ans. « Moi seul je me nourris de la mère », dit quelqu'un qu'Hervé aime citer. Je dis que tout petit Chinois est potentiellement un disciple du *Tao-tö king* : il se nourrit de sa mère comme des mots

chantés, la musique lie le lait au langage. Merci de
votre attention, ce sera tout comme conférence pour
aujourd'hui.

— Mais c'est superbe, votre histoire, et cela me
paraît fort pertinent ! Donnez-moi vos sources, voulez-
vous, Olga, des études ont été faites là-dessus, je
suppose ? (Bréhal est définitivement réveillé.)

Tout le jardin d'enfants de la maternité de Shanghai
tourne autour d'Olga. Sa longue jupe en jean coupée
en éventail, le chemisier de coton jaune, sa petite veste
de velours marron et le parapluie chinois en toile cirée
orange lui donnent un air à la fois exotique et simple,
excentrique et feutré, qui attire le regard pourtant
discret des femmes et incite les enfants à des caresses
familières, en principe interdites hors de la maison.
Elle n'en peut plus des photos-flashes. Elle effleure
les petites joues, dépose quelques baisers dans les
cheveux et derrière les oreilles. Grelots de rire excité
des puéricultrices.

— Tu en fais trop. Tu sais bien qu'en Chine on
embrasse un enfant seulement quand il dort. (Hervé.)

— Il n'y a rien de plus émouvant qu'un enfant...
chinois. (Olga.)

— Si, deux enfants. (Hervé.)

— J'en veux un. (Olga.)

— ... (Hervé.)

— C'est vrai. (Olga.)

— Toi ? (Hervé.)

— Moi. (Olga.)

— ... (Hervé.)

— Et toi ? (Olga.)

— L'idée paraît esthétiquement intéressante. Vue
de loin. (Hervé.)

— Moi, je la verrais bien de près. (Olga.)

— Laisse-moi t'embrasser. (Hervé.)

— Je suis sérieuse. Très. (Olga.)
— On a tout le temps. (Hervé.)

On croit s'éloigner, mais un bon voyage est toujours un éternel retour. Évidemment, à l'exception de quelques fugaces états d'hallucination qui nous font croire que ce lieu-ci n'est pas une nouveauté, mais la réapparition d'un paysage longuement fréquenté dans une autre vie — vie impossible, douce, houleuse et oubliée —, à ces exceptions près, l'éternel retour ne joue pas avec l'espace, mais avec le temps. Ainsi, lorsque le voyage atteint son zénith de plaisir ou de ras-le-bol, son temps vous replie sur vous-même, devient circulaire.

Ah, la roue du temps, qui ne s'y est pas essayé ! Mais le plus concis — en un sens le plus circulaire, donc le plus intrinsèquement pétri par la force que véhicule l'expérience de l'éternel retour, force sans espoir, mais d'une quiétude surhumaine —, c'est Borges. Il a tout lu, tout infléchi, tout réécrit.

Il a compris que les cycles astrologiques ont inspiré Platon. En revanche, c'est le constat algébrique qu'un nombre n d'éléments ne peuvent se combiner à l'infini qui aurait présidé à l'éternel retour le plus connu et le plus dramatique : celui de Nietzsche. De fait, un nombre limité de particules ne sauraient se prêter à un nombre illimité de combinaisons. Mais dans une durée éternelle, tous les ordres et toutes les situations possibles se produiront un nombre infini de fois. Enfin, hypothèse « la moins effrayante, la moins mélodramatique, mais la seule imaginable », que Borges affectionne entre toutes : les cycles sont semblables, mais non identiques. Qui a vu le présent a vu toute chose : « Les destinées d'Edgar Poe, des Vikings, de Judas

Iscariote et de mon lecteur sont secrètement une seule et même destinée. » La « seule destinée possible » : « L'histoire universelle est celle d'un seul homme. »

Cependant, Borges a oublié Héraclite. Pourquoi ? Pas tout à fait grec, Héraclite, ni assez infâme, ni strictement éternel. Simplement incantatoire et leste, sombre, désappointé, rythmé. Chinois ? La destinée en forme de roue de ce pays à la mémoire endormie est peut-être une destinée héraclitéenne. Un éternel retour qui résorbe l'abjection de l'espoir autant que le pathos du désespoir dans l'équilibre provisoire de l'enfance. Et dans le don banal, mais mystérieux, que possèdent les adultes de faire un enfant. Qu'est-ce que cela veut dire ?

« *Aion pais esti paizon, pesseuon.* »

Héraclite, le magicien obscur, s'est payé le luxe d'encombrer sa postérité — et l'éternité — par des milliers de traductions d'une seule phrase, toutes possibles et toutes insuffisantes :

« *Le temps est un enfant qui fait l'enfant, qui joue.* »

Perverse insouciance du jeu enfantin : le temps cyclique est comme elle, il nous lamine en nous amusant, mais cette boucle n'a pas de fin, car tous les jeux survivent à leurs joueurs et choisissent de nouveaux venus ; les jeux structurent le monde, et il n'y a que des joueurs naïfs ou mégalomanes pour croire que ce sont eux qui le mènent.

Le temps fait donc l'enfant. Comme un enfant, il pousse les dés, les pions, les balles, les cerfs-volants, les calculatrices. Et recommence.

Mais quoi encore ? Littéralement, le temps fabrique des enfants. Le temps engendre. Ici, une césure coche la roue sans l'arrêter : les morts accompagnent et relancent les générations. Mais, dans le jeu suprême qui consiste à jouer au géniteur tout en étant profondément enfant, on ne parle pas de la mort qui règle implicitement la partie. Car l'essentiel est que le jeu continue, qu'il inclue la mort.

Non, l'existence de l'homme n'est pas une quantité constante. Si vous avez regardé un enfant, si vous savez ce que sont un enfantillage et un enfantement, vous n'ignorez pas que toute génération est une ruse de plus avec la mort, un perfectionnement ou un avilissement, une résurrection pour le meilleur ou pour le pire.

L'éternel retour qui compte avec l'enfant et qui revient à lui pour le refaire est une idée d'éternité inconstante. Insouciante. Une immortalité instable. Changeante. Une éternité baroque. Ces Chinois aux rires fluides sont d'un baroque placide, parce qu'inconscient. Le baroque européen lui-même serait héraclitéen s'il n'était aussi chrétiennement tourmenté d'avoir tué, paraît-il, un enfant nommé Jésus. L'éternité en Chine, qui pullule d'enfants et d'enfantillages, minimise la mort, la réduit à un jeu. Atroce légèreté. Invisible Jésus. Elle joue dès lors avec de *petites* ressemblances et de *petites* différences : détrompez-vous, rien n'est tragique ni triomphant, ce n'est qu'un rythme. Dans son flux se découpent les *grandes* ressemblances-différences : on les appelle des révolutions, elles scandent l'Histoire. Mortelle. Qu'apaise le rire des enfants. L'éternel retour des enfants est une idée de mère. Héraclite était-il hanté par le matriarcat ?

Pourtant, l'éternel retour comme un jeu d'enfant qui enfante, déleste la procréation de son tragique et, sans l'abaisser ni la glorifier, lui confère cette insignifiance sérieuse que connaissent justement tous les jeux enfantins.

Alors, que ce soit en période d'apogée ou de déclin, Héraclite le Chinois ne peut ni attrister ni irriter.

Mieux que tout autre, il rejoint Borges pour faire admettre que son éternel retour à lui, son *aion*, « en période de décadence (comme celle que nous vivons aujourd'hui), c'est l'assurance qu'aucun opprobre, qu'aucune calamité, qu'aucun dictateur ne pourront nous dominer ».

Pourquoi Borges a-t-il donc oublié Héraclite ? Peut-être les enfants l'agaçaient-ils ? Ce n'était pas un homme à enfants ? Était-il au contraire, lui, un pur enfant ?

Le cœur plein de ces visages, le cœur gros et cependant emporté par la rêverie de son éternel retour à elle, Olga mit le pied dans le bain chaud de la concubine Yang Guifei. Ces petits anges avaient réussi à la sortir enfin de sa course contre la montre — toujours lancée vers plus de savoir, plus d'avoir, plus d'être : tous les verbes deviennent des nombres, des compétitions quantitatives, dès qu'on les place sur la ligne de la durée. Et ils avaient réussi à la plonger hors du temps (un peu hagarde, un peu gaie), là où elle ne savait pas encore ce qu'elle allait trouver. L'instant, peut-être tout bêtement la boucle de l'instant ?

Cette source chaude — quarante-trois degrés naturels, précisèrent Zhao n° 1 et Zhao n° 2 — jaillit du mont du Cheval noir, qui domine Xian. Les empereurs viennent s'y baigner depuis le Ier siècle avant notre ère, depuis les Han. Des palais légendaires abritent les fastes des concubines expertes au plaisir : le palais de la Source chaude ; le palais de la Glorieuse Pureté.

— Le camarade Sinteuil et son épouse sont invités au bain de la belle Yang Guifei. C'est une surprise et un cadeau, nous ouvrons rarement ce palais de la Glorieuse Pureté. (Zhao n° 1 ou n° 2 — on ne savait plus lequel — annonça la nouvelle comme un triomphe géopolitique.) Les autres camarades, hélas, ne sont invités qu'aux bains publics, mais je ne devrais pas dire « hélas », car ils verront dans quelles excellentes conditions (quand même !) le peuple chinois bénéficie de ce qui a été un privilège des riches dans le passé.

— Pas question que je me baigne. (Encore un refus de Bréhal.)

— Pourquoi pas ? (Sylvain et Stanislas acceptaient l'invitation.)

La vapeur d'encens embaumait le bain de la concubine, et son lit à baldaquin exposait les somptueuses nuances bleu-gris d'une vieille soierie restaurée qu'Olga et Hervé étaient incapables d'identifier. Le bassin d'eau chaude épousait les contours d'un papillon aux ailes déployées. La simple idée d'y plonger avait un effet régénérant.

— Ce n'est pourtant pas le tao. (Hervé.)

— Ils ont préservé ce luxe et ils en sont fiers. Tu vas voir, bientôt ils vont exhumer leur histoire ancienne, et ce sera alors la fin du dogmatisme. (Olga.)

— Arrête de raisonner, jouis ! (Hervé.)

— Il paraît que cette eau est aphrodisiaque ? (Olga.)

— Attends. Parfaitement ! Les camarades disent vrai ! (Hervé.)

Ils se laissaient flotter en s'oubliant.

— Les autres doivent nous attendre, tu sais, il faut sortir.

*_**

Qui aime qui, aujourd'hui ? Son prochain comme soi-même ? Il n'y a pas de prochain, parce qu'il n'y a

pas de soi-même. Le « soi-même » surgit d'une intelligence concentrée, disponible, un peu surveillée, mais
surtout très souple, capable d'habiter un espace intérieur, une chambre à soi. D'où viendrait cette capacité ? A bien y réfléchir, elle ne devrait se manifester
qu'exceptionnellement. Ce serait même la première
merveille du monde, infiniment antérieure et supérieure aux pyramides d'Égypte, aux jardins suspendus
de Sémiramis, à la statue de Zeus par Phidias, au
colosse de Rhodes, au temple d'Artémis à Éphèse, au
mausolée d'Halicarnasse, au phare d'Alexandrie. Une
sorte d'héroïsme. Cette capacité d'aimer viendrait-elle,
comme semblait le croire Goethe, de la certitude que
nos mères nous ont aimés ? Toujours la Mère au
centre ? Pourtant, il ne suffit pas qu'elles nous aiment,
encore faut-il que nous en ayons la certitude, et cela
ne dépend pas que d'elles. La certitude de soi-même
s'évade d'une Mère centrale, avec quelque chose en
plus.

Olga songeait à ces moments où, enfant, au bord de
l'eau, les pieds brûlés par le sable noir ferrugineux,
elle avait découvert un intervalle qui battait entre les
galets éblouissants sous ses yeux et les mots invisibles
mais sonores qui se bousculaient pour leur correspondre. Battement fugace, une luciole apparaissant et
disparaissant dans l'obscurité, car Olga imaginait cet
intervalle comme une lumière suraiguë déchirant
l'aveuglante clarté de la plage. Où se plaçait exactement l'intervalle ? Entre ses orteils blessés heurtant les
galets et les mots encore confus qui allaient soudain
venir ? Dans son esprit ? Dans sa tête ? Dans son
cœur ? Elle ne savait pas, mais elle était sûre que cette
merveille qui allait surgir en prenant la forme d'une
phrase — par exemple : « La sirène a laissé sa tunique
de perles sur ce sable noir », ou : « Le bigorneau

blanchi par les vagues ne disparaîtra pas comme le sucre dans mon lait, un autre enfant le trouvera demain à l'autre bout de la mer », etc. — elle était sûre que ce voyage des galets aux mots avait déjà eu lieu, qu'elle-même l'avait déjà fait. Autrefois. Dans une vie sans mémoire. Pour toujours oubliée. Qu'il était agréable, de temps en temps, de l'éveiller, mais pas trop. Cette lueur pouvait faire chavirer tous les équilibres : n'était-elle pas plutôt comme le microbe d'une maladie, d'une perte de soi, d'une folie ? Olga effaçait le mystérieux intervalle et courait oublier tout dans l'eau froide.

Retour d'une mémoire délaissée. Laquelle ?

Maman s'en va : plus de lait, plus de sein, rien à boire, rien à voir. Je pleure, personne n'a pleuré autant, tous les bébés pleurent, certains ont la détresse plus ravageante, on a intérêt à ne pas les entendre, à les laisser tomber. L'intervalle commence lorsque les pleurs sèchent et que s'installe le deuil : le bébé samouraï est triste mais ne s'avoue pas vaincu, et ses yeux chagrins cherchent une image. L'image du goût du lait. L'image d'une peau touchée par maman. L'image de son parfum. L'image décentre maman, c'est une luciole qui fraie mon chemin — mon intervalle — vers les autres. Mon chagrin est mon salut : je l'ai perdue, non, je l'imagine, non, je vous la donne en images, en flashes, en mots. Parce qu'elle m'aime, et si vous m'aimez.

Bonjour, donc, « soi-même », qui pourras désormais aimer et haïr ton prochain comme « toi-même » !

Bonjour, friable soi-même ! Tu vas te pulvériser de ravissement si on te couvre de baisers dans le bain odorant de la concubine Yang Guifei. Tu vas t'effondrer sans paroles et sans images si on te tourne le dos et te laisse tomber. Connaissez-vous l'affreuse surprise du bébé qui glisse de bras supposés sûrs ? C'est l'horreur de l'alpiniste décroché dans un vide sans repère.

Mais voyons, si tous les « soi-même » sont aussi défaillants, si peu consistants, si maladifs, comment peuvent-ils se lier aux autres ?

Il y a un bonheur neuf en Europe. Un bonheur chinois. Le bonheur de l'intervalle. Ni Un ni Tout, mais immergé, dispersé, délié. Je suis perdu : je redeviens quelqu'un ; je t'aime : moi non plus ; tu me hais : moi non plus. Ne pas se croire Tout. Ne pas croire. Le miroir de tes yeux, où j'essaie de me rassembler, est en morceaux. Tu me renvoies l'image d'un puzzle, d'une abominable et sublime femme de Picasso. Notre lien est absurde, et chaud, et parfumé comme cette baignoire de concubine d'il y a douze siècles qui n'a peut-être jamais existé que dans l'imagination surchauffée de Zhao n° 1, dans l'hospitalité appliquée de Zhao n° 2. Peu importe, cela me fait rire, tu me fais rire. Le rire est la forme infâme de l'érotisme ? Mais non, il n'y a pas d'infamie dans l'éternel retour des enfants. Le rire est une grâce irrespectueuse : la religion expirant par saccades aux pieds de l'érotisme. Ne te crois pas coupable, je ne cherche pas un homme pour le blâmer.

Tu as raison, je garde la nostalgie d'un bonheur plein. Je le préfère à l'ivresse innocente des jeunes Chinois qui faisaient l'amour dans les blés frais sous la lune. Le sol qu'inondaient les pluies de printemps les comblait de parfums, et cette terre où se mêlaient plantes, hommes et animaux sous les vols d'hirondelles était pour eux un lieu magique.

* *

Le temple du Ciel se dresse, gris pervenche, égayé de rouge et de jaune, dans les brumes de Pékin. Les dorures découpent l'air trouble de mai comme les dragons lumineux d'une tempête qui n'aura pas lieu. La foule est sans visage, ici comme ailleurs, sa tranquillité mate ou apeurée sert juste de toile de fond aux monuments. Les ouvriers viennent pourtant s'incliner devant l'Histoire, mais elle semble les laisser intacts. Ils en ont tant vu ! Quelle est la campagne en cours ? Mao chasse son adjudant ? Lin Piao est un traître ? Qui sera le suivant ? L'avenir est aux jeunes ? L'espoir vient des femmes ? Sûrement, rentrons.

Les cerisiers croulent de fleurs que la pluie charge de reflets blanc-rose ; le vent emporte en confetti les touffes mortes au-dessus des promeneurs imperméables ; d'autres pétales pourrissent. Mais, à l'extrémité des branches, le soleil caresse déjà, depuis les nuages, des facettes coupantes : joyaux qui vont devenir de petites boules rouges croquantes.

— Le temple du Ciel est peut-être ce que je préfère à Pékin. Il manque totalement de discrétion. Mon double austère est resté amoureux de la pagode de la Petite Oie, à Xian ; je crois bien que je le laisserai là-bas pour toujours. Mais j'emporte le palais de la Glorieuse Pureté, avec ou sans concubine. (Hervé.)

— Si je pouvais emporter un cerisier, et un enfant ! (Olga.)

— Il y en a plein à Paris. (Sylvain.)

— Je n'en ai jamais vu. (Olga.)

— Vous avez tous beaucoup de courrier à l'hôtel. (Zhao.)

— Ce n'est pas trop tôt, on s'en va demain. (Stanislas.)

— De quoi lire dans l'avion. (Armand.)

5.

*Chère Olga, j'aime t'imaginer ce 1ᵉʳ Mai à Pékin,
alors qu'ici tout le monde commence à s'ennuyer, et
pourtant je sais bien que tu n'es pas vraiment une
« femme politique ». Moi non plus, d'ailleurs, mais je
me laisse porter par les vagues, et, quand elles se retirent,
je me sens un petit poisson même pas rouge, tout gris,
tout triste, rejeté sur le sable. Tu regarderas les défilés,
les spectacles sans doute trop apprêtés, trop colorés, trop
bruyants, mais regarde bien quand même, car la joie
(peu importe si elle est artificielle) se fait si rare que je
t'envie, vraiment, de participer à l'espoir, même faux,
des gens. Quoi qu'il arrive, ils vont emporter notre
destin, nous ne le verrons sans doute pas, et je pense
non sans perfidie au jour lointain où Chartres sera une
ville du continent eurasien, alors que des cars de petits
Chinois viendront suivre des cours de démocratie place
de la Bastille. Prends des notes de tes conversations avec
les femmes, tout le monde te demandera à ton retour
des nouvelles de ce mouvement féminin que Mao lance
contre la bureaucratie du P.C. après la Révolution
culturelle des jeunes, d'autant plus que, comme tu sais,
les groupes féministes, quoi que tu en penses, restent les*

seuls survivants de 68 à Paris. Prends des notes sur les fouilles, l'archéologie chinoise est encore en friche, tu devrais te consacrer à la sinologie : laisse tomber la littérature ! Si je savais le chinois, je n'hésiterais pas.

En revanche, tu as dû le sentir, j'hésite à poursuivre mon travail sur les femmes wadanies. Le scepticisme de Martin m'a peut-être contaminée ? Je n'en sais rien. Tu as sans doute remarqué qu'il a abandonné l'ethnologie et ne fait plus que de la peinture depuis des années. De mon côté, je me sens fatiguée, désœuvrée, je ne sais pas ce que j'attends. Je suis seule aujourd'hui à Saint-André-des-Arts, j'ignore même s'il y a une manif, les gens s'excitent sur la campagne présidentielle, tu penses ! Et Martin qui n'est pas là. J'ai soigné mes plantes sur la terrasse, mais je ne sais ce qui m'arrive : je ne les vois plus. Abrutie, mes yeux, mes lèvres, mon nez, mes doigts ne sentent rien, je suis ailleurs, mais où ?

Je me représente la Chine comme un pays de glaise jaune, parfois toute plate, parfois la glaise se plie et se penche, craquelée de sécheresse ou, au contraire, emportée par de denses pluies ocre. Où suis-je allée chercher pareil film ? On dirait Fiesole désertique mais héroïque.

Tu te rappelles l'immense maison de mes grands-parents sur les collines de Florence, où nous nous sommes arrêtées toutes deux l'année dernière ?

J'ai passé dix-huit étés dans cette mer verte. On n'imagine pas endroit plus frais, plus civilisé, et j'ai bien peur que, pour moi, la terre entière ne se réduise toujours à ce point de chute familial. Je ferme les yeux et je ne peux imaginer que des Fiesole partout, jusqu'en Chine (mais en plus jaune) ; la réalité donc me fuit. Je te dis que j'en ai peur, et j'ai peur de ma peur, car je suis comme clouée à cette tendresse despotique, à cette attention vigoureuse que me prodiguait ma grand-mère, Rosalba Benedetti, qui est morte, je te l'ai dit, juste

*avant qu'on aille là-bas. Tu n'as connu que mon
grand-père Guido, blanc comme un fantôme distingué,
disais-tu, dans son costume noir en plein été, l'effrayant
modèle de mon père.*

Les lilas s'entassaient dans le parc, je plongeais dans
leurs grappes si odorantes, si touffues qu'elles m'endor-
maient, je croyais devenir invisible et je le devenais
réellement. « Carolina-a-a ? Où est ma Carole, personne
n'a vu ma Carolina ? » Rosalba fouillait les touffes, ne
me voyait pas ou faisait semblant de ne pas me voir, et
je me pelotonnais comme un lapin entre les herbes
chaudes et les lilas. Ou était-ce dans les lavandes ? Je
ne sais plus. Je me souviens aussi des lourdes senteurs
de roses qui n'existent qu'à Fiesole, saturées de ce soleil
ardent et pourtant toujours noble qui chauffe la sève
comme le meilleur des parfumiers. Rosalba en cueillait
d'énormes bouquets, parfois d'un blanc crème, parfois
pourpre ou vermeil, et nous allions les déposer devant
la Vierge. Tu dois connaître ça, la magie des icônes, la
petite fille béate allumant son cierge en attendant que
les paupières de la Madone se lèvent et que la mère de
Dieu la regarde. Peut-être pas, tu as dû être depuis
toujours super-rationnelle, toi.

Fiesole représentait déjà un autre monde, rien à voir
avec la sécheresse cynique de ma mère, avec la pâleur
vampirique de papa. Je me souviens que, vers quinze
ans, j'avais atteint une certitude : leur monde était un
lieu où je ne saurais vivre, physiquement je n'était pas
faite pour ce bruit. Alors, ces roses devant la Vierge —
si diaphane, si triste, si royale aussi — étaient ma
résurrection. Provisoire. Car je voulais toujours me
retrouver à la dernière place. « Méfie-toi, ma petite,
disait Rosalba. Tu brûles d'être une martyre, c'est trop
d'orgueil. » Les Italiens sont des gens qui meurent en

jouant. Elle voulait m'apprendre cela, extirper ce mépris de soi qui conduit à la mélancolie.

La beauté d'Assise ! Cette grâce paysanne du Christ et de la Vierge, que versaient sur mon cœur d'enfant les fresques de Giotto ou de son école, je ne sais plus. Je chancelais comme les masses déséquilibrées de ces palais cubistes, je perdais et mon français et mon italien devant ces visages ronds de villageois (un peu chinois, tu ne trouves pas ?) illuminés par leur foi, et je n'arrêtais pas de pleurer. « Mais que la vie est belle, ma petite fille ! Sens ces roses, sens-les, et puis regarde comme elle est élégante la Madone ! » Rosalba me tirait vers la vie en s'appuyant sur Notre Dame, mais moi je devenais de plus en plus mystique, une fervente de sainte Thérèse, ni plus ni moins. Je voulais suivre Jésus dans l'igno-minie de la Passion — n'étais-je pas née pour la honte ? —, j'avais choisi mon hymne : « Puisque je me suis abandonnée tout entière, / Comment voulez-vous disposer de moi ? » Une carmélite en puissance. Et je m'abandonnais, et je pleurais sans fin, personne ne connaît mieux que moi le délice des larmes et des oraisons chagrines. A la fin de l'été, papa venait me chercher pour que je retrouve Paris et cette créature dissolue qui se disait ma mère, et j'étais inconsolable de quitter mon au-delà fait de roses de Fiesole et de fresques.

Tu excuseras ce bavardage. Vois-tu comme je m'éloigne facilement du 1ᵉʳ Mai et de la place Tiananmen ! Je te l'ai dit, je suis encore crucifiée à ce croisement d'enfance, de Madone, de Rosalba, de Giotto — j'ai bien peur d'y rester.

Cédric s'est converti à l'islam, tu sais, et il apprend l'arabe pour lire les mystiques dans le texte, tout en poursuivant une carrière d'énarque, quel exploit !

Je ne retourne pas à l'église, non, pas encore. Mais

j'ai feuilleté les Sermons de saint Bernard et j'ai cru y retrouver mon Fiesole, ma Rosalba, et ce malaise suave qui m'étouffait le cœur quand j'imaginais, dans ma propre chair, subir la passion de Jésus sur la Croix : quel manque total d'humilité ! Bref, la théologie me paraît encore la seule chose intéressante à lire.

Profite bien de cet autre monde que tu as la chance de visiter. Le mot « croire » existe-t-il en chinois ? J'imagine que oui, mais comment dit-on cela, comment l'écris-tu, et qu'est-ce que cela veut dire précisément ? A son séminaire, il y a des années déjà, Benserade a expliqué que depuis la nuit des temps sanscrits, credo signifie « donner sa force », mais aussi « donner des cadeaux, des offrandes » dans l'espoir d'une récompense. « Croire », c'est en somme « faire crédit », spirituellement et économiquement. Les Indo-Européens étaient très malins. Personne n'échappe à cette logique. En tout cas, pas moi ni ceux que je connais à Paris. Rosalba est immortelle, les roses de Fiesole aussi, comme la Vierge et le Christ de Giotto, et ma honte d'être née, d'avoir ce corps à nourrir et à faire aimer.

Ne me réponds pas, je sais que tu n'en as pas le temps, mais regarde bien et prends des notes. Tu me raconteras. Je t'écrirai, moi, car je m'ennuie et tu me manques beaucoup.

Je t'embrasse fort,

Carole.

13 mai

Je suis très triste aujourd'hui, ma belle, car Martin est revenu, ce qui en soi me réjouit car tu sais bien que je suis très amoureuse de lui, mais il va terriblement mal et je suis au désespoir de penser que je ne peux pas faire grand-chose pour lui.

Sa peinture me fascine, elle est destructrice et généreuse à la fois, et je pense sincèrement que cette beauté est unique dans l'art contemporain. Il y croit, lui aussi, mais pas toujours ; l'alcool le stimule de moins en moins mais le laisse au contraire assommé, désespéré, impuissant des journées entières. Déjà peu bavard de nature, depuis un an Martin est devenu complètement mutique, et tu comprends l'effort que je dois faire, moi, l'aphasique réputée, pour rétablir le courant et éventuellement l'espérance. Échec total.

Son exposition n'a pas été un succès. Le public intense a aimé, il y a eu des jeunes enthousiastes, mais la critique a été plus que froide, souvent négative : prise par les préparatifs du voyage, tu n'as pas dû lire les articles récents. Au début, Martin ricanait : « Que veux-tu, ces bourgeois conformistes ne savent pas regarder, pis, ils n'ont pas de corps, comment pourraient-ils suivre le moindre geste, et quant à une transe, n'en parlons pas, leur rejet est le meilleur des compliments. » Enfin, au début, il a tenu bon.

Ce qui a fait le plus mal, ça a été l'étiquette d'épigone de Pollock ; la filiation est évidente, mais Martin reste si personnel, à mon avis.

Hier, justement, en rentrant (je ne l'avais pas vu depuis deux semaines, il fréquente de nouveaux amis, à moins qu'il ne soit revenu chez sa femme, peu importe), je l'ai trouvé effondré.

— *Lis ça, lis-moi cette ordure.*

Il me tend un article, auquel je comprends que le critique n'aime pas son expo : « Martin Cazenave veut peindre la lutte de l'artiste contre la nature, et il déploie un effort violent pour donner chair à sa peinture et refaire la vie. Cependant, dans cette bataille avec le vrai, il est vaincu. Contre qui se déchaîne-t-il de la sorte ? Du calme, et plus de maîtrise, monsieur Cazenave ! Vous croyez être un génie ? Peut-être. Mais, au mieux, un génie incomplet, en deçà ou au-delà de la véritable création... »

— C'est infect, dis-je. Un imbécile jaloux.

— Soit, mais sa prose ne te dit rien ?

J'avoue que non (je t'ai recopié le passage, car tu es plus cultivée, tu as sûrement déjà deviné la source.)

— Décidément, les gens sont devenus incultes, et toi la première ! Réfléchis, réfléchis...

Rien à faire, je sèche.

— Mais tu me fais honte ! (Martin se met à crier.) Tu ne vois pas que ce salaud a pastiché Zola, qu'il a même copié L'Œuvre, où Zola attaque Cézanne qu'il présente comme un peintre raté sous le nom de Claude Lantier ? T'as pas lu ça ? Tu sais le sort qu'il lui réserve, à Cézanne, son copain Zola (parce qu'ils étaient copains, tu vois le genre !) ? Il le fait tout bonnement se suicider, impuissant à réaliser un grand projet esthétique.

Au mot de suicide, j'étais terrassée. J'ai essayé de rebondir :

— Je suis de ton avis, laisse tomber.

— Laisse tomber, laisse tomber ! C'est tout ce que tu as à dire. As-tu la moindre idée de ce qu'est un tableau, sais-tu de quoi il s'agit ? Cézanne, ça te dit quelque chose ? Et Zola ? N'en parlons plus ! Vous voulez tous ma mort, voilà la vérité, et toi avec. Alors que le taoïste, aujourd'hui, c'est moi et personne d'autre (tiens, tu devrais écrire ça à Olga !). Sauf que personne ne s'en aperçoit, ni la presse ni toi, bien entendu — ce qui, après tout, est normal pour un taoïste, évidemment promis à la mort dans la société du spectacle.

Il est parti en claquant la porte. Je n'ai même pas

pu pleurer. Il est rentré la nuit, mais j'ai peur pour lui, peur pour sa vie. Il veut m'accompagner à Londres : ne peut pas me quitter, dit-il. Je crois qu'il était drogué et que, par ailleurs, Marie-Paule ouvre une galerie là-bas. Il m'embrassait fort, mais ce n'était pas lui, encore moins lui que jamais. J'ai passé une matinée noire, et depuis midi j'essaie de t'écrire. Je te reconstitue l'histoire, je cherche en toi un témoin.

Amuse-toi bien et pense à moi.

De tout cœur,

Carole.

P.S. *Reçu ta carte du palais d'Été. Super, merci à Hervé de ses amitiés, je vous embrasse tous les deux.*

Londres, Hôtel Russell,
Russell Square
le 5 juin

Chère Olga, tu n'as rien perdu d'avoir séché le congrès. C'était assez terne et très technique, les élèves de Gildas s'impressionnaient mutuellement de formules mathématiques tuantes. Une logicienne polonaise, portant ostensiblement sa grosse croix en or, faisait des prouesses en démontrant que la tradition de Carnap n'est pas morte à Varsovie. Seul Roberto, avec quelques Italiens que tu ne connais pas, essayait de la faire rire en lui demandant si le pape était pour une logique aristotélicienne classique ou bien à n valeurs, plaisanterie que la Polonaise a trouvé très vulgaire. Benserade, toujours bien, s'ennuyait comme un lycéen en cours d'algèbre, et lisait en cachette, pendant les exposés, les Lettres de Rodez *d'Artaud. Puis, pendant la pause :*

« *Il y a deux grands linguistes français, mademoiselle Benedetti* », me dit-il. *Et pendant que je me creusais la tête pour deviner comment il avait pu en trouver deux (chiffre astronomique pour ce qui est des génies chez les linguistes français), il a ajouté : « Je pense à Mallarmé et Artaud, bien entendu, vous pouvez écrire cela de ma part à votre amie Olga, qui nous manque beaucoup, je le dis sincèrement. »* Voilà qui est fait.

Cela pour le chapitre amusant. Maintenant, je passe au psychodrame, et tu m'excuseras de t'embêter de nouveau avec mes histoires, mais tu es vraiment la seule avec laquelle je puisse partager ces choses-là.

J'accompagnais Ilya Romanski à Trafalgar Square, on venait de sortir du musée, on faisait le tour innocent des touristes, avec pigeons sur les épaules mais sans photographes, quand même : un moment de détente à la place d'une séance qu'on a manquée. Brusquement, Martin surgit, me bouscule et se met à hurler, en pleine crise de folie. Il me traite de tous les noms : j'étais une traînée, je couchais avec Romanski et le reste du congrès, l'hôtel Russell où étaient descendus les congressistes était un lupanar, j'étais devenue cinglée, nymphomane, je devrais consulter Lauzun, non, Lauzun est trop fort pour moi, Joëlle Cabarus ferait l'affaire, et ainsi de suite ! L'abjection. Il n'était pas seul, un type l'accompagnait, très maquillé, habillé à l'indienne, genre hippy anglais — je ne sais pas si Marie-Paule était dans les parages. Je ne pouvais rien dire, Romanski était stupéfait.

— Vous connaissez cet homme, mademoiselle Benedetti ?

— C'est l'homme avec lequel je vis.

— Vous vivez avec les deux ?

De Saint-Petersbourg à Boston, Ilya en avait vu de

toutes les couleurs, mais il était tellement ahuri qu'il voulait faire moderne.

— *Non, mais le mien est multiple.*

— *Je pense bien ; en tout cas, il doit vous aimer énormément pour être aussi jaloux.*

— *Vous croyez ? Je vais essayer de ne retenir que ce que vous dites.*

Le hippy a entraîné Martin. Je le vois encore, lui, vert et décomposé. J'ai ressenti un dégoût neuf, que je souhaitais et refoulais à la fois. Je veux bien que la jalousie soit féroce. Au fond, cette cruauté ne me déplaît pas. Mais je suis surtout à bout de forces. Un amour qui humilie est une mort. La répugnance d'une telle passion n'est pas sans attrait, mais, avec cette scène, j'ai franchi un seuil. Le gel est au cœur de la plante, et bientôt il n'y aura plus de plante, rien qu'une boule de givre. Engourdie. Un trou noir, pas même douloureux, car la douleur est signe de vie. C'est ce qu'on doit appeler une dépression.

Tu connais les tableaux de Rothko ? Des cubes pleins de sang ou de vin, qui se décantent, purifient le rouge et l'éclairent. A la fin, il n'y a plus de sang. Rien que des cubes noirs. C'est incroyable comme les noirs peuvent être différents, mais ils se noient tous dans la lie d'un vase alchimique qui ne connaîtra plus la transmutation Rothko est mort dans cet arc-en-ciel noir.

Voilà qui doit te changer de tes temples de la Paix bouddhistes, et je ne parle même pas des tractoristes, des crèches, des normes de production dépassées par l'enthousiasme des travailleurs et des mille autres campagnes lancées vers l'avenir. Je compte sur toi, et t'embrasse.

Carole.

Paris, le 15 juin

Olga, comme ces trucs minables doivent te paraître stupides, vus de Pékin ! Je suis si confuse de t'assommer avec mon roman-photo, alors que tu as tant de nouvelles choses à explorer, mais ne crois pas que je ne pense pas à toi — à toi personnellement. Je me demande souvent comment tu aurais réagi dans une situation comme la mienne. Sans doute n'aurais-tu pas eu à réagir, car tu ne te serais jamais mise dans un pareil pétrin. Je sais qu'Hervé n'est pas commode — si insaisissable, déconcertant. Bref, incompréhensible pour moi. Pourtant, malgré ses airs de chercheur de plaisir, je suis sûre qu'il poursuit son but, capable d'attaquer sans cesse. Un don qui doit rendre la vie nette et, paradoxalement, reposante. Alors que Martin flotte et implose. Mais, surtout, moi je ne suis pas toi. Tu sais être dure. Alors que je ne cesse de me mépriser, je m'humilie, je n'ai pas l'équilibre qui est sans doute la forme élémentaire de la modestie, je cours droit au désespoir. Comment faire ? J'ai manqué ma naissance.

Ma mère, qui n'en rate pas une, m'assaille de sa sollicitude aussi vulgaire que « maternelle » : « Je te sens inquiète, ma Caroline chérie, les hommes c'est la barbe, d'accord, mais pas d'homme du tout c'est l'enfer pour une femme, dis-toi bien ça, tiens, prends-le comme un testament, si tu veux. Je ne vois plus Martin, est-ce que je me trompe ? » Elle se croit obligée de me téléphoner tous les jours, la rapace sent la chair saignante dans les parages.

Frank te salue. On a pris un verre ensemble. Tu sais qu'il a fini son analyse avec Cabarus, et maintenant il fait des supervisions pour devenir psychanalyste. Il était le meilleur ami de Martin, mais, depuis un an, ils ne se voient presque plus. J'ai essayé de lui dire discrète-

*ment combien j'étais préoccupée. Alors il m'a fait des
révélations. Martin serait très lié aux amis de Scherner
avec lequel nous avons beaucoup milité contre le régime
carcéral, tu te souviens. Des amis spéciaux : culte du
corps, très hard, pantalons et vestes cuir, chaînes,
bondages, S.M. et le reste. Martin partirait avec eux en
Californie, Frank ne savait pas quand, à la rentrée
peut-être. La Longueville est évidemment allée faire une
crise à Scherner, et Frank voyait d'ici le dépeçage
ironique auquel celui-ci a pu se livrer sur la pauvre
femme. « Je te raconte tout cela parce que tu es, toi,
une femme intelligente, et libre, et forte », a-t-il ajouté.
En un sens. En réalité, je suis anesthésiée. Les boxeurs,
avant le knock-out, doivent être pareillement endormis.*

*J'aurais dû accepter cet enfant, il aurait peut-être
apaisé Martin. Frank n'est pas sûr que cela aurait
changé quoi que ce soit. Il pense que Martin est d'un
narcissisme trop fragile, et qu'il ne connaît pas son vrai
désir (tu vois, Frank pratique déjà le jargon du métier),
qu'il aurait dû faire une analyse, qu'à défaut il sera
toujours ballotté d'une passion à l'autre, d'une mort à
l'autre. Et cetera. Je lui ai fait remarquer que Martin
était devenu un excellent peintre. Frank pense qu'il
s'agit d'un bon happening, d'une jouissance dépensière
et suicidaire, mais que Martin n'a pas le sens de
l'œuvre, qui demande maîtrise, discipline, appropriation
de la tradition et des autres. Je ne l'écoutais plus. Je
suis sans pensée, vide, une plante gelée.*

*Que croire, qui croire ? Martin court je ne sais où,
et, puisqu'il s'éloigne de moi, j'ai tendance à penser
qu'il court vers la mort. Mais il viendra toujours se
retrouver contre moi, sur le matelas du loft, de temps en
temps, j'en suis sûre. Quand même, il m'arrive de
penser : « Martin n'est plus. » Plus de Rosalba, plus de*

Martin, plus de Fiesole. Je ne peux plus disposer de moi, personne non plus ne veut disposer de moi.

Je ne devrais pas t'envoyer ces lettres. Tu penses sûrement : « Quelle régression, quelle salade psychologique ! » D'ailleurs, j'espère que tu n'as pas eu le temps de lire les détails, que je ne t'ai pas distraite de ta curiosité toujours aux aguets, que j'admire tant, ni de tes observations, dont j'ai hâte d'entendre le récit. Je ne t'écrirai plus, j'attends dans quinze jours et t'embrasse très fort.

Carole.

Pékin, le 1er juillet 1974

Ma Carole,
Je te verrai avant que tu aies reçu ces cartes, car on s'envole tout à l'heure. Mais il faut absolument que je te dise tout de suite deux choses : beaucoup de montagnes surgissent de cette imagination qui est un amour démesuré de soi.

« Croire » se dit xinfu 信月反 *et se compose d'« homme de parole » et d'« épouser » (ou « s'abandonner ») : aucun don, mais un accouplement avec la parole. Commence plutôt par faire le vide :* qixu 気座 *, et sache que le vide n'est pas rien, mais un tigre sur un tertre, le souffle* yang *prêt à bondir sur le* yin.

Recherche ce vide sauvage en toi ; on va essayer de le trouver ensemble.

Je te téléphone dès l'arrivée. Mes pensées ne te quittent pas.
Love,

Olga.

Quatrième partie

ALGONQUIN

1.

En état d'extrême concentration ou de totale distraction (et sans que vous ayez besoin d'aller en Chine), il vous arrive peut-être d'avoir la certitude éclair, mais indestructible, que ceux qui vous entourent, y compris même ceux que vous croyiez aimer, appartiennent à une autre espèce.

Une part à peine douloureuse de ce personnage qu'on appelle Olga — une part diaphane et floue comme une levée de soleil brumeux sur les eaux instables des marais — était restée fixée à cette vision de Huxian où, sur la place du village, des paysans préhistoriques observaient des singes extraterrestres. Face à la solitude imposée et choisie, une vague couleur d'ambre s'était figée et collée à elle, mue par le sentiment de rejet envers tous contacts et liens qu'elle avait connus ou pu connaître.

Le martini ou le champagne ont le privilège de transformer cette vision de votre irréductible étrangeté en vérité confuse et universelle, qui imprègne dès lors tous les corps humains mais gomme leurs penchants éventuels au drame ou à la tragédie, les noie dans une expérience plutôt espiègle de l'impossible. Quand vous êtes parvenu à ce point (certains y arrivent sans peine, d'autres péniblement), vous avez le choix :

ou bien vous vous repliez dans une contemplation solitaire et désabusée du monde dont vous êtes vous-même un personnage attachant, parce que capable de fouetter sa propre amertume jusqu'à une sympathique ironie, grâce au champagne, au martini ou à tout autre secours comparable ;

ou bien vous continuez votre voyage vers d'autres Huxian pour démontrer à tous les extraterrestres qui vous entourent ce que vous saviez déjà, mais qu'ils semblent ignorer : tout comme Huxian, le monde est fait d'isolements incommensurables.

Olga choisit la seconde solution, car elle avait tendance (on l'a sûrement remarqué) à organiser sa vie en étoile : à partir d'un point sensible s'élancent des bataillons de petits soldats courageux qui parcourent les terres jusqu'à l'Atlantique et plus loin encore, marchent, courent, arpentent, apprennent, s'affrontent, se confrontent, ne souffrent jamais, souffrent de tout, pétillent, s'élèvent ou descendent, mais ne reculent pas ; champagnisés, dopés au chaleureux martini ou à l'humeur laser du gin ; à la baïonnette de Hegel, à l'ordinateur de Freud, au logiciel de Joyce ; et ces attaques tous azimuts font exploser le point sensible en nuages de lumière qui n'envahissent pas, mais soulagent et allègent, car ils morcèlent le temps angoissant en espaces qui rassurent.

L'avantage d'une vie (ou d'une histoire) disposée ainsi en étoile, où les choses bougent sans forcément se recouper, progressent mais ne se retrouvent pas, et où chaque jour (comme chaque chapitre) est un autre monde qui feint d'oublier le précédent, est de correspondre à une tendance semble-t-il essentielle au monde : à son état d'expansion congénital, à sa dilatation. Ce big-bang qui nous a faits tels que nous sommes et qui nous détruira pour créer un nouveau chapitre, gardant fort peu mémoire de notre chapitre à nous, n'est jamais aussi perceptible que dans les innombrables radiations d'une biographie qui cumule les nouveaux départs. Le même mouvement commande d'ailleurs les pulsations d'un récit qui redémarre à chaque fois en laissant le lecteur moitié déçu, moitié avide : car peut-être ne retrouvera-t-il jamais les siens, mais pourvu qu'on avance...

On ne saurait donc présenter la vie d'Olga et de ses amis autrement que dans un roman en étoile, et tant pis pour ceux qui préfèrent que la boucle soit bouclée. D'autant plus que l'évasion est le point fort des êtres craintifs : lorsque la peur ne s'étrangle pas en paralysie, elle se fait championne de relais quatre fois cent mètres haies, elle recommence, et nous sommes émus par les intrépides conquérants lancés aux quatre coins du monde — qui n'a pas connu la peur ?

Ainsi, Huxian était pour l'instant indestructible, et ce troisième Martini coupé de gin et de quelques gouttes de citron ne faisait que dilater encore l'impression de vide qui croissait entre l'Écureuil aux traits chinois et les invités tournés vers les tableaux dans les salons des Sylvers, sur East River.

Elle ne voyait que les grands yeux gris qui mangeaient le visage et même le corps de l'homme en tweed classique, d'une élégance effacée, plutôt britannique. L'ensemble — dominé par la lumière grise de ces tempêtes qui n'éclatent jamais et rendent si mystérieuses les chaleurs de la fin août — disait qu'il est extrêmement compliqué de vivre, mais qu'on doit le faire quand même. Et que l'homme en question était peut-être un bel homme très chic, mais que cela ne voulait rien dire du tout.

« Les plus beaux yeux du monde », pensait Olga qui en était (le lecteur s'en souvient) à son troisième gin-martini. Humides, réservés, persifleurs, d'une clarté stricte. Un air d'au-delà, la déception fière, l'humour des capitaines au long cours qui ont essuyé des naufrages dont on ne saura rien. Qui était-il ? Un pasteur protestant égaré parmi les intellectuels ? Ou bien, dans quelque autre vie, une Emma Bovary anglaise que Dieu n'a jamais perdu une occasion de blesser et de contrarier, mais qui, malgré cette vie gâchée, déconcertée, se conduit en grande dame ?

— Olga, je te présente Edward Dalloway. Ed, voici Olga de Montlaur.

Par discrétion ou par défi, Olga préférait se faire appeler Olga Montlaur. Cependant, Diana prenait plaisir à rétablir la particule de la belle-famille de son amie, et elle y insistait comme si la présence d'une « *de* » dans un salon sur East River allait permettre aux invités d'entrevoir la classe et surtout l'actualité de ces mystérieuses recherches sur les troubadours que la maîtresse de maison disait poursuivre sans relâche.

— Dalloway ? Je crois me souvenir...

— Je crois me souvenir de vos souvenirs. Rien à voir, désolé. Je suis né simplement à Boston.

En son hôtel particulier élégamment situé dans le Upper East Side, Diana aimait à réunir « des gens exceptionnels et surtout très différents » pour calmer d'une touche européenne le stress de la vie new-yorkaise. Cette riche héritière d'on ne sait combien de puits de pétrole texans, qui avait fait des études de français à Harvard, était devenue l'un des meilleurs spécialistes mondiaux de la littérature courtoise. Guil-

laume d'Aquitaine, Jauffré Rudel, Bernard de Venta-
dour n'avaient pas de secrets pour Diana, qui leur
préférait cependant le chantre du « *trobar clus* », du
style courtois obscur, Arnauld de Ribérac. Elle
connaissait tous les manuscrits : qui aurait cru que le
pétrole du Texas engendrerait un rat de bibliothèque ?
Bibliothèque nationale à Paris, British Museum à
Londres, Bodleian Library à Cambridge, Biblioteca
Vaticana à Rome, San Marco à Venise, manuscrits de
Vienne, Bruxelles, Leningrad, Chartres, Chantilly,
Copenhague, Berne, Amsterdam, Florence, Genève,
Rouen, Tours, Turenne..., restons-en là pour le moment
— Diana avait tout consulté. Elle déchiffrait les chants,
reconstituait les danses, et, modernité oblige, réhabili-
tait les rares femmes troubadours. La comtesse de Die,
tout le monde connaît ; mais Mmes Tibors, Almucs
de Castelnau, Iseu de Capio, Maria de Ventadorn,
Azalais de Porcairages, Bieris de Romans, Guillema de
Rosers, vous connaissez ? Diana, oui !

Universitaire de renom, Diana avait donc rencontré
Olga lors de son premier séjour à New York, quelques
années auparavant, à son retour de Chine. Très vite,
toutes les deux avaient noué une de ces amitiés
intellectuelles ponctuées de rencontres professionnelles
espacées, mais consolidées par la secrète et sûre
complicité des femmes fragiles qui connaissent le
plaisir de l'effort pensé. Malgré Arnauld de Ribérac,
et comme pour rester fidèle à l'esprit pragmatique de
sa famille texane, Diana avait épousé Hugh Sylvers,
« notre milliardaire de gauche » (disaient ses collègues
universitaires), qui avait des capitaux partout : dans
l'électronique, l'immobilier, les voitures, les chaînes de
télévision, etc. Il était aussi un *big boss* d'I.B.M., tout
en suivant (en autodidacte qui souhaite néanmoins

mériter sa femme, et même l'impressionner) des cours sur Heidegger à la faculté de philosophie.

— Avec tout cela, Diana devrait se contenter de tenir un salon littéraire et laisser son poste de prof à quelqu'un qui en aurait besoin pour vivre, tu ne trouves pas, Olga ?

On lui avait demandé son avis dès son arrivée à New York.

— Nos postes nous sont accordés en fonction de nos travaux, non de nos comptes en banque, avait tranché Olga. Parlons plutôt de la recherche de Diana.

L'incident était clos, l'amitié des deux femmes, scellée.

Mais, ce soir, personne n'éprouvait l'envie de médire, et les habitués, blasés, n'avaient pas un regard pour la superbe vue sur la tranquillité nocturne de la « Rivière ». On continuait à disserter, en revanche, sur les mérites des De Kooning, des Braque et même des quelques Picasso accrochés aux murs du monumental salon, face à l'eau. Avez-vous remarqué comme l'art oblige chacun à affiner ses pensées, à ennoblir ses sensations ? Pour tenter d'approcher — oh ! de fort loin ! — le goût suprême qui nous dépasse à ce point que, manquerions-nous du courage nécessaire pour rejoindre sa gaieté, il risquerait de nous écraser complètement : nous réduire à la condition de ces déchets accablés que sont les visiteurs des grandes expositions.

Les Sylvers suivaient le marché de l'art depuis des années (« Nous avons acheté De Kooning quand très peu de gens s'y intéressaient : maintenant, ce serait tout à fait inabordable »), et passaient alors pour les meilleurs mécènes de la jeune peinture allemande (« Regardez ce petit Kripke, avec ces couleurs noires et ces brins de paille, il est en train de réévaluer l'histoire de la philosophie allemande, sans parler de l'Holocauste. ») On passe vite à l'argent et aux idées quand on parle d'art.

— Savez-vous pourquoi le marché de la peinture s'emballe comme ça ? expliquait Hugh. Tout simplement, les gens n'ont pas le temps de rêver, alors ils achètent des rêves. « Il y a la télé », dites-vous. D'accord, mais la télé, c'est de l'eau, ces images-là s'en vont et personne n'a le temps de les revoir sur magnétoscope. Au contraire, le tableau fixe. La peinture rêve et fixe. Vous êtes d'accord, Olga ? Comme je suis content de vous revoir, parlez-moi encore de la Chine !

Hugh était avide de connaître tous les détails du voyage d'Olga, comme de ses lectures chinoises.

— Je suis en affaires avec les Chinois pour I.B.M., figurez-vous. Pas facile, avec les hauts et les bas en politique : la mort de Mao, l'arrestation de Jiang Qing... Mais c'est l'avenir du marché. Évident ! On va y aller avec Diana, je prépare le terrain ; dès que l'affaire sera prête, on s'envole !

Olga n'était pas sûre que Hugh parlait de la même Chine qui l'habitait, elle. Le syndrome de Huxian menaçait de réapparaître. Non, patience... Après tout, se sentir comme des extraterrestres les uns par rapport aux autres nous dispense en prime un ennui risible qui, à la limite, détend. Comme l'eau d'une piscine chaude, la somnolence à trente degrés sous la clarté du gin...

— Je suis sûre qu'Hervé va très bien, je ne te le demande même pas, tout son être manifeste qu'il est fait pour aller bien, souriait Diana, à la fois courtoise et critique. (Elle considérait Sinteuil comme une réincarnation gênante, à travers les âges, d'Arnauld de Ribérac.) Il est tellement *french*, tellement dandy — le dandysme mystique, n'est-ce pas, celui des lettrés du XVIIᵉ siècle jusqu'à Baudelaire. On peut se consacrer à Sinteuil dans une bibliothèque, mais, dans la réalité, c'est autre chose ! Je me demande comment tu fais ; moi, j'ai tellement besoin d'être chouchoutée...

Quand elle était si bien comprise, entourée d'une gentillesse sans issue, Olga se repliait au plus fort d'elle-même et fermait son scaphandre comme pour se protéger de l'indiscrétion des « vrais amis ». C'était son truc à elle, et maintenant le syndrome de Huxian ne menaçait plus, il régnait dans le salon sur East River.

Comme elle s'y attendait, Diana l'avait placée à table entre Hugh et Edward Dalloway. Plutôt silencieux, Ed ; distance propre, ironique.

— C'est votre premier séjour à New York ?

— J'étais venue pour des conférences ; j'ai même passé un semestre, l'année dernière, à l'American Research Center. Cette fois-ci, j'ai un contrat pour l'année.

— Vous enseignez ? Nous sommes collègues.

— ... ?

— Edward est avocat international, précisa Diana, il travaille à Washington, mais il vient souvent à New York pour l'O.N.U. et, en plus, il a gardé un poste au département de droit de ton American Research Center.

— J'ai passé quinze ans à donner des cours et à écrire des livres avant de comprendre que je n'étais pas fait pour cela. Mais je ne peux vraiment me retirer, car, entre-temps, j'ai acquis quelque renommée et les collègues me retiennent comme *Visiting Professor*.

— Professeur de quoi ?

— *Professor of Government.*

— Pardon ?

— Cela fait drôle, je sais ; en français, on pourrait traduire par « sciences po », ou « histoire politique ». J'enseigne ce qui m'intéresse, en fait. Et vous ?

— Moi aussi.

— C'est-à-dire ?

— Actuellement, Céline.

— Non ?

— Si. Ne me dites pas que vous connaissez ?

— Je suis décidé à vous surprendre.

— J'aimerais beaucoup.

Décidément, ce clergyman aux yeux contemplatifs était une Bovary pleine d'audace.

Avant le dîner, Diana avait eu le temps de glisser qu'elle connaissait les Dalloway depuis leurs études à Harvard, que Rosalind, la femme d'Edward, avait été une excellente amie, mais qu'à présent, depuis que Rosalind était partie (« une histoire folle, je te raconterai cela plus tard, si tu veux »), Edward (« après avoir eu toutes les filles de la Law School, sans compter celles que je ne connais pas — tu sais, les hommes ont une étrange manière de faire le deuil du plus grand amour de leur vie ») vivait seul entre Washington et New York.

— « *Toute la noblesse des femmes est dans les jambes... Belle, admirable Molly, je veux, si elle peut encore me lire, d'un endroit que je ne connais pas, qu'elle sache bien que je n'ai pas changé pour elle, que je l'aime encore et toujours, à ma manière, qu'elle peut venir ici quand elle voudra partager mon pain et ma furtive destinée...* »

Il récitait, ému ; la dérision se mêlait à peine à une sincérité subitement transparente, et l'accent de son français bostonien plaçait avec grâce le mélancolique monologue de Ferdinand entre le rire et les larmes.

— « *Si elle n'est plus belle, eh bien tant pis ! nous nous arrangerons ! J'ai gardé tant de beauté d'elle en moi, si chaude que j'en ai bien pour tous les deux et pour au moins vingt ans encore, le temps d'en finir...* »

Il était bizarre, le pasteur Bovary ! Il n'avait quand même pas appris par cœur tout le *Voyage* en perspective de ce dîner ?

— Vous en voulez encore ? Écoutez : « *Je suis le maudit des lettres, c'est moi, les orgues de l'Univers. Je fabrique l'Opéra du déluge. La porte de l'Enfer dans l'oreille...* »

— Vous aimez ?

Olga ne savait comment réagir. Du calme ! Elle était stupéfaite. Gin-martini, vin, Céline...

— C'est peu dire, fit Dalloway. Qui a parlé mieux que Céline de la Seconde Guerre ?

— Personne, c'est bien mon avis aussi. Tout de même, n'est-il pas surprenant d'entendre cela de la bouche d'un *Professor of Government* ?

— Les voies qui mènent au *State Department* sont parfois impénétrables.

— Tu sais que John Dalloway, le frère d'Ed, est le démocrate le plus gauchiste qu'on puisse imaginer ?

Hugh avait toujours une explication pour l'inexplicable.

— Je dois être de ceux qui ne peuvent pas l'imaginer. (Olga faisait sa coquette.) A propos, ces voies impénétrables ?

— Boston, Charles Street, une grande maison victorienne au bord de la lagune, la vue sur l'eau, au loin les clochers de bois, des mâts solitaires, des cheminées d'usine. J'ajoute évidemment les gouvernantes suisses, le français pour les enfants, les pelouses, le gravier des

allées, le bruit étouffé des poneys qui galopent, les
salons bourrés de bibelots et de livres. Une famille
orgueilleuse et qui fait la charité en exigeant qu'on le
remarque et qu'on la remercie en conséquence, c'est-
à-dire avec servilité. Les Bostoniens, quoi ! Un petit
garçon qui lit pour la vingtième fois *La Case de l'oncle
Tom* en espérant que la prochaine fois, le vieux Noir
ne sera pas battu à mort par l'horrible Legree. Et qui
relit pour la vingt et unième fois *L'Appel sauvage* de
Jack London en étant persuadé que Buck n'est pas un
chien, mais un pauvre Ed bien élevé qui, lâché dans
le Grand Nord, saura devenir d'abord un chien de
traîneau, et, à la fin, un véritable loup pour rejoindre
ses frères sauvages.

Dalloway racontait cette histoire de bande dessinée
pour gosses *upper middle class* avec une voix à peine
audible de baryton simulant une neutralité caustique.
Mais une voix de baryton peut-elle être neutre et
caustique ? Trouble, chargée d'émotion, séduisante,
oui. Le charme perçait sous la blancheur du ton,
appelant la complicité des personnages solitaires pour
qui il est vain de jeter des ponts vers les autres, mais
qui ne peuvent cependant s'en empêcher. Aucune
chaleur, certes, mais une douceur tamisée enveloppe
alors l'interlocuteur et l'oblige, par réciprocité, à bien
surveiller ses propres émois. A l'évidence, il avait
construit de toutes pièces cette histoire quelconque
d'esclaves noirs et de chien-loup exprès pour Olga,
pour se moquer de ce qu'il croyait être son absurde
imagination de littéraire.

— Charmant, mais peut-être un peu court pour
mener à la haute politique ?

— Mais l'histoire continue. Viennent ensuite Harvard, Brandies, les sauts à New York, les copains du

Village, Bleecker Street, le San Remo, les *beats*. Vous
connaissez ces grands frères de Mai 68 ?

— J'ai habité Bleecker Street l'année dernière. Mai
68 était autre chose que la *beat generation* : plus
ludique, du libertinage plutôt que de l'amertume, des
projets en dépit des corps parfois ravagés. Très
français, je crois.

— Sans doute, vous êtes plus jeune, vous y étiez
de plus près. (Quel âge avait-il ? Quarante-cinq,
cinquante ? Peut-être avait-il perdu le réflexe de
monter au filet — quoique... Mais il était encore loin
de cette lassitude qui se complaît sur le green.) Je vois
quand même une continuité. Vous connaissez Huckleberry Finn ? Tout le monde le cite maintenant avec
nostalgie. A la fin du livre, il quitte la ville pour
chercher de la lumière dans un autre territoire —
« *light out for the territory* ». Huckleberry Finn croit
qu'il existe un autre territoire. Moi aussi, quand il
m'arrive de travailler comme *Professor of Government*,
ce qui vous paraît si amusant, mais passons... A partir
des *beats*, et peut-être après Mai 68, le Territoire
n'existe plus. Ou bien il est à l'intérieur de nous-
mêmes.

— Voyage au bout de la nuit...

— Précisément. Il y a eu des précurseurs.

— Nous voilà donc revenus à Céline. Vous m'avez
conduite au cœur de votre paradoxe, mais vous ne
l'avez pas expliqué.

— Il n'en est pas question ! Que resterait-il de
moi ? Je vous raccompagne ?

Encore cette voix qui se veut indifférente et ne
cesse de vous caresser. Un homme moderne peut-il
être un personnage romanesque ? Logiquement, non.
Surtout pas un *Professor of Government*. Sauf que ce
Dalloway avait quelque chose d'indéfinissable.

— Avec plaisir. Mais j'habite sur Morningside Drive, je crains que ce ne soit trop loin.

Le gris métaphysique se fait de nouveau railleur.

— Fais attention, dit Diana en souriant.

— N'oubliez pas que nous déjeunons ensemble jeudi.

Francine O'Brian faisait de son mieux pour rendre le séjour new-yorkais d'Olga le plus familial possible.

— Je m'en souviens.

La nuit dehors était haute, éveillée.

— Que diriez-vous d'un tour au Village, on pourrait prendre un dernier verre ?

Persifleur, mais pas phobique. Sympathique.

— On pourrait.

***

« Suis ton désir, c'est tout ce qu'il y a à faire, suis ton désir, toujours..., disait Hervé, la veille du départ. Personnellement, je trouve qu'un an d'absence, c'est trop. Tu es déjà partie deux mois l'année dernière à New York, tu y vas souvent pour des congrès. Mais un an... Tu va trop me manquer, même si tu reviens pour les vacances. Je vais me sentir seul, tu sais, et toi aussi d'ailleurs, tu vas voir. Carole risque d'aller encore plus mal sans toi. Je ne l'oublierai pas, d'accord, je lui ferai signe quand j'y penserai. Moi, je n'ai rien à faire en ce moment à New York : pas de travail, pas de complot, pas de traductions. L'année prochaine, peut-être. Eh bien, suis ton désir... »

Bien entendu, Sinteuil soutenait qu'un homme et une femme ne sont pas pareils : « Ce qu'un homme fait facilement n'est pas donné à une femme. Et réciproquement, si tu veux. » Il était persuadé que le désir d'une femme n'avait rien à voir avec le désir de l'homme qu'il était. Aucun danger. Il fallait se laisser aller, profiter de l'intérêt des étudiants, de leur admiration éventuelle, se reposer, *suivre son désir*.

Olga aimait ce campus à l'autre bout de la ville, plein d'imposants buildings, d'écureuils sur le gazon, d'étudiants qui semblaient s'interroger vraiment, c'est-à-dire qui posaient des questions naïves.

— En France, on ne s'abaisse pas à poser des questions, commentait Olga. L'agressivité de vos auditeurs est la seule preuve de l'attention que vous éveillez. On vous attaque ? C'est que votre discours a de l'intérêt. Plus fréquemment, on prend la parole après votre conférence pour vous montrer qu'on peut la refaire en mieux. Au contraire, les étudiants américains arrivent à ramener le débat le plus abstrait à leur propre expérience, et cela se termine toujours par des propos sur le bonheur ou le malheur. Personnellement, ils me font redescendre sur terre, et je les trouve attachants.

— Tant mieux, mon petit, vas-y ! Puisqu'ils te prennent pour la quintessence de la France, vas-y, surtout ne les détrompe pas ! (Hervé.)

— Pas de la France, de Paris. (Olga.)

— Encore mieux ! Suis ton désir... (Hervé.)

Tout avait commencé par le colloque sur « La littérature et le mal ». Les colloques dans les châteaux attirent beaucoup les Américains, et le château de Marigny avait tout pour lui, sans compter le titre sulfureux des discussions lancées par *Maintenant*. Le professeur Peter O'Brian était impressionné : le parcours d'Olga entre Bataille et Céline lui avait paru montrer exactement ce qu'il fallait d'esprit « subversif-mais-raisonnable », et il n'avait pas tardé à l'inviter à venir donner des cours au célèbre American Research Center — dès l'automne prochain, le plus souvent

possible, toujours, comme elle voudrait. Hervé était
flatté autant qu'agacé par cet empressement, mais,
après tout, Olga n'est-elle pas notre ambassadrice,
notre ministre des Affaires étrangères ? Ces Américains, tellement lourds et lents, avaient nécessairement
besoin de quelqu'un d'Europe de l'Est pour leur
mâcher ce qu'il restait de culture européenne. Ce qu'il
en restait, bien entendu, d'après leur goût américain,
attiré surtout par l'ombre de la philosophie — une
discipline allemande, par définition. Là-dessus, Olga,
avec quelques autres, était imbattable. Quant à la
finesse de la culture française, elle demeurerait à
l'évidence encore et toujours fermée à ces Algonquins
mâtinés de protestants. « *Suis ton désir !* »

L'Opel d'Edward Dalloway longeait Bleecker Street,
puis il faisait ses politesses de guide : le Figaro, le San
Remo, le Kettle of Fish, le Minetta's, le Rienzi, plus
loin l'Open door, ou encore la Waldorf Cafeteria.

— On prend un verre ici, au coin de MacDougal,
au Figaro, ce soir il a l'air moins bruyant que les
autres ; mais le vrai Figaro était à quelques portes du
San Remo, sur Bleecker.

Edward y avait débarqué de son Boston natal, très
collet monté, alors qu'il avait une vingtaine d'années.
Kerouac, Ginsberg, Burroughs et, bien sûr, Dylan
Thomas régnaient au Remo comme ailleurs. Depuis
l'Holocauste, a-t-on dit, personne n'osait plus se poser
en victime. Tout et tous pour le Succès ! La Performance est notre dieu ! Et voici que, brusquement, ces
types montraient que l'abjection existait et qu'on y
avait droit. Une Révolution. Mais sans Cause.

Dans la foulée, Ginsberg et Burroughs sont allés à

Saint-Germain, et même jusqu'à Meudon. Ils ont vu
la banlieue minable, une sorte de faubourg de Los
Angeles. Ils ont entendu des gros chiens qui aboyaient.
C'était sûrement là, Céline. Tout content de les
accueillir, le pauvre toubib : à cette époque, personne
ne voulait le voir. « Un peu de café ? » Sa femme
danseuse. Son costume foncé, ses châles, ses écharpes,
et toujours les hurlements des chiens. On lui porte
Howl, Junky, des poèmes aussi qui font des ravages
sur Bleecker Street. Pas le temps. Quel intérêt ? Les
stars de la littérature française ? « Des poissons dans
l'étang », « ce n'est rien, ce n'est rien », gromelle-t-il.
Obsédé par les Juifs, toujours : c'est pour se protéger
d'eux qu'il garde ses chiens... La rhétorique de Céline,
sa phrase... La récente traduction de *Guignol's Band* !
Les *beats* étaient éblouis. Comme par Genet, d'ailleurs,
ou encore par Henry Miller, Blake, Whitman... Ils
répétaient à qui voulait les entendre : « Quelle mélancolie spenglérienne... », « quelle rapidité des transitions
et des renversements par les *trois points*... », « son
langage oral... », « ces tirades contre la bêtise sociale
s'appliquent évidemment aux États-Unis... »

Ainsi, en 1958, au retour de Ginsberg et de Burroughs, le Remo découvrit-il Céline. La traduction
américaine datant d'avant la guerre permit à Dalloway
de faire son premier *Voyage au bout de la nuit*, avant
de tomber amoureux de l'original.

— Pourtant, je préfère que ce voyage reste dans la
nuit. Dans la nuit des rêves ou dans la nuit des livres,
ce qui n'est pas très différent. Je n'ai pas aimé le style
underground : les coups de fusil ou de couteau, jouer
à Guillaume Tell en tuant sa femme d'une balle dans
la tête, ou au samouraï en se contentant simplement
de la poignarder — non, j'étais trop bien élevé pour
cela, trop refoulé sans doute, trop puritain. Quand on

n'est pas Céline, quel moyen voyez-vous de faire face
à la barbarie, étant entendu qu'elle est en nous —
message des *beats* reçu ? Pour moi, pas d'hésitation :
le droit. Le droit international, surtout. Oui, tout le
monde constate que l'horreur est dans les rues de New
York, impossible de ne pas la voir : pas besoin d'aller
à Harlem, ça crève les yeux à deux blocs de chez
Diana. Mais l'horreur domine aussi le tiers monde, les
rapports aberrants que la « civilisation » entretient
avec ces gens, elle est dans le sous-développement, la
famine, le fanatisme. Je vous assure, on n'a encore
rien vu, l'horreur est à venir... Pardonnez-moi ce
discours. Je vous le devais.

Le gris persifleur se faisait de nouveau métaphysique. Mieux : intime, détaché du propos officiel. Olga
pensait : nu.

— Pourquoi me devriez-vous quoi que ce soit ?
Vous m'avez beaucoup parlé, vous savez. J'ai de quoi
vous déchiffrer, malgré la prudence de votre reportage...

— Je vous connaissais, de loin, évidemment. Je lis
parfois *Maintenant*. Très snob, vous le savez bien.
Mais inévitable, quand on s'intéresse à ce qui remue
les têtes à Paris aujourd'hui... Alors que, pour vous, je
suis un inconnu... Un autre martini ?

— Non, merci... Plus maintenant. Moins...

— Rassurez-vous, je ne comprends pas tout ce que
vous écrivez, et je ne suis pas vraiment d'accord avec
ce que je comprends. Vous coupez les cheveux en
quatre, vous poursuivez des mirages. Personnellement,
je suis très terre à terre. J'essaie de trouver des
solutions pratiques. Souvent tout aussi impossibles, du
reste... Mais il n'empêche que c'est très intéressant...

— Quoi donc ?

— Vous, pour commencer.

Elle posa sa tête sur son épaule et se laissa embrasser. Un homme qui se dit terre à terre et qui trouve des solutions pratiques, alors qu'il n'en a pas l'air, mais pas du tout, avec ses yeux d'au-delà, ses lèvres sûres... On a tellement envie de se laisser protéger, de ne penser à rien, et que quelqu'un s'occupe de tout, vous prenne en charge sans en avoir l'air, justement. Toute la charge d'amertume, de tendresse, de laisser-aller : cadenassée. Tout cet insoupçonnable fardeau que peut amasser une petite fille qui joue à l'intellectuelle qui aime néanmoins rester une petite fille et qui laisse l'autre chercher les solutions pratiques tout en l'embrassant...

— Voici votre résidence.

— Bonne nuit.

— Je viens vous chercher samedi pour dîner ?

Elle l'embrasse encore. Ce goût de cigare frais dans la bouche, ces doigts fermes dans ses cheveux, pourquoi était-ce si difficile de le quitter ?

A l'hôtel Algonquin descendaient des Français prétentieux à la recherche des Indiens d'origine, ou simplement nostalgiques des New-Yorkais spirituels des années vingt. Hélas ! La Table Ronde, le Cercle Vicieux pas plus que le Club Thanatopsis n'avaient survécu. Et les bons mots (au demeurant assez quelconques) des célèbres *Litterati* d'avant la Grande Dépression étaient remplacés par la distinction plutôt laborieuse des hommes d'affaires du World Trade Center ou d'ailleurs, quand ce n'était pas par la prétention désolée de quelques intellectuels qui jugeaient plus digne de rester fidèle à l'avant-dernière mode que de lire ostensiblement le *Village Voice*. Ce mélange aigre-doux qui tapissait d'une insolence honteuse les vieux murs de l'Algonquin n'échappait pas à la perspicacité d'Edward Dalloway. Mais il s'y tenait malgré tout : d'abord, la 44ᵉ Rue, entre la 5ᵉ et la 6ᵉ Avenue, était un endroit central, très pratique, personne ne dirait le contraire, pour rayonner aussi bien *up* que *down-town* lors d'un passage à New York ; et puis, il ne détestait pas non plus les boiseries de chêne, le salon rose, la pénombre verte, les appartements meublés à la londonienne. Une touche de vieille demeure bostonienne en pleine saleté new-yorkaise, un havre dans la cohue violente et bigarrée : reposant et propre à éveiller des sensations feutrées sans aller jusqu'à les exciter. Cet équilibre était essentiel à sa vie de solitaire qui ne se refusait rien mais appréciait de plus en plus les charmes de la réflexion et du travail bien fait. Surtout après le départ de Rosalind, quand Edward avait retrouvé son corps de jeune homme, celui qui s'éclatait au Village du temps de Dylan Thomas. Sauf que, depuis lors, les choses avaient changé. Edward avait vaguement apprécié les guitares de Cambridge, Joan Baez, Bob Dylan, le rock blanc. Mais on en était à présent aux punks et au *Mud Club*, ces excès le dépassaient un peu, heureusement ses étudiantes suivaient le mouvement avec distraction et Edward Dalloway suivait avec distraction leur distraction. Évidemment, le sexe est une vague de fond qui vous satisfait en surface ; mais sa distance naturelle vis-à-vis de lui-même et des autres ne cessait d'accumuler sur son visage une ironie de plus en plus indifférente.

Et voici Olga. Il en avait trop dit, en effet, l'autre soir. Confession artificielle, déguisement supplémentaire : mais aussi envie de lui plaire, d'entamer son assurance de femme savante, de donneuse-de-leçons-qui-nous-vient-de-Paris. Sans doute avait-il aussi besoin d'ouvrir la chambre noire Dalloway — son intimité, derrière la façade en carton-pâte du séducteur désabusé — à la petite fille étonnée que Mme Montlaur ne parvenait pas à cacher. En tout cas, Dalloway n'avait plus besoin de conversations. Il avait perçu la confiance muette de ce corps fuyant les orages pour aller se réfugier dans les foins d'un hangar abandonné. Edward Dalloway était bien ce garçon qui habitait au-dessous des paroles. Bizarre, lui qui passait son temps à discuter, plaider, démontrer. Mais ce parleur était un autre, un *faux-self*, une personnalité « comme si », disait Rosalind. Sans doute. Eh bien, Dalloway-le-souterrain attendait un message tout aussi souterrain pour se montrer vivant. Ce message venait d'arriver : Olga. Et Dalloway se révélait. En somme, il y avait d'un côté sa tête (*Professor of Government*, Monsieur Bons-Offices pour le tiers monde, etc.) ; de l'autre, son sexe qui imposait ses exigences (les officiantes en fellation de la *Law School* en savaient quelque chose) ; et, entre les deux (peut-être empiétant sur les deux côtés), le hangar abandonné, pas si vieux après tout, plein d'herbes chaudes, qui attendait la passagère.

Décidément, ce dîner à son hôtel n'était pas une si mauvaise idée. Olga se laissait déborder par les métamorphoses de Dalloway. Le pasteur Bovary s'était révélé un ex-beatnik transformé en conscience juridique. Elle avait redouté le cours d'histoire sur l'*underground*, suivi d'un sermon sur le tiers monde ; il avait pris le ton de la légèreté attentive, amicale, presque familiale. La tendresse de l'autre nuit semblait désormais acquise, glissée dans des commentaires sur la journée qui passe, la saveur du pomerol, la lumière à East Hampton, le laisser-aller des profs au Collège universitaire de New York, la sévérité en revanche excessivement classique de l'A.R.C. qui, oubliant trop vite les révoltes de 68, se vidait de ses meilleurs éléments : bientôt, personne ne s'occuperait plus de recherche, on ne ferait que répéter les vieux cours, mais pas tant qu'on sera là tous les deux... Tous les deux ? Ce steak est vraiment très bien cuit, je veux dire qu'il est très peu cuit, juste ce qu'il faut. Si on parlait anglais, on éviterait cette indécidable — ou, au contraire, sauvage ? — distinction entre le « tu » et le « vous » ? Vous la trouvez érotique ? Pourtant si difficile à apprécier, à partir d'un certain moment... Pourquoi pas, mais j'en ai moins l'habitude, je parle moins bien l'anglais que le français. Ce serait comme de changer de robe, de se déshabiller, même, je vous aurai prévenu !

— Au fait, vous ne voudriez pas me dire à nouveau : « Belle admirable Molly... J'ai gardé tant de beauté d'elle en moi... que j'en ai bien pour tous les deux... » ? Allez, faites-moi plaisir !

— Nous avons tout le temps devant nous, je vous le dirai quand vous voudrez. Tout le temps pour nous, n'est-ce pas ?

Elle fut surprise d'aimer autant son corps. Il l'embrassait longuement, patiemment, partout. La bouche, les seins. Chaque millimètre de peau. Le sexe épuisé d'humidité et de tension sous sa langue. Combien de fois l'a-t-il fait jouir avant de la prendre et de s'apaiser en elle, tous deux ensemble une dernière fois pour cette nuit ? Pour l'instant. On dort un peu. A peine. On se retrouve à nouveau. C'est étrange, tu ne crois pas ? Comme si on avait toujours été ensemble. Attention, l'impression d'habitude finit par tuer la magie. Oui ? Je ne suis pas contre les bonnes habitudes.

— J'aurais voulu être ta femme si je n'étais pas définitivement la femme d'un autre.

Pourquoi dire cela ? Elle le connaît à peine. Il aime

son corps, elle aussi. Coupable vis-à-vis d'Hervé ?
Toujours ce vieux besoin d'être légitimée ? Ou simplement de marquer la distance — « Vous n'irez pas plus
loin, laissez toute espérance ! » ? En tout cas, le propos
était déplacé. Simple signe qu'elle était complètement
désarmée. Soumission sans condition. Pauvre femme.
Qui aime ça.

— Ne parle pas.

Elle n'aurait pu dire un mot de plus, il continuait
de l'embrasser.

Ils ne se quittèrent pas jusqu'au lundi.

— Je repars pour Boston, en principe on ne m'attend pas ici avant quinze jours. Mais je reviens
vendredi soir. Évidemment.

— Tu m'appelles.

— Je serai chez toi.

Edward ne s'absenta plus de New York que pour
un ou deux jours par semaine. Ils s'aimaient, silencieux
et ravis, sans mémoire, pris par le plaisir, confondus
dans la communion trop facile et cependant impitoyable des voyageurs amoureux qui s'inclinent —
hagards et fatigués — devant les mêmes paysages,
façades, statues, tableaux, car ils ne voient rien hors
de leur propre excitation qu'ils célèbrent.

— J'ai du travail à Ithaca, Cornell. On y va ?

Quinze jours de vraie vie ensemble.

Tout le monde vous parle des feuillages d'automne,
des superbes ocre-marron-rouge. Olga les voyait sans
les voir.

Les bras d'Edward qui la portent sous les gouttes
puissantes du Niagara : un déluge torrentiel, mais elle
est à l'abri de tout, que peut-il lui arriver ? Rien, si ce
n'est de rire du kitsch des fiancés devant le Niagara.

Ce match de football américain auquel elle ne
comprend rien et qui l'amuse, lui, follement. Elle aime

tellement son amusement qu'elle commence à comprendre le jeu. Presque.

Le sourire cauteleux de Vernon Witford, l'ami d'enfance d'Edward : qu'est-ce qu'il fabrique, mon copain, avec cette militante ésotérique ? (Car on sait tout à Cornell, la trouble renommée de *Maintenant* et de Sinteuil avait naturellement précédé Olga.) Après tout, voyons de plus près. Eh bien, elle est plutôt mieux habillée que les autres filles sur les campus (pas difficile !), lavée, naturelle, et surtout elle parle comme tout le monde, ce qu'on ne devinerait pas à lire ses livres. Adoptée.

— Venez passer quelques jours à la maison.

— Non, merci, Olga préfère que nous restions seuls.

Peut-on être amoureuse de deux hommes à la fois ? Qui parle d'amour aujourd'hui ? Stupide. Edward en parle. Qu'est-ce qu'il veut ? « Et moi, qu'est-ce que je veux ? »

— Qu'est-ce qu'on va faire, quand on va rentrer ?

— Tu habiteras avec moi.

— Jusqu'à quand ?

— Jusqu'à ce que tu te décides.

— Mais tu sais bien.

— Je ne sais rien, et toi non plus.

— Quand même.

— Alors, prends les choses comme elles viennent, et aime-moi.

Cela paraît sage. Impossible. Fatal. Après tout, elle n'a de comptes à rendre à personne. Tout le monde suit son désir. Il n'est pas simple d'être un cœur simple. Il est des plaisirs dont on sait qu'ils ne viennent pas seulement des organes. La délicatesse d'Edward. Son silence qui évite les douleurs. Une caresse qui se pose sur un mot d'Olga un peu dur, un peu artificiel. Sa manière de rire seulement des yeux quand elle lui dit combien elle se sent protégée auprès de lui, et combien elle jouit. Et encore cette ombre qui passe dans le gris, sous les paupières, pour insinuer, même pas une blessure, simplement que quelque chose sera toujours impossible. Mais quoi ? Le sait-il lui-même ?

Le pasteur Bovary s'est révélé un amant sportif et affectueux : l'idéal pour une jeune femme en voyage. Mais elle ne pouvait plus s'en moquer. Si, parfois la nuit, quand elle se retrouvait seule à la résidence. Rarement. Une chose était sûre : elle ne désirait plus se passer d'Edward Dalloway. Il fallait s'y faire. Tout le monde devait s'y faire.

New York n'était qu'une parenthèse : Olga avait sa vie de l'autre côté de l'Atlantique. Précisément : cette parenthèse était sa chose à elle, son jouet secret. Elle l'explorait seule, un peu démunie ; Edward tenait à cette femme-là, et c'est sans doute pour cela qu'elle tenait à lui. Depuis des années, Olga s'était construit un personnage, comme on dit. Pas une image, non, ce personnage était bien le sien, et il lui aurait été impossible de s'en séparer, une sorte de mort. D'ailleurs, Ed avait bien rencontré ce même « personnage », il l'avait aimé, un peu, avant qu'ils ne découvrent ensemble qu'il existait une autre femme dans la femme visible.

Peut-être cette autre femme ne prenait-elle tant d'importance que de rester secrète ? Et si Olga essayait de la définir ou de la comprendre ? La secrète inconnue s'éclipserait probablement comme la fée Mélusine, qui gagne à rester insaisissable. Sans doute, une fois sous les lumières de la rampe, leur entente et ses plaisirs en demi-teintes s'affaisseraient-ils, misérables et insignifiants, comme des fruits de mer au soleil. Sûrement.

Il fallait au contraire toute la bravoure d'Hervé pour maintenir, l'un envers l'autre, le même désir vif, jusque sous les regards des badauds de Saint-Germain. Mais, justement, Olga avait envie de se reposer de cette course exposée. De vivre cachée, invisible, ordinaire. De faire des bêtises. De ne rien faire, de se laisser faire. Le plaisir somnolent du galet porté par la mer.

Non, le jeu de mots ne lui échappait pas. Il y avait quelque chose de maternel dans le rire clément du pasteur Bovary, elle l'avait vu d'emblée, et sans doute l'aimait-elle pour cela aussi. Il lui restituait le continent noir des femmes de *là-bas* qui s'abandonnent, généreuses, à leurs enfants ; la certitude que le bonheur peut être passif ; et des rêves depuis longtemps disparus dans les sonorités d'une langue d'enfance. Ed savait tout simplement être un imprévisible compagnon qui s'intéressait bien sûr à l'état du monde, mais sans pour autant négliger l'inquiétude pour les petites choses de la vie : « Ce foulard rose irait parfaitement avec ton blouson de daim gris, tu as remarqué l'arc-en-ciel des glaçons dans ton gin, voici des framboises et ce livre qui vient de sortir sur Emily Dickinson, tu me diras ce que cela vaut quand je rentrerai de Washington demain soir, cela ne fait même pas quarante-huit heures... » Tout protégé, tout envisagé.

Diana avait peut-être raison. « Il est rare, disait-elle, que le climat américain invente de nos jours un homme, un vrai. Mais quand le phénomène se produit, il est tellement surprenant qu'il efface la renommée du *latin lover*, lequel d'ailleurs ne tient plus ses promesses. » (Elle s'y connaissait, Diana, même si, depuis son second mariage avec Hugh, ses connaissances en ce domaine restaient plutôt théoriques.) Tu veux savoir pourquoi ? Parce que cet homme américain — si rare, je le répète — cache dans un corps sensuel de nageur le petit cœur de sa mère déprimée. Conséquence ? Le plaisir de la femme qu'il aime est sa religion, et la réussite sociale du couple son devoir. Quand on sait que les deux objectifs pris séparément et, plus encore, pris ensemble, sont impossibles à réaliser, tu comprends pourquoi l'homme américain — quand il se produit — est voué à l'échec. »

Elle n'avait pas tort, la spécialiste des troubadours.

Pour être juste, Diana considérait que le monde était plein de femmes, d'enfants, d'adolescents et de quelques rares Américains ; que les Américains (très rarement) se rapprochaient le plus de l'espèce manquante des hommes ; ou plutôt qu'il existait quatre genres d'hommes : les hommes-femmes, les hommes-enfants, les hommes-adolescents et les hommes américains.

Tout de même ! Ed était bien un Dalloway, mais sûrement pas l'Homme américain, « si rare quand il vient à se produire ». Et rien ne laissait présager que leur histoire devait culminer dans l'échec pour confirmer les théories de Diana : échec de qui, en fait ? Il suffisait tout simplement de garder secrète cette histoire, de la cultiver. Voilà tout. Non, cela n'avait rien à voir avec la perfidie du faux, la dissimulation de l'adultère, la mauvaise conscience du vaudeville. Autant d'inepties qui se croient sophistiquées mais qui suivent une logique d'ordinateur : 0/1, mal/bien, non/oui. Le secret, lui, est une alchimie qui nous donne le droit de nous chercher sans blesser les autres : la discrétion sereine qui ennoblit et freine la volonté de puissance. Le secret accomplit réellement une femme, alors que l'homme abîme les secrets à force de les collectionner. Une femme sans secret est une nuit sans lune : égale, mais dangereuse, ennuyeuse. Olga ne voulait ni de la transparence du jour qui crée des collaborateurs, mais non des amoureux ; ni de l'opacité sans événements qui rassure les dormeurs paresseux. Plutôt : l'étrange surprise de se découvrir secrète pour soi-même.

Lorsqu'on cesse d'être un inconnu pour soi-même, qu'est-ce qu'on est ? Un sage ? Pas forcément. Plutôt un malade, un presque-mort.

Infantile et agressif, Noël à New York force tout le monde à se replier en famille. Le drame commence quand on n'en a pas, de famille, ou bien quand on hésite entre deux, ou plusieurs. Il était entendu qu'Olga rentrait à Paris pour les vacances. Un peu triste, Ed s'envola pour Jérusalem : histoire de profiter du *break* américain pour voir ses enfants, installés là-bas avec leur mère depuis la rupture. Pas de problème. On se retrouve en janvier.

Après tout, sa vie était à Paris. Ed ou pas, Olga était happée par les événements qu'Hervé lui racontait régulièrement au téléphone, mais qui lui tombèrent vraiment dessus dès sa descente d'avion.

— Enfin, te voilà ! Ne me dis pas que je ne t'ai pas manqué, car toi tu es irremplaçable. (Hervé dit toujours la vérité, même caricaturale.)

Benserade avait eu une attaque, Olga était déjà au courant : en pleine rue, aphasique, sans carte d'identité, trimballé pendant deux jours dans les hôpitaux sans être identifié, un cauchemar. Maintenant il était bien soigné, mais apparemment aucun espoir. Il avait fait comprendre qu'il souhaitait des visites. Carole avait commencé par énumérer les noms de ses connaissances : X, Y... Non. Olga Montlaur ? Oui. Grimaces de joie, agitation du malade.

— Il faut absolument que tu y ailles, dès demain.

Carole ? Plutôt mal que bien, elle se maintient, Martin a disparu en Californie avec la bande à Scherner.

— Et Armand ?

Olga restait attachée à l'autorité de Bréhal, même si, depuis la Chine, ils se voyaient moins.

Hervé haussa les épaules. Armand était fatigué, toujours très subtil, ça allait de soi, mais plus préoccupé que jamais par ses plaisirs et la mauvaise santé de sa mère. « Je me suis garé des voitures, mon cher », disait-il, et Sinteuil n'insistait pas, on ne pouvait pas compter sur Bréhal pour les nouvelles batailles. Mais leur complicité hédoniste était inaltérable et ils se retrouvaient toujours avec joie au Rosebud pour commenter leurs derniers écrits avec la même admiration réciproque, un peu surfaite, toujours enjouée.

Sinteuil avait le talent de transformer un désaccord littéraire en procès global de la société et il poursuivrait cette vocation avec ou sans Bréhal. C'était son côté Voltaire : il relançait une affaire Calas, La Barre, Sirvin ou Lally Tollendal à propos de Sade, Ducasse, Joyce, Bataille ou de tel ou tel contemporain méconnu, trop « obscur » ou trop « sexuel », refusé par les éditeurs et la presse, et qui s'attirait soudain la célébrité (inconfortable !) dès que Sinteuil s'en mêlait. D'abord, les amis l'écoutaient, incrédules. Ensuite, quelques-uns commençaient à le répéter, puis un écho paraissait dans la presse, et cela devenait brusquement un sujet : le « débat du jour ». La machine médiatique s'emballait, les « nouveaux journalistes » entraient en guerre. Cependant que Sinteuil, tout en continuant de suivre du coin de l'œil et de la plume le procès en question, s'enfonçait en réalité dans le paradis de son écriture tantôt hermétique, tantôt limpide, classique, lyrique, réaliste ou érotique, toujours complexe et irritante. Le marxisme est déconsidéré ? Dieu seul peut garantir

une morale ? Le Dieu de la Bible ? Bien sûr ! Mais le
Dieu vivant et parlant stimule l'expérience intérieure,
fresques et fugues, Venise et Bach... La face flam-
boyante du christianisme est érotique, Sade l'athée est
un complice de Thérèse d'Avila, la théologie et l'In-
quisition sont chrétiennes mais la comédie humaine
est une vision du monde catholique. Relisez Balzac...
On ne pouvait s'endormir une seconde auprès de
Sinteuil, et ses ennemis n'attendaient que la polémique
suivante avec lui pour ranimer la vie intellectuelle.

Olga aimait l'esprit insoumis, reculait devant le
scandale, avait peur des provocations, riait, refusait,
acceptait — bref, elle était bien là.

— Et toi ?

— Moi ? Comme toujours, tout va bien.

Comme toujours mystérieux, on ne saura rien, il
faudra déchiffrer patiemment les petits signes. Il
parlera plus volontiers du travail.

— Et *Maintenant* ?

— *Maintenant* ? C'était hier. Aujourd'hui, c'est *Aleph*.

— Tiens donc. Tu as gardé cette surprise pour mon
retour ?

— Tu aimes le titre ?

— La Bible ? L'infini ? Borges ? Ça se défend.

— Impossible de supporter plus longtemps les petits-
bourgeois de L'Autre, avec leur religion. Et puis,
L'Autre n'aime pas ce que je fais.

— Ça, c'est fondamental.

— Tout est fondamental quand on écrit. Précisément, puisqu'on réinvente ce qui paraîtra fondamental,
il vaut mieux que les éditeurs, qui sont les revenants
de la réalité, n'hésitent pas trop.

— Juste. (Hervé possédait l'art de dire vite l'essentiel. Olga l'écoutait, intriguée et confiante. Il était

évident que sa vie avait lieu ici, avec ce garçon insolent
et pressé.) Alors, à la place de L'Autre, quel éditeur ?

— Le Différent.

— Ils ne t'avaient pas fait des avances à tes débuts ?
Je ne savais pas qu'ils s'intéressaient à l'avant-garde.

— Qui te parle d'avant-garde ?

— Personne. L'avant-garde est avant-garde parce
qu'elle devance le mouvement — et, tu as raison, le
mouvement a lui-même devancé l'avant-garde.

— Voilà. Tu n'imagines pas le prochain roman que
je leur prépare ! Stanislas ne peut pas l'aimer, donc la
question est réglée, il faut que je quitte et Stanislas et
les Éditions de L'Autre.

— A New York, ils parlent de postmodernisme.

— Des mots d'universitaires. J'ai des idées, tu
verras.

* *

Fernand Benserade partageait une chambre de l'Assistance publique avec deux travailleurs immigrés
algériens, frappés d'aphasie comme lui, mais entourés
de familles nombreuses pas aphasiques du tout. Le
célèbre linguiste aurait quand même mérité plus de
confort, voire un calme absolu. Cependant, n'ayant
jamais consenti à vivre dans notre univers salarié, il
n'avait pas cotisé à la M.G.E.N. Résultat : impossible
de le faire soigner dans une clinique sérieuse. N'était-
ce pas inadmissible ? Benserade n'avait-il pas assez
d'admirateurs pour rattraper les cotisations non payées ?
Olga allait s'occuper sur-le-champ de cette sinistre
affaire. Hélas, il n'y avait qu'un étranger, tiens, toujours Ivan, pour se dévouer au vieux professeur qui
passait ses journées seul, abandonné de tous, dans la
sordide chambre de l'Assistance publique.

Il semblait ravi de la voir. Souriant. Conscient du désastre. N'essayant même pas d'articuler. Peur du ridicule. Écrivant du doigt quelques lettres sur la poitrine d'Olga. Ç'aurait pu paraître saugrenu à un infirmier de passage. Elle sortit de son sac un carnet, un stylo. De sa main gauche tremblante, Benserade écrivit alors, en la regardant dans les yeux : *Théo*.

C'était son tour à elle d'être muette. Pensait-il à Dieu ? Lequel ? Était-ce un banal gribouillage ? Un hasard ? Rien du tout ? Une façon comme une autre de se rapprocher du sein maternel ? De son sein à elle, Olga ?

— Vous écrivez *Théo*. S'agit-il de Dieu ?

Il la regardait fixement, pas de cils, pas de paupières. Elle répéta plusieurs fois :

— Dieu ? Vous voulez dire : « *Dieu* » ?

Toujours le même regard vide. *Théo* resta sans réponse.

Benserade n'était pas croyant, mais sait-on jamais ? Tout le monde à Paris était en train de devenir plus ou moins croyant.

Le récit de cette visite à l'hôpital rendit Carole encore plus déprimée. Tout cela bouleversait Olga et la persuadait qu'elle était soudée à ces gens sérieux et graves, qui étaient dans l'impasse. Peut-être parce qu'ils cherchaient des mots à tout. Même Benserade, surtout Benserade. Alors que Dalloway savait vivre aussi sans mots, en se contentant d'aimer.

Hervé écoute l'histoire de Benserade et de son *Théo*, angoissé mais froid. Des bras calmes. Elle pourrait pleurer. Il n'y a pas de quoi. C'est plus grave que ça. Ils se retrouvent au lit avec le même plaisir aigu qu'aux premiers jours. Hervé familier et cependant insolite. La sobre chaleur de son regard acajou et cette bouche avide, impatiente. Les caresses qui se moquent au moment même où elles charment. La carrure des épaules offrant le repos mais incitant aussi au défi. Son rythme farouche, ses paroles qui bercent, dérangent, excitent, qui vous brisent mais vous portent plus haut. « On ne peut pas aimer deux hommes à la fois. Il y a de la folie dans l'air. Ce n'est pas Carole, c'est moi qui dois aller m'allonger sur le divan de Joëlle Cabarus. »

2.

On trouve difficilement un endroit plus kitsch que le Top of the Six's à New York.

Au sommet du 666, 5ᵉ Avenue, d'épaisses moquettes conduisent aux fenêtres devant lesquelles s'allument, à la nuit tombée, les gratte-ciel environnants et le flot des voitures minuscules, tout en bas, qui bordent la tache noire de Central Park. Provinciaux et petites-bourgeoises viennent profiter du buffet gratuit dès dix-huit heures et, sans risque de rencontrer qui que ce soit, on songe, un verre de bloody-mary, de whisky ou de champagne à la main, à l'orgueilleuse solitude du gothique acier et néon, à la disponibilité inutilisée des belles femmes dans les métropoles modernes, aux vertus comparées d'un apéritif et d'une conversation insipide avec une amie ou un amant virtuel.

Diana n'avait que deux minutes de retard, mais elle était essoufflée : depuis qu'elle avait fait une psychanalyse, la ponctualité était devenue pour elle une obligation féroce.

— Je ne savais pas que tu aimais ce genre d'endroits un peu...

— Un peu ?

— Disons : un peu trop modernes ?

— Question de se sentir au-dessus du film, comme dans un avion ou aux toilettes. Ici, c'est pareil.

Edward tardait à rentrer d'Israël, Diana passait son semestre sabbatique souvent retirée dans sa maison de Long Island, et Olga avait besoin de prendre de la hauteur. Du haut de ce 39ᵉ étage, New York était juste beau et théâtral. La misère est question de proximité, il suffisait de descendre dans la rue pour voir, jusqu'aux abords du Rockefeller Center, des drogués somnolents en haillons et des clochards de toutes origines côtoyer les dames endimanchées sortant de chez Cartier ou de chez Bedgorf Goodman. Vêtues de soie et de cuir, ultra-oxygénées, fond de teint trop voyant et compact-poudre inévitable, surchargées de chaînes d'or et de boucles d'oreilles, les bourgeoises de la 5ᵉ Avenue avaient l'air d'aller à une réception en l'honneur du dernier numéro de *Vogue*. Il était préférable de les voir d'en haut, donc de ne pas les voir, et de ne retenir de ce monde de consommation outrancière que les cubes lumineux en verre et en métal reflétant d'autres cubes lumineux en verre et en métal. Vu d'ici, le théâtre était vide. Non pas dévasté, car aucune catastrophe nucléaire n'avait eu lieu (pas encore), et le décor était intact, mais il ne restait en effet que le décor, et ce décor n'était qu'un jeu de miroirs, le règne du reflet. Les Narcisses heureux couraient après leurs achats, les Narcisses malades cuvaient leur drogue en attendant le crime. Mais ce que cette civilisation avait produit de plus spécifique, à savoir le *look*, n'avait plus besoin d'artisans ni de victimes. Le look n'était plus anthropomorphe, le look était supra-humain, le look était transcendantal. Vu d'ici.

Du Top of the Six's, les reflets éblouissent le provincial qui se croit citoyen du monde. Un tel feu d'artifices n'a aucune chance de laisser supposer au passant égaré et heureux de l'être que ces reflets fuyants pourraient, plutôt que miroiter ainsi à l'infini, s'infléchir de manière à creuser ce qu'on appelait dans le passé un espace intérieur. Car justement, ce soir, ce midi, cet après-midi, le client du Top a déserté son espace intérieur, il ou elle n'en peuvent plus, il et elle en ont marre, cet espace intérieur n'est désormais qu'un *soap opera*, un opéra de savon, un Dallas de plus en plus dégénéré — « Mademoiselle, deux martini s'il vous plaît. » On va arrêter de se rétrécir la vie en interrogeant son psychisme, il y a assez de *shrinks* pour cela, tous nuls et inutiles, alors, abreuvons nos yeux de reflets ! *Look at that view ! Look at the way it looks !* Fuyons dans le décor ! *Isn't it marvellous ?*

Olga se dit que Rosalind avait dû percevoir quelque chose de semblable à ce qu'elle était elle-même en train d'éprouver à présent, du haut de cette terrasse, et qu'à la fin elle s'en était tirée.

D'après Diana, Rosalind Dalloway avait été une femme sensible et intelligente. Elle avait appris la linguistique moderne à Harvard et s'était spécialisée dans la traduction automatique : vous programmez un ordinateur et il vous transforme un texte allemand en anglais, ou vice versa, etc. L'essentiel était de bien programmer, et Rosalind était incomparable en ce domaine.

Rosalind Bergman n'avait pas suivi les cours modernistes et contestataires de Brandeis University à Waltham, à une demi-heure de Cambridge, que Diana et Edward avaient fréquentés par curiosité intellectuelle et, il faut bien le dire, par snobisme. Rosalind était trop positive, « je dirais même positiviste » (Diana), pour perdre son temps dans ce haut lieu de l'establishment intellectuel juif nécessairement progressiste, donc de gauche, implicitement européen, donc philoso-

phique et littéraire, et explicitement dissident, donc
parlant le yiddish. Précisément, Rosalind venait d'une
vieille famille de Juifs allemands installés depuis deux
générations à Boston (Rosy représentant la troisième
génération), intégrée et laïque. Le docteur Bergman,
son père, respecté par la société bostonienne la plus
fermée, connaissait mieux Goethe que la Bible, et
seuls quelques vestiges culinaires auxquels tenait grand-
mère Ida, la mère de Mme Bergman, pouvaient laisser
supposer que leurs ancêtres avaient, eux aussi, parlé
le yiddish.

Bien entendu, tous étaient attentifs aux moindres
signes d'antisémitisme et se considéraient comme profondément solidaires de tous les Juifs. Mais c'était une
solidarité limpide, normale, raisonnable. Elle devait
rester efficace («Que peut-on faire pour telle personne? pour la communauté? pour Israël?») et
complètement dépourvue de cette acrimonie religieuse,
archaïque, dans laquelle se complaisaient certains. De
toute façon, il fallait garder l'esprit clair et juger de
chaque situation avec discernement, sans parti pris
dogmatique, fût-il juif. Le docteur Bergman était un
homme des Lumières, et chacun sait que les Lumières
respectent l'universalité des Juifs comme de tous les
hommes, l'Holocauste n'étant qu'un accident atroce
dans la marche inéluctablement victorieuse de la
Raison.

Donc, Rosy ne fréquenta pas Brandeis et devint très
tôt une excellente spécialiste que le M.I.T. eut vite
fait d'engager. Elle ne pouvait que tomber amoureuse
d'un garçon doux et raffiné comme Edward Dalloway,
qui impressionnait toutes les filles de Harvard mais
leur préféra le charme sérieux de Rosy. Les Bergman
ne voyaient aucun inconvénient à se lier avec les
Dalloway, au contraire. La réciproque fut moins

évidente, mais Edward était catégorique et personne n'eut rien à redire. A l'exception de grand-mère Ida, mais nul ne lui demandait son avis.

Un ménage heureux. Rosalind, informaticienne de talent, se montra une mère magnifique. Jason et Patricia se suivirent à deux ans d'intervalle, la famille Dalloway était citée en exemple dans le quartier de Boston où elle vivait : quelle tenue, quelle discrétion ! Même le mouvement féministe ne réussit pas à semer la discorde chez ce couple d'intellectuels impeccables ; il échappa ainsi au destin des gens évolués dont l'union fut brisée par la guerre des sexes. Rosy était forcément touchée par le légitime désir des femmes de se faire reconnaître. Mais, tous comptes faits, elle estima que ses éventuelles revendications étaient d'ores et déjà satisfaites : elle avait un poste important, les hommes du M.I.T. appréciaient ses qualités professionnelles, et, à la maison, Edward ne la laissait jamais s'occuper seule des enfants, des courses ou du ménage. Les Dalloway vivaient déjà à l'ère du postféminisme.

Jusqu'au jour où Rosalind Bergman fut chargée de programmer la traduction anglais-hébreu sur un nouvel ordinateur ultraperformant. Elle ne connaissait pas l'hébreu. Il lui fallait donc s'y mettre, ce qu'elle fit avec l'aide d'un collègue informaticien, Isaac Chemtov, spécialement venu de Tel-Aviv. Brandeis ne lui suffisant pas, des stages linguistiques « sur le terrain » apparurent très vite nécessaires. Plusieurs séjours à Jérusalem. Ce fut la révélation et le début d'une nouvelle destinée.

La vie de Mme Dalloway lui parut soudain insignifiante, pour ne pas dire nulle, lorsqu'elle l'envisagea depuis ce nouveau monde, dont elle connaissait bien entendu l'existence, mais dont elle n'avait jamais soupçonné la force. Ni tragiques ni même dramatiques (alors que, constamment menacés dans leur sécurité, ils auraient pu l'être), les gens de Jérusalem avaient tout simplement le même poids que la réalité. Ils déréalisaient le reste du monde. Ils rendaient futiles tous les Boston, Dalloway et autres looks de la 5ᵉ Avenue. Sur le moment, Rosalind ne comprit pas pourquoi.

Il y avait ce paysage de Jérusalem, comme issu de quelque catastrophe géologique. Cette terre tourmentée de collines et de plaines sèches, de crevasses arides et de mers mortes, n'avait engendré ni luxe ni opulence. On ne pouvait y survivre que par un sens rugueux du repos qui ne se distingue pas du perpétuel effort, ce qu'on appelle le sens du sacré.

Il y avait la tradition du Livre, cette langue chiffrée que Rosalind découvrait et qui lui restituait une religion jamais imaginée. Grave, exclusive, contraignante : c'était connu. Multiple, ambivalente, une combinatoire en actes : il fallait passer par l'hébreu pour le savoir. Et par cette infinité d'interprétations accumulées au fil des siècles, qui attendaient Rosalind non pour lui inculquer une vie intérieure, mais pour l'alléger en ramifiant la psychologie, en rendant les sentiments consubstantiels aux jeux de l'intelligence.

Il y avait le mur des Lamentations : ce condensé d'angoisse qui prévoyait la Shoah depuis la nuit des temps mais qui s'avouait incapable de l'éviter. C'était le plus dur. Rosalind fut quelque peu rassurée en surprenant Jerry Saltzman dans un état de malaise comparable au sien : le célèbre romancier new-yorkais, auteur du best-seller *Professeur de désastre*, visiblement gêné par tant de complaisance religieuse avec le malheur, mais plus encore embêté par son propre trouble, collait maladroitement une kippa sur son crâne tout en essayant de se persuader de son appartenance à un peuple qui le hérissait. Pour une fois, Rosalind partageait les perceptions du romancier. Elle se fit expliquer l'histoire du Mur et revint plusieurs fois observer les prières plus ou moins exubérantes. Elle finit par éprouver de la honte d'avoir été à ce point épargnée par le malheur. Tout en gardant une certaine réserve à la Dalloway, elle se sentit pauvre et bornée d'être incapable de se lamenter.

Cette histoire eut beau prendre un certain temps, ce fut en réalité un choc. Sur tous elle faisait l'effet d'une foudre, à commencer par Rosalind (même si, au fond d'elle-même, elle pensa et repensa des mois et des années durant aux vraies raisons de cette brutale métamorphose). L'évidence s'imposa à elle comme l'éblouissement du soleil sur Jérusalem : Mme Dalloway n'avait jamais existé, Rosalind Bergman avait à peine vécu, il n'y avait que Ruth Goldenberg. Elle appartenait à ce peuple, à cette terre, à ce Livre, à ce Mur. Elle se devait de reprendre le nom de ses ancêtres, ce nom de Goldenberg, abandonné lorsque ceux-ci avaient fui l'Allemagne pour s'assimiler à une Amérique qui leur paraissait être la terre promise de tous les gens libres et égaux, juifs compris, juifs surtout : et qui le fut, et qui l'était toujours réellement, efficacement, en dépit des fausses notes et des animosités larvaires sur lesquelles on ne se faisait guère d'illusions, mais qui y paraissaient infiniment plus atténuées qu'ailleurs ; aucune vraie menace, en somme. Pourtant, Rosalind découvrait maintenant que cette sécurité était payée du prix du sommeil, d'un oubli qui neutralise et vous réduit à une simple image, pis, au numéro d'une utopique calculatrice universelle faisant table rase des passions, des heurts, des abîmes sans lesquels on n'aime pas vraiment la vie, on ne pense pas ses amours et ses haines, on vivote, on reflète. Tandis qu'ici, après la guerre des Six jours, des Juifs de la diaspora étaient revenus, et, tout en faisant quelque chose qui ressemblait à leur métier d'origine, ils se rendaient utiles : dans l'armée, les kibboutzim, les écoles. Rosalind, non, Ruth, avait besoin d'être *utile*, de faire des choses concrètes. Par exemple ? Consolider une frontière, bâtir une maison, apprendre une langue aux nouveaux venus des pays pauvres d'Afrique, voilà, des choses élémentaires qui vous font exister et vous sortent du brouillard et de l'anesthésie, car telle vous apparaît brusquement votre vie d'avant le choc. Ruth retrouvait le poids calme de ces gens dont elle était persuadée que rien ne l'avait jamais séparée, sinon deux générations de fausses ambitions qui, en réalité, manquaient d'ambition.

— C'est simple, je suis Ruth Goldenberg et j'habite Jérusalem avec mes enfants.

Restait la question Edward. Quand il avait entendu la sentence au téléphone, il s'était dit que les lignes étaient brouillées, leur conversation parasitée par une autre. Pas du tout : Rosalind-Ruth avait décidé de couper vite et sec, c'était le seul moyen d'éviter l'enlisement, les arrangements pratiques viendraient progressivement.

— Tu n'es pas fatiguée ? Tu dois avoir trop de travail, et avec ces chaleurs du désert... Comment te sens-tu ? (Edward.)

— Si tu veux dire par là que je suis malade, détrompe-toi, je ne me suis jamais aussi bien portée, une santé de fer. (Ruth.)

— Tu n'es quand même pas devenue religieuse ? (Dalloway.)

— Je n'ai pas à le devenir, je l'ai toujours été, sans le savoir, peut-être, mais je l'ai redécouvert. (Goldenberg.)

— Tu manges casher ? (Dalloway.)

— Bien entendu. (Goldenberg.)

— Pourquoi pas, au fond ? Mais, voyons, il existe une gamme d'opinions dans cette religion, tu n'es tout de même pas orthodoxe ? (Dalloway.)

— Je ne sais pas. Isaac l'est, et ses amis sont peut-être la garantie la plus sûre de l'existence d'Israël. (Goldenberg.)

— Tu m'étonnes. On discutera de cela à ton retour. En tout cas, ce n'est pas ce qui ressort de ce que je peux apprendre au *State Department*. Tu es amoureuse de cet Isaac ? (Dalloway.)

— Ce n'est pas du tout le problème. (Goldenberg.)

— Enfin, tu as toujours été une femme surprenante, Rosy, c'est pour cela que je t'aime, tu sais. Tu m'expliqueras tout cela à la maison. Nous t'attendons, avec Jason et Patricia qui sont allés passer le dimanche chez tes parents. Tu arrives samedi prochain à deux heures ? (Dalloway.)

— Samedi, c'est shabbat, je rentrerai lundi. (Goldenberg.)

— Mais c'est énorme, dis donc ! Bon, je t'aime quand même. (Dalloway.)

— Je ne dis pas que je ne t'aime pas, mais il s'agit d'autre chose ; et c'est grave, en effet. (Goldenberg).

— Bon, on n'ira pas plus loin au téléphone, j'ai l'impression. (Dalloway.)

— J'en suis sûre, ma décision est prise. (Goldenberg.)

— Je t'embrasse très fort, nous t'attendons tous. (Dalloway.)

— A lundi. (Goldenberg.)

Edward était sonné, mais son humour le privait rarement d'espoir : une aventure avec cet Isaac Chemtov, cela pouvait arriver aux femmes les plus raison-

nables, surtout à celles-là. Pour sa part, le docteur
Bergman pensa à une phase maniaque de la dépression
endémique que sa fille cachait si bien, mais dont un
père n'est jamais dupe : on essaiera de soigner ça.
Mme Bergman fut la plus ébranlée et la plus sceptique : depuis la mort de sa mère Ida, qui assurait
spontanément la tradition, elle se tournait de plus en
plus vers la Bible, et les événements politiques consé-
cutifs à la guerre des Six Jours l'avaient rendue encore
plus active dans ses démarches de soutien à la communauté, sans parler de son voyage à Jérusalem : « Le
moment le plus important de ma vie », disait-elle avec
beaucoup de sous-entendus, et le docteur Bergman
d'acquiescer gravement, comprenant tout de suite —
quoique pas très clairement — de quel genre d'importance il pouvait s'agir. Bref, sa mère avait peur de
trop bien comprendre Rosy, tout en estimant que cette
décision prétendument lucide était une folie ou, du
moins, un malentendu. Au demeurant, le couple Dalloway allait-il aussi bien qu'il en avait l'air ? Il ne
fallait pas sous-estimer cet aspect des choses. Quant
aux grands-parents Dalloway, ils ne disaient rien, mais
accompagnaient leur silence de ces regards saturés qui
insinuent qu'on s'attendait à tout depuis le début, mais
qu'entre gens bien élevés on ne fait pas de commentaires.

Edward avait toujours considéré la religion comme
une survivance et n'avait jamais rencontré la folie.
Que Rosy devînt brusquement une fanatique et, de
surcroît, sans les signes externes du fanatisme, mais
d'une détermination froide, lui paraissait une aberration que sa raison n'avait pas les moyens d'affronter.
Il essaya plusieurs pistes.

Premièrement : La culpabilité du mâle, une virilité
décomposée. « Aucune dérobade n'est possible : un

homme plaqué est un homme castré, quoi ! Suis-je
donc à ce point un amant incapable, un mari goujat,
un père indigne ? »

Il avait beau passer au crible toutes ces hypothèses,
aucune ne tenait debout. Il aimait entièrement — sans
réserve, avec toute la ferveur dont un homme lui
semblait devoir être capable — sa brune Rosalind aux
formes pleines, qui lui rendait cet amour avec un
plaisir docile. Pourtant, qui sait ? L'habitude est vite
bousculée par l'attrait d'une nouveauté un tant soit
peu piquante, il suffit d'un bellâtre mystérieux et
dramatique, d'un héros du désert, d'un militant du
sacré, pour que la plus intelligente des femmes tombe
dans le piège. Inutile de chercher des échappatoires ;
incontestablement, cette fuite en Israël était un dés-
aveu d'Edward, un camouflet au mythe Dalloway.

Ruth (quelle absurdité ! Edward n'arrivait pas à
s'habituer à ce prénom, et ne parlons pas du nom :
une croix — si l'on peut dire — sur quinze ans de vie
exceptionnelle) ne demanda pas le divorce immédiatement, puisqu'elle prétendait que sa décision était
métaphysique et non pas physique. Mais il fallait être
fou pour fermer les yeux, et d'ailleurs l'inéluctable
mise en scène des tribunaux ne tarda pas. Car que
faire des enfants ? Habitués à vivre entre les deux
paires de grands-parents, Dalloway et Bergman, tandis
que Rosalind programmait ses ordinateurs au M.I.T.
et qu'Edward se partageait entre ses cours à Harvard
et la géostratégie à Washington, Jason et Patricia
n'avaient pas saisi d'emblée les suites de la catastrophe.
Or Ruth Goldenberg était une mère, et une Juive, et
une mère juive ne saurait se passer de ses enfants. Les
deux adolescents étaient plutôt séduits *a priori* par
l'aventure : Jérusalem, un kibboutz, tu te rends compte,
par rapport à cette merde de Boston, *shit* ! On se tire,

super ! Patricia était moins sûre, elle aimait visiter les musées pendant le week-end avec papa, mais Jason donnait le ton à leur duo et sa sœur n'allait pas jouer à la petite *Wasp* frileuse. Au surplus, tous les psychologues vous diront que les enfants doivent suivre leur mère.

Deuxièmement : Il n'était pas un mâle nul, loin de là, mais peut-être en faisait-il justement un peu trop. Une satisfaction sur toute la ligne (du lit à la cuisine et au gazon de la villa, sans parler de la sagesse politique) : de quoi vous abrutir une femme. Alors qu'au contraire les femmes aiment la frustration, elles sont toutes maso, les femmes, elles aspirent au désert. Il était vraiment naïf de ne point s'en être aperçu. Cela allait changer. Edward aurait sa période Casanova. Le tombeur des campus. On allait voir ce qu'on allait voir. Sans trop y croire. Quelle fatigue ! Ce n'était pas vraiment sa nature.

Troisièmement : Cette fièvre politico-religieuse de la dénommée Ruth Goldenberg ne tenait pas. Israël avait besoin d'un appui diplomatique (en plus de l'aide économique, cela va de soi), et Edward Dalloway était bien placé pour connaître tous les efforts que Washington poursuivait dans ce sens — sans fausse modestie, on pouvait même dire que lui-même y participait. Une diaspora active était absolument nécessaire à cet équilibrisme politique, et si Rosy tenait tant à se découvrir une mystique juive dans sa jolie petite tête brune, il y avait de quoi s'amuser à Boston, Edward lui-même était prêt à lui faire des suggestions. Quant à ces orthodoxes qui s'implantaient dans les territoires occupés pour satisfaire leur fanatisme frustré de n'avoir pas été assez persécutés à Brooklyn ou à New York, et qui se dressaient avec Dieu, leurs fusils et des discours incendiaires contre les « hordes arabes », voilà bien des gens dangereux, capables de faire capoter n'importe quelle tentative de négociation, déjà en soi excessivement difficile. Le comble, c'est que le type de Rosy, ce Chemtov, soi-disant informaticien, avait l'air d'être un redoutable extrémiste. Enfin, les grandes gueules impressionnent toujours les femmes. D'accord, mais pas Rosy ! Eh bien si. Désormais, rien n'étonnerait plus un Dalloway.

Quatrièmement : Ruth (décidément, pour Edward, elle restera toujours Rosy, mais puisque Ruth prétend que Rosy n'existe plus, que Rosy est morte, il ne va quand même pas parler à une morte) aurait pu lui proposer de venir la rejoindre en Israël. Absurde : il n'était pas question qu'Edward Dalloway parte s'installer à Tel-Aviv ou à Bersheva, à Nazareth ou Dieu sait où. Il paraît qu'il reste très peu de vrais athées sur terre aujourd'hui — qu'importe, s'il en reste un seul, Dalloway sera celui-là. Mais Rosy aurait dû le lui proposer, comme ça, par fidélité à leur histoire commune, en mémoire de leur amour, si tant est qu'elle en ait conservé la mémoire. Apparemment, non. Elle prétendait que si, mais que cet amour devait rester là où il était, à sa juste place dans le passé, et que maintenant, elle, Ruth, vivait une autre vérité, sa vérité, sans compromis aucun.

Cinquièmement : Il fallait tout de même reconnaître que Rosalind Dalloway, ou Ruth Goldenberg — après tout, on s'en fiche ! — était une sacrée femme. Quel caractère ! Il n'y avait pas beaucoup d'épouses de cette trempe-là. Edward Dalloway était une victime, certes, mais il avait vécu quinze ans de bonheur avec une femme exceptionnelle, sans s'en rendre toujours compte, soit, mais l'exception n'est jamais une permanence. En ce moment même, cette histoire de divorce plaçait Rosy très loin : sans l'effacer, elle la faisait exister à

une hauteur inaccessible, dans une Jérusalem altière,
obligeant Edward à une sorte d'exigence envers lui-
même et envers les autres, sans ambition ni valeur
particulières, mais qui le rendait agréablement amer.

Tout le monde s'excite quand un Juif aime ou
épouse une *shiksa*. Le cas inverse n'est pas prévu. Il
est vrai qu'Edward n'avait jamais eu l'impression de
perpétrer quelque transgression religieuse ou ethnique
en épousant Rosalind Bergman, car, pour lui comme
pour elle (du moins quand elle était Rosy Dalloway-
Bergman), il ne s'agissait de rien d'autre que du
mariage de deux individus libres et égaux. Nul ne
cachait ni ne se cachait l'origine juive de Rosy. Mais,
pour tous deux, elle était juive comme elle était brune
et intelligente, et informaticienne et mère de deux
enfants, et sa femme à lui, Edward Dalloway, à Boston.
Personne dans leur milieu ne connaissait d'antisémites,
mais c'est avec fermeté et dans une complète union
qu'ils combattaient ces espèces de brutes archaïques
qui continuaient bel et bien à sévir sur terre. Aucune
différence entre les deux Dalloway sur ce point (ni
sur aucun autre, d'ailleurs). Cependant, depuis qu'il
était devenu l'ex-mari de Ruth Goldenberg (titre
impropre : Ruth Goldenberg n'a jamais eu d'ex-mari,
seule Rosy Bergman en avait eu un, mais puisqu'elle
n'existait plus et qu'elle n'avait été mariée qu'une fois,
pouvait-on vraiment parler de son ex-mari ? On s'y
perdait !), Edward avait l'impression d'être (ou d'avoir
été, on s'y perdait encore...) une sorte de *shiksa*. Qui
pouvait savoir ce que cela voulait dire au juste ? En
tout cas, pour Dalloway, *Professor of Government* et
avocat international à Washington, cela voulait dire
qu'il n'était pas à la hauteur, qu'il y aurait toujours
quelque chose qu'il ne saurait pas, qu'il avait été utilisé
pour des desseins obscurs et impénétrables, divins ou

sexuels, lesquels probablement se confondent souvent.
A sa grande surprise, ce destin de *shiksa* à l'envers
(on s'y perdait toujours !), qui aurait dû l'affliger —
et, d'une certaine façon, cette affliction ne manquait
pas de l'assombrir depuis trois ans déjà —, ce destin
inconfortable lui paraissait au fond inéluctable, voire
nécessaire. Non, Dalloway ne se croyait pas promis à
une quelconque humiliation — par châtiment divin ou
autre ineptie de ce genre. Mais sa nature chagrine,
que révélait si bien le gris transcendantal de ses yeux
(telle était du moins la description qu'en faisait Olga),
se trouva de plain-pied avec sa nouvelle condition
d'homme rejeté : comme s'il fallait que la réalité de sa
vie conjugale démontre l'existence d'une impossibilité
dont son être témoignait déjà tout entier sans que sa
culture ni sa raison en trouvent jamais justification.

Comme dans ces rêves étranges où le rêveur est à
la fois la flèche et la cible, Dalloway occupait la
trajectoire entière du tir, et cette situation, aussi
violente que confuse, rendait plus essentielle encore sa
tendresse brisée. Sans jamais se le dire, il y souscrivait
cependant, comme s'il s'agissait là d'une montée vers
quelque vérité informulable. Laquelle ? Celle du lien
entre les Juifs et le monde, entre Israël et l'Amérique,
entre Ruth et lui ? Il ne voulait pas creuser la question,
qui ne faisait du reste que l'effleurer. Il lui importait
davantage de trouver la solution juridique de ce
paradoxe de l'identité entre l'arc et la cible, déjà
entrevue par Héraclite, paraît-il.

Les femmes qui aiment complètement perçoivent
ces mouvements atomiques. Olga donnait raison à Ed
qui donnait raison à Ruth qui avait fait mourir
Rosalind et éjecté Dalloway, lequel était l'arme qui
tirait dans la cible qu'il était aussi. Et qu'Olga recueil-
lait...

Elle l'accompagnait à chaque étape, à travers ces seuils de résistance qui balisaient l'espace de l'histoire familiale, religieuse ou politique à laquelle le hasard l'avait mêlée. Et elle le retrouvait à la fin du parcours, sans défenses. Comme elle : animal douloureux, fier de l'être et sans importance aucune. De quoi bâtir les amitiés — sinon les amours — éternelles.

* *

Le gel sur Morningside Park durcit le bleu du ciel, pierre précieuse au-dessus de Harlem. La neige efface les bruits et les contrastes dans ces coins reculés de la métropole que les piétons évitent, elle impose un espace translucide, stellaire. Seules les branches givrées témoignent de la fragilité des hommes, et Olga se revoyait au cœur de ces grands hivers de *là-bas* où les tempêtes de neige empêchaient les enfants d'aller à l'école. Les marchands de marrons chauds et de bretzels ne sont jamais plus attendrissants, cependant que les blanches fumées des chaussées new-yorkaises, qui donnent une âme à la nuit, laissent espérer, à tort, un prochain dégel.

Les lumières vertes de l'Algonquin exacerbent la moquerie d'Edward, qui ne montre jamais la face sombre des choses.

— Les enfants vont bien ?

— Parfaits. Mais Patricia semble avoir quelques difficultés dans ses études. Jason est dans l'armée, ce qui ne l'empêche pas de participer à un mouvement pacifiste animé par la gauche : le meilleur moyen de tirer la barbe (c'est le cas de le dire) à son beau-père. Comme tu le sais, Ruth a épousé son fameux Chemtov.

— Je ne savais pas.

— Ah bon ! Aucune importance. Désopilant bonhomme. Depuis sa visite au M.I.T., il s'est laissé pousser la barbe, et, tout en perfectionnant les ordinateurs de l'armée, il se balade avec un pistolet (je le soupçonne de savoir à peine s'en servir) pour se protéger des futurs lanceurs de pierres ; il discourt contre l'égoïsme du monde libre, spécialement des États-Unis qui seraient en train de lâcher Israël. J'ai vainement essayé de lui expliquer que négociation ne veut pas dire abandon, et que notre diplomatie avec les Arabes n'implique aucunement l'acceptation de leur politique : rien à faire, il me tient pour un moins que rien, incapable de percevoir la gravité des choses terrestres — et bien entendu divines — dont il assurera, lui, la défense. Qu'un garagiste du Texas débarquant à Tel-Aviv se découvre croyant orthodoxe et adhère à un minuscule parti religieux d'extrême droite pour se donner la vie psychique et morale qu'il n'a jamais eue, je comprends. Mais que ce type, spécialiste mondial de la traduction automatique, soit non seulement complètement soumis à Dieu et à ses rites, mais prêt à casser de l'Arabe, voilà qui me dépasse.

— Il a peut-être raison de se méfier. Tu es jaloux.

— Remarque, ce guignol m'a conduit dans un kibboutz qui a subi plusieurs attaques terroristes, et je dois dire que les gens de là-bas, qui ne jouent pas aux intellectuels militants, mais risquent vraiment leur peau et croient dur comme fer à leur Bible, eh bien...

— Eh bien ?

— A la fin, je me disais que je comprenais Ruth.

— Tu l'aimes.

— Elle m'impressionne. Tout est devenu grave pour elle. Aucun sens de la légèreté. Elle ne joue plus, elle ne rit plus. Sauf quand elle réussit une excellente performance à l'entraînement militaire, ou quand ses élèves font des progrès avec les ordinateurs, parce qu'elle enseigne aussi l'informatique dans l'armée. Forcément, la désinvolture est un privilège de la sécurité.

— Ou le comble du malheur, la face montrable d'une lamentation.

— Ils m'ont traité en étranger, ils ne m'ont pas montré cette face-là. Quoi de neuf autour de toi ?

— J'ai eu mes fanatiques, moi aussi. On n'a pas besoin d'aller chercher Isaac Chemtov pour rencontrer le dogmatisme, il suffit de tomber sur un marxiste américain.

— Ils se font rares !

— Pas vraiment. J'ai rencontré une vedette de Yale, Tom Moore, l'historien, que tu connais peut-être — tout le monde le connaît. Je ne sais pas comment on en est arrivé aux dissidents soviétiques — mon ami, le poète russe Podolski, était là, un grand écrivain poursuivi comme hooligan, chassé de son pays, etc., et qui se trouve soulagé de vivre enfin librement en Occident. « Vous n'allez pas soutenir qu'il y a davantage de liberté dans les pays capitalistes qu'à l'Est », me dit tout à coup Moore, un verre de champagne à la main, admiré par une pléiade de belles filles auxquelles il enseigne le marxisme pour plus de cent cinquante mille dollars par an, dit-on. Je lui réponds sèchement : « Naturellement, vous ne le saviez pas ? » Il a piqué une crise. Je l'ai traité de cynique, de profiteur, de malfaiteur et de je ne sais plus quoi encore, on a amusé la galerie. C'est typiquement américain, on ne trouve plus de dinosaures comme ça en France depuis 68.

— Je sais, je les connais. Ils sont en voie de disparition.

— Tu es naïf. Il y a à l'Université des départements

qui n'existent que pour les cultiver, et tu as tort de croire que c'est une façon de les maintenir en cage, car ils continuent de faire leur propagande.

— Ma petite Olga, tu ne connais pas les vices du fédéralisme « algonquin » — c'est bien comme cela que tu appelles les Américains ? On n'élimine pas, on neutralise en marginalisant, et quelle meilleure marge que l'Université ? Confortable (donc : pas de mécontentement) et insignifiante (donc : personne ne prend au sérieux ce qu'on y raconte).

— C'est dégoûtant. Tu y enseignes quand même ?

— Entre autres. De moins en moins. Ça fait aussi contrepoids à des types comme Moore.

— Je peux téléphoner ?

— Tu es chez toi.

Il ne lui a pas demandé des nouvelles de Paris : elle ne souhaitait pas en parler, il aurait été grossier d'insister.

— J'ai un message pour Jerry Saltzman.

— Tu aimes ce qu'il fait ?

— *Professeur de désastre ?* Un mélange plutôt étonnant de Henry Miller et de Kafka... Pas toi ?

— Pas lu. Ruth y est allergique : « un renégat », paraît-il.

— Tu as bien dit qu'elle ne savait plus rire ?

— C'est certain. En tout cas, pas avec moi.

— L'un explique l'autre. Tu devrais le lire... (Approchant ses lèvres du combiné :) Allô ? Jerry Saltzman ? Olga Montlaur. Je vous téléphone de la part d'un ami commun, Zoltan Panzera... Si, si, il va parfaitement bien, je l'ai vu il y a deux jours, à Paris... Non, il n'a jamais vraiment inauguré les arcs de triomphe avec les présidents de la République, non, il a trop de talent pour cela, et il vit retiré... Si, les gens essaient toutes sortes de manœuvres... Non, non, il

tient à rester inaccessible... Justement, Sinteuil souhaiterait publier dans le premier numéro d'*Aleph* votre
essai sur Kafka... *Aleph* remplace *Maintenant*... Non,
chez Le Différent. Comment on a pensé à vous ?... Un
peu grâce à Zoltan, un peu parce que vous êtes le plus
drôle des écrivains déprimés... Bien sûr que c'est un
compliment !... Pourquoi pas ? J'adore le château-
pétrus. Avec plaisir... A demain. Et merci pour le
Kafka ! A demain...

— Je m'excuse, mais j'étais forcé d'entendre. Tu ne
trouves pas que tu as été un peu... disons, complai-
sante ? (Edward n'avait plus d'humour.)

— Comment ça ?

— Je trouve.

— Étrange, on dirait que ce n'est pas toi qui parle.
Tu rapportes le discours de quelqu'un d'autre. Ne
parlerais-tu pas... comme Ruth ?

— Mais pas du tout !

— Alors, tu es simplement jaloux.

Elle lève sa bouche jusqu'à ce que ses cheveux
grenat couvrent lourdement sa taille, et reste enlacée
à lui. Les gestes épurés ne paraissent déclamatoires
que vus du dehors.

Le bureau de Jerry Saltzman était tapissé des mêmes
estampes de ce couple royal incestueux, Nügua et
Fuxi, qu'Olga et Hervé avaient achetées à Xian.
Comme tous les « Algonquins » qui se respectent,
Saltzman buvait d'excellents bordeaux, mais ne montrait aucun intérêt pour le français. En revanche, tout
ce que l'Europe de l'Est comptait de dissidents doués
avait été traduit en américain grâce au soutien du
« professeur de désastre ». Qui aurait jamais deviné

l'homme tourmenté et sévère, capable de pulvériser à coups de blasphèmes tout ce qu'il trouvait en travers de sa route, à commencer par lui-même, sous le masque de l'hôte élégant qui se moquait de sa difficulté à lire Kafka, tout en servant du château-pétrus ?

— Comment voulez-vous qu'un joueur de base-ball de Newark comme moi entende quoi que ce soit à la Loi ? Comment pourrait-il la respecter avec la malice d'un jeune homme de Prague qui en a marre de son père adoré, tout autant que des femmes ?

Saltzman se voulait le peintre naïf de la société — « rien à voir avec les Français qui ne vivent que de culture, tout simplement parce qu'ils en ont » — alors qu'il débordait d'érudition et se donnait un mal fou pour la faire oublier. La meilleure façon de manifester avec politesse son ras-le-bol de tous ces gens à tradition (à commencer par les Juifs et les Français) qu'on est bien obligé de suivre et d'aimer pour pouvoir enfin s'en moquer. Les Parisiens commencent à lire Saltzman ? Tant mieux, il n'a rien à leur dire de plus, mais il estime beaucoup Olga, et réciproquement, il l'espère. On se comprend. Complicité d'individus acides qui n'attendent rien de personne mais se feront toujours signe, par-delà l'Apocalypse. A bientôt.

Carnegie Hall efface les inévitables fausses notes des relations humaines et creuse — au moins pour un soir — un puits d'harmonie dans la brutalité de New York, donnant l'illusion que la civilisation est universelle et qu'elle aurait même trouvé la chance de s'épanouir précisément dans le chaos de cette ville, ce qui n'était pas évident.

Edward aimait s'y rendre : ce soir-là, des grandes

cantatrices chantaient des lieder, une fête pour l'oreille et une célébration de l'amour à ne pas manquer. Exigeant un suprême effort de précision, la musique repose de l'ennui. Rien de mieux qu'une voix de femme pour affirmer que le corps peut être une joie permanente. Des pétales de rose caressés par l'aube : les sopranos. Des cannas charnus baignés par la rosée : les altos. Les mezzos mystiques aux reflets azur des plimbagos soignés par Virginia Woolf. Les bouches des cantatrices démentent le dogme de la frigidité féminine, leurs cordes vocales électrisées magnifient un culte des anges bien au-dessus de l'adoration, certes possible et souvent nécessaire, mais toujours un peu misérabiliste, des madones muettes. Olga imaginait partager avec Edward les mêmes ravissements ; cette source d'extase sonore était leur terre commune, le seul lien publiquement avouable de leurs excentricités.

Ruth Goldenberg n'avait rien à voir avec les merveilleuses prêtresses au corps juste défilant sur la scène de Carnegie Hall. Et pourtant, Olga ne pouvait s'empêcher d'imaginer un rapport secret entre l'étrange Rosalind, fuyant l'habitude pour une passion hautaine, et l'élévation subtile de ces corps de femme gras ou fluets, parfois quelconques, en état de vibration céleste. Comme si la jouissance d'une femme cherchait une mise en scène faite d'épreuves et d'obstacles pour se défaire d'une paresse susceptible d'endormir le plaisir et de l'éteindre. A ce prix, elle pouvait espérer — dans un univers de règles, de rites ou d'artifices — la satisfaction d'une intériorité infinie.

La beauté persiste, et pourtant ces chanteuses la poursuivent. Mais avec une ténacité sans peine, car, au sommet, le courage comme le travail s'effritent, vous enveloppant d'une poussière dorée.

Ce soir, donc, Dieu était une femme transformée en musique.

L'homme le plus sensuel éprouve une peur frigide devant le plaisir ainsi épanoui. Emporté par l'art de ses cantatrices favorites, Edward devenait comme l'officiant soumis et inconscient d'un culte comparable à celui qui terrifiait les initiés des mystères antiques en leur démontrant que l'amour, comme la mort, ne peuvent être imaginés, qu'on ne peut que s'y abîmer.

L'osmose païenne des deux amants, à travers les noces vocales de ces gorges féminines en jubilation, révélait quelque chose d'aberrant : l'évidence qu'ils partageaient une sensualité commune de femmes, de jumelles blotties contre leur mère invisible et mélodieuse.

Cependant, en les transposant dans les accords frémissants des voix, la musique conduisait leurs désirs ambigus dans une sphère de pureté et de rectitude, dans une Jérusalem céleste que Ruth aurait pu elle aussi habiter si elle s'était permise d'avoir de l'imagination. Ces lieder les éloignaient à jamais de Ruth, et, en même temps, les rapprochaient plus que jamais de son aventure de nomade qui les avait fuis pour s'établir dans la Loi.

Les chants révélaient à Olga qu'Edward lui était devenu indispensable : un souci apaisant, l'intimité de l'os.

Elle revoyait les scènes de son voyage chinois, qui décidément continuait à l'assiéger par ses retours. La même grâce au-delà de la tension qu'avait su peindre en Chine Li Xulan, cette femme qui arrachait des Van Gogh et des Mondrian à une plantation de coton : assonances, rythmes et timbres par-delà les images.

Bien entendu, Olga était persuadée que personne n'était plus éloigné que Dalloway de ces « cultes maternels » de la Chine ancienne, cultes préféministes que Bernadette lui avait reproché de ne pas mettre suffisamment en vedette. Tout comme Hervé, Edward aurait sans doute eu tendance à tourner en dérision l'omnipuissance de la Femme originelle. Pourtant, il y avait chez lui une telle intimité spontanée avec la difficulté d'être au monde qu'une femme le prenait sans hésiter pour son complice naturel. Car même les filles les plus volontaires connaissent le désarroi opaque et le triomphe déconcerté, à la Dalloway.

En réalité, vu sous un certain angle, Dalloway était la victime d'une femme, la sienne, qui avait fini par lui préférer la recherche de sa propre identité ; l'aventure de Rosy Bergman révélait une femme libre, même si Ruth Goldenberg ne se confondait nullement avec la cause féministe. Mais, là aussi, Edward comprenait, par intuition immédiate, qu'il n'avait rien à pardonner à Ruth. La sensibilité de Dalloway — fière et suicidaire, autoritaire et écorchée, distinguée et résorbée — précédait Ruth. Il aurait pu lui inventer toutes sortes de raisons. Non pas les raisons rationnelles de son origine ou de son éducation protestantes, ni celles de son milieu professionnel de juristes laïques tolérant les droits de tous les peuples et redoutant les intégrismes religieux : d'après ces logiques-là, il trouvait la décision de Ruth insensée. Cependant, il devançait Ruth en épousant obscurément cette sorte de raison passionnelle qui pousse une femme à sacrifier le *statu quo* pour faire jouir... quoi ? Non pas son corps (quelle femme n'est pas prête à faire don de son corps, du moins à certaines conditions ?), mais cette fibre tendue, faite d'ambition absolue, de vulnérabilité immémoriale, d'exquise dispersion de soi, au nom d'une autorité aimée qu'on appelle « mon identité ». « Identité de femme », disent certaines. « Mon identité de Juive », disait Ruth.

Dalloway se taisait. Cette fibre-là était sa « Chine intérieure » : son secret d'homme capable d'aller vers l'étrangeté maximale des autres, vers une espèce de « Mère au centre » qui nous habite tous, pour le meilleur ou pour le pire, mais que nous préférons le plus souvent ignorer. Ou vers une « terre promise » : il lui semblait que même le plus abstrait des mono-théismes ne fascinait vraiment que s'il était capable de transmettre une chaleureuse et inutile, inconsolable dignité féminine. Évidemment, rien de terrien, de paysan ni de matriarcal dans la fugue de Ruth, qui était au contraire partie chercher la Rigueur invisible. « C'est cela qui devait lui manquer dans la trop flatteuse familiarité des Dalloway », se disait Olga quand elle arrivait à occuper le rôle de la « personne-objective-qui-pense-toute-cette-folie-calmement ». Mais Dalloway, lui, traduisait l'aventure de sa femme dans le langage de sa sensibilité à lui. Et Dieu sait si, tout en s'écartant de l'expérience religieuse de Ruth, son erreur ne le rapprochait pas davantage de ces motiva-tions sensitives, maternelles et grand-maternelles qui avaient réconcilié fondamentalement Rosalind avec l'Innommable.

En définitive, peu lui importait, à Dalloway, de savoir quel nom mettre sur tout cela, pourvu que ce soit un *voyage* et qu'il fasse résonner l'insatisfaction comme un lied. La même qu'il cultivait inconsciem-ment au fond de soi, non sans en recueillir les plaisirs douteux, et en sachant d'un savoir perplexe que c'était cela, en fait, le label « Dalloway ».

L'Algonquin les accueillit une fois de plus, complices et excités. Les nuits des amants secrets sont si courtes, ils ont tellement peur que cette nuit-là soit la dernière, que les bouches s'embrassent même endormies, et les sexes ne cessent de se reprendre au plus profond d'un sommeil qui n'est plus qu'une étreinte continue, bercée par des fées sonores.

3.

Carole était formelle : c'était la mort à Paris, en ce moment. Son humeur s'expliquait à l'évidence par le départ de Martin : il s'était précipité vers la mort, elle le savait bien, mais, en tout cas, il vivait, du moins Carole l'espérait-elle, alors qu'ici les gens s'ennuyaient et mouraient comme des mouches. Paralysé et aphasique, Benserade était comme mort : Carole allait le voir de temps à autre, mais, prostré, il ne semblait pas la reconnaître. Après avoir assassiné sa femme, Wurst n'était plus qu'un cadavre ambulant. La mère de Bréhal venait de mourir ; Armand en souffrait beaucoup, au point d'en parler à tout le monde, on n'a pas idée de répandre ainsi sa souffrance. Dernière nouvelle : Edelman, que Carole avait perdu de vue depuis longtemps, venait lui aussi de succomber, d'après les journaux, à une maladie foudroyante.

« Tant qu'elle a le courage de m'écrire, c'est qu'elle ne va pas si mal que ça » : Olga essayait de se remonter le moral en lisant les lettres moroses de son amie. Pourtant, trois choses au moins étaient claires :

En premier lieu, Carole habillait Paris d'un linceul dont elle ne se séparait plus et qui recouvrait tout : l'Arche de Noé à Saint-André-des-Arts, avec les fleurs

qu'on aurait crues rescapées du Déluge, les souvenirs
qu'elle avait de Rosalba, de Fiesole et de la Vierge,
son petit visage frêle dessiné à l'encre de Chine. Tout
cela était désormais insignifiant, nul et non avenu, et
seuls les antidépresseurs l'empêchaient de mourir pour
de bon. Le plaisir n'avait jamais été son fort, mais il
lui arrivait d'en approcher : comme on entend, la nuit,
un bruit de cigales, de chat, ou peut-être même de
sirène étouffée, loin, très loin sur l'eau, et qui s'éclipse
avant même qu'on soit sûr d'avoir entendu ou simplement rêvé. Martin lui donnait ce genre d'impressions,
de même que la voix de Bréhal. C'est fou comme une
voix peut évoquer une caresse, le velouté des lilas à
Fiesole, par exemple. Mais non, Carole était désormais
une pierre sourde : une veuve inconsolée. Demandait-
elle quelque chose à quelqu'un ? Pas sûr. Mais son
chagrin emplissait Olga d'une culpabilité poisseuse.

Deuxièmement, l'enthousiasme s'étant brisé net chez
les camarades, seuls surnageaient ceux qui avaient une
véritable passion, de préférence professionnelle : mor-
dus des maths, de la linguistique, de la biologie ; la
liste pouvait s'allonger indéfiniment et accueillait les
grosses têtes. Ou bien il fallait à tout prix se découvrir
une foi. Celle de nos parents, parfois même celle de
nos ennemis d'hier, peu importe, il en fallait une
d'urgence. Même Hervé, surtout Hervé, avait remplacé
Mao par la Bible, et *Aleph* arrivait à persuader le
lecteur matérialiste de *Maintenant* que le moine Duns
Scot était le défenseur le plus profond de la liberté
individuelle. Le raisonnement n'était pas faux, compte
tenu de l'apologie de la singularité à laquelle se livrait
le Docteur Subtil. Mais les épigones moins subtils
dont Hervé avait le charme discutable de s'entourer
étendaient ce jugement à l'Église tout entière, Hervé
trouvant — toujours pince-sans-rire — qu'en défini-

tive ils n'avaient pas tort. Pourquoi ? D'abord, cela agaçait le bourgeois rationaliste, étriqué. Ensuite, Sinteuil était prêt à abolir toutes les religions à condition que le catholicisme soit supprimé en dernier, car, d'après lui, il produisait aujourd'hui des fanatiques moins dangereux que ceux des autres croyances. Évidemment, en posant les choses ainsi, son argument était inattaquable. Entre-temps, les malentendus s'accumulaient : les uns criant à l'obscurantisme (« Sinteuil retourne sa veste : après Pékin, le Vatican ! »), les autres au blasphème (« Sinteuil se moque de la vraie religion, ce garçon n'a pas le sens du sacré. »). Même Olga avait du mal à suivre, entre ruse, stratégie et recherche de la vérité à travers les mythologies. Un peu de sérieux ! Elle parvenait encore à garder la tête froide : qu'on ne compte pas sur elle pour rallier cette dernière mode !

Enfin, la mort d'Edelman lui fit prendre conscience de sa propre brutalité. Après tout, cet homme l'avait accueillie et épaulée avant Bréhal, avant Strich-Meyer, avant Sinteuil, alors que nul ne connaissait la petite étrangère qui allait se révéler si intelligente ou emmerdante, au choix, mais qui, pour commencer, n'était personne. Sauf pour Edelman. Qu'elle n'avait pas suivi. Qui avait compté sur elle pour donner une teinture linguistique à sa dialectique et à son paradoxe tragique. Elle avait été insolente, s'était moquée, ils s'étaient séparés. Edelman ne se ménageait pas, Armand l'avait bien constaté. Mais ils ne l'avaient pas assez aimé, Olga comme les autres. Pourtant, elle avait bien senti la nervure timide de ce corps flapi, et les pointes de son intelligence brouillonne l'avaient séduite. Non, elle avait préféré faire la jeune femme énergique et radicale, dans le vent de *Maintenant* : Marx était mort, et Edelman était un ringard. La cruauté des enfants qu'on croit surdoués ! Tu parles d'un don ! Le don de blesser, oui ! Il court les rues et les universités, on ne compte plus les meurtres intellectuels, la pensée n'a pas de sang, on ne la voit pas mourir, les professeurs succombent à un cancer du foie, crèvent d'amertume.

Il est grand temps de rentrer. Décidément, cette manie d'abandonner ses amis était sa perversion à elle. A présent, elle allait lâcher Dalloway, encore un fardeau à porter, elle ne savait comment. On pouvait bien pleurer un bon coup avant le départ car, une fois à Paris, il n'en serait plus question : Paris est une ville où personne d'intéressant ne pleure.

Comme Dieu fait bien les choses, l'Ile secrète existe, de même que Mathilde de Montlaur, capable de dérider — volontairement ou non — les esprits les plus enclins au chagrin. Le Fier était une émeraude colorant d'éclats bleus le ventre des hirondelles qui venaient y frotter leurs ailes assoiffées, mais qui s'envolaient brusquement, sans doute choquées par le goût de sel. Les pyramides de cristal blanc accentuaient d'une précision alchimique les rectangles des marais, révélant la sécheresse de cet été propice aux denses couleurs des fleurs aimant les terres arides. Jean de Montlaur adorait soigner le jardin après le passage de Gérard pour les gros travaux : tailler les rosiers fatigués ; baigner la terre au pied des marguerites pour sentir le parfum d'épices qu'elle exhale, une fois satisfaite ; trancher quelques têtes d'altéas ou de roses trémières qu'Olga dégageait de leur tige et faisait flotter — poissons libérés — dans les larges coupes de porcelaine qui ornaient le salon. Pendant ce temps, Mathilde se livrait à son occupation favorite, la conversation, qu'elle avait l'art de conclure dans un éblouissant monologue.

— Ce pape en fait trop, on ne voît que lui à la télévision en ce moment. Qu'en pensez-vous, ma petite Olga ?

Olga n'en pensait rien, elle n'avait aucune envie de penser, elle attendait les lettres d'Edward qui devaient arriver par le courrier de trois heures. Hervé vint à son secours.

— Il fait son travail, le pape. Il s'adresse au peuple et le peuple regarde la télé. C'est un missionnaire qui vit avec son temps.

— Je le trouve plus « star » que missionnaire.

— Excellent théologien, il a écrit de très belles choses sur la Vierge Marie.

— Tu t'intéresses à la théologie, maintenant ?

— Depuis toujours.

— L'année dernière, tu nous reprochais — le mot est faible ! — d'avoir mis les enfants d'Isabelle dans une école catholique.

— Les écoles catholiques, j'en ai bavé, tu sais bien. D'ailleurs, elles n'ont même plus le sens de la charité, ce ne sont que des boîtes à concours pour fils de bourgeois, quand ce ne sont pas des garderies à abrutir les filles. Mais je ne te parle pas des écoles, je parle de théologie.

— Veux-tu dire que la théologie, c'est trop fort pour moi ? Sans doute... Tout petit, tu lisais déjà Montherlant...

— Mais, maman, cela n'a rien à voir ! Voyons, pense à saint Bonaventure, à saint Thomas, si tu préfères, ou à Maître Eckhart. Tout cela figure toujours dans la bibliothèque de notre oncle archevêque, qui est parti comme missionnaire aux Indes et dont tu sembles être tellement fière... Je te dis que ce pape qui remue les médias a l'avantage d'attirer l'attention sur ces choses-là, et je t'assure que cela change des lectures habituelles, tu devrais essayer.

— Enfin, il voit les choses à la manière polonaise — vous m'excuserez, ma petite Olga, mais cela ne correspond pas à notre mentalité à nous. Tu comprends, cet ouvrier qui s'agenouille devant une image de la Vierge, cette condamnation de la contraception... Non. Non ! Tu dis qu'il vit avec son temps. Ce n'est pas notre temps à nous, voilà mon avis !

— On dirait que tu n'as plus la foi...

— Tu sais, la vie m'a beaucoup déçue. Croire qu'il existe un au-delà plus juste... Difficile... Je ne sais pas, je ne te dis pas que je ne doute pas, je m'accroche.

— L'ouvrier, comme tu dis, qui s'agenouille devant la Vierge, il ne doute pas, et cela lui donne des forces pour lutter contre l'oppression. Je viens d'ailleurs d'écrire un petit texte là-dessus.

— Sur les Polonais ?

— Oui, mais je pensais plutôt à un autre qui risque de t'intéresser davantage, car il est sur la Vierge.

— C'est vrai ? Tu as retrouvé la foi ? Je serais ravie de le lire. Quel en est le titre ?

— *Le Trou de la Vierge.*

— Hervé ! Un peu de décence ! D'ailleurs, c'est illogique.

— Pourquoi illogique ?

— Parce que la Vierge ne peut pas avoir de trou. Mais arrêtons là tes obscénités, veux-tu ?

— C'est ton imagination qui est obscène. Moi, je pensais à tout autre chose. Tu veux que je t'explique ? Puisqu'elle n'a pas de trou, précisément, sinon l'oreille pour laisser passer le Saint-Esprit, la Vierge est toute entière un vide axial. Je te prie de faire un effort pour imaginer la géométrie que je propose. Autour de ce

vide axial s'articule l'entente du Père, du Fils et du
Saint-Esprit. La Vierge est en somme une absence de
corps, un trou, mais qui est aussi support. Et, étant
précisément ce corps-trou, elle est destinée à libérer
l'humanité de son obsession érotique. A moins qu'elle
ne suscite au contraire, à la place de ce corps-trou, un
débordement d'imagination pour combler le vide. C'est
ce que tentent de démontrer les peintres dont elle est
le sujet de prédilection, et souvent la patronne. Bref,
la Vierge est une invention géniale.

— Tu blasphèmes, tu gâches ton talent !

— Je constate que mon histoire t'a obligée à retrouver la foi.

— Je l'ai plus que tu ne le crois, je n'ai pas besoin
de ton histoire. A propos, une dame m'a apostrophée
dans le supermarché : « Madame, me dit-elle, je ne
vous connais pas, et je vous prie de m'excuser (c'était
une personne très polie, je t'assure), mais j'ai le regret
de vous dire que votre fils est misogyne. » Il ne
manquait plus que cela ! J'en suis restée interloquée.

— Une folle. Encore une qui ne sait pas lire, mais
qui a des opinions. Dans ces cas-là, tu devrais leur
conseiller *Le Trou de la Vierge*, pour apprendre
l'humilité.

— Excuse-moi, mais je trouve ton humour d'un
goût exécrable. En plus, tu n'amuses même pas Olga.
N'est-ce pas, ma pauvre Olga, il n'est pas amusant, ce
garçon ? Tu vois, elle a vraiment l'air de s'ennuyer.

— Non, non, je vous assure, je ne m'ennuie pas !
Les provocations d'Hervé ont toujours un sens.

— Qui m'échappe. A mon âge... Évidemment, je
n'ai pas votre instruction, cela va sans dire.

On en était arrivé à un point de l'escarmouche où
Mathilde se devait de remonter son handicap avant de

démontrer qu'elle avait son monde à elle, et qu'elle le tenait bien.

— Je disais à Jean... Tu m'écoutes, Jean ? Il adore les fleurs, ma petite Olga, et je vois qu'il ne se prive pas de vous offrir de jolis bouquets. Non, non, ce n'est pas par simple courtoisie, il vous aime beaucoup, peut-être même plus que ses fleurs, et c'est rare, croyez-moi... Je disais donc que j'ai eu des nouvelles de ma vieille amie Madeleine, tu te souviens, Hervé, de Madeleine Olibet ? On ne se voit plus depuis que nous nous sommes retirés dans nos terres. Olibet, les biscuits Olibet, vous devez connaître ? Figurez-vous, ma petite Olga, que la petite Olibet s'est fiancée avec le jeune Japy, les machines Japy, de vieux amis à nous, une femme très distinguée, Mme Japy. Quant au fils aîné Japy, il a épousé une Moulinex. Vous n'ignorez pas, ma pauvre Olga (bien sûr qu'Olga l'ignorait, et Mathilde savait bien qu'Olga l'ignorait, c'est pour cela même qu'elle étalait aussi somptueusement son savoir mon-dain), vous n'ignorez pas que les Moulinex sont liés par leurs femmes à la Marquise de Sévigné, vous connaissez les chocolats Marquise de Sévigné, qui sont cousins des Krups, l'électroménager Krups ? Eh bien, Madeleine croit savoir qu'une petite-fille Krups va se fiancer avec le fils du Château Cheval blanc, ce vin a une réputation mondiale, et les fiançailles auront lieu le mois prochain dans la propriété, près de chez nous. Tu connais très bien le château, Hervé, puisque tu jouais tout le temps là-bas avec le fils du Cheval blanc, comment s'appelait ce garçon déjà ?

— D'accord, maman, ce fils du Cheval blanc est demandé en mariage aussi par la fille Nestlé, laquelle, du côté de sa mère, est une Palmolive, or le fils Palmolive a divorcé de la petite Pampers pour épouser une Seb, vous connaissez les cocottes Seb ?

— C'est pourtant la réalité, je ne comprends pas que tu transformes tout en farce !

— Mais enfin, tu ne te rends pas compte que tu parles de marchandises alors que tu crois parler de personnes !

— Puisqu'ils ont des marchandises comme nous avons un nom, où est le mal ? C'est la vie, que tu le veuilles ou non. La seule différence, c'est que ce qu'ils ont vaut plus cher aujourd'hui, voilà la situation.

— Évidemment. Mais ce n'est pas tout : la petite-fille Seb va épouser en secondes noces le jeune Volvo, alors que la fille aînée Volvo a divorcé du fils Conforama pour épouser qui, je vous le demande ? Le fils U.A.P., « à votre service, numéro un oblige » !

— Ne sois pas ridicule, tu parles d'entreprises nationalisées ou de sociétés anonymes !

— Alors, c'est la fin des mariages, où avais-je la tête ?

— Tu distrais les dames, Hervé ? Tu as du mérite, par cette chaleur...

Jean de Montlaur, toujours mesuré, réussit à apaiser les acteurs, alors que Mathilde riait un peu jaune.

Olga, quant à elle, trouvait que ces charmants Montlaur étaient vraiment un joyau qui reflétait la vivacité tranchante des Français, et qu'Hervé était le plus drôle des hommes.

— Et voici le courrier de Madame, avec plein de lettres de New York, comme par hasard !

Edward écrivait, il ne pouvait se faire à la séparation, il essayait d'avancer le prochain voyage d'Olga, ou peut-être même ferait-il un saut à Paris. Elle s'assombrit et l'effort démesuré qu'elle fit pour ne pas le laisser paraître crispa son sourire en grimace. Elle n'avait rien à dire, c'était sa vie privée à elle. Cette fermeture n'échappait pas à Hervé, qui devenait impatient.

— Ce Jerry Saltzman commence à m'échauffer les oreilles. Qu'est-ce qu'il a à t'écrire tellement ? Tiens, il mérite un duel.

Excellente idée, cette dérivation de la jalousie — feinte ou pas feinte ? — d'Hervé sur Saltzman.

— Il vient à Paris à la rentrée, il faudra l'inviter.

— C'est ça. On va lui faire une fête !

Hervé se moquait de lui-même, faute de pouvoir se moquer d'Olga qui, elle, ne se moquait de rien.

— Il paraît que vous aimez les vins de Bordeaux ?

— Simple amateur, pas connaisseur du tout.

— Voyons, que dites-vous de ce haut-brion 1967 ?

Hervé se servait de la vieille aiguière familiale pour transvaser la bouteille à la lumière de la bougie : le vin respire et la fine chaleur de la flamme l'aide à retrouver son corps. Le rite, désuet, amusait visiblement Sinteuil.

— Il n'y a qu'en France qu'on soigne encore le vin comme ça.

— Il n'y a que *chez moi*. C'est beau, la France, hein ? Quel merveilleux pays touristique, comme l'Italie, comme l'Égypte, n'est-ce pas, Saltzman ?

— Jamais allé en Égypte. Suis pas sûr d'aimer ça.

— Mais la France, vous aimez, non ? Tous les Américains aiment le foie gras, le fromage. Et le bordeaux, quand ils tirent à plus de cent mille exemplaires, comme vous — sinon, ils se noient dans le bourgogne.

— J'ai comme l'impression que vous n'aimez pas

ces brutes d'Américains. (Jerry prenait la balle au vol,
ravi de dîner en état de guerre.)

— Qui, moi ? Simple impression. Vous ne parlez
pas le français, par hasard ? Non, j'en étais sûr. A quoi
bon ? On n'est pas sous Louis XIV, Versailles est un
musée, il suffit de louer un walkman, avec une cassette,
et vous avez tout directement en anglais, en japonais,
en russe. Vous parlez sûrement le russe ?

— Pas encore.

— Ça viendra. Les Américains sont des Russes
enrichis qui s'ignorent, et les Russes des Américains
pauvres qui rêvent d'être vraiment américains. C'est
bien vous qui avez fait traduire tous les dissidents ou
presque ? Félicitations !

— Je vous en prie, pas de quoi, ce fut un plaisir.
En fait, je cherchais Kafka, mais il ne s'est pas encore
réincarné. A ma connaissance.

— Et vous ne voyez pas quelque chose comme un
dissident ou deux, à Paris ?

— Où ça ?

— Je comprends. Vu du toit du World Trade
Center, Paris se perd dans le *French and Italian
Department*. Mignon, n'est-ce pas ? Olga représente la
France dans un bidule qui ne s'appelle même pas
« Français », mais *French and Italian* ! Question d'éco-
nomies, je présume, on case ensemble les petites
civilisations. Voyons, combien ça a bien pu durer :
trois, quatre siècles, si on enlève les Romains. Évidemment, personne n'a entendu parler des Latins à New
York. Par rapport à la Chine, à la Bible, à I.B.M.,
qu'est-ce que c'est ? Rien du tout : *French and Italian* !

— Peut-être, mais quel enthousiasme pour Olga !
Elle ne vous l'a pas dit ? Une femme aussi belle
qu'intelligente. Mes étudiants m'en parlent, ils en sont
fous. J'aimerais devenir étudiant en *French and Italian*.

— Essayez, cher ami, essayez, et surtout faites-en un roman. Tenez, je viens de trouver le titre : *Le Complexe français.* Joli, non ?

— Mais vous êtes en pleine forme, Hervé ! Il existe un humoriste génial en France, et c'est vous. Il fallait que ce soit encore moi qui le découvre !

— Si je comprends bien, vous me ferez traduire ? Au moins cet entretien, non ? Une petite chose comme ça pour commencer, vraiment drôle ? Le lecteur américain ne veut pas se fatiguer. Il ne lit que des best-sellers avec des personnages déprimés qui se racontent des blagues.

— Moi, j'en étais resté à *Maintenant* : trop difficile quand on vient de Newark, comme moi, avec une grand-mère qui n'avait même pas de femme de ménage pour laver son plancher. Mais j'ai eu des filles — quelles filles ! les plus belles de la faculté — qui me récitaient par cœur vos textes parus dans *Maintenant.* Elles continueront à lire *Aleph*, je vous le jure.

— Cela m'étonnerait, il y a trop de sexe et trop de religion.

— Quand même, il y en a qui se maintiennent : Saïda et Lauzun, un peu.

— Des imposteurs ! Produits frelatés bons pour l'exportation ! On les vend, et très cher, en Amérique, au Japon, en Afrique, bientôt en Russie. L'Université française va coloniser les peuples en voie de développement qui croient encore devoir apprendre quelque chose.

— Ce n'est plus le cas des Français ? Pourtant ils vous lisent, vous êtes désormais vous-même un best-seller ?

— Hexagonal, cher ami, simplement hexagonal. De plus, il y a malentendu : les lectrices ont cru que je parlais d'elles. Vous savez que ce sont les femmes qui

font les best-sellers. Elle sont tombées sur du sexe.
Autant dire sur un os. Très mal vu, de plus en plus
mal. Les bien-pensants n'ont jamais été aussi bien
portants. Dites-moi, tout en étant américain, vous avez
peut-être entendu parler du marquis de Sade ?

— Mais qu'est-ce qu'on lui a fait, en Amérique ?
Vous êtes parano, Sinteuil ! Le marquis de Sade fut
mon cousin.

— Bravo ! Cher ami, vous êtes un nazi.

— Mais il persévère ! Olga, au secours !

— Ne faites pas semblant de l'ignorer : ce que Sade
décrit dans *Les Cent Vingts Journées*, les nazis l'ont
fait sur les victimes des camps.

— Eh là ! Vous allez trop loin, on se calme !

— On voit bien que c'est un Américain candide.
Quelle chance de vivre dans un pays où on ne parle
pas de Sade à la télévision !

— Que voulez-vous ? Je suis un écrivain primate
qui croit que l'imagination est l'imagination, à tel point
que je suis paumé dans la réalité, j'aurais dû vous
l'avouer tout de suite si vous ne vous étiez montré si
infantilement agressif. Où en étais-je ? Oui, je suis nul
dans la réalité, je ne vis que de fantasmes. Les gens
achètent mes bouquins parce qu'ils manquent de
fantasmes, c'est simple, comme ils manquent de sel ou
de lessive. Et je m'emploie à fabriquer des fantasmes,
comme vous qui délirez entre guillemets.

— Puéril ! Guillemets ou pas guillemets, vos fantasmes risquent d'être réalisés par le premier nazi
venu.

— Au contraire, les fantasmes purgent les désirs de
mort. A condition d'être racontés avec talent, avec
drôlerie.

— Alors, vous êtes avec moi ?

— Enfin, il m'a compris ! Il comprend lentement

pour un Français, vous ne trouvez pas, Olga ? Trêve de plaisanterie : dites-moi, c'est vrai, cette histoire de Sade nazi ? Ça vient d'Anne Dubreuil ? De l'Académie française ? De qui ? Après tout ce qui a été écrit par Brichot, par Bréhal, par vous-même ? Car il m'arrive de vous lire, scélérat !

— Ah, ce vieux pays n'est pas ce que vous croyez, cher Saltzman. Vous avez devant vous les meilleurs spécimens, mais le reste... Tenez, vous permettez que je vous serve un château-margaux 1964. Excellent avec le ris de veau. Nous sommes des gens du Livre, vous et moi, du Livre qui est Loi, parce qu'il appelle des interprétations à l'infini, des « guillemets », comme vous dites, à profusion. Mais attention, ce n'est pas à vous que j'apprendrai l'existence des vrais citoyens, des gens enracinés dans leurs raison, maison et intérêts. Ils ne voient partout que de la réalité, ils en veulent, cela les rassure, cela donne du pouvoir à leur connerie. Il ne faut pas fantasmer, Saltzman, car le fantasme est infini, une abomination. Alors que les hommes et femmes véritables, bien sûr, sont... eh bien, ils sont finis, il n'y a aucune honte à le dire. Les véritables hommes sont bornés et crient de partout : « Au nom de la Raison, arrêtez-moi ces délirants, ces écrivains, ces Juifs, non, ces nazis ! » On emploiera le mot qui fait le plus peur, qui suscite le maximum d'horreur, selon le moment, mais l'objectif est immémorial et permanent : « Mort à l'imagination ! »

— Et dire que je voulais me chercher un pied-à-terre à Paris... Votre mari est le parano le plus sympathique et le plus raisonnable que je connaisse, ma chère Olga. Je me demande comment vous le supportez.

— A la tienne, Saltzman !

— L'année prochaine à Jérusalem, Sinteuil !

— Elle sera où, Jérusalem, l'année prochaine ? (Olga.)

— J'ai bien peur que, cette fois encore, il faille se contenter de ce qu'on aura écrit. La terre promise de l'imagination. (Hervé.)

— O.K., marquis ! (Saltzman.)

« Pourquoi suis-je toujours celui qu'on abandonne ? » écrivait Edward, mi-tragique, mi-comique. Olga ne l'abandonnait pas ; simplement, la vivacité intellectuelle de Sinteuil, son esprit bagarreur et agaçant lui insufflaient un oxygène qui faisait brûler sa vie. Faite d'aventures pensées, de confrontations verbales, d'assassinats et de résurrections écrits, cette vie pouvait avoir l'air paresseux des méditatifs bavards, alors que ses acteurs l'exerçaient comme un art martial. Des samouraïs ridicules, si l'on estimait les risques de loin. Des samouraïs courageux, si l'on comptait les hémorragies nerveuses, les pertes matérielles, les humiliations publiques. Exténuant. Ceux qui font métier de s'occuper des symboles savent que ces étranges machines n'acceptent pour combustible qu'une tension énergétique conduite au seuil de l'équilibre vivant. C'est faisable. A condition de s'apaiser sous la protection d'Edward, qui écrivait à peine ses reproches, par citations sans doute, en ne disant jamais « je » en son nom personnel :

« *L'âme choisit sa compagnie — Puis ferme la Porte.* »

« *Je l'ai vu — dans une ample nation — en élire un — Puis tel un Minéral — clore les Valves — de son attention.* »

« *Ci-joint deux couchers de soleil... Le sien était plus*

grand — mais comme je le disais à un ami — le mien
— à porter à la main — est plus facile. »

« Étrange destin de celui qu'on abandonne... »

Ces larmes en vers libres ponctuaient les descriptions, qui se voulaient distraites et blasées, d'une journée new-yorkaise et des corvées de la magistrature internationale. A ces lettres qui la rendaient poétique, Olga écrivait des réponses qu'on n'envoie jamais :

« Mon ami, mon incomparable, tu m'as donné tant de plaisir et de grâce que mon cœur se rompt — car il est fragile — pour les contenir en même temps que ma vie à Paris. Je garde, avec ton tourment léger, le don que tu m'as fait d'une ville brutale et superbe, parce qu'inconciliable et abandonnique. Je l'aimerai toujours, car tu as su me l'offrir comme une grange royale pour un repos insoupçonné. Entre Paris et New York, je ne peux choisir. Je reste une continentale, mais je suis une nomade, je me soûle de paroles et d'extravagances, mais je me plais dans le tact du corps aimé. Et pourtant j'ai choisi, parce que je serai toujours la femme d'Hervé, et je ne t'aimerai que par moments.

« Tu m'as fait ce cadeau qui sera notre héritage imitable par nul artiste, accessible à nul voleur. Parce que tu l'as forgé sans syllabes. Comme la mer sculpte sans paroles les grottes souterraines où les ondines viennent se réfugier après avoir ensanglanté leurs pieds en courant sur les berges rocheuses à la poursuite des princes.

« Je ne peux me passer de ma course, pas plus que de la compagnie de ta moqueuse tendresse. Tu m'as donné tant de calme que j'ai assez d'énergie pour nous deux maintenant, si tu es d'accord pour partager — comment disait-on ? — cette *furtive destinée*.

« Alors que tu t'abandonnes tout entier à moi, je ne te propose que des fragments. Cependant, divisé par le temps et l'espace, heurté par des fidélités incompatibles, mon amour n'est peut-être pas moins précieux à force d'être fugitif. Je réponds à ta disponibilité par mon inconstance. Cela paraît indigne, mais tu verras que ma rare passion n'est pas contradictoire avec ta sérénité. Je prends le risque de te laisser, toi aussi, retrouver ton inconstance. Je me demande même si je ne souhaite pas que tu la retrouves, et pourtant je sais que quand cela se produira, j'aurai très mal. Mais, après tout, nous serons ainsi encore plus semblables l'un à l'autre, peut-être même plus brûlés et plus surprenants. Garde quand même une place intouchable pour notre complicité.

Olga. »

4.

« La Terre est brève, disait Edward, me voici à
Paris. » Dieu sait où il avait encore trouvé cette
citation ! Par besoin de se justifier, il répétait : « La
Terre est brève, tu vois, la Terre est brève... » En
réalité, il venait de Bonn, après une réunion de
l'O.T.A.N., et participait à une consultation juridique
sur la dette du tiers monde qui avait lieu à Paris.

Heureux, l'un comme l'autre, de conserver l'intimité
inaltérable des amants qui ne se mentent pas. Pourtant,
Olga lui sembla plus sentimentale et plus alerte à la
fois, elle avait perdu cet abandon généreux qui le
subjuguait à l'Algonquin. L'érotisme était pour Dalloway un univers sonore, et il transposait ses plaisirs en
perceptions auditives : il voyageait dans les résonances,
se perdait dans les plis des sons, sommeillait sous les
charmes des timbres. Précise, cristalline, Olga était à
présent devenue un clavecin, même l'étourdissement
de son corps comblé avait quelque chose de lucide et
de vif. Elle n'était plus cette viole à laquelle un
musicien espagnol peut arracher des vibrations graves
et noires, à mi-chemin entre la prière et le galop
guerrier, comme à ces concerts de baroque français
qu'ils avaient découverts ensemble une nuit à Carnegie

Hall — une révélation inouïe, d'une voluptueuse et rude parcimonie. Peut-être — s'il restait plus longtemps, si elle se tenait moins aux aguets — les violes espagnoles reprendraient-elles ? Mais Dalloway n'avait aucun reproche à formuler, non, non, qu'on n'aille pas soupçonner en lui de l'amertume. Car, au clavecin, l'accord plaqué après une fugue n'est-il pas le raffinement suprême ?

Il avait assisté à des dîners, cocktails, réceptions, et, puisque tout le monde est un peu littéraire à Paris, y compris les hommes politiques, tout comme ceux du barreau, il n'avait pu éviter d'entendre parler de Sinteuil. Une émission de télévision, un article de journal : Sinteuil a viré trop à droite, non, Sinteuil est toujours d'extrême gauche, mais non, voyons, Sinteuil n'est que pour lui-même, pourquoi collabore-t-il à ce canard fasciste, ah non, ma femme l'a trouvé très clair sur France-Culture, savez-vous qu'il est devenu papiste, allons-donc, des canulars de normalien, d'ailleurs il écrit des commentaires sur des photos pornos, c'est possible, mais il a quand même du talent, etc. Parfois, on mêlait Olga à ce bavardage, les uns lui attribuant une pureté absolue, à distinguer des compromissions médiatiques d'Hervé, les autres lui soupçonnant quelque dessein diabolique. Edward sentait monter en lui un écœurement réel, organique. « Assez ! avait-il envie de protester. Je ne veux pas être entraîné dans tout cela ! Laissez-moi la femme que je connais et dont vous n'avez pas la moindre idée, et, pour l'amour de Dieu, gardez pour vous ce que je ne veux pas savoir ! » Mais il ne disait rien et se contentait de fumer ses cigares en silence, l'air concentré sur la saveur âpre et les volutes de fumée qui semblaient l'absorber comme les évolutions d'un train électrique fascinent un petit garçon.

Il prit même un verre au grenier. « Hervé est toujours retenu le soir par tant de choses, tu veux voir mon bureau ? » Admis à regarder la vie d'Olga ainsi disposée dans cet intérieur français : secrétaire Louis XV, lampe en cuivre sculpté de marquis et de marquises, moquettes noires, estampes chinoises. En définitive, ce que les gens croient être une vie se résume à un espace. Du moins est-ce ce qu'il reste d'une vie quand on retranche l'égoïsme indélébile des uns et des autres. Le *Professor of Government* était incontestablement d'un égoïsme indélébile, car ce qu'il voyait était capable de lui embuer les yeux, et il aurait mieux valu pour lui ne rien regarder et se concentrer de nouveau sur son train électrique ou les volutes de son cigare.

C'est d'ailleurs ce qu'il fit quand, au bar de l'hôtel où il descendait (« Le seul hôtel convenable à Paris, car je peux avoir un fax dans ma chambre »), quelqu'un lui montra Hervé à une table voisine. Exubérant, rieur, survolté, ne voyant pas les autres, caché dans la capsule brillante et étanche de sa parole, et entouré d'une cohorte admirative. Il était évident qu'Olga empruntait à Sinteuil cet air galvanisé qui, à Paris, forçait la sirène des grottes à troquer sa nonchalance contre la tension, au demeurant toujours aussi séduisante, d'une nageuse de compétition. De fait, cette excitation littéraire n'était pas déplaisante. Edward se rappelait ses années au Village, les lectures des *beats* dans les cafés. Bien sûr, les arrière-arrière-petits-enfants de Saint-Simon ne pouvaient pas s'enterrer dans l'*underground*. Au contraire, ils ouvraient des abîmes de malice et de provocations jusque dans les petits détails des jeux politico-mondains, ils se trouvaient à la tangente du monde, mais jamais hors du monde, ni même en dessous de lui. Impressionné par les stratégies de Sinteuil, Dalloway crut qu'il lui aurait

suffi de sortir d'un rayon oublié tel livre de son
adolescence pour se retrouver en pays connu. Mais
non, il s'aperçut vite qu'il ne s'agissait pas du même
livre. D'ailleurs, Edward n'avait jamais lu ce livre
d'autrefois jusqu'au bout, et celui d'aujourd'hui n'était
écrit ni dans la même langue ni dans le même esprit.

« Je ne suis quand même pas si vieux que ça ! » se
dit Dalloway en tirant sur son cigare, dans un ultime
sursaut de ce qu'il appelait lui-même son égoïsme
indélébile. Et il alla prendre un verre, tout seul, sans
juristes, sans tiers monde et sans Olga, à une terrasse
de café à Saint-Germain. Une beauté à mini-jupe et
jambes interminables lui sembla être exactement ce
qu'il fallait pour remettre en place les vraies valeurs
de la vie. Elle le remarqua : regard humide, pointe de
la langue s'avançant entre les lèvres pour dessiner une
moue ou un baiser. Le genre de bouche qui sait s'y
prendre avec le sexe des hommes. Excellent pour une
fin de journée politique. Le genre de fille aussi dont
on ne sait plus comment se débarrasser. Non, quand
même pas ! Il replongea dans la clarté améthyste de
l'après-midi, prenant l'allure d'une de ces figures
hallucinatoires qui sortent des bouteilles magiques où
elles sont supposées avoir vécu des milliers d'années,
emprisonnées sous les tempêtes des mers. « Hallucination de solitaire, je cherche mon ombre », se disait
Edward en pensant qu'il devait se préparer à polir
cette solitude, s'il voulait garder Olga. A condition de
ne jamais parler de l'une à l'autre.

Olga trouva que Paris redonnait au pasteur Bovary
un peu trop de son air Bovary, ce qui après tout était
normal ; mais elle préférait quand, à New York, la
mélancolie d'Edward prenait le goût acerbe du gin.
Elle fut un peu déçue de le voir plus timide que
jamais : incontestablement, Paris l'inhibait. Tant pis,

elle allait lui demander de lui parler de politique, de
son travail, de droit international : voyons, qu'as-tu
fait hier, je n'y connais rien, mais c'est passionnant,
raconte. Cherchait-elle une survie artificielle à sa
fascination pour le mystérieux Algonquin ?

Elle ne le croyait pas. Lui, Dalloway, n'était plus
sûr de rien.

***

Peter O'Brian était l'un de ces universitaires
consciencieux qui lisent tout, y compris les journaux
de gauche des années cinquante que personne ne lit
plus, tel l'obscur *People* du naguère célèbre polémiste
Nekrassoff qui s'était fait une réputation dans la lutte
contre la « chasse aux sorcières » de MacCarthy.
O'Brian y avait déniché un article médiocre mais
vexant contre le livre d'Olga sur Céline, qui venait
d'être traduit aux États-Unis. Un ancien étudiant
d'Olga (pourquoi ? comment ? un garçon plutôt moins
sot que la moyenne) s'appliquait à démontrer qu'il
était inadmissible de s'intéresser à un criminel comme
Céline que ses pamphlets antisémites rayaient de la
mémoire des hommes : « L'humanité peut se passer de
Céline, soutenait John Kramer. Olga Montlaur essaie
de distinguer entre Céline le pamphlétaire et Céline le
styliste. On se demande à qui peuvent bien profiter de
telles finasseries. La complaisance célinienne pour
l'abjection humaine devait immanquablement le conduire
au fascisme. La littérature sera morale ou ne sera
pas. »

Olga était surprise par la mauvaise foi de son
détracteur. Elle était convaincue que, quarante ans
après la guerre, il ne suffisait pas de s'insurger contre
le nazisme, mais qu'il était temps d'entrer dans les

détails de ce délire qu'avait été la « solution finale » et d'essayer de le démonter avec patience. En montrant aussi quelles zones troubles de l'être humain il avait pu — et pourrait toujours — captiver. Céline était exemplaire pour une telle critique : magicien du mot, sorcier des désirs de mort, idéologue abominable. Pas question de moraliser la littérature, ni quoi que ce soit, du reste. Le *People* prenait une attitude stalinienne en réclamant une littérature bien-pensante. Hitler aussi voulait de l'art moral : Picasso ne lui semblait-il pas malade, et les impressionnistes débiles ? Reprendre les mêmes slogans moralistes, mais, cette fois, d'un point de vue soi-disant de gauche, revenait au même : Kramer n'était qu'un stalinien dogmatique, un hitlérien de gauche. Alors qu'il n'y a pas d'art sans compromission cathartique. Justement, il fallait analyser plutôt que se taire : n'était-ce pas là le rôle du critique, à ne pas confondre avec la censure ?

Olga s'énervait, s'enflammait, s'indignait devant tant de naïveté malfaisante. O'Brian avait déjà écrit au *People* pour exprimer son désaccord. Nekrassoff ne connaissant pas O'Brian, le *People* ne bougeait pas.

— Dis-moi, Edward, tu n'étais pas lié à ces gens du *People* à l'époque du San Remo ?

— Certainement, je les croise d'ailleurs parfois, charmantes reliques.

— Tu as bien vécu personnellement le *beat movement*, et tu as éprouvé l'importance de Céline pour l'*underground* américain. Ce serait intéressant que tu expliques pourquoi un jugement tout blanc ou tout noir sur cet univers est impossible et inadmissible.

— Moi ? Mais je ne sais pas écrire.

— Si, et tu aimes Céline, et nous nous sommes rencontrés autour de lui, si tu te souviens...

— Bien sûr que je me souviens !... Tu comprends,

c'est une affaire privée. La littérature est une affaire privée. Moins importante... Cela n'intéresse que quelques amateurs, le lecteur américain s'en fout.

— Moins importante que quoi ?

— Que la guerre au Moyen-Orient, que la dette du tiers monde, que le communisme, le terrorisme.

— Les choses dont tu t'occupes...

— Pur hasard, mais c'est aussi un choix que j'ai fait, je l'avoue.

— Que tu as fait en quittant le San Remo pour t'occuper de droit international.

— En un sens. Tu n'es pas fâchée, j'espère ?

— Moi, fâchée ? Pourquoi ? Mais tu lis quand même, et tu es impressionné par des livres abjects, et tu n'en es quand même pas à penser que ces choses-là ne concernent pas l'avenir du monde — pour parler comme tes collègues, j'imagine —, ou du moins n'en es-tu pas à penser qu'elles ne le concernent pas *à long terme* ?

— Sans doute, sans doute, mais je ne suis pas spécialiste. A la limite, j'aurais davantage de choses à dire de ton livre sur la Chine, que j'aime beaucoup.

— Ce n'est pas le problème.

— Surtout, je te le répète, cela n'intéresse personne.

— Et moi ?

— Comment ça ?

— Je t'intéresse, moi ?

— Voyons, ce sont deux choses différentes.

— Je ne crois pas, vois-tu. Si tu le penses, tu te trompes. Je le regrette, je le regrette beaucoup.

— Tu ne connais pas l'Amérique. Personne n'a jamais entendu parler de Céline, et tu voudrais en plus, que moi, j'aille expliquer des trucs d'universitaires dans un magazine pour hommes d'affaires — ou pour personne, d'ailleurs, il ne doit pas vendre des masses, le *People*...

— Écoute, si tu veux connaître le fond de ma pensée, pour moi, c'est un test. Jusqu'où sommes-nous d'accord ? Car, personnellement, j'ai la faiblesse de penser que ces « trucs », comme tu dis, sont essentiels. Il s'agit de la liberté de dire ce qui est compromettant. D'ouvrir le débat, de ne jamais le fermer. Il s'agit de la liberté comme risque. Risque mental. Mais aussi risque pour le droit. Qui a le droit d'arrêter la liberté ? Quel est ce droit ? Tu connais le droit administratif ou commercial, le droit universel. Mais le droit de l'art est-il le même que celui dont tu t'occupes ? Tu crois que c'est une question trop occidentale ? Futuriste ? Pas sûr. Et même si elle l'était, impossible de l'esquiver, quand on sait que les hommes ne vivent pas seulement de leurs consciences, pas plus que de pain.

— Tu entres dans une zone de turbulences. Bois ton martini.

— Ce n'est pas moi qui choisis les turbulences. Nous y sommes. Et si tu essaies de ne pas y penser, elle vont t'emporter d'une façon que j'ignore, mais c'est inévitable, méfie-toi. Imagine un intégriste fanatisé condamnant à mort l'écrivain qui le dérange.

— D'accord, j'y penserai, il n'y a pas urgence.

— Pour moi, si.

Elle comprit qu'Edward ne tenait pas à s'engager. Il minimisait l'incident ou, simplement, ne voulait pas se mêler des affaires d'Olga. Ce fut une brèche. La première brèche importante dans leur complicité. La preuve qu'ils ne se comprenaient pas sur des choses fondamentales. Olga, qui vivait de ses engagements, ne les considéraient pas comme des abstractions. Edward ne se doutait pas à quel point il l'avait blessée.

Bien sûr, elle aimait toujours ses yeux métaphysiques, ses caresses, la paix de son amour. Mais la sagesse de Dalloway lui apparut brusquement trop prudente. Prude. Pusillanime. Une sagesse molle, lénifiante, coincée.

— Ce Kramer est un garçon instable, vous savez, il n'est pas représentatif, il ne faut pas s'en faire. (O'Brian.)

— Je ne suis pas psychanalyste. Je considère la bêtise comme une insulte. (Olga.)

— Je t'ai toujours dit qu'il n'y a pas de vraie culture en Amérique. On avale, on n'assimile pas. A la moindre secousse passionnelle, la façade s'effondre et ne dévoile, au mieux, que des moralistes qui manipulent des ordinateurs — excuse-moi, Hugh, je ne pensais pas à I.B.M. ! Pour eux, tout est positif ou négatif... (Diana.)

— Moi, je lis toujours avec plaisir votre reportage sur la Chine. Étrange pays, vous l'avez bien senti. D'un côté, rien ne bouge, l'éternité immuable, le dogmatisme communiste : ce grotesque procès de Jiang Qing, vous avez vu, on ne sait qui est le plus criminel, de l'accusée ou des juges. Mais, d'un autre côté, ils s'ouvrent au marché occidental, ils sont plus entreprenants que les Russes, de vrais *businessmen*, on aura des surprises...

Hugh revenait aux choses sérieuses, sans oublier de se montrer poli avec Olga : élémentaire, quand on est marié à une spécialiste des troubadours.

***

Les Sylvers l'invitaient souvent dans leur maison de Long Island. « Maintenant que tu connais bien New York, tu as moins besoin d'Edward, viens te reposer avec nous. »

Les grands bois ocre rouge et l'immensité de l'espace tranchaient avec l'intimité nacrée de l'île des Montlaur. Mais Olga retrouvait la même lumière ample et bleutée, et ce souffle de l'Atlantique qui, aux deux extrémités de la Terre, remplit le cœur d'une même énergique fraîcheur.

Edward l'accompagnait parfois. Rarement. Elle passa deux mois à New York en l'aimant quand même.

Elle avait évoqué autrefois l'inconstance possible de Dalloway. Elle l'avait même souhaitée, pour mieux équilibrer leur liaison. Or voici que cette inconstance se présentait maintenant, mais non pas sous les charmes d'une belle blonde qui aurait captivé le désir d'Edward. La situation était plus anodine et plus embêtante à la fois : les deux amants n'étaient plus sur la même longueur d'onde ; l'avaient-ils d'ailleurs jamais été ? Edward n'adhérait pas aux passions d'Olga, c'était clair. Elle comprenait fort bien qu'il veuille affirmer son indépendance, et même qu'il ait besoin d'une petite vengeance : puisque Olga insistait tant sur son autonomie parisienne, cet autel intellectuel intouchable, puisque Dalloway n'avait pas à y entrer, qu'elle se débrouille toute seule avec son sanctuaire ! Tout cela était normal, admissible. Olga ne s'en trouvait pas moins délaissée : ainsi, la protection d'Edward n'était pas absolue, on ne pouvait donc compter sur personne, nous sommes tous des extraterrestres les uns pour les autres, le syndrome de Huxian reprenait le dessus. Pourtant, elle recherchait toujours ses caresses, et, quand Edward ne lui faisait pas l'amour, elle retrouvait en rêve son propre corps liquéfié comme s'il l'avait de nouveau embrassé partout, encore et encore.

Mais c'était toute l'histoire d'Edward qu'aimait Olga, et pas seulement ce « corps sensuel de nageur qui abrite le petit cœur déprimé de sa mère », comme disait Diana. Peut-être même ne se serait-elle jamais abandonnée à lui, comme elle l'avait fait, sans Boston, Brandeis et le Village ; sans Rosalind — non, Ruth Goldenberg, bien sûr — et sa fugue à Jérusalem, et même sans l'aberrant Isaac Chemtov, sans Patricia et Jason, sans la timidité d'Edward face à ce passé familial qui resterait à jamais sa grande aventure (à côté de sa passion pour Olga, bien entendu) ; sans les comptes rendus condensés et ultra-sérieux qu'il lui faisait de ses activités d'avocat international, qui lui donnaient une allure un peu artificielle, inappropriée à cette chaleur chagrine qui avait définitivement séduit Olga (même si l'on pouvait penser qu'au contraire son air convenable et son sérieux d'homme super-responsable n'étaient que la distillation rationnelle de cette même sensibilité à fleur de peau).

Bref, Olga s'était persuadée qu'elle aimait l'ensemble Dalloway, les ramifications et les protagonistes de son histoire, et cela lui rendait encore plus intolérable le refus d'Edward de la suivre dans ses propres démêlés avec ce qu'elle appelait la bêtise.

L'amertume était restée. Un air compassé s'installait, s'amplifiait entre eux deux. Pas désagréable. Là-dessus, le clavecin plaquait ses accords lucides. Olga prenait ses distances. Edward n'était pas dupe. C'était peut-être mieux comme ça. Un peu de modération dans cette avidité infantile ne ferait pas de mal, puisqu'elle tenait à sa vie à Paris et que New York n'était pour elle qu'un intermède. Enfin, laissons faire le temps. « *Haussez le temps !* » L'amour crée le temps, mais la hauteur du temps désagrège les passions : des orages qui s'estompent, aspirés par l'anticyclone. Oui, pas de précipitation, laissons faire le temps.

5.

*Jessica a commencé des études de droit à New York.
Arnaud veut que sa fille soit citoyenne de la planète
(rien que ça !), la petite est ravie de considérer la
famille de loin et de haut. « Tu sais qui je rencontre
cette nuit au World ? Tu ne connais pas le World ?
Évidemment. Une boîte, dans East-Village, tu vois, tout
en bas, au coin des avenues qui portent comme noms
des lettres de l'alphabet... Devine ! Olga Montlaur avec
notre prof Dalloway ! »*

*Dalloway ? Cela me dit quelque chose. Bien sûr !
Quand Arnaud décida d'envoyer sa fille à la faculté de
droit, Dalloway figurait parmi les atouts : « Il y a
d'excellents spécialistes dans cette faculté, comme ce
Dalloway, Jessy ne perdra pas son temps. » J'imagine
un de ces types qui se tiennent droits et se dévouent
pour sauver la respectabilité face au désordre du monde.
Olga de Montlaur en train de flirter avec l'Ordre établi !
Jessy m'annonce cela au téléphone comme une nouvelle
qui ne peut que m'épater. Qu'est-ce qu'elle sait de
Romain ?*

Toute relation, lorsqu'elle est menée avec goût, est

pure. Saugrenu, scandaleux, ridicule — je trouve mon plaisir avec Romain dans une chasteté marine. Le goût ? Accomplir chacun de nos actes comme s'il était le dernier de notre vie.

15 octobre 1980

Une jeune femme brune, maigre, d'un calme solennel dans la douleur. « De la part du docteur Bresson, les antidépresseurs ne me suffisent pas, je voudrais essayer une psychothérapie. » Romain m'envoie rarement ses patients. Cette Carole va sans doute très mal ; de plus, elle a dû l'impressionner. Elle parle par images : la souffrance s'embellit pour se rendre inaccessible, mais aussi pour émouvoir. Je suis touchée, preuve que je communique avec son calme de sable. Une mélancolie de bronze. Je ne sais comment je vais m'y prendre pour défaire l'armure sans attiser la mort, mais j'accepte de l'entendre. Ses frissons. La torpeur. Abandonnée depuis toujours. Des mots pour me séduire, tout en me figeant au loin : « Le ciel est collé, il ne s'ouvrira plus jamais. » « Plus aucune clarté, il n'y a que de la nuit dans mon cerveau, et quand le noir s'allège, la mort avance tout droit. » Si je la laisse ainsi pasticher des poèmes toute seule, elle se suicidera. J'essaie de lui faire raconter son histoire. Rien pour l'instant. Tous les contes sont fée-riques, donc érotiques : cauchemars ou résurrections, mais toujours projets et liens. Carole rejette ce piège de la vie. Aujourd'hui, elle refuse de raconter : « Je suis dans la tombe d'une particule nucléaire. » Je n'insiste pas. On reprendra dans deux jours.

**

Silence.

— *Vous ne m'avez pas parlé des vôtres.*

— *Je vois les gens en tulle. Mes mots passent au travers. Personne n'est solide.*

Silence.

— *Vous l'êtes, en un sens, puisque vous avez une histoire en vous.*

Silence.

— *Je suis comme l'herbe. Je ne fais rien, je n'ai jamais rien eu à faire.*

Silence.

— *Comme l'herbe ?*

— *L'herbe n'a rien à faire, parce qu'elle ne fleurit pas. Elle passe le jour à attendre les lapins qui viennent la manger, et la nuit à recueillir la rosée qui lui donne à boire.*

J'attends. Silence.

Qui a mangé Carole ? Que veut-elle boire ? Moi ? J'aime la virginité de l'herbe, je me fiche de ce qu'elle n'ait pas de fruits.

— *L'herbe serait sans histoire parce qu'elle ne prépare ni fleurs ni fruits ? Une femme stérile ?*

— *Ah ! mais c'était un choix. Je l'ai décidé moi-même. Peut-être ai-je eu tort. Si j'en avais décidé autrement, peut-être Martin ne serait-il pas parti ?*

Son visage de sable rougit. Elle reprend :

— *C'est quoi, une mère ? La faculté de s'abstenir. Vous me suivez ? Eh bien moi, je n'ai pas de mère. J'aurais voulu ne pas en avoir.*

— *Et pourtant elle existe, et vous voudriez la supprimer.*

Nous entrons peut-être dans l'analyse.

— *Non, pas du tout, je me supprimerai avant. Mais rassurez-vous, sans drame, je ne lui ferai pas ce plaisir.*

Je partirai de bonne humeur, comme tombe une cerise mûre. J'ai de la chance.

— ... ?

— *La chance, c'est une absence de chagrin.*

Carole revêt de nouveau son masque de bronze. Mais nous avons fait un pas de côté par rapport à sa tombe en forme de particule nucléaire. Je crains un peu moins qu'elle se suicide.

1ᵉʳ novembre 1980

Pendant des années, ce Journal n'a plus existé ; je l'avais remplacé par la transcription des séances de mes patients. Vivre avec leurs mots, les relire, leur redonner une autre vie — pas la mienne, la leur, mais remise à neuf. Je ne notais rien de personnel, sinon mes interprétations qui sont mon lien aux autres, ou plutôt mon intervalle par rapport à ce qu'ils croient être le sens de ce qu'ils disent. Sans doute avais-je aussi besoin de garder hors des mots, et hors de ce cahier, ce que j'ai de plus personnel, justement, de plus sensuel : Romain. Cela ne peut se dire, ou alors il faudrait verser dans la poésie, musique ou peinture. Je me tais. Je poursuis mon silence. Avec quelques modulations. Je repère mes instants de défaillance, de joie. Je note les éclairs dans la parole des autres : des densités de sens que je ne saurais violer. L'inconscient lumineusement offert s'y réfugie, je comprends qu'il se livre, mais pour me défier. Suis-je devenue moins agressive devant la nuit des autres ?

On vient d'hospitaliser dans le service d'Arnaud un homme qui, cette nuit, a étranglé sa femme. « Il paraît tout à fait O.K. maintenant, me dit Romain, j'aimerais avoir ton avis. » Je reconnais Wurst. Dissocié.

Il ne se souvient de rien. Il parle de Dieu. Pourquoi pas ? Cet homme a exercé son intelligence avec une rigueur tyrannique, mais contre quoi ? Ce qu'il ose dire maintenant révèle qu'il a lutté contre sa foi. Je ne m'aventurerai pas à définir ce qu'est une foi. En revanche, je me souviens de ce qu'un stoïcien a dit du manque de foi : l'absence de foi consiste à croire que l'on ne peut être heureux au milieu de tant d'accidents. Wurst, qui affichait un parfait manque de foi, croyait évidemment le bonheur impossible. Toutes les formes de bonheur. Parmi lesquelles — ou pour commencer — le bonheur avec une femme. Le bonheur que donnent parfois les mères. Que Carole n'a pas eu, ou qu'elle a eu par intermittences grâce à Rosalba, à Fiesole et à la Vierge.

Carole et Wurst sont déprimés. Des caveaux habités par une mort qui les pourrit du dedans. Celle de Wurst a finalement éclaté. Du même geste, il a sacrifié sa femme et sa propre pensée. Wurst a retourné la mort de soi contre l'impossible bonheur. Il s'est épargné. Il a épargné sa vie au prix d'un sacrifice. Il lui reste quelque raison. Il peut vivre. Mi-robot, mi-croyant. Sur un océan d'oubli qui est un chaos, le meurtre de son unité. « Parfois, si l'intelligence des choses cesse avant la vie, il semble préférable de se hâter. »

Les gens se demandent si Wurst est coupable et si sa femme n'a pas été aussi responsable de cette tuerie. Question monstrueuse. La rage de tuer surgit quand le désir s'éteint, et il est très difficile pour une femme d'empêcher les défaillances du désir. Wurst était un amoureux des concepts et non des femmes, dont certaines, pourtant, l'adoraient : adoratrices de jouissances étranglées.

Mais Lauzun est désormais muet et la seule philosophie qui tienne la route accompagne les démons intérieurs. Or Wurst avait fui les siens. « On est malheureux si on ne fait pas attention aux mouvements de son âme. » La psychose mélancolique révèle que le désir de Dieu peut prendre la relève du désir de mort, mais qui a besoin de ces vérités cruelles ? Les chrétiens ont trouvé un compromis : leur Dieu est vivant, leur Éros est Agapé. Wurst s'est acharné sur une gorge de femme, il lui a coupé le souffle, car il n'en avait plus en lui. Son corps était déshabité. Un phallus mort. Il n'a pas eu le temps ou la candeur de le remplacer par la foi, d'adhérer franchement à Dieu. Il a pourtant tenté cette métamorphose.

Ce n'est pas celle-là que je lui aurais proposée. Je n'accuse personne. Je n'aurais peut-être pas fait mieux que les analystes de Wurst. J'ai déjà assez de difficultés avec Carole.

Décembre 1980

Les passions ne perdent pas de leur force avec l'âge, elles deviennent plus limpides. Impitoyables. elles emportent tout le passé. Mais aussi évitables : vous pouvez les diriger. Bien sûr, dès demain, je peux éviter ce qui m'arrive avec Romain. Mais je ne le veux pas. L'âge confère une habileté à jouer avec le plaisir. On peut s'arrêter de souffrir. A cause de l'âge ou à cause de l'analyse ?

Février 1981

Chaque instant se dilate et englobe une éternité. Chaque instant s'évanouit aussi à une vitesse telle que rien ne semble avoir eu lieu, comme si la saveur accrue de la vie la rendait intensément courte.

Coup de téléphone de Jessy: sa voix qui résonne comme celle de ma belle-mère. Je me souviens de Jessy bébé, je l'imagine me téléphonant pendant qu'elle se fait les ongles pour sa sortie du soir, une arrière-arrière-arrière-petite-fille de Thérésa Cabarrus fera sensation cette nuit dans une boîte de Soho, et demain elle essaiera de se donner des airs devant le professeur Dalloway.

Je vis un temps mille-pattes. Puis, brusquement, tout s'éclipse. Jessy n'existe plus; effacées, Thérésa et Joëlle Cabarus! Reste, suspendue comme le cœur de l'air, l'haleine de Romain qui m'embrasse. Entre l'éternité et le point, le temps des gens amoureux. On devrait l'écrire en fragments. La maxime n'est pas la rhétorique des logiciens concentrés. La maxime devrait être le langage de la passion, qui n'oublie rien mais n'a pas de temps à perdre.

Mars 1981

Toujours cette présence angoissante de Wurst dans le service. Par moments, il prend un air préhistorique: on dirait un reptile du fond des temps, avant l'apparition des mammifères, surgi des planches d'un de ces livres qui racontent les âges de la Terre. Pas menaçant du tout, sérieux et sage, mais d'une sagesse innocente, aucune saisie. La moindre concentration de sa part pourrait dégénérer en fureur. Mais non, il n'en est plus capable, la secousse a déjà eu lieu sans laisser de mémoire autre que reptilienne : blanche, nue, absence dans un regard mou. Les yeux fanés de ceux qui, imprégnés de whiskies, font croire à la famille qu'ils regardent la télé. Il n'est pas plus responsable du meurtre que nous ne nous souvenons d'avoir été reptiles.

Juin 1981

Toujours Carole :

— Le dehors du dedans : que de la boue. Plus au fond, le dedans lui-même : des rayons, mais pour moi seule ; les rayons du désert.

Moi :

— Nul ne peut vous obliger à vous croire malheureuse.

Carole :

— Quand je serai morte, une dent poussera de la boue, pour casser la paix de leurs obsèques.

Moi :

— Leurs obsèques ? Vous ferez des victimes ?

Carole :

— Je ne serai pas là pour la sentir percer, mais je sais qu'elle fera mal.

Moi :

— Une dent contre votre mère, mais qui me fera mal aussi ?

La voix de Carole. Sous la beauté froide de sa poésie empruntée, perce la dent de sa voix. « La voix est la personne morale » (Épictète). « Si on enlève à l'acteur à la fois ses brodequins et son masque, et si on le produit à la manière d'une ombre, l'acteur a-t-il disparu ou

subsiste-t-il ? S'il a sa voix, il subsiste. » Carole se prépare à mourir, mais j'entends qu'elle vit dans sa voix.

Avoir la faculté d'incarner plein de rôles. Tous ne sont pas capables de jouer tous les rôles. Sinteuil semble jouer plus que d'autres. Olga joue-t-elle un rôle à New York ou bien se prend-elle au jeu ? J'aimerais pouvoir m'accommoder de n'importe quel rôle. Car même dans le rôle le plus misérable, l'acteur prouve qu'il est capable de déployer une belle voix.

Tenir tous les rôles jusqu'au rôle ultime qui refuse les rôles. La comparaison avec l'acteur n'est soutenable que si elle inclut la pantomime du suicide. Suis-je influencée par Carole ? Ou par Marc Aurèle ? Le suicide est un droit à l'issue. Pourquoi être condamné à l'insupportable ?

Cependant, je refuse le droit au suicide, car je ne crois pas à l'issue et je parie sur la possibilité d'alléger l'insupportable. Je remplace le souci par le soin. Je refuse de refuser de jouer. Je joue le jeu. Je disperse le sale « dehors du dedans » qui n'est que de la boue. Je vais même plus loin : je parie que le « pur dedans » en rayons mortifères peut lui aussi être dispersé. Alors que Carole continue à croire aux rayons secrets de son « pur dedans », qu'elle condense en une citadelle céleste, incomprise et imprenable. Je mène le jeu jusqu'au détachement complet de moi. Il en résulte un détachement de la vie qui n'a pas la belle gravité du suicide stoïcien. Ni la désinvolture du libertin qui se croit hors jeu, refuse le pari et impose ses propres règles. Au contraire, le soin restitue la capacité de se remettre dans le jeu. Il procure le bonheur simple des évidences communes, tel le bonheur de respirer. Ou la souplesse quelconque mais vive du gazon sous la plante des pieds : banale, douce, fiable.

*
* *

Le bonheur est un présent achevé. Aucune attente.
Tout, ici et maintenant. Le cercle parfait, qu'il soit
grand ou petit, est heureux parce qu'il est juste : comme
celui que dessina Giotto quand on lui demanda une
preuve suprême de son art. Le bonheur est qualité,
j'essaie de ne pas l'enfermer dans la quantité. Dès qu'il
a lieu, le bonheur est. Il n'a nul besoin de durer, l'instant
parfait accomplit l'éternité. Seulement, la plénitude de
l'instant inclut aussi bien l'amour que son insignifiance :
l'intensité de mon plaisir avec Romain autant que son
ineptie. Ce bonheur-là n'est pas une trouée dans la
durée, il absorbe la durée et me la rend présente, mais,
par là même, il se désagrège et abolit le temps. Un point
qui est tout et rien : mon instant qui s'éteint est le faîte
du bonheur. On a pu se suicider de plénitude. Je préfère
m'alléger, et, depuis ce vide, reprendre le risque de
perdre le jeu. Ce ne serait pas trop grave, presque aussi
peu grave qu'un bonheur. Mais j'aurai tout essayé. C'est
le soin. Joëlle Cabarus : une femme qui soigne le mal
d'être. Quelle prétention !

Septembre 1981

Lauzun est mort. Entre un père et sa fille existe une
solitude. Ce gouffre. Si vous ne le saviez pas, l'analyste
et sa patiente ont été inventés pour vous le faire
éprouver. Pour respecter cet abîme qui est peut-être le
plus dur et le plus lucide des amours. On ne peut y
renoncer sans supprimer en soi quelque chose d'impal-
pable, un ravissant déchirement qui vous fait vivre et
que les gens appellent votre dignité. « Elle a beaucoup
de dignité, Joëlle Cabarus. »

Lauzun vient de mourir dans un hôpital, sous une fausse identité. Il n'avait plus le même cerveau. Aurait-il pour autant souhaité perdre son nom, fût-ce pour cacher sa déchéance ? J'en doute. Laissons les noms enterrer les corps. Un nom conserve sa prestance même sous la brutalité des voyeurs.

Pour moi : une peine permanente, mais comme déjà étiolée. Lauzun a dû mourir quand nous avons mis fin à l'analyse, ou peu de temps après. Toutefois, la mort réelle rehausse encore cette dignité que confère à une fille son renoncement à l'amour paternel cependant préservé. « Ah, la dignité de Joëlle ! »

Malgré la distance : je ne le voyais plus ; malgré le temps : cela fait vingt ans que j'ai fini mon analyse. Une sournoise douleur, vague et insupportable. Elle me rappelle ce rêve après un avortement : j'ai perdu ma bague, l'anneau de diamants qu'Arnaud m'avait offert pour notre mariage ; je me tue à le chercher dans les draps, sous les meubles, dans la poubelle : rien ; mais non, ce n'est pas une bague, c'est un doigt que j'ai perdu ; pis : le bras tout entier me manque, quelqu'un m'a coupé le bras... Quelqu'un m'a fauché Lauzun. La mort.

Je me réveille : tout le monde est à sa place — ma bague, Arnaud, Jessy, Romain. Sauf Lauzun. Sacré vieux clown ! J'avais beau me moquer de ses pitreries — j'ai évité le ridicule (qu'il méprisait) de me constituer en disciple —, il me tient toujours. Un peu. Fort. Peut-être parce qu'il est mort lentement. Parce qu'il a mis en scène d'abord la mort de sa parole. Qu'il s'est ébloui avant de s'éteindre. Il m'oblige à penser que la mort est omniprésente, que la mort vit à notre place de vivants et qu'elle décide parfois de ne plus se dissimuler, mais de surplomber la vie que nous croyions séparée d'elle. Comme en ce moment où elle emporte tant de gens que, même moi, je suis contrainte de penser à ma mort. Pourtant, je sais qu'adolescente j'ai eu l'illumination bizarre d'être incapable de foi religieuse, n'ayant pas peur de mourir.

« *Question de génération. Rien de plus normal que ces vieilles badernes quittent la scène* », *disent Arnaud et Romain, pour une fois d'accord. Quand même ! Trop d'un seul coup, et ce n'est pas fini, d'autres vont suivre, la mort est dans l'air.*

Je suis persuadée que, pour ces hommes qui meurent autour de moi, la mort fait partie de la démonstration acharnée selon laquelle la pensée n'est pas une action parmi d'autres, mais la vie même, la fin comprise. La mort advient alors comme un accomplissement de leur parole que, pourtant, elle liquide. Ils ne nous signifient pas que la mort serait facile à cause de l'éternité qui nous recueille (ce serait la foi du croyant, et il me semble que Lauzun ne l'avait pas, quoiqu'il ait pu le laisser imaginer), ni insignifiante à cause de l'absurde qui nous borne (tel est le courage zen, Lauzun et Benserade ne s'y intéressaient que de loin). Cependant, pour avoir exploré le sens — le sens des mots, des symptômes, des rêves, des textes, des infamies, des nuits avec fin ou sans fin —, ils livrent leur mort à l'interprétation. Provocatrice, absurde ou stupide, leur mort s'inclut dans le sens qu'ils ont bâti. Elle dramatise leur œuvre mais aussi, paradoxalement, l'annule avec l'aisance du suicide stoïcien. « Voyez comme ma mort rend ce que j'ai dit superbe ; voyez aussi comme elle le réduit à peu de chose. Conclusion : ne considérez ma mort que pour mieux relire mes textes. »

D'autres appellent la grâce, d'autres s'en vont en toute humilité. Au contraire, ces gens qui nous ont fait réfléchir depuis vingt ans parviennent à s'emparer du hasard de la biologie, du désir ou, pourquoi pas, des

*mouvements de la rue, pour se persuader et nous faire
croire qu'ils avaient atteint l'instant où l'on a tout
compris, où est supprimée l'envie de durer. On s'efface
alors dans l'étourdissement d'un mystérieux et incommensurable bonheur. Ils veulent nous transmettre qu'ils
n'ont rien fait avec ennui : pas même mourir. Il n'y a
pas d'ennui quand on sait aussi donner du sens au
vide. Dubreuil est mort rationnellement : sa pensée avait
prévu une place pour l'absurde ; mourir ne veut rien
dire s'il y a de l'absurde. Lauzun, lui, a fait de sa mort
un symptôme.*

*Soigner les autres demande une sorte de suicide terne
de soi. On ne peut confondre le soin avec le dévouement,
car il est égoïste de se dévouer, et l'égoïsme n'a jamais
rien fait d'autre que cacher la haine de soi. Au contraire,
le soin procède de la liquidation de soi. Finis, les
impénétrables rayons du for intérieur auxquels se fixe la
dépression de Carole. Vous êtes en état de transfusion et
votre dissémination disperse le malheur des autres.
Aucun contenu n'est absolu, le mien pas plus qu'un
autre. C'est cela : dans le soin, j'emploie mon savoir à
m'abolir, mais sans éclats. Une transfusion permanente
de ce que j'aurais pu être mais que je ne suis ni ne serai
jamais, que je laisse le soin aux autres d'essayer de
devenir par leur régénérescence. Le soin est l'intervalle
— écart entre le symtôme et le projet, entre le bien voulu
et le bien obtenu — vaincu par la confiance.*

*Carole : « J'avais toujours très faim. Je rapetissais de
faim. Un oiseau m'aurait prise pour un moucheron et*

m'aurait mangée. Alors, de peur, j'ai cessé d'avoir faim
et j'ai cessé de diminuer. Je me suis figée en une baie
sèche et givrée. Une baie momifiée. Je ne sais pourquoi
on prend les corps des momies pour des corps saints. Au
contraire, elles subissent le plus cruel des châtiments,
celui de ne pouvoir jamais disparaître — ni poussière,
ni lumière, ni réincarnation. Je ne peux me dissoudre. »

Elle se plaint d'être une momie. Je choisis d'entendre
qu'à ce cadavre figé elle oppose le désir de ne pas
disparaître. La vie résiste : la vie est une dissolution
permanente, donc différée.

Elle en est plus loin, maintenant :

« Il y a des moments où je ne suis qu'un cri d'horreur
étouffé par un pansement. Le pansement, c'est vous. La
solitude d'une criminelle en menottes. Rien ne peut être
raconté. Une ivresse, pourtant. Pourquoi chantent les
oiseaux ? De plaisir, croyez-vous ? Non, ils réclament
du plaisir. »

Elle m'en réclame aussi.

***

Carole : « On tue facilement les filles. » Je me tais :
si on les tue, les filles n'ont plus la charge de se
supprimer elles-mêmes, et il existe bel et bien des
criminels ; j'attends qu'elle me raconte une histoire de
criminels qui n'ont pas encore les menottes aux poignets.

« Je ne vous ai pas parlé des Wadanis, ma tribu,
celle de Martin aussi. On a laissé tomber. Martin, pour
toujours. Moi, je ne sais pas.

« Lorsqu'un chasseur meurt en pleine force — dévoré
par un jaguar, ou victime d'un accident, ou de l'esprit
d'un mort qui l'envahit et le pourrit de maladie —, il
faut le venger en le récompensant. Vous savez comment ?
On lui prépare pour l'au-delà une compagne censée le

faire rire, quelqu'un qu'il aime bien. Sa fille, de préférence, ou celle dont il est le parrain. Ou simplement une des plus belles filles, qui sera bientôt femme et que tout le monde convoite. On la tue au petit matin pour apaiser les désirs et surtout arrêter un instant la chaîne de mort qui sévit immanquablement et qui a semé hier telle maladie, aujourd'hui tel règlement de comptes entre hommes jaloux.

« *J'ai entendu le chant du tueur. L'aube se lève à peine, le brasier n'est pas éteint et la famille de la future victime se doute de son destin. Mais personne ne proteste. Le tueur est inspiré : il commence par des sons graves, inaudibles, la flûte l'encourage, son timbre s'éclaire, sa rage monte, celui qui veut interrompre la chaîne de mort est habité par toutes les âmes mortes depuis la nuit des temps. J'étais pétrifiée, il ne me restait pas d'âme, rien que de la peur, et la honte de ne pouvoir rien empêcher. La petite s'est mise à courir. Il a dû l'attraper. Il a rapporté son corps, la nuque brisée.*

« *Bien sûr, le tueur est impur. Mais on va le purifier, et savez-vous qui se charge de faire vomir ce criminel du désir de mort qu'il porte en lui ? Évidemment, si vous êtes vraiment psychanalyste, vous l'avez deviné : c'est la mère de la jeune fille. "La mère de la victime soigne le tueur parce qu'elle lui est la plus étrangère, la plus opposée, prétend Strich-Meyer, et la conciliation s'accomplit ainsi entre ennemis." Mais non ! Le tueur réalise en fait le désir de la mère, il la débarrasse de la jeune rivale qui lui signifiait son âge avancé et sa mort, le tueur laisse la matrone enfin seule, triomphante et désirable. Vous connaissez au moins l'histoire de la marâtre qui tue Blanche-Neige parce que le miroir lui a dit que la petite était la plus belle... ? »*

Carole est à ce point une vestale drapée de noir que

*je n'avais jamais pensé à Blanche-Neige. Et pourtant :
ces cheveux de jais, ce gel au creux du corps.*

— *Martin et votre mère seraient-ils complices ?*

— *Vous êtes abjecte ! Jamais Martin... Ce serait
plutôt lui, j'en ai peur, qui est en train de se faire tuer
en Californie. Ces coups de téléphone, la nuit, parfois je
le comprends à peine : est-il camé, endormi, surexcité ?
Plutôt caustique : « Tu es toujours avec ce fou de
Sinteuil ? » (C'est absurde, je ne sais pourquoi il est
ainsi monté contre Hervé.) « J'ai pensé à toi. » (Quand
même, vous voyez !) Scherner, qui revient de Berkeley,
ne m'en a pas dit grand-chose : rien que des sous-
entendus ironiques et terrifiants... J'avais transcrit le
chant du tueur, à l'aube. La beauté du délire. Vous
croyez que cela vaut la peine de reprendre cette affaire ?*

*J'aurais voulu qu'elle revienne sur son histoire à elle.
Mais, après tout, quand il y a meurtre d'enfant, quand
on a essayé d'assassiner une fille... Le mystère glorieux
est chant ; le mystère douloureux, plutôt poésie. On ne
sait pas assez que la méditation intellectuelle peut être
aussi un discours de la douleur.*

Mai 1982

*Carole : « L'Océan était glacial, il y avait du vent,
on ne s'est pas baignés, bien entendu. Olga passait toute
la journée sur sa jument Kissmayou, galopant comme
une sauvage sur la digue. J'avais droit au fils de
Kissmayou, un dénommé Naïka, qui trotte à peine,
comme un bébé, tout calme, tout doux, avec des yeux
violets, je vous assure. Exactement ce qu'il me fallait :
un copain qui accepte que je le chevauche en piètre
cavalière, qui ne sache pas parler, mais qui me porte et*

qui ait les yeux violets. Une couleur de tristesse orgueilleuse. Presque contagieuse.

« Olga me rassure, je dois dire, peut-être autant que
Naïka. Elle ne remarque rien, n'explique rien. Elle
prépare son prochain voyage à New York (*“Je suis une
des dernières Algonquines, que veux-tu, j'aime cette
ville, ces gens ont l'air aussi simples que moi, mais ce
sera beaucoup plus court, cette fois-ci, je reviens dans
six semaines”*), elle joue au tennis avec Hervé, je crois
qu'elle lit des lettres d'Edward qui écrit souvent comme
un phare envoie en permanence des messages en mer,
“au cas où”. Olga n'envoie que des cartes postales : *“Je
ne sais pas faire de lettres”*, dit-elle.

« Hervé s'enferme dans son moulin, il travaille sans
cesse avec de la musique qui retentit partout et affole
les mouettes. Ils ont eu des nouvelles d'un certain Zhao,
leur interprète en Chine, qui est devenu je ne sais plus
quel chef : il les invite à retourner à Pékin pour qu'Hervé
fasse des conférences et qu'Olga poursuive ses enquêtes
sur les femmes chinoises. Hervé dit que cela le fait rire,
“ce cher Zhao”. Olga ? Moi, à sa place, je partirais.
Peut-être. Mais elle a l'air distraite par autre chose.
Zhao ne l'attire pas pour l'instant. Elle part avec
Kissmayou. Après, elle reste à côté de moi, muette, une
boule de lumière grenat : pour me faire parler, je suppose.
Mais je préfère parler peu, ou alors je me surprends en
train de parler à Naïka. C'est fou comme le silence de
certaines femmes peut vous donner du calme et même
des rêves, des pensées, une sorte de vie mentale que vous
croyiez clouée, peut-être même morte... ? »

Le silence de certaines femmes. Il vous fait découvrir
le regard violet des chevaux, qui vous restitue votre
propre chagrin. Mais déplacé. En face. Ce qui revient
tout de même à l'éloigner un peu.

« Joëlle Cabarus a une sorte de dignité, parce qu'elle

sait se taire. Une femme de silence. » Qui disait cela,
déjà ? Cette impossible Marie-Paule Longueville, bien
sûr. Qu'est-ce qu'elle a pu devenir ? Une galerie à
Londres, paraît-il.

Septembre 1982

*Deux arbres en face de ma fenêtre maintiennent le
ciel. Une araignée aveuglée relie cet azur à mon balcon
et, de là, suit le rayon cendré qui éclaire le cahier de ce
Journal. Le même azur, la même clarté — avec six
heures de moins : il faut que j'appelle Jessica à New
York, j'ai une chance de la trouver chez elle, elle doit
se réveiller maintenant. A-t-elle croisé Dalloway, cette
nuit ? Avec qui était-il ? Seul, je parie, et ma Jessy se
sent aussi un peu seule en ce moment, écrit-elle. Ce
serait une belle occasion de lui rendre visite avec
Arnaud. Depuis quand n'a-t-on pas voyagé ensemble ?
Notre dernier séjour à l'Algonquin ? Je ne me souviens
plus.*

*J'ai noté le récit du mythe wadani que Carole a
retrouvé pour moi dans ses notes. Un mythe de déluge
qui est aussi un mythe de renaissance :*

« C'est une mer d'eau rouge qui monte, qui gonfle et
engloutit l'Univers. A moins que ce ne soit un incendie,
une flamme qui dévore tout ce qui vit. Un homme et
une femme s'agrippent au sommet d'un sapin pour
échapper à l'eau rouge ou au feu écarlate. Ils jettent des
pommes de pin qui disparaissent dans le gouffre sanglant. Ils vont tomber, non, ils continuent à jeter les
fruits du sapin. Il n'y a plus de feu ; rien que l'eau
rouge qui continue à monter. Soudain, les pommes
heurtent un rocher et émergent en îlots des eaux rouges
de la mer. L'homme et la femme sont sauvés. Tous les

autres Wadanis sont engloutis, mais leurs âmes mortes continuent à produire des vagues. Ce sont les mêmes lames que vous voyez quand l'eau rouge remonte, quand le feu envahit l'Univers. »

Je n'ai jamais vu d'eau rouge, et il n'y a guère de feu dans mon univers. Carole n'est pas sûre de pouvoir échapper au déluge. Les morts ne cessent de faire des vagues : Benserade, Edelman, les deux Wurst, la mère de Bréhal. Après tout, les incendies des autres sont leur affaire. J'ai la chance de pouvoir brider la peine que je partage. Le soin thérapeutique est intervalle et modération : ma réserve contre le déluge. « Le silence de certaines femmes », dit Carole. Il y aura toujours des eaux rouges et des sapins. Mais où trouver la patience pour transformer un déluge en naissance ? Mes instants de bonheur donnent force à ma patience. Une patience de sapin sur l'eau rouge qui grouille d'âmes mortes.

Il faut que j'appelle Jessy et que je commande deux allers-retours pour New York.

Cinquième partie

LUXEMBOURG

1.

La terre insulaire est imbibée d'eau : l'Océan se glisse sous l'écorce sablonneuse asséchée par le soleil et se dispose en nappes invisibles, à quelques mètres seulement au-dessous, retenu par le *bri*. Tel est le nom que les habitants donnent à l'argile marine imperméable qui façonne les marais salants depuis que Guillaume le Grand, comte de Poitou, engagea les premiers sauniers de l'île. Le bri modèle les vivres, vasais et métières qui alimentent le champ-de-marais, il sculpte le damier des salines sur les lais-de-mer, puis se couvre de varech et durcit au point qu'on doit le rompre tous les ans à coups de barre pour refaire de nouveaux sillons. Cependant, tandis que doucins et malines règlent à la surface la vie terre-et-eau de la zone salicole, l'Océan infiltré, lui, chemine sur son lit souterrain d'argile, et parfois remonte de cet enfer dans des puits d'eau saumâtre qu'on est bien content d'avoir quand le temps est sec.

Une image obsédante s'imposait à Olga : ce cimetière, si gaiement aménagé dans la vallée, sous la vieille église romane, couvrait un marais salant enfoui. On ne pouvait imaginer dernier séjour moins lugubre. La lumière étincelante d'un après-midi de septembre, les cloches tintant avec le vent comme une boîte à musique, les fleurs fraîchement coupées évoquant des soins de jardinière plutôt que les pompes funèbres, la dizaine de tombes de soldats australiens morts sur l'île en combattant les nazis au nom de Sa Gracieuse Majesté... C'était une féerie mise en scène par des enfants qui s'imaginent la mort comme une vie d'anges migrants et s'amusent à jouer aux cercueils. Ils ne se doutent pas qu'à quelques mètres en dessous la tombe rejoint le courant, puisque l'Océan avance sur son lit de bri et baigne les morts de sa caresse de sel tiède.

Si l'on est amphibie, si l'on aime autant l'eau que la terre, si l'on a donné son cœur à l'île, il n'y a pas à hésiter : dès qu'on cesse de respirer, on se fait enterrer dans ce cimetière fleuri, éventé, lavé d'eau océanique. Il ne vous laissera pas pourrir, il salera votre cadavre, vous disparaîtrez en cristaux et le sart viendra vous couvrir d'un linceul vert. Voilà ce qu'avait dû se dire Jean de Montlaur. Car, au lieu de l'imposant caveau familial en ville, il avait choisi ce cimetière paysan.

— Vous connaissez la modestie de mon mari, ma pauvre Olga, il a préféré l'austérité à la famille, commenta Mathilde, consternée.

— Il a tout largué, il a pris le large, conclut Hervé, surpris et fier.

Jean de Montlaur venait de quitter la vie sans gêner personne, discrètement, rapidement, en prenant tout sur lui. Virage humide, brouillard, la Citroën qui dérape, mort sur le coup. Tous les Montlaur, proches et lointains parents, les amis et connaissances étaient là, visages fermés comme les volets d'un quartier chic. Ni mots, ni gestes, ni larmes. Olga était troublée par tant de réserve. Dignité ou froideur ? Rien à voir avec les débordements, en pareille circonstance, de l'âme slave.

Comme un sage romain, Jean de Montlaur soignait sa personne, mais ne se passionnait ni pour la vie ni pour les convenances. Il savait entretenir ses relations sans jamais se lasser ni s'attacher. Un de ces êtres irréprochables qui n'ont pas d'ennemis — tous ceux qui le connaissaient étaient donc venus à l'enterrement, coupables de n'avoir pas su déchiffrer l'homme secret dont le corps serait bientôt coulé dans la glaise marine. Mais Jean de Montlaur n'avait pas non plus de vrais amis — sa pudeur empêchait les complicités, et les vivants cadavérisés se taisaient, honteux de n'avoir jamais su toucher le cœur de ce retrait qui jugeait leur monde.

A moins que ces mondains ne soient tout simplement incapables du moindre sentiment humain sous leur masque de plomb? Une apparence de réserve camoufle souvent l'indifférence, qui est une bêtise sensorielle. Ils jouaient tous la pièce des funérailles, comme on joue le dimanche matin la pièce de la messe. Tous sauf Hervé, au bord des larmes, à l'étonnement général.

Le corps descendit dans la terre sèche qui deviendrait sûrement un marais salant aux malines. Olga ne put détacher sa pensée de la caresse d'eau salée sur le lit de bri, des os transformés en diamants de sel. Brusquement, Hervé s'avança et, pendant que son père rejoignait le fond, sortit un livre de sa poche et se mit à lire d'une voix nette qui jugula sa peine et ahurit l'assistance raidie.

— « *Nous disons donc que l'homme doit être si pauvre qu'il ne soit pas lui-même* "un endroit où Dieu puisse agir", *ni même qu'il ne L'ait en lui. Aussi*

*longtemps que l'homme garde en lui de l'espace, il garde
de la* différence. *C'est justement pourquoi je prie Dieu
qu'il me rende quitte de Dieu.* »

Par la bouche d'Hervé, Maître Eckhart parlait de
Jean de Montlaur : son élégante simplicité était en
effet une sorte de « pauvreté », une pauvreté « quitte
de Dieu ». Hervé pensait que son père était athée,
mais qu'il se tenait aussi dans une région dissemblante
de la foi. Il continua :

— « *Selon mon mode de naissance éternel, je ne puis
non plus jamais mourir : [...] j'ai été de toute éternité,
et suis, et demeurerai éternellement ! J'étais en même
temps ma* propre *cause et la cause de* toutes choses. *Et
l'aurais-je voulu : ni moi ni toutes choses ne seraient.
Mais si je n'étais pas, Dieu ne serait pas non plus. Que
l'on comprenne cela n'est pas nécessaire.* »

L'humilité de l'homme différent, louée au début du
sermon, s'élevait brusquement en l'affirmation de sa
volonté infinie. « *Et l'aurais-je voulu..., si je n'étais
pas, Dieu ne serait pas non plus... Là je reçois une
secousse qui m'emporte et m'élève au-dessus de tous les
anges... Que l'on comprenne cela n'est pas nécessaire...* »

De fait, personne ne comprenait rien. Tout le monde
demeurait stupéfait par l'audace d'Hervé plus que par
ces paroles obscures dont on pressentait la portée
subversive sans vraiment la saisir.

Olga le regardait fixement, comme pour lui voler —
par-delà son visage clos — une pensée physique.
Hervé venait de placer son père, pragmatique et discret
jusqu'à l'effacement, parmi les mystiques. Quitte de
Dieu, sa distance par rapport à la grâce exubérante
était le gage de son humanité ; mais le rayonnement
de Jean témoignait aussi d'une fierté exorbitante qui
n'avait besoin de personne dans la paix morale de sa
solitude. C'est ainsi qu'Olga traduisait la méditation

d'Eckhart tout en serrant la main d'Hervé, sans davantage retenir ses larmes. Elle laissait passer par son propre corps la tension douloureuse d'Hervé qui s'était exprimée en formules ciselées, mais qui restait verrouillée dans ses nerfs.

Sinteuil ne percevait pas ce geste. Il se tenait ailleurs, le regard vide. « *Aussi longtemps que l'homme garde en lui de l'espace, il garde de la* différence. » Hervé n'avait peut-être pas de Dieu en lui, et pourtant une secousse l'élevait au-dessus des anges. Un étrange éclair liait la sensualité païenne d'Olga à l'abstraction incandescente de Sinteuil accomplissant son devoir de fils. Le nouveau visage grave de leur complicité. Avec et par-delà la mort. « *Et l'aurais-je voulu... si je n'étais pas, Dieu ne serait pas non plus... Que l'on comprenne cela n'est pas nécessaire.* »

**

Mathilde avançait, droite et livide, soutenue par François et Hervé. Olga les suivait, entourée d'Odette et de Xavier des Réaux. La mort est impartageable, autant que l'amour.

— Quel malheur... Un homme dans la fleur de l'âge... L'accident est la plus absurde des morts, vous ne croyez pas, Olga ? A moins que... tellement brusque, n'est-ce pas... à moins que... c'est affreux à dire... à moins qu'il n'ait été très déprimé ?

Odette tâtait l'hypothèse du suicide. Olga plissa ses paupières chinoises : rejet.

— Je n'ai jamais connu mon beau-père triste. En plus, ses affaires marchaient bien, si c'est cela que vous voulez dire, mais vous devez le savoir mieux que moi.

— On dit cela, on dit cela, de nos jours tout est si compliqué, mon enfant.

Le cousin Xavier avait repris son air de chien de chasse.

François de Montlaur se retourna et son regard méprisant (« angoissé, quand même », pensa Olga) mit fin aux commentaires.

Elle avait peu fréquenté Jean : les quelques semaines de vacances en famille, les rares visites des Montlaur à Paris. Mais ils avaient tout de suite découvert un code d'entente pauvre — un langage sans phrases, la complicité gestuelle des gens concrets. Quand Olga avait fait une chute de cheval et était restée clouée sur la falaise, la cheville foulée, l'épaule cassée, Kissmayou était rentré à la maison trouver Jean qui était accouru sans mots, sans inquiétude, et l'avait simplement transportée comme un bébé jusqu'à sa voiture. Puis, pendant un mois, il lui avait apporté en souriant distraitement du chocolat chaud et des fleurs : « Besoin de repos, mon petit, voilà qui est fait, ne pensez plus à rien. » Il ne disait même pas : « Je suis là. » Il était là.

Parce que la mort est inconnaissable, on croit mourir au moment de la disparition de ceux qu'on aime : père, mère, enfant, mari et femme quand ils se sont adorés, ce qui arrive parfois. Mais la mort des autres, au fond, nous laisse intacts. Quand elle ne nous tire pas des larmes égoïstes sur notre propre trépas. En réalité, Jean était pour Olga un *autre*, un étranger. En outre, lui-même aurait détesté l'emphase. N'empêche, elle découvrait dans ce cimetière qu'*ici* Montlaur était son père. Elle n'en avait pas d'autre, en français, après la mort de Benserade et celle d'Edelman.

Comme Jean, entre toutes les terres de France, c'est l'île qu'elle avait choisie pour refuge : ses couchers de soleil dans lesquels Jean lui avait appris à déchiffrer le temps qu'il ferait le lendemain ; ses sauniers en compagnie desquels Jean arpentait les marais et goûtait un pineau au café en parlant des oiseaux qui nous quittent à cause des bruits des hors-bord ; ses vignerons qui venaient offrir le blanc sec du pays parce que « les Montlaur s'y connaissent en grands vins de Bordeaux, mais celui-ci a un petit goût d'algue... » ; ses huîtriers, aussi fermés, frustes et impénétrables que Jean lorsqu'il ne se savait pas observé...

Comme lui, elle choisirait ce cimetière, le jour venu. Entre-temps, elle faisait sienne sa manière de vivre avec cette terre, cette eau, ces paysans.

Il y a des gens si compacts qu'ils attendent leur mort pour commencer à vivre pour nous. Le Talmud, paraît-il, dit qu'on doit quitter un ami sur un problème non résolu pour qu'il pense à nous tout au long de sa vie. Jean de Montlaur avait quitté Hervé et Olga sans avoir dévoilé l'énigme de sa muette abnégation. Il n'y avait peut-être pas d'énigme. Juste la pureté des honnêtes gens ? De quoi penser à lui le restant de vos jours ? Un père comme on n'en trouve plus. « Aussi longtemps que l'homme garde en lui de l'espace, il garde de la *différence*. C'est justement pourquoi je prie Dieu de me rendre quitte de Dieu. »

De plus en plus souvent, la vie se met à ressembler à la télévision : il n'y a plus d'événements, excepté les découvertes scientifiques et les accidents (c'est-à-dire la mort). La politique suit son train d'ennui gestionnaire et n'occupe le devant de la scène qu'en cas de guerres, attentats, émeutes, prises d'otages. Ou de libérations, démocratisations, rattrapages — dans la

foulée des guerres, attentats, émeutes, prises d'otages.
Le reste est pour les spécialistes, et le public s'y
intéresse autant qu'au sort de l'Assistance publique, à
la fois sérieusement et pas du tout. Edward, lui, s'était
voué complètement à cette gestion politique. Conduit
d'une capitale à l'autre par le règlement de quelque
affaire d'otages, il habitait les coulisses de la diplomatie
et consolidait ou bien dissipait — selon les circonstances — cette ombre dont dépend notre destin à tous,
mais qui lui permettait de s'effacer et d'envoyer des
cartes postales elliptiques et tendres annonçant d'im-
probables rendez-vous pour plus tard. Plus il s'enga-
geait à fond, plus il devenait un des esprits les plus
naturellement sceptiques qui puissent exister. Être
correct, juste et le moins remuant possible, tel était le
seul moyen de faire face à l'abérration de ce monde :
la philosophie de Dalloway, si on lui enlevait les
raffinements techniques des juristes, devait plus ou
moins se résumer à cela.

Olga lui trouvait une sorte de courage. Mais était-
elle amoureuse ou s'accordait-elle à un spectre qui
nous protège du pire parce que son endurance de
spectre nous impressionne ? Sommes-nous toujours
amoureux ou est-ce l'estime qui succède à la douleur
qu'on avait confondue avec l'amour ? En quelques
années, il ne reste plus des passions qui s'étiolent
qu'un vieux puits couvert de géraniums grimpants. La
source gît au fond, les fleurs font croire à la vie, mais
l'eau ne monte plus et nul ne la boit. Dans bien des
années, le puits du jardin sera peut-être recouvert de
feuilles gelées et de fleurs sèches, et la source en sera
dérobée aux yeux sans merci des futures générations.

Déjà, elle se souvenait de Dan comme d'une autre
vie contemplée d'outre-tombe. Ils avaient vécu *là-bas*
ensemble, s'étaient aimés, puis une certaine mort avait

eu lieu — son propre départ, la rupture —, et elle revoyait maintenant leur film depuis cet au-delà. La mort subite de Dan lui parut non pas normale, mais absurde et inutile, et, en ce sens, naturelle. Ce décès réel ne faisait que répéter brutalement quelque chose de simple qui avait eu lieu. Son brave et myope samouraï, l'auteur inspiré de *Hagakuré ou l'Art de la guerre*, était déjà mort un jour dans le métro qui les transportait de la Bibliothèque nationale à Montmartre.

« A l'heure de l'agonie, il prononçait votre nom », écrivait la femme de Dan avec l'abrupte honnêteté des gens de *là-bas,* qui savent être vrais dans la misère comme dans la jalousie. Naturellement, depuis qu'il avait quitté l'hôtel des Grands Hommes, Dan s'était marié.

Sa mort avait été insolite : infection pulmonaire, négligence, incompétences médicales courantes dans son pays, et Dan avait disparu avant de mettre le dernier mot à son étude sur *Le Christ mort* de Holbein.

« Comme s'il voulait, par sa mort, réaliser le tableau, craignant que son livre ne soit pas à la hauteur du chef-d'œuvre. Je me demande aussi s'il ne s'est pas fait mourir en appelant trop tard les médecins, s'il n'a pas rêvé de ces samouraïs dont il parlait dans son dernier essai fait pour vous, comme beaucoup de nos amis qui se sont suicidés ou laissés dépérir. »

Les propos de la femme de Dan étaient un peu superstitieux, mais sans complaisance.

Olga n'eut pas de larmes. Rien qu'une masse de souvenirs qui vous coupent du monde et vous confondent avec cette partie du mort qui fut une part de vous-même, dont vous ne savez plus si elle est encore existante ou bien déjà disparue. Entre chien et loup. Une certaine Olga qui avait été Dan, et qu'elle croyait gommée, se remettait à vivre d'une vie de mort. *Le*

Christ mort n'était pas seulement Dan, non, ce *Christ mort* de Holbein, dont on n'est pas du tout sûr qu'il ressuscitera, était Olga elle-même. Désolation angoissée et cependant tranquille, d'une impassible noblesse. Comme un personnage qui n'appartient pas vraiment à Dieu mais se tient gravement dans l'Histoire désormais constituée de morts inéluctables.

Car seule la mort faisait événement ces temps-ci, tout le reste n'était que banque et jurisprudence. Olga l'écrivait, mi-didactique, mi-pathétique, à Edward ; Dalloway pensait de son côté que seul un homme sait aimer, alors que les femmes ne font que du théâtre. Olga était loin d'être froide ou superficielle, mais, c'est vrai : elle était théâtrale.

Il appelait *théâtre* cette présence au monde que les femmes vivent avec exaltation ou déception, ce qui revient au même, en se persuadant qu'il s'agit là d'une vérité exceptionnelle. Alors que pour Edward, il n'y avait que misère, violence et négociation, mais ni exaltation ni déception. Ruth était théâtrale avec sa religion politique. Olga était théâtrale avec son intellectualisme passionné. Il était enfantin de craindre la mort — un effet de la nature, comme d'être en quête d'événements. Au contraire, lui, Dalloway, s'employait à dédramatiser les « événements », à les déposséder de leur poids d'événements, à permettre aux gens de souffler, enfin, sans ces événements qui vous coupent le souffle. Il ne se doutait pas qu'en privant le monde d'événements il le peuplait de grisaille ; que sans ces frasques théâtrales les gens mourraient d'ennui. Il se disait simplement que la fascination d'Olga pour cette si peu intéressante fatalité qu'est la mort, avec son contrepoids dégradé, l'événement, apportait la preuve que lui, Dalloway, n'occupait plus le premier rôle dans le théâtre de la jeune femme. Seuls les hommes savent aimer — eh bien, tant pis, il continuerait tout seul.

— Armand... accident de la circulation... Si, très grave... En réanimation aux urgences... Je te retrouve à l'hôpital.

Hervé avait sa voix speedée, à peine audible.

Ils étaient tous massés devant l'accueil, énervant le personnel hospitalier qui entendait soustraire le blessé aux mondanités et au tapage médiatique. L'annonce de l'accident de Bréhal à la radio avait ranimé toute l'histoire du séminaire.

On remarquait ceux qui avaient réussi. La crispation intestinale du normalien devenu chef de cabinet ministériel : Cédric. La prétention ecclésiale du psychanalyste débutant : Frank. Les costumes-cravates de Heinz, Roberto et quelques autres qui avaient trouvé de bons jobs à Paris.

On distinguait la détresse de frêles jeunes gens : amants anciens, actuels, potentiels, prétendants abandonnés, impossibles, classiques, romantiques ou faux, mais sincèrement terrorisés, car Armand distribuait sa bonté et chacun, en dette par rapport à sa vie, se sentait agrippé à sa mort. Tous, noyés dans la foule des modestes qui préservaient ou trahissaient la mémoire de Mai et les aventures rhétoriques de Bréhal dans les petits métiers d'enseignants, de pigistes, d'agents de marketing, d'artistes en quête de renommée ou de ces éternels thésards qui n'arrêtent pas de ne pas écrire leur thèse.

Et, bien entendu, Stanislas, de L'Autre, et Hervé, Olga, la famille. Carole n'avait pas pu se lever : « Trop dur, terrassée, on verra demain, après-demain, quand Bréhal ira mieux. »

— Tu crois au hasard, toi ?

— Il avait la déprime.

— Ce deuil de sa mère l'a tué.

— Non, tu n'as pas vu les mauvaises critiques sur son livre ? Il était très atteint.

— Les pontes de l'Université n'aimaient pas son enseignement : « Trop mondain, trop public, trop aimé, trop ceci, pas assez cela. » Il le savait, ça l'humiliait.

— Quand même, un accident c'est un accident.

— Depuis qu'il était au Collège, les politiques le recherchaient pour se faire de la pub, ça l'énervait.

Les gens se protègent de la mort en mangeant et en parlant, et parfois disent vrai. Olga se souvenait de ce que lui avait dit tristement Armand, environ une semaine auparavant : « J'ai envie de me mettre la tête dans le plâtre. »

— Bizarre, on ne dit pas ça en français ; on dit « dans le sable », non ?

— On peut tout dire quand on est Armand, avait répondu Hervé. Mais c'est vrai qu'il n'a pas la forme, il prétend qu'il veut se ranger des voitures...

Il y eut d'abord le ton carabin du médecin chef, qui trahissait l'effort acharné contre la mort. Poumon artificiel, rein artificiel, tout un bloc d'artifices en lieu et place de ce que fut Armand.

— Voyons, ce n'est pas la première fois qu'on soigne un pneumothorax accidenté, la médecine a fait plus de progrès au cours de ces dernières années que la textologie ou la sexologie... quelle était déjà la discipline de votre ami ? Allons, allons ! Qu'est-ce que c'est que cette foule ? On n'est pas à Saint-Germain-des-Prés, ici !

Puis on a vu les prunelles fuyantes et le masque de bois des blouses blanches : signe, chez le corps médical, de ce qu'on appelle panique dans les autres corps. « Comment se sentait-il avant l'accident ? Il ne lutte pas du tout. Consultons un psychiatre, un psychologue, un psychanalyste, pourquoi pas ? »

Les visites en tête à tête. Le plus insupportable : l'absence de voix. La science remédiait aux poumons manquants ou blessés en se greffant sur la gorge et en coupant le souffle. La mélodie d'Armand — tamisée par la maladie de toujours, mais qui n'avait rien de maladif et diffusait une distinction nourrie de livres et de solitude —, ce timbre qu'il aimait appeler le « grain » de la voix, n'étaient plus. Olga repensait à la séduction de Bréhal dans la lumière cyclamen du Rosebud, à sa sieste dans le minibus, face à la mort blanche du Disneyland sous la Grande Muraille de Chine... « Vous nous manquez, on vous attend », murmurait-elle, penchée sur le visage du malade. Mais le corps qui s'était rendu célèbre en formulant une sensualité réfléchie ne répondait plus. Les yeux perlés de fatigue et de médicaments, le visage las, il lui fit un de ces gestes d'abandon et d'adieu qui disent : « Ne me cherchez plus, à quoi bon... Comme c'est casse-pieds, la vie. »

Rien de plus convaincant que le refus de vivre quand il est signifié sans hystérie : aucune demande d'amour, simplement le rejet mûr, pas même philosophique, mais animal et définitif, de l'existence. On se sent débile de s'accrocher à l'agitation appelée « vie » que le mourant abandonne avec autant d'indifférence. Olga aimait trop Armand, elle ne comprenait pas ce qui le poussait à s'en aller avec cette fermeté douce et indiscutable, mais il l'emportait dans son laisser-aller, dans sa non-résistance retranchée. Elle lui dit quand même qu'elle l'adorait, qu'elle lui devait son premier travail à Paris, qu'il lui avait appris à lire, qu'ils allaient repartir ensemble, au Japon par exemple, ou en Inde, ou au bord de l'Atlantique, c'est formidable pour les poumons, le vent de l'île, et Armand restera au jardin avec les géraniums, ou bien on prendra tous le bateau avec Hervé... Les yeux pâles se remplissaient d'eau, mais Bréhal faisait toujours le même geste d'adieu.

Muet, Hervé tenait la main d'Armand. Que dire à quelqu'un qui veut ne pas vouloir ?

— Armand, mon Armand, écrire cela, la musique de l'air disparu, le désir perdu. Vivre n'a pas de sens, je vous suis, mais écrire n'est pas une vie !

Armand tenait les doigts de son ami, interminable caresse, mais toujours le même adieu détaché.

— Vous avez le droit, personne ne peut vous contraindre. Après tout, vous vous êtes surveillé toute votre vie. Se laisser couler peut paraître un plaisir, comme une anesthésie, dont vous me disiez un jour que vous aviez peur. Mais je ne partage pas les plaisirs mortels. Restez, restons.

Ils croyaient que Bréhal les comprenait, même s'il ne pouvait pas réagir. Les comprenait-il ?

— Cette fois-ci, il nous quitte.

Olga pleurait dans la rue.

Hervé avait une étrange façon de consoler. Face à la maladie, aux larmes, à la mélancolie, il maniait d'abord l'agression. Après tout, pourquoi pas : l'agressivité n'est-elle pas une forme de vie, la moins responsable, celle qui marche contre la mort comme on s'appuie contre un mur ? Puis il revenait sur lui-même. Enfin surgissait un apaisement fugitif.

— Je ne comprends pas ton culte de la vie, disait-il avec fureur.

Olga était mise au pilori, stupide représentante de tous ces vivants obstinés.

— Ou plutôt si, je comprends : ton éducation progressiste, volontariste. Sauf que tout le monde va mourir un jour ou l'autre : toi, moi. Armand préfère comme ça : il choisit son heure, libre à lui. Tous ceux qui pleurnichent se moquent bien de Bréhal et ne se lamentent que sur eux-mêmes. Tu n'as pas remarqué comme ses fidèles me regardaient ?

— A peine. Je ne sais pas.

— Comment, à ton avis ?

— Apeurés, peut-être hostiles.

— Peut-être ? Carrément ! Une hypothèse ?

— Elle ne te plaira pas.

— Et pourquoi ?

— L'hypothèse est sociologique.

— Dis toujours.

— Tout Sinteuil que tu sois, tu as des airs de Montlaur qui se mêle aux pauvres. Les gens de ton milieu sont ambassadeurs de France ou directeurs de banque. Il reste, il est vrai, quelques rares écrivains. De droite. Mais les intellectuels d'aujourd'hui sont fils de bouchers, d'instituteurs, de postiers, tout ça. Qu'est-ce que tu fais là-dedans avec tes manières de Montlaur et un discours de gauche par-dessus le marché ?

— Bon, peut-être, mais c'est tout de même trop facile.

Hervé semblait moins tendu.

— Passons. Ce n'est pas le problème en ce moment. Armand s'en va, c'est clair, personne n'y pourra rien. Il passera un bout de temps au purgatoire. Tu crois que ces nouveaux intellectuels, dont tu imagines si bien la provenance, lui pardonneront le plaisir des sens et des signes, le culte de la paresse, sa prétendue légèreté qui préfère le rythme des mots au message

des idées, et j'ai oublié l'essentiel : la timidité de ce
non-conformiste, pas militant pour un sou, pas même
pour la liberté sexuelle ?

— J'en connais qui ne le mettront pas au purgatoire.

— De toute façon, ils le redécouvriront. Tôt ou
tard. Tu sais pourquoi ? Parce qu'il a écrit comme il
a vécu : en sursis. Le sursis rabaisse les choses et met
de la musique dans les paroles. A condition d'avoir la
grâce qui transforme un corps défaillant en instrument
de langage. C'est mystérieux, mais ça arrive. Alors le
sursis rend les gens stylistes. Même quand ils sont
profs de sémantique. Armand était un type malade qui
a toujours frôlé la mort : elle freinait ses plaisirs, mais
elle lui donnait aussi cette petite fièvre qui module sa
phrase pas comme celle des autres. On n'écrit que
depuis la mort, rappelle-toi ça — ou de solitude, tu
verras toi-même. Allez, petit Écureuil, pleure dans
mes bras si cela peut te faire du bien. Mais c'est ainsi,
tu le sais : « La mort, cette voix étrange... » Et puis,
Armand t'aimait en « bulldozer » — tu te souviens
qu'il t'imaginait comme ça au Rosebud ? Alors, est-ce
qu'un bulldozer pleure ?

2.

Alors même que la mère ignore l'embryon qui prend vie en elle, son corps est déjà au courant. Il ressent un choc : la greffe qui va vous augmenter commence par vous diminuer. Un virus se cramponne aux viscères, un cancer se visse au bas-ventre, vous êtes attaquée : vertiges, pâleurs, fatigues et vomissements. Certaines s'installent longuement dans cet état d'agression. Pour d'autres, ce n'est qu'un passage vers une entente.

Les cellules augmentent, se subdivisent, se multiplient. Les seins s'alourdissent, les lèvres enflent, le ventre et les cuisses prennent de plus en plus de volume. Vous n'êtes plus seule, vous êtes double. Il y a un nouveau monde en vous, c'est le Monde ; celui du dehors ne compte plus, n'existe plus. Vous regardez, vous écoutez, vous touchez le spectacle qui se déroule à l'extérieur, vous y participez même, car c'est la vie : la vie apparente, partagée, sociale ; mais vous n'y êtes qu'en apparence. En réalité, vous êtes dedans, avec votre double, avec lui ou elle, vous n'avez rien à faire ensemble mais vous êtes inséparables, lovés dans une tendresse infinie, fervente, incommunicable aux autres et pour cela même un peu folle. Car même cette part

de vous qui est un « individu », avec un nom et des
paroles, ne sait qu'en faire, qu'en dire, de ce dedans.
Soudain, vous réalisez que vous êtes double : d'un
côté, une figurante parmi les figurants ; mais, de
l'autre, une nature exorbitante, volume fibré, pulsant,
qui jouit et vous déborde. Impossible de souder les
deux univers : vous faites l'expérience de l'abîme entre
le rôle inconsistant que vous jouez sur la scène des
relations humaines et cette nuit qui vous comble et
vous apaise, mais qu'il n'est pas question de divulguer
et qui demeurera insignifiable, donc insignifiante. Animale, physique, chimique : l'autre qui est en vous
révèle que vous êtes une autre. Inhumaine. Mineure,
mais souveraine. Vos yeux continuent de suivre l'opéra
dans lequel vous vous agitez floue, hallucinée (préparer
les couches, les layettes, la poussette, le petit lit, en
plus du boulot courant), mais ils ne regardent pas en
face. Votre regard s'incurve en dedans, il ne voit rien,
il devient ouïe et toucher, vous flottez dans une bulle
de plaisir et d'angoisse (sait-on jamais quelle sera
l'issue de cette aventure !). La grossesse est la forme
courante de l'extase. Pour Olga aussi.

Elle se promenait avec Hervé dans un Luxembourg
hivernal, dépouillé de ses feuillages, mais toujours
tonique sous le soleil lucide d'avant la première neige.
Personne ne s'arrête plus devant les statues des reines
de France qui jalonnent les allées : les enfants ne les
remarquent pas, les parents s'en fichent, et il n'y a
plus de Japonais en cette saison. Le Petit Comédien
de cuivre verdi, comme vêtu de velours émeraude
pour quelque spectacle royal dans un bosquet humide,
continue de jongler avec deux masques, mais seul le
collier d'autres masques — papas barbus et grotesques
à ses pieds — s'attarde à le contempler. Avec Olga,
rêveuse.

— Tu as la main brûlante. De la fièvre ? (Hervé.)

— Aucune idée... Tu sais que je pense souvent à Jean, dans son cimetière sous le clocher ; il m'avait montré un jour ce Petit Comédien. (Olga.)

— J'y pense aussi. Plus d'un an déjà, non ? Je ne savais pas qu'il s'attardait par ici. (Hervé.)

— Tu crois à la réincarnation ? (Olga.)

— Pardon ? Tu vas bien ? (Hervé.)

— Plutôt... En un sens... On va avoir un enfant. (Olga.)

La lumière est très froide, très coupante au Luxembourg avant la première neige. Elle rend le silence astral.

— Ce sera un garçon. (Hervé.)

Sinteuil n'était pas homme à pouponner, mais le temps était venu pour lui d'être père. Rapide, décidé, fidèle. Depuis la Chine au moins, il savait qu'Olga en avait très envie. Une grossesse est la plus absolue des complicités.

*
* *

Les oiseaux quittent le Nord et choisissent la douceur de l'île pour hiverner. Certains nichent dans la toundra, en Écosse ou aux Pays-Bas, puis viennent dans le Fier, à l'abri du gel, cachés par les hautes herbes, chauffés par les rayons incarnat du soleil en mer. Les jeunes grandissent ici, s'approprient les vasais, prennent des plumes et du poids, puis s'envolent en automne pour revenir promener leur propre famille au printemps d'après. Pour l'instant, ils cultivent leur jardin qui est une vasière : une eau calme séparée des vagues de l'Océan, qui se repose entre les lapins et les chevaux des abords, se clarifie et s'emplit d'air avant de reprendre son labyrinthe salin quand il fera bien plus chaud.

Le tadorne de Belon est un canard curieux : tout en noir et blanc, mais la poitrine rousse et le bec rouge comme ses pattes, il se régale de mollusques et de crustacés et va nicher dans les terriers de lapins en traversant courageusement le chemin où passe Olga avec Kissmayou.

Plus terne, petite oie sombre au croupion blanc, la bernache cravant est encore plus hardie : elle a fait six mille kilomètres pour descendre de Sibérie.

Les femelles du colvert, avec leur miroir bleu déployé en vol, viennent de pondre début février : marron tacheté, queue blanche et bec orangé, elles se fondent avec l'argile et les herbes sèches des marais en couvant leur progéniture.

La sarcelle finlandaise fronce son sourcil blanc sur une tête rousse : elle vient d'arriver, méfiante, ne s'attardera pas, mais ira profiter du confort tropical en Afrique.

Le vanneau huppé au vol paresseux, le dos vert et la queue brique, n'est pas prétentieux : il fait sa parade nuptiale en essayant de ne plus penser à ses origines, *là-bas*, dans les pays de l'Est.

Seuls quelques couples de canards souchet viennent déposer leurs œufs dans les marais d'eau douce. Kissmayou s'amuse à les effaroucher et ils s'envolent au grand bonheur d'Olga qui contemple les becs en spatule, les ailes bleu clair à pointe grise, les flancs auburn, la tête verte du mâle.

Mais c'est le héron cendré et sa cousine l'aigrette garzette qui règnent en beauté sur les bassins pisci-coles. Sa Majesté quitte le nid perché dans les pinèdes et vient se rafraîchir de crevettes et de petits poissons : ils doivent frémir dans l'eau pourtant tiède à la seule

vue de son bec-poignard que manie un long cou monté
sur trente centimètres de pattes. Le printemps décore
le héron d'une superbe aigrette blanche : comment le
distinguer de la garzette ?

Dieu sait pourquoi la nature a choisi le plumage des
volatiles pour donner un luxe chromatique et une
voluptueuse aisance à cette terre-mer plutôt ascétique.
Les gens s'en aperçoivent à peine, ployés sous leur
lent labeur de sauniers ou d'ostréiculteurs, ils n'ont
pas le coup d'œil pour capter ces éclairs de peinture,
ces miracles volants. Peut-être ont-ils raison car, à la
regarder de près, on est ébloui par la grâce des oiseaux :
un condensé de chair agile et d'intelligence courageuse.
S'ils s'en apercevaient, les hommes risqueraient d'en
être jaloux et de projeter leur agacement contre la
supériorité des bernaches cravants, des colverts, des
tadornes de Belon, des sarcelles, des vanneaux huppés,
des hérons blancs ou cendrés et des aigrettes garzettes
— panique d'être détruits par le génie de ces migra-
teurs transformés en sorciers rapaces. Tels les oiseaux
de Hitchcock, image grandiose, peur monstrueuse de
notre infériorité par rapport aux mouettes. Mais, ici,
dans les sentiers fumants d'iode sous le soleil du
printemps précoce, accompagnée par Kissmayou, le
ventre plein de son bébé, Olga était seule à les observer
et à les apprivoiser, avec la tendresse un peu béate,
panthéiste, des futures mamans qui n'ont pas de
nausées, mais des visions.

Ces migrants étaient ses semblables. Quand vous
êtes emporté par le déluge de la biologie — à l'occasion
d'une grossesse ou d'une maladie —, vous vous
retranchez des humains, mais votre apparente solitude
grouille d'espèces animales ou végétales dont vous
avez choisi — au hasard de vos rêves — d'épouser le
destin. Il y a des femmes-chats, des femmes-vaches,

des femmes-juments, des femmes-écureuils, des femmes-abeilles, des femmes-crocodiles, ou cactus, algues, marguerites, orties, ou bien ourses ou girafes ou éléphants — cela doit dépendre du climat, mais aussi de la férocité de l'épreuve. L'Écureuil, sur cette terre insulaire, s'était inséré dans la famille des bernaches cravants, des tadornes de Belon et, aux heures de coquetterie, des aigrettes garzettes.

Les adeptes les plus fervents de la couleur locale ne sont pas toujours des rêveurs inamovibles. Souvent, les migrants font les meilleurs régionalistes. On voit bien que la bernache cravant et le vanneau huppé tiennent le Fier pour leur paradis de droit. Leurs origines vont certes les rappeler, le moment venu, mais, pour l'instant, ils apprécient le frisson des vasières et la brise perlée plus que ne le fait la ménagère pressée qui passe à vélo chercher sa baguette de pain au village, sans parler du chasseur qui vise son colvert, aveugle à l'ocre irisé des cuvettes de brî.

Le migrant fragmente son temps, mais, lorsqu'il atterrit dans un lieu, ce fragment de temps est tout son temps et il y met son cœur, il s'attache, il perfectionne. Parce qu'il n'a pas de vrai chez-soi, dans cette terre d'asile il est chez lui. Loin de l'angoisser, sa mobilité le rend curieux comme l'avocette, orgueilleux comme la sarcelle mâle, coquet comme la garzette, aristocrate comme le héron. Bref, il donne le mieux de lui-même car, malgré toutes les traditions de l'espèce qui, paraît-il, programment son retour, ce chez-soi provisoire n'est tout de même pas très sûr, Dieu sait ce qui se passera l'année prochaine, on n'a pas de racines ici — la mémoire est-elle une racine ? —, mieux vaut donc essayer d'être excellent avant le nouveau voyage, et offrir aux petits le plus de calme, de luxe et de volupté tant qu'on est sur cette eau-ci, sur cette terre-là.

Ils pépient, piaillent, gazouillent en sons épars et discrets qui fondent comme le goût du sel dans les silences des marais. En revanche, les mouettes, cormorans et goélands se sentent chez eux et ne partagent pas la gêne des passagers. Ils percent l'oreille de ces cris larges ou rieurs qui révèlent leurs gorges saturées de crevettes grises, le bonheur des ailes en éventails dans l'air mouillé, l'assurance des pattes palmées sur le bri glissant de varech. Impressionnés, les hôtes restent silencieux ; ils ne rompent leur respect pour ce havre provisoire que par des roucoulements légers de flûte, quelques pincettes de harpe ou de violoncelle : juste de quoi noter l'azur nacré.

Olga, qui s'attardait dans ses promenades écologiques, n'ignorait pas que les gens devaient la prendre pour une de ces bernaches descendues du grand froid, toutes sombres, juste un demi-collier blanc au cou, qui élisent domicile dans les marais. Pas vraiment hospitalière, l'île plate battue de vents. Il faut avoir le goût de l'aventure pour trouver douillette cette terre salée, allongée comme un merlu en plein Océan, et que les vagues coupent en deux pendant les grandes marées d'hiver. Ou alors, pour confier ses enfants au remous glacé des tempêtes d'ici, pour les vouer au régal glauque des huîtres sans citron ni crépinettes, pour les bercer dans le confort rêche du sart, il faut venir du pôle Nord, des steppes, d'un climat violent où ne survivent que les loups, les vautours ou le migrant qui a le goût de l'exil.

Ce bout du monde, Olga l'avait pourtant choisi à cause d'Hervé, elle était désormais comme lui. D'instinct, elle s'accrochait plus encore, à présent, qu'à l'époque où ils naviguaient, insouciants, sur le *Violon* acajou, ou quand elle accompagnait en rêve le cercueil de Jean de Montlaur sur son lit d'argile souterrain.

Bien sûr, elle imaginait leur enfant faisant du tricycle au milieu des hérons sous les montagnes de sel. Mais son appartenance à cette nature était beaucoup moins claire que le cinéma dont toutes les mères se font les réalisatrices timides (car « sait-on jamais ? »). Moins qu'un film, Olga s'abandonnait à une fusion d'haleines, de peaux, de saveurs, de mirages, à une immersion inconsciente et sensuelle, amoureuse, idiote. Comme un rêve où vous savez bien que vous n'êtes pas un poisson, il n'empêche : vous vous sentez des écailles et des nageoires, le sable fin sous le ventre, le frôlement des coraux aux ouïes, et vous vous dites que vous êtes peut-être en train de subir une terrifiante et magnifique métamorphose, tout en sachant que vous rêvez.

L'air gris et froid sur les marais, c'était elle. L'iode chauffée en vapeur qui entourait les hérons, les garzettes et le colvert d'un halo violet, c'était elle. Kissmayou qui léchait le sel oublié par les sauniers sur une petite pyramide couverte de plastique, c'était elle. Les bernaches cravants qui détendaient leurs chairs de poules sibériennes, les tadornes de Belon aux poitrines roses qui allaient dormir dans les terriers de lapins après un petit bain et leur lunch de vers de mer, c'était elle. L'avocette noir et blanc avec son bec retroussé qui fouette la vase en quête de petits invertébrés et qui s'enorgueillit d'appartenir à la colonie la plus importante des nicheurs locaux, c'était elle aussi.

Tout ce monde, c'était Olga, qui cependant n'était plus. Le bébé l'emplissait et allait bientôt prendre toute la place. Dès maintenant, elle savait qu'à cause de lui et avec lui, cette Olga qu'elle connaissait bien et que les autres croyaient avoir rencontrée ne serait plus. C'est bien cela qu'elle avait toujours cherché : se diluer dans les choses ; disparaître dans l'attention portée à quelqu'un qui est un peu elle, mais en fait complètement différent et dissolvant ; se laisser envahir par son ventre, ses seins, le goût du lait, l'odeur des selles, le câlin des joues satinées ; n'être qu'un tadorne de Belon immergé dans la nacre grise du vasais, fidèle au seul programme immémorial de la vie — flottaison, ponte, croissance, soin, plénitude, satiété, défaillance, disparition.

Cette joie biologique pour et par un autre est l'amour des femmes enceintes qui ne savent pas encore qu'elles aiment, mais qui se fondent avec tout ce qui germe, vit et jouit de bonheur et d'effort navrant sous le soleil et le vent. Un tel amour est d'une réalité si cosmique qu'il paraît irréel : une hallucination sensorielle. Cela n'allait pas durer, mais Olga voulait que cela dure et qu'un enfant puisse un jour imaginer dans quel berceau de beauté elle l'avait porté, adoré. Intransmissible. A moins qu'il n'éprouve déjà, dans l'abri amniotique, la limpide quiétude que sa mère promène avec Kiss-mayou parmi les aigrettes garzettes ? Elle pouvait néanmoins essayer de capter quelques apparitions de ce cosmos qui demain ne serait plus Olga, de cette Olga qui demain ne serait plus un cosmos. Photos. Photos. Photos. Photos à ne montrer à personne. Paysages banals d'une gestation, vos fibres sont visibles par la mère et le père seuls, le passant s'en moque et l'enfant n'y verra que de la lumière.

Rien au monde ne pouvait détacher Sinteuil de ses plaisirs vénitiens : sûrement pas les hérons cendrés, ni le tadorne de Belon, ni la métamorphose pneumatique d'Olga portant leur bébé à travers les cachettes aquatiques des migrants du Fier.

Dans le triptyque de Santa-Maria-dei-Frari comme dans celui de San Zaccaria, Giovanni Bellini a représenté une Vierge en extase, souveraine et cependant emportée dans un paradis qui la dépasse. Son trône est inclus dans des voûtes modelées ou peintes, dans un enchevêtrement d'autels, d'alcôves qui séduit l'œil vénérant de bas en haut une Mère qui surplombe mais ne domine pas.

Vivant le raffinement de la cité des doges comme le blason chiffré de son propre érotisme, Sinteuil connaissait de longue date les Frari et San Zaccaria. Pourtant, aujourd'hui, le ravissement pondéré de Marie le remplit d'une musique, celle du huitième ciel du *Paradis* où le son éclate après le déploiement en rosaces du zénith lumineux. Les yeux pleins de ces triptyques, Hervé se dirige vers l'Académie.

La Madone, l'Enfant, six saints et des anges musiciens. L'assemblée des personnages de plus en plus nombreux multiplie la surface du tableau, le fond luimême se courbe, s'arrondit en haut pour s'échapper vers le dôme sculpté d'un jaune saturé, étincelant. L'art des couleurs, pliées en espaces, seul atteste que la maternité est illumination.

Bellini est le peintre du ravissement des Madones, mais il n'a réussi à plonger Sinteuil dans cette grâce qu'en le faisant passer d'abord par la raideur quasi byzantine, par la placidité emmurée, peut-être même hostile, de la *Madone des arbrisseaux*. Cette Madonelà le trouble. Figée entre ses deux pages gardiens, les deux arbres, craintive et soumise, Marie semble avoir honte. N'étaient le bleu épais de sa cape tranchant sur le vert du panneau de fond et le zoom cinématogra-

phique qui ouvre deux paysages étroits en perspective,
on ne retiendrait de la Mère de Dieu qu'une réticence :
voile pudique, presque morose, sur la joie qui se replie,
pleine et abstraite, dans les caprices du décor et la
franchise des couleurs. « C'est ça, Bellini, pense Hervé.
Peut-être que la Vierge jouit, mais elle ne le signifie
pas, masquée par ses paupières évasives. Quel abîme
entre son visage détourné et le corps du bébé agité de
plaisir ! D'ailleurs, qui sait si Marie est ravie ? Giovanni, sûrement : c'est le peintre qui connaît l'éblouissement. Il s'amuse à faire des volumes, des calculs en
couleurs, de l'architecture. Il cache les délices de la
mère pour laisser place à l'art du peintre. Après tout,
la Madone est simplement fâchée, ou coupable, ou
timide. Je me souviens que Jésus essaie même de
l'étrangler dans le tableau qui se trouve à San Paolo :
un féroce bébé serre le cou de la même Madone que
celle des *Arbrisseaux*, mais plus inquiète, plus rétive
encore. Or Giovanni, qui n'est pas la Madone, en
possède et en expose le charme. Il laisse au visage de
Marie quelques traces de martyre : une épée lui est
passée par le corps, elle emploiera son temps à
réconcilier ses angoisses et ses bonheurs avec son fils.
Mais la pure exultation de Marie n'est que l'art du
peintre. Bellini ne saurait être plus clair. »

Pendant qu'il quitte l'Académie pour se diriger vers
les *Zattere*, Sinteuil, qui d'habitude préfère la technique
des peintres à leur biographie, réfléchit à l'étrange
destin de Giovanni Bellini. Ce fils du vieux Jacopo
n'était pas reconnu par la femme de son père : il
n'habitait pas avec la famille, et, chose surprenante
entre toutes, sa mère l'avait oublié sur son testament.
A-t-il eu une autre mère : une morte, une courtisane,
une servante inavouable ? Cherchait-il son visage, sa
déception, sa faute, son plaisir dans ses Vierges

secrètes, davantage issues de quelque drame familial
que d'une icône byzantine ? Mais d'où vient cette
jubilation que les Madones exhibent dans les teintes
violentes de leurs robes, dans les têtes rouges des
anges musiciens, dans les courbes des paysages, dans
les cubes des panneaux superposés et chancelants
comme des mandalas de fêtes ?

A cette époque-là, Giovanni devient père, mais il
voit bientôt mourir sa femme, puis son fils âgé de dix
ans. Est-il resté éclairé par le mystère de l'enfantement, par une symbiose avec la mère de son fils, par
la maternité toute symbolique qu'il aurait conclue avec
l'enfant à la mort de l'épouse ? Ou bien a-t-il été
capable, comme les grands visionnaires, de dire : « La
Madone, c'est moi », et, oubliant tout souci pratique
pour son entourage, de poursuivre un rêve d'extase
dont le nom est *Bellini* et qui prend tous les prétextes
présents, y compris même celui d'une grossesse ou
d'un enfantement, car tout simplement un Bellini ne
sait pas dire non au plaisir mais l'amplifie, le glorifie
en couleurs et en volumes, le fait réellement être ?

Pendant que les bateaux déchirent l'air moite de la
Giudecca, Sinteuil revoit encore la *Vierge des arbrisseaux* et le triptyque des Frari. L'Écureuil a quelque
chose de ce visage de paysanne byzantine. A quoi
pense-t-elle : à son fils ou à la campagne fuyant au
fond du décor ? En effet, elles se ressemblent jusque
dans cette adhésion commune à la nature : Olga aussi
adore les paysages, elle ne vit que de livres et de
paysages, et maintenant de ce futur bébé.

L'art réside d'abord dans la manière de saisir le jeu
des lumières. D'ailleurs, Bellini a fini par déshabiller
ses Madones. Le dernier tableau de cet amateur de
Vierges n'est-il pas une *Vénus nue* qui nous montre
sans retenue ses fesses, alors que son visage ne nous

regarde que reflété par le miroir qu'elle tient ? Le vieux salaud ! Mais, en fait, a-t-il vraiment changé ? Tous les visages de femmes sont dissimulés quand ils ne sont pas des compositions pour le miroir. Seul le corps compte, mais on l'habille en toge bleue et il est sacré, enceint de promesses ; ou bien on le dénude et il est offert, plaisant, désacralisé. « Allons, allons, je préfère le nu, on se passera du sacré... Quand même, cette *Madone des arbrisseaux* a quelque chose de l'Écureuil ! »

D'ailleurs, il faut qu'il l'appelle. Fabuleuse invention, le téléphone. Les gens mènent leurs vies, leurs amours au téléphone : le face-à-face est trop dur, on ne se voit pas ou on s'agresse ; alors qu'au téléphone vous raccommodez, promettez, écoutez, n'écoutez pas, songez, flottez, et cela passe ou cela reprend — la vie ou l'amour. Le téléphone préserve votre indépendance, vous faites ce que vous voulez, vous êtes libre, aucun corps ne pèse à côté. Et pourtant, vous avez un cordon ombilical à portée de main : le contact est vite rétabli, en quelques secondes vous savez tout ce que vous voulez savoir de l'autre à l'autre bout de la Terre, c'est-à-dire pas grand-chose, qu'il est là, qu'elle est là, que le lien existe, l'apparence en somme, mais les apparences sont essentielles, il est tellement plus civilisé d'aimer les gens par téléphone, ça ne dure pas longtemps mais l'étincelle a eu lieu, vous êtes tous les deux comblés, puis de nouveau tous les deux séparés, autonomes, légers.

— Allô, Olga ? Tout va bien ? Tu n'es pas gênée ? Pas du tout ? Je vous aime.

*   *
*

C'était une immense phrase qui sautait de virgule

en virgule, d'exclamation en exclamation, qui montait, qui descendait, qui se serrait, qui se dilatait de ligne en ligne, de page en page, de chapitre en chapitre, sans répit, sans point, rien que des virgules et des exclamations, aiguë, déchirante, confuse, ahurissante.

C'était une vague, elle enflait, elle arrondissait sa crête, elle ramassait ses forces et abattait la baigneuse sur le sable, sans souffle, les os brisés ; puis elle reprenait, remontait, rassemblait à nouveau ses forces, plus sauvage encore, et jetait de nouveau la baigneuse sur la glaise, essoufflée, broyée... Un, deux, trois... Une petite vague juste pour que les grosses reprennent de l'énergie... Et de nouveau : un, deux, trois, cela monte, cela se dilate, cela broie, vous n'avez plus d'air, l'enfer ne saurait être pire, pitié, y aura-t-il une fin, vous n'êtes plus, vous êtes une vague sans répit, une phrase sans souffle, rien qu'exclamations, gonflements, coups qui frappent, qui fendent.

La douleur. L'accompagner d'oxygène : rattraper les virgules, les prolonger, accrocher les exclamations, les glisser dans une pente de respiration. Placer du temps. Le souffle est un temps qui caresse la douleur, faiblement l'écarte, ne l'ôte pas mais l'apaise. La vague continue à vous mouliner, mais ce n'est qu'une vague, vous suffoquez sous sa rage, elle vous déchire le ventre, le dos, tout, vous êtes une plaie géante, une vague sanglante qui pulse et propage des éclairs de douleur à tous les atomes de ce qui n'est plus un corps, mais une mer de douleur et qui cependant respire, et pour cela même survit, survit d'air, jusqu'à quand, un air qui vous sonne, qui vide la pensée, rien qu'un magma de flashes, de sons, de parfums, vertige soufflé.

Vous tombez dans un cratère noir ou bien vous vous élevez, peu importe, c'est l'un et l'autre, une toison étouffante tapisse le couloir, crinière de lionne, de jument, de tigresse, elle vous porte et vous étrangle, lave rouge au creux, une chute, ce sera donc fini, la mort n'est-elle pas préférable, la douleur n'a pas d'idée, quel balayage, étourdissement, clairière bruissante d'abeilles, parfum de miel, des jonquilles sur la pelouse, du lait chaud et des brioches à la cannelle, toison de lionne, caresse, oubli, la douleur aérée est un ravissement, souvenir de paradis rêvé, maman.

Brusquement, silence. La paix. La « péridurale ». « Poussez ». Secousses blanches, neutres, violentes. La vie qui grondait accepte d'apparaître en douceur.

Entre les cuisses désormais impassibles, le médecin extrait un petit corps sanglant. La tête aux cheveux noirs crie. Quelqu'un s'en va avec le placenta. La douleur sépare le déchet nourricier de la nouvelle personne. Un être inconnu pèse sur le ventre soulagé d'Olga. Il remplit ses poumons de l'air des autres.

— Un garçon. (La sage-femme.)

— Tu es beau, mon amour. (Olga.)

— C'est Alex. (Hervé.)

3.

« Mon enfant, mon destin, quel mot trouver pour nommer ce lien qui m'attache à toi : insoupçonné, savoureux, désespéré — de tous mes instants la plénitude et la perte ?

« Un corps ? Tu étais le mien, tu ne l'es plus, tu as désormais la fortune et l'infortune de ta propre chimie.

« Un amour ? J'aime ton père, les fleurs de l'Atlantique, la plage d'une Mère noire, les nuits de New York, les livres denses, et toi aussi. Mais vois-tu combien le mot est vaste et ne dit rien de ce que tu as bouleversé pour moi ?

« Le temps ? Ce serait plus juste. Un temps retrouvé. Tu m'as ouvert le présent : les événements n'ont plus de poids depuis que tu existes, je laisse passer les choses, les mots et les gens, je te donne mon sein, mes mains, mes yeux, mes nuits quand tu pleures de faim ou de fièvre, mon sourire quand tu veux jouer, je m'attarde, je ne cours plus, je ne poursuis rien, j'habite l'espace d'un autre, le tien.

« Tu m'as rappelé le passé : j'avais oublié d'être petite, tu me découvres mineure et fragile, je retrouve le goût du lait dans une bouche lisse, le parfum des premières fraises sur les gencives gonflées de dents qui percent, le vertige des pas hésitants, les chocs des chutes quand maman, trop confiante, me laissait courir et sentir les roses à l'autre bout de l'allée, les halos de mes yeux éblouis de bébé qui ne voient que du bleu ou du rouge, et, peu à peu, le contour d'un visage brun, d'une nappe brodée, d'une cuillère sonore. Est-ce que tu me vois ? Donne-moi tes yeux, ne fuis pas au plafond, fixe-moi et souris. Oui, comme ça, je te vois, toi, toi-même, toi seul, rassure-toi. Mon enfance à moi ne revient que si tu m'en donnes des signes, tes appels ne ressuscitent ma mémoire que pour te faire plaisir, à présent nous sommes deux dans mon histoire et c'est même pour cela qu'elle existe, et je te la donne si cela peut t'aider à venir vers moi, à m'entendre, à me parler.

« De l'avenir tu as fait une devinette : non pas un projet, je te laisse tes projets et tes espoirs, formule-les comme tu pourras avec tes cellules, tes désirs, tes mots à toi. De ton petit corps blotti contre mon épaule, de ton sommeil rose, de ta course demain dans la rue, l'avenir s'incurve et s'installe en moi, et, au lieu d'un programme, prend la forme d'une vie que j'accompagne de confiance et d'angoisse. Oui, je connais le temps prévisible des programmes : migrante et combattante, je l'accomplis, parfois le préfigure. Mais tes bonheurs et tes maladies, tes trouvailles et tes régressions, tes ruses et tes bêtises m'ont réconciliée avec un autre avenir : avec la lenteur, la surprise, l'insolite et si court bonheur qui se paie toujours, avec l'attente qui éveille et guérit.

« Je ne suis pas pressée. Je reste. Nous allons nous donner tout le temps nécessaire pour déchiffrer ensemble la devinette *vie*. Tu la continueras à ta façon, ni bien ni mal, comme tu peux, comme tu veux. D'abord tu m'attendras et je t'attendrai. Puis tu n'auras plus besoin de mon rythme, tu suivras le tien, pour le meilleur et pour le pire, et je me retirerai à ce moment-là, tu seras seul dans ton temps à toi, ma patience aura accompli son temps à elle.

« Pour l'instant elle est tout à toi, tu es mon temps-instant : présent, passé et avenir noués dans ton poing agrippé à mon pouce, dans tes lèvres mouillées qui imitent mes berceuses, dans ton œil lumineux cherchant au-delà des marronniers les bruits des avions qui emportent papa "pour son travail". Je ne bouge plus, moi, ma migration a changé de sens. Je voyage grâce à toi dans le temps d'une mémoire ouverte en amont et en aval, dont je ne suis plus sûre qu'elle soit la mienne, car ton odeur, tes cris, tes goûts greffent en moi des mondes inconnus. A travers mes fantaisies, je devine les tiennes : j'habite les fantaisies d'un autre, tu remodèles mes souvenirs et mes phrases comme tu as resculpté mon corps, j'apprends maintenant à être différente avec les différents, et pour commencer avec toi... »

Si elle avait eu envie de formuler cet état de flottaison diaphane que traversent toutes les mères penchées sur leurs nourrissons, Olga aurait pu se parler ainsi en croyant s'adresser à Alex endormi dans son landau. Mais elle ne voulait rien formuler du tout, et les autres mères non plus n'y tiennent pas, car c'est déjà si épuisant et précieux de rêver au bord des peaux qui fleurent le biberon, le savon et les selles, au bord des yeux qui sourient ou pleurent sans forcément voir, au bord des cris qui parlent ou refusent, mais qui sûrement aiment et souffrent déjà. Si agréable et épuisant d'y être et de s'en détacher pour faire ce qu'il faut — nourrir, sourire, bercer, soigner, laver, corriger, caresser, élever et tout le reste — qu'on n'a pas le temps de parler ni de penser et qu'on devient soi-même un enfant en train de naître, de grandir, de jouir, de subir, de dormir, de se laisser faire, mais aussi de nourrir, sourire, bercer, soigner, élever, et même de parler parfois. « Heureusement qu'on donne un nom aux enfants, pensa-t-elle enfin, heureusement qu'on les baptise ; sinon, comment appeler tout cela qui est innommable ? Pas vrai, Alex ? »

En naissant, nous recevons un nom et beaucoup de cadeaux. Puisqu'on va ensuite nous demander sans cesse de donner, de manquer ou de faire effort, eh bien, au commencement, on nous couvre de présents : la société se sent en dette envers les bébés. Les uns se rachètent d'avoir eu du plaisir, les autres paient, coupables de prévoir les contraintes et les misères qui ne manqueront pas de s'abattre sur ces chers petits.

Dans cette tradition inéluctable, Alex était un des bébés les plus gâtés. Après avoir épuisé les diverses marques chic de layettes disponibles dans les magasins, grand-mère Mathilde s'était mise elle-même à tricoter des petites vestes, des petits pantalons, des petits chaussons, des petits bonnets et ainsi de suite, à la grande stupéfaction de son entourage et au plus grand agacement des postiers assommés de colis.

De loin, Diana rivalisait avec cette fièvre, combattant le style français « petit-mec » par le style américain « Astro-le-petit-robot ». Alex n'était privé d'aucun gadget des astronautes de la N.A.S.A. : combinaison, capuchon, bottes, gants, le tout à petits carreaux bleu-blanc, ou argenté, ou fluo. La consommation s'empare de nous dès le berceau.

Les O'Brian, eux-mêmes grands-parents sensibles aux plaisirs des tout-petits, dépêchèrent une immense balançoire de la taille de celles qu'on voit au Luxembourg, mais en plus bariolée, qu'on déplaçait du salon à la salle à manger et de la chambre d'Alex au couloir sans savoir trop bien où caser cette merveille géante.

En souvenir des balades dans l'île, Hermine offrit un vélo : à utiliser dans quelques années. Sylvain Brunet, discrétion et histoire de l'art obligent, s'épargna les visites mais réunit une superbe collection de feutres magiques : pour plus tard, elle aussi.

De tous les aéroports du monde, y compris du tiers monde, affluèrent des objets sonores et clinquants, plus ou moins appropriés à l'âge d'Alex, de coloration perroquet, de sophistication électronique, commandant des sonneries ou des clignotants invraisemblables : un paradis pour les parents et les invités.

— Ainsi donc, ton ami Dalloway parcourt le monde et le fait savoir à Monsieur Alex de Montlaur par l'envoi d'objets divers et variés ? (Hervé.)

— Edward a toujours été plein d'attentions, timide et affectueux, tu l'as bien remarqué. (Olga.)

— Je l'ai vu à la réception des Sylvers. On a bavardé un peu. Apparences ! (Hervé.)

— Soit. Mais le mystère Dalloway est tellement évident qu'on voit tout du premier coup d'œil, n'est-ce pas ? Timide et affectueux, il n'y a que ça. (Olga.)

— Bien sûr, bien sûr. Mais pas aussi affectueux que moi ! (Hervé.)

— Voilà qui paraît indéniable, j'en suis même la preuve. (Olga.)

— Il négocie toujours ? (Hervé.)

— Je le soupçonne de penser sérieusement à l'éventualité d'une guerre mondiale, tant le décalage lui paraît insurmontable entre l'Occident et le reste du monde — gouffre économique, juridique, moral. Mais il prend le parti de croire que la guerre est évitable, donc il négocie. Ce qui est une forme de courage, tu ne penses pas ? Mais je n'oublie pas sa dérobade dans l'affaire Céline. (Olga.)

— Je te demandais s'il négociait avec toi. (Hervé.)

— Tu es drôle ! Bien sûr ! J'espère ! Mais autrement. Cela ne t'arrive pas de vouloir te rapprocher des gens pour comprendre que vous ne vous comprenez pas, et que vous vous aimez bien quand même ? (Olga.)

— ... (Hervé.)

— Moi, j'aime comprendre, et en définitive je n'aime vraiment que ceux qui me comprennent. Toi, par exemple. Du reste, je suis sûre que tu le sais. (Olga.)

— Tu es un spécimen curieux. (Hervé.)

— Spécimen ? (Olga.)

— Ne manquant pas de charme, d'un certain point de vue. (Hervé.)

— Tu ne peux t'empêcher d'être ironique, de prévoir dans chaque chose le contraire de son contraire. Moi, je pense aux petites différences, c'est moins drôle, mais plus apaisant. (Olga.)

— Il y a la musique pour cela. (Hervé.)

— Et la tendresse. (Olga.)

— Exact, la mémoire du plaisir. Toi. Où emmènes-tu Alex ? (Hervé.)

Les femmes sont reines au Luxembourg. D'abord, celles qui poussent les landaus, donnent le biberon et parfois même le sein, distribuent des claques et font des câlins, courent sur les pelouses et dans les bacs à sable pour ramasser une balle perdue ou essuyer une bouche imprudemment remplie de pâté poussiéreux, font semblant de papoter avec leurs voisines mais répètent au fond ce que disaient leurs mères il y a vingt ans, trente ans, plus même, et, sous ces airs d'insectes affairés et étourdis, ne perdent pas le fil des petits pas, des petits yeux, des petites misères, non loin.

Il y a aussi les vraies reines. De pierre. Pourtant, depuis que Marie de Médicis y a fait construire son palais à elle, en s'inspirant de Florence, le lieu ne semble guère propice au pouvoir des femmes. A peine eut-elle arraché à son fils Louis XIII la promesse de renvoyer Richelieu, que le cardinal vaincu au Luxembourg triompha dès le lendemain à Versailles. Et voilà la reine mère, qui se plaisait dans sa nouvelle demeure depuis seulement cinq ans, aussitôt exilée à Cologne. Rubens a-t-il peint en allégories son histoire dans de magnifiques tableaux ? Qu'importe ! On les verra au Louvre. Le palais reprit son nom primitif de Luxembourg et Marie de Médicis n'est aujourd'hui qu'*une* des reines dont les statues commencèrent à encercler le cœur du jardin sous Louis-Philippe.

On les voit à peine, derrière les caisses vertes où poussent les palmiers, les lauriers-roses et les orangers, derrière les coupes baroques où se prélassent les géraniums-lierres, derrière les marronniers qui semblent surveiller les figures mythiques délurées avec plus d'aisance que ces dames froides. Pourtant, les reines sont bien là ; elles projettent sur l'innocence des landaus ou des goûters l'ombre de leur trouble sort, depuis longtemps oublié, que personne n'a envie de ranimer dans cette serre de bonheur protégé.

La plus pathétique est Marguerite d'Anjou, reine d'Angleterre ; un jeune garçon cramponné à sa taille, elle implore d'un écriteau qui lui sert de socle : « Si vous ne respectez pas une reine proscrite, respectez

une mère malheureuse. » Louise de Savoie, régente de
France, la côtoie, sévère, l'index droit tendu vers le
sol dans un geste de défi. Anne Marie Louise d'Or-
léans, duchesse de Montpensier, offre son large visage
au chagrin, tandis que Clémence Isaure, la poitrine
ornée d'une croix et l'œil mélancolique, n'en révèle
pas moins une taille ondulante de bayadère. Dans leur
voisinage immédiat, Jeanne d'Albret, reine de Navarre,
impose la sévérité d'une chaîne d'abbesse qui traverse
sa robe de la ceinture aux pieds ; Marie Stuart garde
sa couronne et sa tête, l'Évangile serré contre son
cœur, cependant qu'à côté d'elle sainte Geneviève,
patronne de Paris, rend jalouses les étudiantes avec
ses lourdes tresses en serpents courant sur ses deux
seins. La reine Mathilde, duchesse de Normandie,
s'appuie sur son immense épée. Sainte Clotilde répand
l'énigme d'un visage de Madone au-dessus de ses
poignets croisés, et ouvre l'allée à Marguerite de
Provence, Anne de Bretagne, Anne d'Autriche, toujours exaltée, Blanche de Castille, toujours autoritaire,
Anne de Beaujeu, régente désolée et méfiante, Marguerite d'Angoulême, rêveuse beauté, un doigt sur le
menton, et bien sûr à Marie de Médicis, la plus
majestueuse et la plus hautaine, perdue dans cette
forêt de souveraines pierrales.

— Marie de Médicis et sa journée des Dupes. Peut-
on être mère sans être dupe ? Sûrement pas, surtout
si l'on veut jouer les reines. (Olga.)

Juste à côté, la série royale laisse place à la plus
mystérieuse des femmes : Laure de Noves, aïeule du
marquis de Sade, grâce sereine de celles qui sont sûres
d'être aimées, une page forcément de Pétrarque à la
main, regard lyrique fixé sur les feuilles mortes.

Alex ne voyait rien de cette galerie de majestés qui
intriguaient seulement sa mère, car le parfum des

pétunias — mélange à peine perceptible de lait et de miel, avec une arrière-pensée de pavot — l'enivrait et l'attirait. Subitement, le voici qui lâche la poussette qu'il est en train de conduire tout seul et qui se lance pour arracher, sur les parterres fleuris ornant le gazon, ces entonnoirs ouverts dans toute l'intensité des mauves et des roses.

— Alex, reviens, c'est interdit !

Olga essaie de l'attraper, mais son fils a déjà réussi à arracher ce qu'il peut de l'attraction odorante, juste avant de tomber sur le gravier, dans sa course de retour, les genoux râpés mais l'œil triomphant.

— Tu vois, il court à peine, il n'arrête pas de tomber, mais il veut tout.

— Ne vole pas toujours à son secours, laisse-le se faire mal tout seul, il a combien ? Deux ans, déjà ?

Carole savait mieux que tout le monde ce qui était mauvais pour les enfants.

— Mais non, à peine un an et demi. Mais tu as raison, c'est plus fort que moi, je me colle à lui plus qu'il ne se colle à moi.

Olga ne savait pas, ne souhaitait pas se débarrasser de ce rôle de mère abusive qui lui plaisait tant. Alex avait de nouveau attrapé les cannes de sa poussette et, renonçant cette fois aux pétunias, la roulait à toute allure droit devant lui, jusqu'à la prochaine chute. Olga se retenait à grand-peine de courir derrière : qu'il fasse ses expériences, d'accord, mais est-ce une raison pour le laisser se couvrir d'écorchures partout ?

— Je n'ai pas revu Hervé depuis longtemps, sauf à la télé, bien sûr. Il a l'art de paraître battu tout en laissant des traces, et on ne remarque que lui.

— Tu sais ce qui l'amuse le plus en ce moment, à part Alex ? Il traduit *Finnegans Wake* avec Ron Kelley, un ami anglais, ancien étudiant de Bréhal. Inventer en français les mots les plus sonores et qui comportent le maximum de sens.

— Je le croyais dans les best-sellers et les débats idéologiques...

— C'est vrai aussi, l'un n'empêche pas l'autre. Ses romans à grands tirages sont pleins de mélodie et de tableaux, sans parler de l'insolence mélangée à la métaphysique. Mais les gens ne retiennent que la mythologie, le résumé des journaux. Et encore !

— Moi, je trouve qu'il a beaucoup changé depuis l'époque de *Maintenant*. Pourtant, l'autre jour, je l'ai entendu à la radio dans un machin sur le Moyen-Orient, et là, je l'ai trouvé familier, comme avant. Il ne se laissait pas entraîner sur le terrain du journaliste, mais s'obstinait à commenter un verset de la Bible : « *Vous aimerez l'étranger, car vous avez été étranger dans le pays d'Égypte.* »

— Hervé est pour tout ce qui dérange, et quand il n'y a rien, il invente. Ce n'est pas un politique, c'est un empêcheur de tourner en rond, ce qui fait souvent de lui un bouc émissaire.

— J'ai lu son dernier roman, *Les Plaisirs français*. Tu sais que ce livre agace beaucoup de gens !

— Il paraît.

— Eh bien, je m'attendais à tout. Rien à voir avec ses premiers livres, *Exode* par exemple, que j'avais beaucoup aimé.

— Pourtant...

— Laisse-moi finir. C'est brillant, résolu, comme une composition musicale. Surtout, je me suis laissée prendre par l'intrigue. Je vais te dire : le narrateur a quelque chose du « grand seigneur méchant homme ».

Bagarreur, rusé, trompeur, farceur, scélérat. Mais, en définitive, un esprit libre. C'est un renard, Hervé, il est capable de parler le langage de tout le monde pour se moquer des gens, mais on s'aperçoit à la fin que c'est pour les libérer. Après tout, le caractère français existe, non ? Intrépide, avec l'ironie en plus. La noblesse provocante et séductrice, en guerre contre le monde entier.

Carole s'emportait.

— Tu tombes bien ! Devine quelle est sa dernière lubie ? Il a ressorti les sabres, les épées et les fleurets de son arrière-grand-père et il passe son temps à les briquer à la cave en racontant à Alex des histoires de duels.

— Il paraît que le brio français s'exporte mal à l'étranger. Moi, je ne vois pas pourquoi cette mentalité-là serait moins intéressante que celle de mes Wadanis, par exemple.

— C'est gentil à toi.

— Non, non, je ne plaisante pas.

Il y a de vraies colombes nacrées, grasses mais affamées, qui se posent parfois par dizaines, avec les moineaux, sur les pelouses du Luxembourg, et avalent à toute vitesse les miettes de baguette distribuées par des amoureux attendris qui n'ont pas encore d'enfants.

— Tiens, tu portes des couleurs maintenant ? (Olga change de sujet en s'apercevant brusquement que Carole a abandonné son éternelle tenue noire pour un chemisier bleu.) On voit enfin que tu es...

— Des soldes, c'est tout.

— C'est tout ? Et saint Bernard ?

— Saint Bernard ? Ah, Madona, tu te souviens de mes lettres à Pékin ! Oui... Enfin... Trop compliqué, saint Bernard, et trop proche de moi. Il connaît trop bien le corps, pour un saint. Entre l'esprit et la puissance des ténèbres, notre chair serait comme une vache entre le paysan et le voleur. Tu vois le genre ! Je ne veux pas être dérangée par une vache, moi ! Joëlle Cabarus me suffit... Au fond, il existe déjà des tonnes de littérature sur la théologie, et puis je ne suis pas sûre que ma méthode, inspirée de Strich-Meyer, apporte quelque chose de vraiment drôle.

— Tu as l'air d'avoir trouvé quand même un truc...

— Je ne sais pas... Tu as appris, à propos de Scherner ?

— Dans le journal, comme tout le monde.

— Le sida, paraît-il.

— Je ne sors plus, je vis pour Alex, je ne vois personne. C'est vrai que Scherner a connu Hervé. Mais il y a des années, quand il s'intéressait à la littérature. Depuis, aucune nouvelle, plutôt le froid. Ils se méfiaient l'un de l'autre. Peut-être parce qu'ils imaginaient trop bien jusqu'où ils pouvaient aller l'un et l'autre.

— Moi, je lui reste fidèle, si on peut employer un tel mot à son sujet. Tu parlais boulot : j'ai repris mes notes et celles de Martin. La sexualité des Wadanis, mais les femmes surtout, tu vois, en contrepoint à cette histoire du corps que Scherner a commencé d'esquisser.

— Alors, tu repars chez les Wadanis ?

— Je ne sais pas encore. Je crois. Pas tout de suite, mais c'est tout ce qu'il me reste à faire, non ? A part marcher au Luxembourg avec toi...

— Tu deviens agressive, c'est bon signe, Cabarus doit être contente !

— Je ne lui demande pas son avis, mais je la vois toujours. Je la verrais moins souvent si je partais chez les Wadanis, quoique je me cramponne maintenant à elle...

— On ne dirait pas.

— Tu ne connais pas ces choses-là. Occupe-toi de ton biberon ! Tu sais que Martin est à Paris ?

— ...

— Un fantôme. Translucide. D'un courage ! Mourant.

— Comme Scherner ?

— Apparemment. Il ne fait pas de conférences de presse. Il a voulu retrouver Saint-André-des-Arts avant de mourir, c'est tout ce qu'il dit. Pas dramatique du tout, impavide comme un fantôme, effrayant de calme. Il ne peut plus supporter les compliments de Marie-Paule : « Tu es le plus génial, le talent de ta génération, le persécuté des médias, etc. » Tout cela, qui autrefois l'excitait beaucoup, le fait rire à présent d'une voix horrible. Ce qui est nouveau, c'est que j'ai l'impression d'être au-delà de la terreur : une statue de pierre sur la tombe qu'il n'est pas encore.

— Tu es quand même chamboulée.

— Si tu veux. Mais c'est autre chose. Je suis au-delà, tout en étant complètement avec lui. Je crois qu'il l'a senti, et il vient me voir pour cela : voir la pierre qui va rester après sa disparition, le condensé de douleur nette qu'on a vécue ensemble et qui demeure.

Elle était insupportable avec sa lucidité, neutre et ferme. Olga aurait voulu pleurer à sa place s'il n'y avait eu Alex, qui avait profité de la conversation pour se barbouiller partout avec cet infect biberon.

— Tu peux le voir, si tu veux. Je lui ai donné rendez-vous aux Marionnettes.

— Qui ?

— Mais Martin, voyons ! Il ne te fait pas peur, j'espère ?

Les deux femmes et l'enfant longent les statues des

fauves et de leur gibier : un lion, un cerf, et Baudelaire, coincé devant la serre, scrutant la grille à l'extrémité du jardin.

On voit de loin la silhouette décharnée de Martin : élégance du cuir noir, cheveux blancs d'épuisement, maigreur de cadavre. Sourire crispé qui s'imagine dégagé, d'outre-tombe.

— Salut, toi ! On m'aurait dit que notre nomade-chef deviendrait maman, je ne l'aurais pas cru. Hervé va toujours bien ? Dis-lui que je ne lui en veux pas.

— Mais de quoi ?

— De quoi ? J'aurais dû, en fait. Mais, après tout, chacun a le droit de se brûler comme il veut, non ? Pas toi, tu n'as plus le droit, tu dois te préserver pour *lui*. Il s'appelle Alex, c'est bien ça ? Ça va, Alex ?

La mort imminente donne aux gens ce sourire indulgent qui est une insulte.

— Tu sais, je reste toujours nomade. Aujourd'hui, il n'y a qu'Alex, bien sûr... Mais j'attends qu'il atteigne ses trois-quatre ans, et ce sera de nouveau autre chose.

— New York ?

— Entre autres. La Chine aussi, peut-être. Et puis, je vais te dire : ne te fie pas aux apparences, on est restés un peu chinois, nous.

— Tu veux dire ?

— Je ne sais pas. Des normalisés coriaces. Des angoissés endurcis. Des réfractaires, sous leur look conforme.

— Tu me fais rire. Une vraie bourgeoise ! Pardon, la noblesse même...

Elle ne voulait pas le contredire. Lui parler de quoi ? De sa peinture, de ses projets, de ses plaisirs, de San Francisco ? Une vie sans détente, jusqu'à la mort. Un long regard de complicité : combien, déjà, presque vingt ans ? Saint-Michel, les cours de Bréhal, l'Institut mauve de Strich-Meyer, le déménagement au grenier d'Hervé, les barricades, les maos, la peinture, le reste.

— Je ne t'ai pas perdu de vue, grâce à Carole. (Olga.)

— Je suis aussi un homme constant, à ma façon. Me revoilà à mon point de départ avant le grand voyage. (Martin.)

— Bon, si on se pressait un peu ? Il y a plein de courses à faire avant ce soir. (Carole.)

— Adieu, ma belle. Adieu, jeune homme ! (Martin.)

— Pas si vite ! (Olga l'embrasse.)

Alex avait jeté son biberon par terre et pleurait. Les gens se retournaient sur les cris rageurs du malheureux petit garçon barbouillé de larmes, de poussière et de bouillie. Olga n'entendait rien.

Le Déjeuner dans l'atelier s'était volatilisé. Le jeune homme blond de Manet, avec sa cravate abeille et son regard dissymétrique fixé sur un drame déchu en ennui, s'était perdu dans le feuillage du Luxembourg sans laisser de trace. Hormis cette distinction qui refuse les liens, les brise et ne veut que mourir.

— Écoute, Alex, il n'y a rien de grave, voyons ! Rien qu'un biberon renversé, mais tu en auras plein d'autres... Tiens, en voici un. Non ? Tu veux venir dans mes bras ? On va dormir ? C'est ça, on rentre, d'accord, on en a trop fait pour aujourd'hui.

4.

Le monde d'un petit garçon est peuplé de bruits, d'odeurs colorées, de gestes d'envol. Bruits de moteurs : voitures, avions, trains, motos, bateaux, cris d'adultes, de chiens et d'oiseaux. Ils font tellement peur que c'est un plaisir de les répéter, de les apprivoiser ou de les tyranniser, surtout d'en manipuler ces modèles en miniature qu'on appelle des jouets. Alex ne se lassait pas de frotter les petites automobiles Darda sur les pistes de plastique rouge, bleu, jaune et vert, elles partaient à toute vitesse, faisaient le « saut de la mort » à l'endroit où le circuit s'interrompait, et retombaient de l'autre côté pour spiraler dans les boucles en arc-en-ciel, triomphales, crissantes, étincelantes, étourdissantes. Les avions, parmi lesquels on remarquait les Concorde et les navettes de la N.A.S.A., avançaient en jetant tous leurs feux et, d'un bruit fracassant, s'élevaient dans le ciel au-dessus de la pelouse : il s'agissait alors de les guider à la manette électronique, tâche impossible pour un petit bonhomme turbulent ; les engins volants se prenaient immanquablement dans les hautes branches des sapins ou retombaient, désolés, sur les toits. Les larmes mouillaient ces exploits aéronautiques, tout le monde s'ingéniait à monter sur

les hauteurs pour rattraper les naufragés, et l'expérience recommençait, avec le même résultat. Obstination ou vitalité, Olga n'en savait trop rien, mais il lui
semblait évident qu'un corps de petit garçon était un
moteur, un bruit de joie ou de fureur, et qu'Alex
cherchait avidement à l'extérieur les équivalents de
cette machine qui semblait l'habiter au-dedans.

Une vie insolente et claire vous contamine au
contact des jeux d'enfants, un peu idiots, répétitifs
comme le rythme d'un cœur ou d'un sexe. De cette
magie machinique, Alex ne se laissait distraire que par
le parfum des fleurs et de la nourriture. Les crocus
étaient à sa portée dans les plates-bandes, à ras du sol,
délimitant la pelouse, et, plus jeune, il portait à sa
bouche les corolles mauves, jaunes, blanches ou striées
que Jean de Montlaur n'avait plantées que pour le
bonheur de l'œil. Les jacinthes, incomparablement plus
odorantes, l'attiraient comme une abeille, et il se serait
transformé en herbivore si Olga n'avait trouvé cette
passion olfactive tout à fait déplacée. Enfin, les tulipes
faisaient office de personnages : les tulipes-paons qui
se pavanaient avec insolence, les tulipes Pinocchio à
la corolle rouge-carmin marginée de blanc, toutes ces
populations arrachées étaient chargées dans les trains
et les camions pour des destinations inconnues. N'ayant
pas de frère ni de sœur, l'unique Alex semblait
cependant pourvu de cette bonne humeur qui consiste
à se trouver des compagnons même dans les fleurs, ou
(comme le soupçonnait Olga) à considérer ses compagnons comme des fleurs. Tant pis si le jeu consistait à
les priver de sève : n'était-ce pas pour les embarquer
dans un nouveau rêve ?

Pourtant, chacun sait que la vie s'épanouit dans la
gourmandise. Vous avez faim ? C'est que vous êtes en
forme. Le manoir respirait les cuissons que Germaine

préparait, à l'ancienne, des journées durant. A l'oreille fine du petit garçon, l'escalier conduisant au moulin de papa craquait comme un croissant. Maman était croustillante et souple comme une tarte aux pommes. Mais tous ces goûts étaient insignifiants, et il les oubliait lorsque l'odeur de la quiche envahissait le mas et imposait, comme emblème de la fusion familiale, un mélange de pâte beurrée, de fromage fondu et de jambon fumé, auquel Germaine ajoutait quelques sau cisses émincées pour corser la saveur. C'était le paradis d'Alex. « Pour un petit, il a des goûts virils », disait Mathilde. « On est bien chez nous, le reste on s'en fout », disait Hervé à l'intention du petit gourmand résumant ainsi ce qui lui paraissait être le sens de cette lubie orale. « On est bien sé nous », répétait Alex, la bouche pleine de quiche.

Les choses simples ne sont jamais d'une simplicité anodine quand on les découvre sur le tard ou après coup. Imaginez que vous avez passé vingt ans, trente ans ou quarante ans à vivre de mots et d'idées, de bibliothèques et de discussions, de livres et de voyages. Vous êtes devenu rapide, clair, décidé, désabusé, cassé et replâtré, poivré, salé, souple et carapacé, écorché mais adaptable, inaccessible aux angoisses et aux dépressions tout en cultivant secrètement leurs germes, leurs latences suaves et domptées. Et voici qu'un petit garçon qui a été un bébé et qui grandit, parfois trop vite, parfois trop lentement, vous ouvre les yeux, les oreilles, la peau. Il y a une nature et vous en êtes. Il y a une bêtise et vous en êtes. Il y a un rire innocent et vous en êtes.

Les vagues sans clapotis lissent le sable et se retirent

avec la même discrétion joyeuse que les papillons embrassant les fleurs sans laisser de signes. Un moment vient où l'on peut se donner le temps de regarder ces choses-là. Et un enfant qui tremble quand le flot-papillon recule : ne va-t-il pas l'emporter au large ? Mais il enfonce courageusement ses talons dans le sol vaseux : attendons de voir ce qui va se passer au prochain reflux avant de courir pleurer.

Les gens trouvent ces petites choses simples insignifiantes, ridicules ou attendrissantes. Vues cependant d'un certain angle, après coup — après les coups qui ont secoué Carole et Martin, qui ont emporté Bréhal, Lauzun, Scherner, Edelman et d'autres, et qui ne cessent de déstabiliser Olga et Hervé, mais ce tangage est une permanence, la vie même —, les privautés attendrissantes, ridicules ou insignifiantes se chargent de sens. On les observe toujours un peu du dehors, ce qui les allège et les suspend dans leur naïveté crue. On les vit cependant depuis leur cœur, qu'on avait négligé et qui brusquement se révèle : ce qui les rend graves et mémorables. Alex qui lance ses Darda et ses Concorde tout en mangeant des jacinthes et des quiches, et qui se donne du courage quand les vagues froides l'attirent au large : pas de quoi bâtir des cathédrales, c'est le quotidien le plus plat, mais qui, en libérant un temps tenu entre parenthèses, éveille en vous une mélodie : ... une montagne jaune et brumeuse, un chalet en sapin au sommet, maman sortant de la forêt chargée de rosée et de champignons qu'on va cuire dans du beurre, papa qui monte la côte, rose et riant, avec son sac à dos, il en apporte plein, du beurre, des biscuits, des raisins, pour toute la semaine. C'est désespérément ordinaire et gracieux, et ça ne veut rien dire du tout, de goûter des champignons au beurre quand tombe la pluie ; ce n'est qu'une image

qui fait que quelque chose dure, de cette rosée sur les
cheveux de maman à la bouche gourmande d'Alex,
une chose qui est un temps personnel, une renaissance,
et qui vous plante là, sur la plage de l'Atlantique, un
peu sage, un peu vieille, un peu infantile, mais solide...

François de Montlaur ne se perdait pas, lui, dans
les digressions. Depuis la mort de Jean, il se mettait
au premier rang, reprenait les affaires et assumait
naturellement le rôle du grand-oncle qui remplit les
devoirs du grand-père.

— Cet enfant sera navigateur, comme nos ancêtres.
Enfin, pour s'amuser... Il faut donc lui apprendre à
nager. (François est pragmatique et moderne.) D'ailleurs, on leur apprend à nager avant un an, de nos
jours.

Et voici Alex, bardé de flotteurs, en train de
poursuivre son grand-oncle dans l'eau plutôt froide et
sans avoir pied, pour voir qui va arriver le premier au
bateau ancré à distance.

— C'est de la folie, vous vous éloignez beaucoup
trop, l'eau est glacée !

— Demain on enlève un flotteur, dans un mois tu
nageras tout seul.

— Pas dans un mois, tout de suite !

Alex profite de la brèche pour échapper à la ceinture
de sécurité, trop serrée, dont l'entoure Olga.

— Je les aime tous de la même façon. (Mathilde
poursuivant son monologue intérieur à haute voix.)
Vous savez, Olga, pour moi, tous mes petits-enfants
sont pareils, je ne peux pas dire que je préfère celui-
ci ou celui-là. Vous me comprenez ? Entre Alex et les
deux petites d'Isabelle, je ne fais pas de différence...

Olga comprenait que Mathilde essayait d'éliminer la
différence que, précisément, elle faisait. Les enfants
de sa fille étaient des habitués chez les Montlaur, il

fallait leur transmettre un style que la famille Duval ne pouvait certainement pas leur donner, et, malgré la distance qui la séparait de sa fille, Mathilde était sincèrement attachée aux deux fillettes — « qui me ressemblent, dit-on, qu'en pensez-vous, ma petite Olga, moi je ne peux pas dire ». Et voici maintenant ce petit Alex, du reste attachant, il fallait s'y faire, les souvenirs de l'enfance d'Hervé lui revenaient, c'était trop fort, Mathilde était au fond une sentimentale, allons, allons, on ne va pas fondre comme glace au soleil, voilà, François assume très bien le rôle du grand-père que Jean aurait été ravi de tenir, Mathilde va continuer son tricot, cela calme l'émotion, et puis pourquoi pas, elle peut bien lui chanter quelques vieilles chansons, à Alex, il apprend vite les chansons, d'ailleurs, il a l'air doué pour la musique, ce petit.

Quand Alex était encore un bébé, Hervé — qui déteste les bébés, surtout ceux qui braillent — avait trouvé le seul moyen de le détendre. Il le prenait dans ses bras et se mettait à danser, à tournoyer sur lui-même, à sautiller tout doucement, puis de plus en plus en cadence, en force, en farce. Deux airs semblaient avoir un effet bénéfique incontestable sur son fils : *Mon cœur soupire* et *Viva le femine*. A peine Sinteuil était-il arrivé à « *si c'est-est-est d'amour* » qu'Alex se calmait, et à la troisième reprise on pouvait être sûr de le voir endormi. *Il buon vino*, par contre, chanté avec une voix de basse exagérée, semblait chatouiller le petit garçon, qui, au moment de l'apothéose de l'« *umanitaaa* » (« *Sosten e gloria de l'umanita* » !), éclatait de rire et en redemandait encore et encore.

Cependant, Hervé n'ayant pas que ça à faire, alors

qu'Alex montrait une nette tendance à la répétition, et comme, malgré tout, les bonnes choses méritent d'être préservées, Sinteuil enregistra sur cassette son répertoire de berceuses plutôt rares. Alex apprit vite à appuyer sur les boutons ; les enfants naissent informaticiens, de nos jours, et on entendait à longueur de journée *Figaro* et *Don Giovanni*, alternant néanmoins avec un *Magnificat, Deposuit potentes et exaltavit humilies.* Comme tous les curieux, Alex nourrissait une prédilection pour ce qu'il ne comprenait pas, et il se mit à répéter son latin en sautillant sur les syllabes avec l'habileté d'un équilibriste. *Gloria, gloria patri et filio !* entonnait-il avec la cassette, imaginant son père qu'il ne voyait pas beaucoup et à l'intention d'Olga, lorsqu'elle se trouvait dans les parages, pour qu'elle n'ignore pas qu'il n'y avait pas qu'elle.

Mais, aujourd'hui, Hervé a un peu de temps à perdre, la cassette peut se reposer, on va essayer autre chose.

— Regarde, Alex. Chacun prend un bâton comme ça. Non, pas cette petite branche, un vrai bâton, ce sera ton sabre. Tu te cales bien sur tes pieds, tu replies un peu ton corps, tu sens toute ta force ramassée en boule et prête à bondir. Là, sous ton nombril, c'est la « mer du souffle » : tu plonges dedans et tu t'y tiens, c'est la source de l'énergie, ton centre. Voilà pour la concentration. Maintenant on pousse un cri, comme ça, fort et rauque : « A-a-a ! » N'aie pas peur, et ne rigole pas non plus, c'est un jeu. La voix ouvre un chemin pour l'attaque et impressionne l'ennemi. En l'occurrence, l'ennemi, c'est moi ou c'est toi, selon le point de vue. Tu te lances en avant, mais attention : tu penses aussi à te protéger pour que mon sabre ne te touche pas, et, en même temps, tu cherches à me piquer à un endroit que j'ai oublié de protéger.

Compliqué ? Tu vas voir ! Mais c'est le jeu, tu comprends : concentration, protection, attaque. Tu y es ? On commence.

Pour Alex, le cri semblait être l'élément le plus accessible de la pantomime. Quant à l'attaque et à la défense, elles se décomposaient, des éclats de rire faisaient tomber les sabres cassés, on se faisait un peu mal, mais Alex se recampait en position de départ pour pousser à nouveau son cri de guerre.

— Vous allez vous blesser, avec ces bâtons, tu ne peux pas inventer autre chose ? (Olga.)

— On laisse tomber les bâtons. Demain, quand on saura mieux apprécier les distances, on jouera à mains nues. Les sabres seront nos bras et nos mains. D'accord, Alex ? (Hervé.)

— Ça s'appelle comment, ce jeu ? (Alex.)

— On l'appellera *les Samouraïs*. Il y a d'autres noms, mais « samouraï » fait plus sérieux, pas vrai, Olga ? Des gens qui savent se battre avec un sabre, un éventail ou une rame, avec un bâton, une main ou une plume : au choix. (Hervé.)

— On recommence ! (Alex.)

— Commence par être lent et calme. (Hervé.)

— Je ne veux pas être lent. (Alex.)

— Tu as tort. « Tout se fait sans rien faire. » Le vainqueur est calme. Mais le calme contient des milliers de mouvements auxquels tu penses pour n'en faire qu'un seul, qui sera alors décisif. (Hervé.)

— Tout cela est trop compliqué pour un enfant. Et inutile. Contre qui veux-tu te battre, Alex ? (Olga.)

— Tout le monde se bat à la maternelle. (Alex.)

— Tu vois ? Tu vas leur montrer, à la récré, et même sans récré, tu le sauras pour toi : mesure les distances et choisis ton moment, la force vient si tu es concentré et si tu as le sens de la limite. Apprends tes limites et les limites des autres. (Hervé.)

Olga avait peur qu'Alex se blesse, car Hervé ne jouait jamais comme on joue, il attaquait toujours pour de vrai, oubliant de faire semblant. Tant pis, qu'Alex fasse son expérience, qu'il apprenne à jouer sérieusement, lui aussi. Il était arrivé à sa mère de pratiquer le tennis comme un art martial. Alors, entraîner le petit au combat de *budo* n'était pas du tout déplacé. Il fallait pourtant lui trouver des mots simples, des mots d'enfant pour lui faire comprendre ce que c'était que les samouraïs. Des contes, par exemple. Comme *Les Trois Petits Cochons* ou *Le Petit Poucet*, mais plus étranges, et plus énergiques, et plus aérés, et plus violents, et plus apaisants aussi. Il fallait inventer une histoire pour qu'Alex mette des mots d'aujourd'hui sur ce petit théâtre de l'élégance sauvage que lui apprenait son père, qui le faisait rire et trépigner mais dont le sens lui restait probablement obscur. Comme un mot étranger qui accumule vos rêves et vos énergies pour en faire une perle au fond de vos insomnies, mais dont vous ne comprenez pas le rapport avec vos jours, vos parents, vos proches, et pourtant ce lien doit bien être là puisqu'il vous angoisse et vous fait plaisir en vous tenant compagnie dans le noir. « Il faudrait que j'invente une histoire pour leur jeu », se disait Olga, qui, décidément, ne pouvait rester sans rien faire.

5.

Romain dit que nous n'avons pas assez d'activités communes. Et il en a trouvé une pour remédier à cette absence : piloter. C'est très à la mode. On commande l'avion comme on conduit sa voiture, mais on s'envole, et ce détachement de la pesanteur est à la fois si vaste et si risqué que j'ai l'impression d'aller à la rencontre du soleil et de la mort. Activité commune ? Non. Même lorsque nous volons ensemble, je me sens fixée à la machine, je suis de près le tableau de bord qui me parle comme un patient, mais je ne pense pas une seconde à Romain, sûrement pas, il vaut mieux d'ailleurs garder la tête froide et des réflexes sûrs. Seule avec le moteur, dans la peur et l'ivresse de ce rythme qui vrombit, m'emporte et finit par m'installer si haut que plus rien ne semble bouger : au point mort de l'équilibre où la vitesse se stabilise en repos. Non, ce n'est pas une complicité que je retrouve, mais la limite de l'existant, l'énergie maximale bordée de danger.

« Tu dois vivre cela comme une analyse : attention majeure et distance absolue », dit Romain, estimant que je ramène tout à la cure. Il n'a pas tout à fait tort.

Cependant, pour une fois, j'ai la certitude d'une autre aventure. Je pilote comme certains font du yoga. Nerfs et muscles tendus pour toucher le vide. Plénitude physique déraisonnable et cependant totalement pensée. Le passage à l'acte contrôlé. Et une jouissance blanche, la solitude solaire du rien.

— *Vous cherchez toujours à vous suicider ?* demande Arnaud avec un sous-entendu métaphorique destiné à aggraver sa moquerie.

— *Mais ce n'est qu'un jeu !*

Romain se fait désinvolte par passion. On joue à l'amour et à la mort, mais légèrement, sportivement. Arnaud, lui, a les pieds sur terre et n'appartient qu'au « service » et à Jessica. Rien qu'à parler de sa fille, il devient presque laid d'agitation et d'espoir.

On vient d'atterrir. Une soûlerie infiniment plus hautaine que celle des navigateurs océaniques. La banalité de la technique aussi, qui ne nous dépasse pas réellement et pourtant nous découvre vaniteux et petits.

L'instant où le bonheur peut se souder au néant. Et après ?

Après viennent un plat bonheur logique, l'enthousiasme désillusionné.

Octobre 1988

Jessy se lance dans le journalisme politique. Politique étrangère, bien sûr. Elle fréquente le milieu journalistique où elle rencontre « des gens ».

— *Tu sais, le journal, ça sert à s'informer pour comprendre qu'on se trompe sans cesse. Et à rencontrer des gens.*

Je la trouve très séduite par certains de ces « gens »

En particulier par Sinteuil : un flirt, ou plus ? J'essaie de la taquiner :

— Je te croyais attirée par Dalloway.

— Mais non, réplique-t-elle, tu ne comprends rien. Dalloway ne cesse de rêver à sa femme qui l'a quitté pour Jérusalem, et il est amoureux d'Olga Montlaur. Mais, surtout, c'est un « pro », il ne pense qu'à ses affaires de droit international.

— Et alors ?

— Sinteuil, c'est autre chose, il est incompréhensible, il sait parler aux femmes, il est amoureux de tout ou plutôt de rien. Il lit ce que tu as écrit et il te fait une critique tordue : irrésistible, non ?

Que faire ? Elle veut être dupe tout en sachant qu'elle ne l'est pas. Je ne peux que la laisser faire son expérience. Qu'elle apprenne à piloter. Après tout, ses histoires d'amour ne seront jamais les miennes.

15 décembre 1988

Tout le monde s'active à préparer le Bicentenaire de la Révolution. Et voilà que Jessy et Arnaud se souviennent de Thérésa Cabarrus et commencent à considérer avec sérieux mes divagations sur elle. Jessy recherche les notes que j'ai prises autrefois à l'Enfer de la Bibliothèque nationale. Je me demande où j'ai pu fourrer tout cela. Il en reste sûrement des traces dans ce Journal que je ne puis quand même pas lui donner. D'ailleurs, Thérésa restera toujours une figure de courtisane, rien à voir avec la grandeur qu'on découvre à présent au féminisme d'Olympe de Gouge et même à la psychose de Théroigne de Méricourt. A moi, elle me convient bien, notre ancêtre. La Révolution par l'Éro-

tisme, le Sexe insensé contre la Raison de la déesse Terreur. Et, à la fin, la réconciliation, la basse époque de gens qui vivent bien après que le sang et les idées des autres ont coulé. Avec sa banalité de séductrice triomphante, Thérésa a décapité quelques mythes · le mythe des Grandes Idées, mais aussi le mythe romantique de l'Amour, qui lui ont pourtant survécu. Jusqu'à maintenant ?

L'art de vivre démythifié serait-il une définition de l'époque actuelle ? Jessy ne le sait pas. De sa jeunesse sans mythes, elle fait un mythe artificiel. Elle aime et souffre, mais dit que c'est pour rire : un jeu. Je ne la crois pas. L'insolence est le mythe des gens qui n'ont plus de mythes.

12 février 1989

Tout le monde tourne autour du sacré. Certains pour y adhérer, d'autres pour voir comment c'est fait. Le sacré est un mythe en actes. Carole reprend contact avec lui en partant démonter les mythes wadanis. Elle se veut scientifique. En fait, elle va se nourrir des illusions des autres. Le « bricolage » est son mythe, elle n'est plus déprimée, nous continuerons à chercher ensemble le sens de ses illusions quand elle reviendra de ses explorations.

En attendant, je termine Sanctuaire. *Faulkner a raison : l'unique sanctuaire qui nous reste est une parole de misère doublée de douleur. Le roman consacre mais aussi démythifie ce dernier mythe en le montrant idiot et tendrement quelconque :*

« Trois semaines après leur mariage, elle commença à être malade. Elle était alors enceinte. Elle n'alla pas

voir le docteur parce qu'une vieille négresse lui avait
expliqué ce que c'était. Popeye naquit à Noël le jour
même où elle reçut la carte postale. Tout d'abord, on
le crut aveugle. Puis on découvrit qu'il ne l'était pas,
mais il n'apprit à marcher et à parler que vers l'âge
de quatre ans. Entre-temps, le second mari de sa
mère, une espèce de nabot fragile mais possesseur
d'une magnifique et soyeuse moustache..., sortit un
après-midi avec un chèque signé en blanc pour aller
payer chez le boucher une note de douze dollars. Il
ne revint jamais. Il retira de la banque les quatorze
cents dollars qu'avait économisés sa femme, et disparut.

« ... Popeye venait d'avoir trois ans. On lui en eût
donné un, quoiqu'il pût déjà parfaitement manger... »

Je recopie cela avec un plaisir de professionnelle :
on dirait une fiche de délinquant, le récit d'un cas
« border-line ».

« ... Mais Popeye avait disparu. Par terre était une
cage d'osier qui avait contenu deux perruches inséparables ; à côté gisaient les oiseaux et les ciseaux
ensanglantés qui lui avaient servi à les découper
vivants.

« ... Il avait dépecé de la même façon que les
perruches un chaton déjà grand...

« Comme il se rendait auprès de sa mère, cet été-
là, on l'avait arrêté pour avoir assassiné un homme
dans une certaine ville, à une heure où, dans une autre
ville, il assassinait un autre homme... »

Toute cette histoire est impossible, démente. Le roman
se fait dément pour nous donner à partager le mythe de
la démence. Le roman est impitoyable et dissolvant,
mais pas comme le soin analytique. Il embellit la débilité
et le crime en éveillant pour eux une compassion
alarmée. Il devient un sanctuaire privé. Finalement,

l'analyse aussi. Mais elle n'embellit pas. Elle m'apprend une vigilance bienveillante pour ma criminalité débile. Bruit et fureur, le fond de l'être est toujours une pulsion de mort. Faites-en un sanctuaire si cela vous plaît, mais, surtout, ne la légalisez pas, soyez vigilants. Quand un sanctuaire n'est plus tragiquement beau, mais simplement infantile, est-ce toujours un sanctuaire ?

6 mars 1989

Je suis au milieu d'une journée bleue, d'un printemps bleu, d'une année solaire. Au jardin du Luxembourg que je traverse pour aller prendre un thé chez Dalloyau, je sens le parfum des pains au chocolat que des jeunes femmes en T-shirts distribuent à leurs enfants, une odeur d'herbe nouvellement tondue, et l'imperceptible mais envoûtante présence de livres qu'on a lus, qu'on lit ou qu'on va lire à la bibliothèque voisine ou ici même, sur une chaise verte, au soleil.

Les statues désuètes des reines aux poses ridicules me conduisent au bassin où les jeunes pères font flotter par télécommande des bateaux sophistiqués qui emmêlent leurs codes et s'immobilisent au loin, au grand désarroi d'enfants inondés d'une clarté paisible mais mouillés de larmes.

Un fracas d'orchestre m'attire vers le kiosque où l'on joue de manière maladroite L'Oiseau de feu. *Après quelques tentatives, je renonce à m'asseoir : avec une malice sénile, les vieillards qui se partagent le Luxembourg avec les mères me volent sous le nez le siège qui paraissait me revenir. La musique de Stravinsky, sauvage et mystique, chasse les pigeons et les enfants, mais je reste là, appuyée contre un marronnier, comme*

dissoute par les accents brûlants des cuivres, la précipi-
tation des cordes et la brutalité des vents venus d'une
steppe russe où l'on arrache le cœur d'un jeune héros
pour illuminer les ténèbres gisant sur les simples d'esprit.
Mais non, ce n'est pas un cœur, rien qu'une plume
arrachée, et pourtant l'oiseau crie, je l'entends, il est en
feu, il danse d'un rythme ivre, jusqu'à ce que la
sauvagerie de sa force l'emporte sur le grotesque de la
horde elle aussi sauvage : délivrance et jubilation des
princesses submergées de cymbales et de cordes stridentes.

Comme si la clarté bleue de la mi-journée se colorait
d'ocre et de rouge, la fraîcheur des branches fleuries
n'apaise pas la fureur sonore de cette vie effrénée surgie
de l'enfer. Je recherche un coin plus soyeux : un souvenir
de ce Luxembourg que j'ai appris dans Le Petit Chose,
je crois. Mon premier livre de lecture : en automne, un
petit garçon traverse les feuilles fanées et la poussière en
vrille, accompagné par le vent, pour aller je ne sais où
accomplir avec un plaisir docile le programme pesant
de son cartable.

Là, entre une Marie de Médicis et une Laure de
Noves en marbre usé, je croise deux comédiens. Sinteuil
et son fils miment une scène d'arts martiaux. Les
étincelles de ce printemps bleu donnent aux samouraïs
improvisés un air de carnaval. Le petit imite le cri de
guerre du combattant antique, il doit s'imaginer en
costume japonais, et cette caricature baignée de tendresse
qu'incarnent le père et le fils me remplit d'une émotion
si stupide que je m'arrête un bref instant en spectatrice.
Mon imagination les transporte dans un théâtre de
fantômes nippons, portant masques de métal et de cuir,
maquillage et parfum, pathétiques dans leur mélancolie
vaillante, fragiles comme des femmes, poètes ou musi-
ciens à leurs heures, mais jouant ici et maintenant à
s'attaquer à mort sous l'œil mystique de Laure de Noves.

Pour nous autres, habitués à rêver dans le monde, les guerriers orientaux pensaient que la vie est éphémère : une barque sur les vagues. Dans la clarté incolore du Luxembourg, encore aveuglante sous la rosée matinale, mais qui deviendra d'ambre l'après-midi, la guerre n'est qu'un jeu, et le cri du samouraï transpercé, une farce qui fait chanter la voix ravie du petit Alex. Le père fait semblant de rajuster son masque, de souffrir mais de surmonter sa plaie avant de repartir à l'attaque. Ils jouent à être tragiques. La réverbération émeraude des feuilles et des fleurs les dissocient étrangement de la nature morte des reines statufiées ; elle leur insuffle une vitalité, mais de revenants. Le printemps bleu ne s'assombrira pas aujourd'hui, la quiétude du ciel protège ces créatures à l'intérieur du spectacle, joueurs dramatiques bercés par une saison de lueurs et de rires. Nous en sommes là : la civilisation est une mémoire qui sait faire de la vie et de la mort un simulacre, une apparition voulue.

10 avril 1989

— *T'as vu la pub dans* Le Monde *d'aujourd'hui ? Olga Montlaur vient d'écrire un livre pour enfants. Pour une surprise, c'est une surprise !* (Jessy.)

— *En effet. Le titre ?* (Moi.)

— Les Samouraïs. *Elle charrie ! Faire de la littérature pour enfants après tant de prétention intellectuelle !* (Jessy, jalouse.)

Je vois, c'est un comble, mais de quoi ? En définitive, toute littérature est peut-être faite pour les enfants. On dit que les romans sont achetés par les femmes. Je dirais : par les femmes-enfants, par les hommes-enfants.

Il faut un don de rêverie naïve pour fabriquer encore de l'émotion avec ces signes ridés que sont les mots. Après tout, cela ne vaut peut-être la peine d'écrire que pour refaire le jeu de vie et de mort à l'usage des enfants que nous oublions d'être. Les uns vivent, les autres meurent, et les adultes-enfants se racontent des histoires artificielles pour ne pas mourir de leur vivant. C'est d'une humilité exorbitante de raconter des histoires pour enfants. En regard de quoi ce Journal paraît insoutenablement narcissique.

Septembre 1989

On me télégraphie la mort brusque de papa. Arrêt cardiaque. Je m'y attendais. Je le croyais aussi éternel. Je me considérais comme blindée, et je m'effondre Mon jour est adulte, mais ma nuit est une enfant qui pleure. Ni le pilotage de Romain ni la sérénité d'Arnaud, qui « assure », comme toujours, ne me sont d'aucun secours. Les plus insupportables, ce sont les souvenirs. Je le revois au Luxembourg avec une boîte à musique, sur un banc, pour m'amuser. Il disait faire cela pour aider maman. En fait, il m'aimait comme une mère. J'entends sa voix. Affolante, cette sonorité qui ne quitte pas mes oreilles et nie la mort : un peu rauque, un peu infantile pour s'approcher de moi, un peu exigeante pour me porter plus haut. Malgré et par-delà la souffrance, la mémoire est une joie obscène. Elle alterne avec ce sentiment si nu, si nul, du jamais plus. *Le* « jamais plus » *est incompatible avec la pensée qui s'emploie à lier, à cheminer.* Nevermore : *le sens effondré, impossible. Persiste, déserte, la sensation d'une angoisse exténuée. Jamais plus. Il a rencontré le soleil et l'instant où tout s'éclipse dans le néant. Je n'irai plus piloter. Écrire paraît, de même, inadmissible, prétentieux.*

Peut-être écrirai-je un jour un conte pour mon père, qui rassemblera les gouttes de ma mémoire en ruines. On ne sait jamais. Pas aujourd'hui. Cachons d'abord ce cahier. En des jours comme celui-ci, la lumière toujours bleue d'un automne également bleu d'une année imperturbablement solaire rend toute révélation personnelle cruelle et niaise. Ou plutôt insignifiante. A moins que...

Joëlle Cabarus rangea le Journal dans son secrétaire, tourna la clé, la mit dans sa poche et se dirigea vers la poussière ambrée des châtaigniers couverts de luisantes boules acajou.

— Maman, où vas-tu ?... Papa, Joëlle est sortie sans rien dire, elle flotte comme une feuille morte. (Jessica.)

— Tu sais que ta mère n'est pas comme tout le monde. Elle a ses rendez-vous avec le temps. (Arnaud.)

L'horloge du Luxembourg sonne quatre heures et demi. Un bateau s'est bloqué au milieu du bassin, impossible de le ramener sur le bord. Alex joue à être inconsolable. Mais le vent se lève vite, en ces automnes bleus ; il a une chance, parfois, de ramener certains naufragés auprès de ceux qui savent les attendre.

DU MÊME AUTEUR

Aux Éditions Gallimard

SOLEIL NOIR, *Dépression et mélancolie*, 1987, (*Folio essais*, n° 123, 1989).

Aux Éditions Denoël, collection L'Infini

HISTOIRES D'AMOUR, 1983 (Folio essais/Gallimard, 1985).

Aux Éditions du Seuil, collection Tel Quel

Σημειωτιχη RECHERCHES POUR UNE SÉMANALYSE, *1969*.

LA RÉVOLUTION DU LANGAGE POÉTIQUE. L'avant-garde à la fin du XIXᵉ siècle, Lautréamont et Mallarmé, *1974*.

LA TRAVERSÉE DES SIGNES (ouvrage collectif), *1975*.

POLYLOGUE, *1977*.

FOLLE VÉRITÉ (ouvrage collectif), *1979*.

POUVOIRS DE L'HORREUR. Essai sur l'abjection, *1980*.

LE LANGAGE, CET INCONNU, *coll. Points, 1981 (SGPP, 1969)*.

Chez d'autres éditeurs

LE TEXTE DU ROMAN. Approche sémiologique d'une structure discursive transformationnelle, *La Haye, Mouton, 1970*.

DES CHINOISES, *Éditions Des femmes, 1974*.

AU COMMENCEMENT ÉTAIT L'AMOUR. Psychanalyse et foi, *Hachette, coll. Textes du XXᵉ siècle, 1985*.

ÉTRANGERS À NOUS-MÊMES, *Fayard*, 1988 (Folio essais/Gallimard, 1991).

COLLECTION FOLIO

Dernières parutions

Impression Brodard et Taupin,
à La Flèche (Sarthe),
le 12 février 1992.
Dépôt légal : février 1992.
Numéro d'imprimeur : 1250F-5.

ISBN 2-07-038472-1 / Imprimé en France.